KATHARINA HERZOG

DIE SCHNUR DES GLÜCKS

HERZOG-VERLAG

1. Auflage 2011
Erschienen im Herzog-Verlag, 24975 Husby
Alle Rechte vorbehalten. Kein Teil des Werkes
darf in irgendeiner Form ohne schriftliche Genehmigung
des Verlages reproduziert, oder unter Verwendung
elektronischer Systeme verarbeitet, vervielfertigt
oder verbreitet werden.
Copyright by Herzog-Verlag
www.katharina-herzog.de
Satz und Layout: Ingolf Becher
Umschlaggestaltung: Ingolf Becher
unter Verwendung eines Fotos der Autorin
Gesetzt aus der Garamond
Lektorat: Birgitta Totzek
Druck und Bindung: GGP Media GmbH, Pößneck
Printed in Germany
ISBN 978-3-00-035489-2

ERSTER TEIL

Einzelne Passagen beziehen sich auf historische Ereignisse. Sie geben aber nicht das tatsächliche Geschehen wieder.

Jede Ähnlichkeit mit lebenden oder verstorbenen Personen ist rein zufällig und nicht beabsichtigt.

Ich bedanke mich für das Gespräch bei Herrn Wilhelm Wäsch, der auf einem Zerstörer die letzten Kriegstage in der Geltinger Bucht erlebte und bei Herrn Bernhard Asmussen für die überlassenen Dokumente.

Mein besonderer Dank geht an Birgitta, meine wundervolle Lektorin, an Marie und an Doris sowieso.

Das kann doch einen Seemann nicht erschüttern, keine Angst, keine Angst Rosmarie. Wir lassen uns das Leben nicht verbittern, keine Angst, keine Angst Rosmarie. Und wenn die ganze Erde bebt und die Welt sich aus den Angeln hebt... Andreas schaute lachend auf seinen Bruder Jochen. Der spielte weinselig zum dritten Mal das Lied vom Seemann, den nichts erschüttern konnte, und alle Gäste sangen mehr oder weniger lautstark mit. Dicht gedrängt am Klavier standen Jochens Frau Mathilde, die ein Weinglas in der Hand hielt und ihre Eltern, der Rechtsanwalt Egbert Michels, nebst Gattin Eva-Maria. Egbert Michels war ein stattlicher Mann mit schlohweißen Haaren, der immer einen teuren Anzug trug. Er hielt seine Zigarre in der einen und sein Bierglas in der anderen Hand und bewegte sich im Takt der Musik hin und her. Eva-Maria, wie immer modisch auf dem neuesten Stand, sah ihren Mann missbilligend an und zischte: „Contenance Egbert, Contenance!"
Andreas betrachtete Mathilde. Sie war ein Abbild ihrer Mutter, die jüngere Ausgabe. Beide Frauen hatten an diesem Tag die Haare frisiert wie Greta Garbo und trugen Hosenanzüge wie Marlene. Sozusagen ein deutsch-schwedisches Gesamtkunstwerk. Mathilde wirkte in ihrem Aufzug lächerlich, weil es so gar nicht zu ihr passen wollte. Ganz anders Eva-Maria. Sie war tatsächlich eine Mischung der beiden Stars und wirkte dabei unschlagbar arrogant und versnobt. Sie hatte sich Egbert vor 25 Jahren geangelt. Ihr Mann war fast zwanzig Jahre älter, doch das störte sie nicht. Schon als junge Frau fühlte sie sich zu reifen Männern hingezogen. Er konnte ihr das bieten, wovon Eva-Maria, die aus sehr ärmlichen Verhältnissen kam, immer heimlich geträumt hatte. Respekt voreinander, gesellschaftliches Ansehen, Geld und ein Leben ohne Sorgen. Und was sie selbst als Sahnehäubchen bezeichnete, sie mochte ihn.

Der 60. Geburtstag von Artur Bartelsen, dem Vater von Jochen und Andreas wurde gefeiert. Es war das Jahr 1944. Artur saß mit seiner Frau Elisabeth und seinen Eltern an einem Tisch und schaute voller Stolz auf seine beiden Söhne. Es war nicht einfach gewesen, den beiden intelligenten Jungen erst das Gymnasium und später das Studium zu ermöglichen. Als kleiner Beamter beim Finanzamt der Stadt Kiel reichte sein Einkommen nicht aus, um seinen Söhnen die lange Ausbildung zu finanzieren. Deshalb hatte seine Frau für fremde Leute genäht und gestrickt, und so manches Mal hatte seine Mutter ihm heimlich etwas zugesteckt. Seine beiden Jungen enttäuschten ihn nicht. Jochen war Arzt und Andreas diente dem Vaterland als zweiter Ingenieur auf einem Zerstörer. Artur hoffte inständig, dass seine beiden Jungs den Krieg gesund überleben würden.

Die Feier zu seinem Geburtstag war das Geschenk seiner Söhne. Heimlich hatten sie das Fest ausgerichtet und die Familie in das Haus von Egbert bringen lassen. Erst war es Artur gar nicht recht gewesen, im Kieler Stadthaus der Michels zu feiern. Aber er wollte kein Spielverderber sein.

Egbert hatte exzellente Verbindungen zu allen möglichen Leuten und Unternehmen. Kein Wunder also, dass es Köstlichkeiten zu essen gab, von denen Artur nur träumen konnte, von den unterschiedlichen Getränken ganz zu schweigen.

Im ersten Weltkrieg hatte er ein Bein verloren. Seitdem trug er eine schlecht sitzende Prothese mit der er nur sehr mühsam und unter großen Schmerzen gehen konnte. Elisabeth wippte mit den Füßen und konnte kaum noch still sitzen. Sie hatte immer gerne getanzt, das wusste Artur nur zu gut und deshalb hielt er jetzt Ausschau nach einem Tänzer für seine Frau. Andreas kam an den Tisch seiner Eltern. Sein Vater blinzelte ihm zu. Er hatte verstanden.

„Sollen wir tanzen, Mama?" Elisabeth sprang so schnell auf, dass ihr Stuhl beinahe umgekippt wäre. Eingehakt ging sie mit ihrem Sohn in den großen Flur, der als Tanzfläche diente. Jochen spielte einen Walzer. Egbert versuchte sich den Taktvorstellungen seiner Frau anzupassen und war schweißgebadet. Seine Lippen bewegten sich. Eins zwei drei, eins zwei drei. Andreas hielt seine Mutter in den Armen und liebte sie in diesem Moment unendlich. Wenn sie tanzte, sah sie aus wie eine junge Frau, die das Leben liebte. Glücklich und mit sich und der Welt zufrieden. Seine Eltern hatten kein einfaches Leben, das wusste Andreas nur zu gut. Sein

Vater war oft schlecht gelaunt und schob das auf seine Behinderung. Aber wer konnte etwas dafür? Wenigstens nicht seine Frau. Als der Tanz zu Ende war, schlenderte Andreas mit seiner Mutter wieder an den Tisch zurück. Eva-Maria und Egbert schlossen sich an. Egbert holte ein blütenweißes Taschentuch aus seiner Hosentasche und wischte sich die Schweißperlen von der Stirn. Das Hausmädchen kam an den Tisch.
„Gut dass Sie kommen, Fräulein Edelgard. Bringen Sie uns mal ein paar Männergetränke, nicht wahr Artur?" Er lachte in die kleine Runde. Seine Frau warf ihm einen vorwurfsvollen Blick zu.
„Du sollst doch nicht soviel trinken, Egbert. In deinem Alter ist das nicht mehr gut. Iss doch lieber ein Stück von dem Kuchen, den Elisabeth gebacken hat. Der schmeckt wirklich umwerfend gut, Elisabeth. Du musst mir unbedingt das Rezept verraten."
„Warum willst du das haben, du backst doch sowieso nicht."
Egbert schaute seine Frau an. Wie du mir, so ich dir, schien sein Blick zu sagen. Eva-Maria wollte gerade etwas erwidern, als Edelgard mit einem Tablett voller Schnapsgläser an den Tisch zurückkam. Kein Streit vor den Hausangestellten. Niemals. Eva-Maria setzte ein zuckersüßes Lächeln auf und verteilte die Gläser.
„Auf dich, Artur und auf ein langes und gesundes Leben."
„Lang ja, aber gesund?" Egbert fing schon wieder an.
„Wenn du alles besser weißt, dann kümmere du dich doch um einen Trinkspruch!"
„Zum Wohl", mischte sich Artur jetzt ein, „und danke für das schöne Fest."
Arturs Eltern saßen schon die ganze Zeit still nebeneinander, als würden sie sich schämen. Sie wohnten ganz in der Nähe von Arthur und Elisabeth in einer ärmlichen Wohnung. In dem Stadthaus der Michels waren sie heute das erste Mal und wussten nicht, ob sie lachen oder weinen sollten. Hier schien alles im Überfluss vorhanden zu sein: Wertvolle Möbel in einem geräumigen Haus, Hausangestellte und sogar ein Klavier. Gertrude hatte einen Blick in die Küche werfen können und wäre fast in Ohnmacht gefallen. So etwas Schönes hatte sie noch nie gesehen. Alle Schränke sahen gleich aus. Teures Eichenholz. In ihrer eigenen

Küche gab es nur ein einfaches Küchenbuffet und einen Tisch mit vier unterschiedlichen Stühlen.

In dem feudalen Haus fühlte sich das alte Paar sehr unbehaglich. So ein Leben war nicht ihre Welt. Und es war nicht die Welt ihres Sohnes Artur und seiner Söhne. Jetzt hatte ihr Enkel Jochen in diese Welt hinein geheiratet und wohnte mit seiner jungen Frau in diesem Palast. Würde er seine alte Welt und auch sie jetzt vergessen? Es war nicht gut, seine Herkunft zu vergessen oder gar irgendwann zu verleugnen. Jochen hatte sich verändert. Gertrude spürte das. Schon bei der Begrüßung hatte sie den Eindruck gehabt, es wäre ihm peinlich seine Großeltern in diesem Haus zu sehen.
Johannes Bartelsen hatte seinen schwarzen Anzug an. Eigentlich trug er ihn seit Jahrzehnten nur auf Beerdigungen. Der Anzug war fast so alt wie er selber. Gertrude hatte aus einem alten Kleid eine Bluse genäht. Sie hatte sich mit dem Stoff verschätzt. Die Bluse war zu klein und schien jeden Moment über ihrer schmalen Oberweite aufzuplatzen. Krampfhaft hielt sie den ganzen Tag über mit einer Hand die Knopfleiste fest.
„Was für ein Zufall, Artur, dass du ausgerechnet am gleichen Tag wie der Führer Geburtstag hast. Eigentlich müsstet ihr euch gegenseitig etwas schenken."
„Ach, weißt du Egbert, er hat uns den Krieg geschenkt, das reicht für viele Geburtstage und sein Vorgänger hat mein Bein bekommen, das reicht auch für viele Geburtstage." Die bisher fröhliche Stimmung drohte zu kippen. Über alles konnte man reden, aber nicht über den Krieg. Artur hasste Hitler und das nicht erst seit heute. Er war von Anfang an gegen diese unsinnige Kriegshysterie gewesen und ließ sich auch nicht von ein paar neuen Straßen oder einem Auto für alle beeindrucken. Sein zweites Bein lag irgendwo in Frankreich. Das konnte er nicht vergessen, denn jeden Tag wurde er daran erinnert. Es würden nach diesem verheerenden Krieg viele Beine in fremden Ländern liegen.
„Sup di voll und hör Musik und hol din Mul von Politik. Lasst uns heute nicht über den Krieg reden. Lasst uns einfach nur ein paar

Stunden feiern und fröhlich sein!" Egbert versuchte die Stimmung zu retten und winkte nach dem Hausmädchen. Ein paar Minuten später schenkte sie die Gläser wieder voll. Jochen und Mathilde gesellten sich dazu. Mathilde himmelte ihren Mann an und ließ ihn nicht eine Sekunde aus den Augen.
„Wie geht es in der Klinik?", fragte Elisabeth ihren Sohn.
„Wie immer, Mutter. Viel zu viele Patienten, viel zu wenig Medikamente und fast kein Personal. Ein Glück, dass ich Mathilde an meiner Seite habe. Sie ist wirklich ein Schatz." Er lächelte seine Frau an und gab ihr einen Handkuss. Seine Großmutter beobachtete die Szene und fühlte sich bestätigt. Ein Handkuss. Sie hatte einen Handkuss mal in einem Film mit Ilse Werner gesehen. Das war das einzige Mal in ihrem Leben gewesen, dass sie im Kino war. Da hatte sie sich schon ihren Teil gedacht. Aber jetzt gab ihr Enkel im wirklichen Leben seiner Frau einen Handkuss. Affig. Einfach affig. Fehlte nur noch, dass Mathilde jetzt anfing zu pfeifen.
Das Tischgespräch plätscherte vor sich hin. Obwohl sich alle redlich bemühten, gute Laune zu verbreiten, war es immer wieder minutenlang still. Jochen stürmte zum Klavier. Seine Frau eilte hinterher. Andreas setzte sich zu den unglücklichen Großeltern. Er war der einzige, der spürte, wie unwohl sie sich fühlten. Er ergriff die Hand seiner Oma.
„Wie geht es dir, Oma, was macht dein Rheuma? Kannst du deine Hände wieder besser bewegen?"
„Es geht schon, mein Junge. Ich will nicht klagen. Ich bin alt und meine Uhr ist bald abgelaufen. Da macht einem das bisschen Rheuma auch nichts mehr." Ihre Stimme klang unendlich traurig.
„Komm, Oma, lass uns tanzen." Gertrude ließ sich tatsächlich überreden mit ihrem Enkel zu tanzen. Sie bewegten sich sehr langsam zur Musik. Für einen Moment vergaß Gertrude die enge Bluse, legte beide Arme um Andreas Schultern und lehnte sich an ihn. Die Bluse riss entzwei und jeder konnte ihren Unterrock sehen. Entsetzt verschränkte sie die Arme vor ihrer Brust und kämpfte mit den Tränen.
„Ich will nach Hause, Andreas. Ich will nach Hause." Hilflos schaute Andreas sich um. Jochen spielte schon wieder *Das kann*

doch einen Seemann nicht erschüttern und seine Großmutter begann zu weinen. Andreas zog seine Jacke aus und legte sie um ihre Schultern.
„Ich hole deinen Mantel Oma und komme gleich wieder." Mit großen Schritten eilte er zur Garderobe. Auf dem Rückweg blieb er am Tisch seiner Familie stehen und sah seinen Großvater an.
„Oma möchte nach Hause. Ich habe schon ihren Mantel geholt."
„Das ist aber schade, dass Sie schon gehen wollen." Eva-Maria beobachtete, wie schwerfällig Johannes Bartelsen sich vom Stuhl erhob.
„Ich lasse sofort nach Karl rufen." Karl war Gärtner, Hausmeister und Chauffeur, alles in einer Person. Er hatte die Gäste abgeholt und sollte sie auch wieder nach Hause bringen.
„Für uns wird es auch Zeit", sagte Artur. Er war froh einen Grund zu haben, das Haus der Michels zu verlassen, wenn auch viel früher als gedacht. Andreas kam mit seiner Großmutter zurück. Sie hatte sich etwas beruhigt und konnte es kaum erwarten endlich gehen zu können. Beide Paare saßen kurze Zeit später im geräumigen Benz und ließen sich in ihre Wohnungen kutschieren. Alle vier waren erleichtert, jeder von ihnen auf seine Weise.

„Also Andreas, nun stell dich nicht so an! Du hast doch bestimmt eine Freundin. Seemänner haben doch in jedem Hafen eine Braut oder? Wie heißt sie? Wie sieht sie aus? Woher kommt sie?" Mathilde sah ihren Schwager erwartungsvoll an.
„Nein, ich habe keine Freundin." Er lächelte und wechselte schnell das Thema. „Hoffentlich ist der Krieg bald verloren. Das heißt, der Krieg ist ja längst verloren. Hitler sollte das endlich auch merken und kapitulieren!"
„Mensch, Andreas, bist du verrückt geworden? Wenn dich jemand hört! Als Offizier der Kriegsmarine! Mensch, Andreas!" Jochen schaute seinen Bruder betroffen an.
„Was darf man denn in diesem Land überhaupt noch sagen? Der Krieg ist längst verloren. Ich kann mich nur wiederholen. Es ist nur noch eine Frage der Zeit, dann ist das Reich untergegangen. Verdammt nochmal! Wie konnte ich mich nur so irren? Wenn ich

das alles geahnt hätte, niemals hätte ich mich freiwillig gemeldet. Vater hat absolut Recht. Es werden viele fremde Beine in fremden Ländern liegen, wenn der Krieg zu Ende ist." Alle drei schwiegen.
„Ich geh mir die Nase pudern", sagte Mathilde in die Stille hinein. Die Brüder erhoben sich von ihren Stühlen und schauten ihr nach.
„Der Krieg bietet uns Ärzten und Wissenschaftlern ungeahnte Möglichkeiten", flüsterte Jochen, „ganz großartige und einmalige Möglichkeiten."
„Was für Möglichkeiten?" Fragend schaute Andreas seinen Bruder an.
„Ich will darüber nicht reden."
„Willst du damit etwa andeuten, dass ihr Versuche an Menschen macht, an Kranken oder Sterbenden? Ich denk du willst Leben retten und Leben auf die Welt bringen. Immerhin bist du doch Gynäkologe."
„Natürlich helfen wir Menschen, retten Leben und das fast rund um die Uhr. Es hat mit der psychologischen Seite eines Kranken zu tun. Mehr sage ich nicht!" Andreas wollte keinen Streit und lenkte ein.
„Dann mach auch nicht solche Andeutungen. Man könnte ja Gott weiß was denken." Er wechselte das Thema. „Ich mache mir Sorgen um die Eltern und um die Großeltern. Wo sollen sie nur hin, wenn weiter Bombenangriffe geflogen werden. Der nächste Bunker ist weit weg und meistens hoffnungslos überfüllt. Bisher haben sie Glück gehabt, aber wer weiß, was noch kommt."
„Wir passen auf sie auf. Ich verspreche es, Andreas", sagte Jochen ernst. „Wenn es gar nicht mehr anders geht, müssen sie zu uns kommen. Wir haben wenigstens einen großen Keller." In diesem Moment kam Mathilde mit ihrem leicht torkelnden Vater an den Tisch. Jochen reichte seinem Schwiegervater ein Glas.
„Kommt, lasst uns zum Klavier gehen. Spiel noch etwas für uns, Jochen." Wohl zum fünften Mal an diesem Abend spielte er, *Das kann doch einen Seemann nicht erschüttern, keine Angst, keine Angst, Rosmarie...* Die vier sangen was das Zeug hielt und merkten gar nicht, dass auch Eva-Maria plötzlich wieder da war. Egbert hielt in der einen Hand sein Bierglas und in der anderen seine Zigarre und bewegte sich im Takt der Musik hin und her.
„Contenance Egbert, Contenance."

Gertrude und Johannes waren erleichtert, wieder zu Hause zu sein und in ihrem Bett zu liegen. Sie lagen einander zugewandt. Das taten sie nur sehr selten. Beide waren weit über achtzig. Das Gesicht von Johannes war von unzähligen Falten durchzogen. Er hatte nur noch sehr wenige Haare. Seine blauen Augen waren wässrig. Er konnte nicht mehr gut sehen und hörte schlecht.
Gertrude war sehr zierlich. Selbst in ihrem weißen, langen Nachtkleid sah sie zerbrechlich aus. Sie war blass und ihre Augen lagen tief in den Höhlen. Johannes sah seine Frau an und summte plötzlich: *Ein Lied geht um die Welt*. Er nahm zaghaft die Hand seiner Gertrude.
„Heute habe ich das erste Mal gedacht, dass dein Leben mit mir nicht einfach war. Ich habe genau gesehen, wie sehnsüchtig du die Küche angesehen hast. Am Ende unseres Weges konnte ich dir noch nicht einmal eine schöne Küche kaufen. Es tut mir so leid."
„Jetzt hör aber auf, Johannes. Meine Küche ist gut. Unser Tisch ist voller Mehlreste in den Ritzen und hat Wasserflecke. Der Waschbottich ist einfach zu schwer für mich. Es läuft immer Wasser daneben. Aber der Tisch von den Michels ist tot. Weißt du was ich meine? Und dann die Mathilde. Zu unserer Zeit sind die Männer hinter den Frauen hergelaufen. Und heute? Heute laufen die Frauen den Männern hinterher. Früher hätte es sowas nicht gegeben! Aber ob auch alles schlechter war? Ich mache mir Sorgen um Jochen. Er ist so aufgekratzt und tut so, als wäre der ganze Klimbim bei den Michels normal und würde ihm gehören. Dabei hat er doch nur eingeheiratet."
„Mach dir keine Sorgen, Gertrude. Unsere Jungs werden ihren Weg gehen, auch der Jochen."
„Hoffentlich behältst du Recht. Schlaf gut, Johannes, und was ich noch sagen wollte, du hast immer das gegeben, was du konntest. Und das war immer genug."
Johannes drückte dankbar die Hand seiner Frau und drehte sich um.

Elisabeth und Artur lagen auch in ihren Betten. Artur war froh, dass er liegen konnte, denn er hatte Schmerzen.

„Weißt du, Artur, es war ja ganz schön heute bei den Michels, aber ich bin froh, dass wir wieder zu Hause sind. Ob sie Mutters Missgeschick mitbekommen haben? Wahrscheinlich nicht. Und Mathilde will ständig so sein wie Eva-Maria. Dabei ist sie eigentlich ein ganz nettes Mädchen. Ich glaube, unser Jochen hat richtiges Glück gehabt. Auch wenn sie ihn fast erdrückt mit ihrer Liebe. Er kann ja keinen Schritt mehr ohne sie machen. Früher waren die Frauen zurückhaltender. Bei uns gab es sowas nicht."
„Die Zeiten ändern sich eben, Elisabeth. Wir waren auch anders als unsere Eltern, wenigstens als wir jung waren. Aber eines wollte ich dir noch sagen. Du bist viel hübscher als diese aufgedonnerte Eva-Maria. Viel, viel hübscher. Das sag ich dir." Sie lächelten sich an. Elisabeth hatte sich nie geschminkt. Einmal hatte sie versucht, ihre Augenbrauen mit dem Ruß abgebrannter Streichhölzer nachzuziehen. Sie sah damit aus wie ein Clown und stellte ihre Schminkversuche augenblicklich wieder ein.
„Schlaf gut, Artur."
„Gute Nacht, Elisabeth."

Die Stadt schien friedlich an diesem Abend. Der Himmel war ruhig, die Luft klar. Andreas ging mit schnellen Schritten. Bis zur elterlichen Wohnung waren es fast zwei Stunden Fußweg. Aber das störte ihn nicht. Normalerweise hatte er wenig Ruhe, um nachzudenken. Jetzt war endlich eine gute Gelegenheit dazu. Er blickte sorgenvoll in die Zukunft. Andreas hatte Angst vor sich selbst. Als Offizier konnte er es sich nicht leisten seine Gedanken vor seinen Kameraden laut auszusprechen. Jeder misstraute inzwischen jedem. Das war an Bord genauso wie beim Heer. Zu viele von denen, die ihren Mund aufgemacht hatten, waren vor ein Kriegs-gericht gestellt worden. Die meisten wurden zum Tode verurteilt. Von Verbrechern, die sich Richter nannten. In Wirklichkeit waren es Hinrichter. Er war Befehlsempfänger, wie fast alle in diesen Jahren. Konnte man sich in Friedenszeiten damit herausreden, nur gehorcht zu haben? Wie aber werden sich diejenigen rechtfertigen, die Verbrechen begangen hatten, ohne dass es ihnen jemand befohlen hatte?

Seine Schritte wurden etwas langsamer. Drei Häuser vor ihm sah er eine Gestalt auf den Stufen einer Eingangstreppe sitzen. Als er näher kam erkannte er, dass es eine junge Frau war. Sie blickte zu Boden und schien ihn absichtlich nicht sehen zu wollen. Andreas war schon fast vorbei, als er ein Schluchzen hörte. Er blieb stehen und fragte:

„Kann ich Ihnen helfen?" Sie schreckte förmlich auf.

„Nein, nein es ist nichts. Danke."

„Aber Sie weinen. Warum weinen Sie denn, wenn nichts ist?"

„Es ist wirklich nichts. Ich bin nur ein wenig traurig." Die Fremde sah kaum hoch. Hatte sie Angst? Andreas wusste nicht, was er tun sollte. Er nickte ihr zu und ging dann weiter. Nach ein paar Schritten drehte er sich um.

„Sollen wir ein Stück zusammen gehen?" Sie hob den Kopf und sah ihm in die Augen. Dann erhob sie sich.

„Ja, gehen wir ein Stück." Gemeinsam spazierten sie durch das nächtliche Kiel. Verstohlen betrachtete Andreas die Fremde von der Seite. Sie war fast so groß wie er und trug einen Mantel, der einem Mann gehören musste. Unter ihrem Kopftuch lugten ein paar Haare hervor. Waren sie dunkelbraun oder schwarz? Plötzlich blieb er stehen.

„Ich heiße übrigens Andreas Bartelsen."

„Und ich bin Helene."

Sie wischte sich mit der linken Hand die Tränen aus dem Gesicht. Schweigend gingen sie weiter.

„Wartet jemand auf Sie? Sollen wir lieber umkehren, Fräulein Helene?" Ihm war die Unwirklichkeit dieses Moments mit einem Mal bewusst. Spätabends sprach er einfach eine fremde Frau an und bat sie, mit ihm ein Stück zu gehen.

„Nein, es wartet niemand auf mich. Und nennen Sie mich bitte nicht Fräulein Helene. Ich kann dieses Fräulein nicht ausstehen. Sagen Sie einfach Helene." Sie schauten sich in die Augen. Andreas hatte noch nie in solch dunkle Augen gesehen, die unendlich traurig blickten. Jetzt konnte er auch die Farbe ihrer Haare erkennen. Sie waren dunkelbraun. Ihr Gesicht war schmal, ebenmäßig und schön. Wie alt mochte sie sein? Andreas starrte sie an. Er versuchte seine Gedanken zu ordnen und löste seinen Blick von ihr. Wie peinlich, dachte er nur, was soll sie von mir denken? Ich starre sie an, als käme sie von einem anderen Stern. Sie gingen weiter. Ihre Schritte hallten durch die Nacht. Niemand begegnete ihnen.

„Ich muss nach Hause", sagte Helene in die Stille hinein. Vor der Haustür reichten sie sich die Hand.

„Können wir uns wiedersehen?" Flehentlich schaute er in ihre faszinierenden dunklen Augen.

„Nein!"

Als er in seinem Bett lag, dachte er unentwegt an die schöne Fremde. Sein Herz pochte und ein nie gekanntes wohliges Gefühl machte sich in seinem Innern breit. Andreas hatte sich Hals über Kopf verliebt. Nachts traf er zufällig eine fremde, traurige Frau und verliebte sich in sie. Er sah ihre schönen Augen vor sich und hörte ihre dunkel gefärbte Stimme. Er sah die Tränen in ihrem Gesicht. Leise sprach er ihren Namen. Helene.

Nach dem Mittagessen saß Andreas mit seiner Mutter in der Küche. Sein Vater schlief im Wohnzimmer. In der Wohnung roch

es nach Kohl. Wenn er an sein Zuhause dachte, meinte er immer den Geruch von Kohl in der Nase zu haben. Kohlrouladen, Kohleintopf und in den letzten Jahren immer häufiger Kohlsuppe. Er liebte diesen Geruch.
„Du bist spät nach Hause gekommen, mein Junge. Habt ihr noch solange gefeiert?"
„Nein. Ich bin zu Fuß gelaufen, deshalb ist es so spät geworden."
„Zu Fuß? Das ist doch viel zu gefährlich! Mein Gott! Den weiten Weg zu Fuß!"
„Ich pass schon auf. Mach dir keine Sorgen, Mutter."
„Weißt du, Andreas, ich mache mir immer Sorgen. Ich konnte noch nie richtig schlafen, bevor ihr zwei nicht zu Hause wart. Aber jetzt habe ich Angst um euch, besonders um dich. Der Krieg hat alles andere so klein gemacht. Ich kann nur hoffen, dass er bald vorbei ist und wir alle, aber besonders du und Jochen, gesund bleiben."
„Uns wird schon nichts passieren, Mutter. Und der Krieg ist bald vorbei. Vielleicht noch ein paar Wochen, ein paar Monate. Aber dann wird endlich wieder Frieden sein."
„Hoffentlich ist das so. Ich habe solche Angst, Andreas." Mutter und Sohn sahen sich an.
„Warum ist Vater so unbeherrscht in der letzten Zeit? Hat er mehr Schmerzen als sonst?"
„Er hat genauso viel Angst wie ich. Aber er kann es nicht anders zeigen als durch seine schlechte Laune. Du weißt ja, wie er ist."
Andreas nickte. Ja, das wusste er nur zu gut.
Die ganze Zeit dachte er an Helene. Wie konnte er sie wiedersehen? Sollte er einfach zu ihrem Haus gehen?
„Du träumst ja, Andreas. Ist irgendetwas?"
„Nein", beeilte er sich zu versichern. „Ich war mit meinen Gedanken nur ganz woanders. Gleich werde ich in die Stadt gehen. Wann ich zurückkomme, weiß ich noch nicht. Mach dir also bitte keine Sorgen."

Am frühen Nachmittag schlenderte er auf der gegenüberliegenden Straßenseite an Helenes Haus vorbei. Er schaute gebannt auf den

Hauseingang. Es war ein Mehrfamilienhaus. Bestimmt hatte das Haus an die vier Wohnungen, schätzte er. Und in einer lebte Helene. Andreas ging drei Straßen weiter und änderte dann seine Richtung. Dieses Mal blieb er direkt an der Haustür stehen und las auf kleinen Tafeln die Namen der Mieter. Vier also. Er hatte sich nicht geirrt. Als er in Gedanken versunken vor der Tür stand, wurde sie von innen aufgerissen. Er wäre vor Schreck fast die Stufen heruntergefallen. Heraus kam ein älteres Paar.
„Suchen Sie jemanden?", fuhr der Mann ihn unfreundlich an. Andreas antwortete nicht. Er drehte sich um und eilte so schnell er konnte davon. Erst als er zehn Minuten gelaufen war, blieb er stehen und lehnte sich an eine Hauswand. Fieberhaft überlegte er, was er anstellen könne, um Helene wiederzusehen. Sollte er einfach nach ihr fragen? Oder war das aufdringlich? Vielleicht war sie verheiratet? Der Gedanke war ihm noch gar nicht gekommen. Es wartet niemand auf mich, hatte sie gesagt. Aber ihr Mann konnte ja im Krieg sein. Was wäre, wenn sie tatsächlich verheiratet oder verlobt war. Was wollte er dann dort?
Eine unbeschreibliche Sehnsucht ließ ihn wieder zurückgehen. Sie sollte es ihm selbst sagen.
Das ältere Ehepaar kam gerade wieder, und stieg an ihm vorbei die Stufen zur Tür hoch.
„Sie sind ja schon wieder hier!", sagte der Mann genauso unfreundlich wie schon zuvor. „Was wollen Sie hier?" Andreas antwortete nicht und ging.

Am Abend beobachtete er aus sicherer Entfernung das Haus. Alles in seinem Kopf und in seinem Herzen drehte sich um Helene. Aufgeregt überlegte er immer wieder was er machen könnte, um sie wenigstens kurz zu sehen. Alles in ihm sehnte sich nach der fremden Frau. Andreas war eigentlich ein Mensch, der Entscheidungen wohl überlegte und nichts machte, was nur von Gefühlen geleitet war. Allerdings hatte er ein so überwältigendes Gefühl auch noch nie erlebt, ein Gefühl von Wärme und unbeschreiblichem Verlangen. Sie war ihm begegnet, die Frau, mit der er zusammen sein wollte, obwohl er nichts, aber auch absolut nichts von ihr wusste.

Über eine Stunde blickte er zur Tür. Plötzlich sah er sie. Wie aus dem Nichts tauchte sie auf.

„Warum beobachten Sie die ganze Zeit unser Haus? Was wollen Sie?", fragte sie mit ängstlicher Stimme.

„Ich wollte Sie wiedersehen, Helene", antwortete er verlegen. „Haben Sie bitte keine Angst vor mir. Ich verhalte mich sonst nicht so, bitte glauben Sie mir. Ich wollte Sie nur wiedersehen."

Sie schritten nebeneinander die Straße entlang. Sie trug wieder den viel zu weiten Mantel und ein Kopftuch, das sie tief in die Stirn gezogen hatte. Helene blieb stehen.

„Wieso sind Sie nicht an der Front? Was tun Sie in Kiel?" Sie blickte ihn zum ersten Mal intensiv an. Er gefiel ihr.

„Ich bin bei der Kriegsmarine und habe ein paar Tage frei. In vier Tagen laufen wir wieder aus. Und was machen Sie, Helene? Ich meine, wenn Sie nicht gerade mit fremden, einsamen Männern durch die Stadt laufen?" Er sah sie lächelnd an.

„Ich, ich möchte nicht darüber reden", antwortete sie abweisend.

„Das müssen Sie auch nicht, gehen wir einfach weiter." Nach ungefähr zehn Minuten, in denen sie schweigend nebeneinander hergingen, sagte Helene:

„Ich muss nach Hause, Andreas." Er dachte glücklich, sie hat meinen Namen genannt! Wie schön! Kurz vor der Tür nahm er seinen ganzen Mut zusammen und fragte:

„Darf ich morgen wiederkommen und Sie zu einem Spaziergang abholen? Oder gibt es jemanden, der etwas dagegen hätte?"

„Ja, ich meine nein." Das erste Mal lächelte sie ihn scheu an.

„Ja, Sie dürfen mich morgen wieder zu einem Spaziergang abholen. Sagen wir um sieben? Und nein, es gibt niemanden, der etwas dagegen hätte."

Etwas verlegen gaben sie sich zum Abschied die Hand. Andreas wartete, bis die Haustür hinter ihr zuschlug. Dann lief er beschwingt davon.

„Helene, was tust du mit diesem fremden Mann? Du weißt doch gar nicht wer er ist. Wir haben ihn vor dem Haus gesehen, und wir finden sein Verhalten merkwürdig. Du musst vorsichtig sein, Helene. Traue niemandem." Ihre Tante Annerose und ihr Onkel Gustav standen besorgt vor ihr. Gustav sah seine Nichte eindringlich an.
„Verstehst du, Helene, du musst vorsichtig sein", wiederholte er, „und nicht so gutgläubig."
„Wieso gutgläubig? Ich will ihn nicht heiraten, Onkel Gustav. Ich habe ihm nichts erzählt. Ich bin nur mit ihm spazieren gegangen. Einmal um den Block und wieder zurück. Er ist sehr nett und sehr zurückhaltend. Wahrscheinlich ist er genauso einsam wie ich."
„Das ist doch nicht normal!", mischte sich jetzt Annerose ein. „Ein erwachsener Mann kommt nicht ohne Hintergedanken und steht stundenlang vor einem Haus. Entweder weiß er was oder er ist nicht normal."
„Wieso nicht normal?" Helene wurde zornig. „Weil ein Mann sich für mich interessiert, ist er nicht normal? Oder was meinst du mit, nicht normal?"
„Du weißt ganz genau, was ich meine. Es ist für uns alle nicht einfach. Aber wir haben solange durchgehalten, jetzt werden wir auch die letzte Zeit bis zum Kriegsende keinen Fehler machen. Das fehlte noch. Überleg dir also genau, mit wem du dich triffst und wem du was erzählst, und bring ihn nicht in unsere Wohnung!"
„Wieso spaziert er hier eigentlich herum?", mischte sich Gustav wieder in das Gespräch ein. „Wieso ist er nicht an der Front, oder ist er etwa desertiert oder kein Deutscher, oder ist er bei der Gestapo, oder ist er etwa ein Jude?"
„Onkel Gustav, hör auf damit. Er ist bei der Kriegsmarine und hat ein paar Tage Urlaub."
„Ach, so ist das. Du weißt ja schon eine ganze Menge von ihm. Was weiß er denn von dir?" Annerose sah ihre Nichte misstrauisch an.
„Ich habe es euch schon gesagt. Ich habe ihm nichts erzählt. Ich bin nur ein Stück mit ihm gegangen. Und morgen tue ich das wieder!" Sie ließ die beiden stehen und ging in ihr kleines Zimmer, das eigentlich eine winzige Abseite mit einem Bett, einem Stuhl und

einem Vorhang drum herum war. Sie legte sich auf das Bett und begann zu weinen.

Am Abend des nächsten Tages verließ Helene kurz vor sieben Uhr die Wohnung. Schon von weitem sah sie ihn. Er hatte eine Tasche dabei. Andreas eilte auf sie zu und streckte ihr die Hände entgegen. Es war mild an diesem Abend, nicht so kalt wie in den letzten Tagen.
„Helene, ich kenne hier ganz in der Nähe einen kleinen Park, also ich meine, eine kleine Gartenkolonie. Sollen wir da hingehen? Wir müssen ja nicht immer nur laufen." Er sah sie bittend an.
„Gut, gehen wir also in Ihren Park."
Viel war nicht mehr von den Schrebergärten zu sehen. Verfallen und verlassen standen die wenigen Blechhütten inmitten kahler, trister Erde, die nur ahnen ließen, dass hier einmal bunte Blumen und Stauden geblüht hatten, Kartoffeln und Erdbeeren geerntet wurden, Männer und Frauen sich erholten und Kinder spielten und lachten.
Sie setzten sich auf die einzige Bank. Andreas holte aus seiner Tasche eine Kanne Tee und zwei Tassen. Er schenkte die Tassen voll und reichte Helene eine.
„Ich habe leider keinen Zucker und auch keine Milch auftreiben können, aber wenigstens ist der Tee noch lauwarm." Er lächelte sie mit strahlenden Augen an. Sie trank einen Schluck.
„Das ist der beste Tee, den ich je getrunken habe." Helene blickte zärtlich in seine Augen und nahm ihr Kopftuch ab. Mit den Händen strich sie ein paar Mal über ihr langes, wunderschönes dunkelbraunes Haar.
„Wissen Sie, Helene, früher war ich öfter mit meinem Bruder hier. Als wir noch Schüler waren haben wir auf einer Bank gesessen und uns gegenseitig bei den Schularbeiten geholfen. Oder wir haben uns gegenseitig abgefragt, wenn wir für eine Arbeit lernen mussten. Damals war hier noch richtig was los." Sein Blick ging zu den Blechruinen. „Manchmal wünschte ich mir, wir wären wieder Schüler und würden hier sitzen und lernen." Helene berührte sanft seinen Arm. Er hatte das Gefühl, als würde eine warme Hand nach

seinem Herzen greifen. „Wie ist es bei Ihnen. Haben Sie Geschwister?"
„Ich habe keine Geschwister. Ich habe mir immer eine Schwester gewünscht. Aber daraus wurde leider nichts." Plötzlich lehnte sich Helene an ihn. Ihr Kopf ruhte an seiner Schulter. Minutenlang saßen sie nebeneinander und sprachen kein Wort. Andreas wagte nicht sich zu bewegen. Helene begann ihm zu vertrauen, das spürte er. Er wollte sie um keinen Preis erschrecken. Sie nahm ihren Kopf hoch und sah ihm ruhig in die Augen.
„Ich habe das Gefühl, ich kenne Sie schon eine halbe Ewigkeit, Andreas." Sie lächelten sich an. „Was glauben Sie, Andreas, wann ist endlich wieder Frieden? Wann kann man wieder auf die Straße gehen, ohne Angst zu haben? Wann hört dieses gegenseitige Morden endlich auf?" Mit ihren Fragen riss sie Andreas in die Wirklichkeit zurück.
„Ich hoffe, bald, aber ich weiß es nicht." Er fühlte sich unbehaglich. Immerhin war er Offizier und saß abends mit einer Fremden auf einer Bank, von der er bisher nur wusste, dass sie keine Geschwister hatte. Sein Misstrauen und seine Vorsicht waren in den letzten Monaten sein ständiger Begleiter geworden. Was durfte er sagen, was nicht? Völlig unvermittelt, als schien sie seine Zweifel zu erahnen, begann sie zu erzählen:
„Meine Eltern sind tot. Meine Mutter starb schon vor acht Jahren, und mein Vater ist vor zwei Jahren tödlich verunglückt. Ich komme aus Berlin. Seit dem Tod meines Vaters lebe ich bei meinen Verwandten. Es sind die einzigen, die ich noch habe. Es sind meine Tante und mein Onkel. Meine Tante und mein Vater waren Geschwister. Annerose und Gustav haben gemeint, hier wäre es sicherer für mich. Die beiden haben keine eigenen Kinder."
„Was haben Sie in Berlin gemacht?"
„Ich habe Kunst und Literatur studiert. Noch ein paar Semester, dann wäre ich fertig. Aber in Kiel kann ich nicht weiter studieren. Und so lebe ich mehr oder weniger abends und warte auf das Kriegsende." Ihre Geschichte kam ihm eingeübt vor. Er hätte sie gerne vieles gefragt, aber er ließ es.
„Es tut mir sehr leid wegen Ihrer Eltern, Helene." Mit jeder Faser

seines Herzens fühlte er sich zu ihr hingezogen, und gleichzeitig mahnte ihn seine innere Stimme vorsichtig zu sein. Andreas wollte nicht auf die Stimme hören. Nicht jetzt. Er legte seinen Arm um Helene und sie streichelte seine Wange. Mit beiden Händen umschloss er ihr schönes Gesicht und küsste sie zärtlich. Sie erwiderte seinen Kuss. Unendlich behutsam hielten sie einander umschlungen. Von weitem hörten sie eine Kirchturmuhr schlagen. Helene löste sich aus seinen Armen.
„Ich muss nach Hause, Andreas. Meine Tante wird verrückt vor Angst. Bringst du mich?"
„Natürlich bring ich dich nach Hause." Hand in Hand gingen sie den Weg zurück.

„Bist du verrückt geworden, Helene? Mit diesem deutschen Soldaten Hand in Hand zu gehen. Bist du verrückt geworden? Ich habe euch gesehen. Du musst sofort den Kontakt zu ihm abbrechen! Du darfst dich nicht mehr mit ihm treffen! Versprich es mir, Helene!" Aufgebracht und ängstlich stand ihre Tante vor ihr.
„Tante Annerose, du kannst mir das nicht verbieten. Keiner kann mir das verbieten. Ich bin immer allein und habe Andreas zufällig kennengelernt. Ich habe nicht nach ihm gesucht, er hat mich gefunden. Annerose ging einen Schritt auf sie zu.
„Ich verstehe ja, dass du viel zu viel alleine bist und hier mit uns beiden alten Leuten vereinsamst. Aber du kannst nicht mit einem deutschen Soldaten befreundet sein. Das ist viel zu gefährlich. Bitte, Helene, sei vernünftig. Bitte!"
„Ich war jetzt lange genug vernünftig. Der Krieg kann noch Jahre dauern. Soll ich mich noch Jahre verstecken? Ich halte das nicht mehr aus. Und du hast doch gar nichts damit zu tun!"
„Natürlich haben wir etwas damit zu tun, Gustav und ich. Du lebst illegal bei uns, hast du das vergessen? Du bist nirgends gemeldet, von all den anderen Dingen ganz zu schweigen. Wir teilen gerne alles mit dir, auch deine Sorgen und deine Verzweiflung. Was glaubst du eigentlich, wie schwer es ist, mit nur zwei Essensmarken drei Personen satt zu bekommen, immer auf der Hut zu sein. Wir sind für dich da, Helene, schließlich sind wir eine Fami-

lie. Aber du darfst den Bogen nicht überspannen. Du darfst ihn nicht wiedersehen!"
„Ich darf den Bogen nicht überspannen? Ich habe diese Hatz, diese Raubtierorgie nicht angefangen, Tante Annerose. Soll ich mich noch fünf Jahre, sechs Jahre verstecken? Wollt ihr mich noch ein Jahrzehnt verstecken?"
Annerose nahm ihre zitternde und aufgelöste Nichte in die Arme. „Nein, du hast diese Hetze nicht begonnen, aber du bist ein Opfer. Ob selbst herbeigeführt oder nicht. Du bist jetzt ein Opfer. Du stehst auf der anderen Seite. Es ist gut, Kleine. Es ist gut. Du bist doch wie eine eigene Tochter für mich. Ich will doch nur, dass wir alle, aber ganz besonders du, den Krieg irgendwie heil und gesund überstehen. Bitte sei vernünftig." Unbeholfen streichelte Annerose den Rücken ihrer Nichte. Langsam beruhigte sich Helene. Sie löste sich aus den Armen ihrer Tante und sagte:
„Es tut mir leid, was ich alles gesagt habe. Es tut mir so leid!"

Niedergeschlagen ging Helene in die Abseite und setzte sich auf den Stuhl. Sie saß im Mantel, hielt ihr Kopftuch in den Händen und dachte an ihre Kindheit. In den Ferien war sie oft hier gewesen. Ihr Onkel hatte sie immer an die Kieler Förde mitgenommen. Er hatte das Wasser geliebt und konnte stundenlang den Schiffen und Segelbooten zusehen. Helene teilte diese Liebe. Für einen Moment schloss sie die Augen, hörte das Meeresrauschen und hatte den Geruch von Seetang und Fisch in der Nase. In ihren Ohren ertönten die Signale der Boote und langsam wurde sie wieder ruhiger.
Vor einer Stunde war sie noch so glücklich gewesen. Als Andreas sie küsste, hatte sie sofort gewusst, dass dieser Moment für immer in ihrem Herzen bleiben würde. Ein Moment des Glücks, der nicht so schnell wieder kommen würde. Ein unschuldiger Kuss, die unschuldige Harmonie zweier Menschen, die sich ineinander verliebt hatten. Ihre Beine zitterten leicht und ein mulmiges Gefühl im Bauch machte sich breit. Sie träumte mit offenen Augen und wünschte sich nichts mehr, als dass dieser Augenblick nie vergehen möge und sie für den Rest des Lebens mit zitternden Knien und

Schmetterlingen im Bauch leben würde.
Andreas, dachte sie. Andreas. Ich kann dich nicht wiedersehen.

Sie saß schon auf der Bank, als Andreas kam. Er lächelte sie an und setzte sich neben sie. Helene sah sich nach allen Seiten um und küsste ihn dann auf die Wange. Sofort begann er sie zu küssen. Richtig zu küssen. Er hatte Angst vor dem Wiedersehen gehabt. Was, wenn die zarte Vertrautheit einfach weg war? Umso erleichterter fühlte er sich jetzt. Atemlos sagte er:
„Ich bin so froh, dass du wirklich gekommen bist, Helene." Liebevoll sah sie ihn an.
„Ich musste mich aus dem Haus schleichen. Meine Tante wollte mich nicht gehen lassen. Aber ich bin einfach gegangen." Sie tranken wieder Tee und genossen die Zweisamkeit.
„In drei Tagen legen wir ab. Morgen muss ich schon an Bord sein. Ob ich dann noch das Schiff für ein paar Stunden verlassen kann, weiß ich nicht. Ich möchte dir gerne schreiben, Helene. Außerdem möchte ich so gerne ein Bild von dir. Dann hätte ich das Gefühl, du wärst immer bei mir." Sie sah an ihm vorbei.
„Ich weiß so wenig von dir, Andreas. Was machst du auf dem Schiff? Wie lange bist du weg?" Andreas war enttäuscht. Auf seine Bitten ging sie nicht ein.
„Ich bin zweiter Ingenieur auf einem Zerstörer. Wir laufen am Freitag aus, kommen aber in acht Tagen nochmals nach Kiel, bevor wir die Förde verlassen. Ich möchte dich wiedersehen, bevor wir endgültig auslaufen. Ich möchte dich ein Leben lang wiedersehen. Egal, ob wir noch im Krieg sind oder nicht. Aber was ist mit dir, Helene? Warum versteckst du dich? Wovor fürchtest du dich? Du kannst doch Vertrauen zu mir haben. Ich kann dir vielleicht helfen." Helene war sehr gerührt über seine Worte. Sie schluckte ein paar Mal.
„Ich werde dir eines Tages alles erzählen, Andreas. Das verspreche ich dir." Sie kramte in ihrer Manteltasche herum und holte ein kleines Bild hervor. „Hier habe ich etwas für dich. Es ist schon reichlich abgegriffen, aber ich bin wenigstens noch zu erkennen." Sie reichte ihm ein Passfoto. Nun war er gerührt. Andreas betrach-

tete lange das schöne Gesicht auf dem vergilbten Foto, er nahm seinen Rucksack, holte einen Briefumschlag heraus und reichte ihn Helene. Auf dem Umschlag stand eine Adresse. Sie fingerte mit der linken Hand einen Stein und sein Passfoto aus dem Umschlag und streichelte mit ihrer anderen Hand seinen Arm.
„Es ist ein Bernstein, nicht wahr?"
„Ja, er muss geschliffen und poliert werden, dann wird er erst richtig schön."
„Ich werde beides hüten, wie einen Schatz und würde mich freuen, wenn du mir schreibst. Die Adresse steht ganz klein geschrieben auf der Rückseite des Fotos. Du musst den Brief an meine Tante adressieren." Wieder küssten sie sich.
„Von wo aus lauft ihr aus? Ich möchte gern zuschauen, wenn du den Hafen verlässt. Ich könnte mit meinem Onkel hingehen."
„Nein, das geht nicht, Helene. Ich will das auch nicht. Ich könnte es nicht ertragen, wenn du mir nachwinkst. Kein Soldat kann das ertragen. Wenn ich in einer Woche wieder hier bin, können wir uns richtig voneinander verabschieden. Am nächsten Donnerstag oder am Freitag. Ich kann es dir nicht genau sagen. Würdest du hier auf mich warten?"
„Ja, Andreas. Ich komme an beiden Tagen und warte auf dich." Sie küssten sich und Andreas spürte ihre Tränen. Unendlich zärtlich küsste er die Perlen weg und wusste, dass sie sich ineinander verliebt hatten. Er, der deutsche Offizier und sie, eine hübsche junge Frau mit einer melodischen Stimme. Einer Frau, von der er fast gar nichts wusste. Aber in diesen Minuten hatte er sich entschieden. Er würde sie nicht durch Fragen quälen. Sie würde schon alles erzählen, wenn die Zeit gekommen war.

Überglücklich ging er den weiten Weg nach Hause. Viele Gedanken spukten in seinem Kopf herum. Sollte er seinen Eltern von Helene erzählen? Seinem Bruder? Er hatte versprochen bei den Michels vorbeizukommen, bevor die Leinen wieder losgemacht wurden. Aber er verspürte überhaupt keine Lust, seinen Bruder zu treffen. Es war auch nicht so wichtig. Seitdem Jochen verheiratet und bei den Michels eingezogen war, gab es kaum noch eine Ge-

legenheit, ein Gespräch unter Brüdern zu führen. Mathilde war einfach immer dabei. War sie krankhaft eifersüchtig oder krankhaft verliebt? Am Anfang hatte er das Verhalten seiner Schwägerin als Ausdruck ihrer tiefen Zuneigung empfunden. Mittlerweile kamen ihm Zweifel. Jochen konnte keinen Schritt machen, ohne dass Tilde nicht hinter ihm herlief. Wie ein Klammeraffe hing sie an ihrem Mann. Wie lange würde Jochen das Klammern ertragen oder störte ihn das nicht?
Unvermittelt dachte er an seine Großeltern. Morgen früh würde er sie besuchen, um sich von ihnen zu verabschieden. Und er würde seiner Großmutter von Helene erzählen. Seine Gedanken wanderten zu der Liebsten zurück. Vor einer Woche hatte er sich noch nicht vorstellen können, eine junge Frau zu treffen, in die er sich verliebte. Jetzt war es passiert und er staunte über sich selbst. Eigentlich war er Frauen gegenüber schüchtern und unbeholfen. Aber bei Helene war das etwas anderes. Dieser Frau zu begegnen, war ein großes Glück. Und er wollte sein Glück nicht vorüberziehen lassen.

Als er zu Hause ankam, erwarteten ihn seine Eltern bereits voller Ungeduld.
„Wo warst du denn die ganze Zeit?", herrschte ihn sein Vater statt einer Begrüßung an. „Ein Brief ist für dich abgegeben worden, es ist ein amtliches Schreiben." Andreas riss den Umschlag auf und las die Zeilen.
„Bis Mitternacht muss ich an Bord sein." Er sah seine Eltern an. „Ich wollte mich noch von den Großeltern verabschieden. Schade, jetzt kann ich sie nicht mehr sehen. Ihr müsst sie unbedingt von mir grüßen. Besonders Oma."
„Kommst du denn nicht in der nächsten Woche nochmal vorbei?", seine Mutter sah ihn fragend an.
„Ja, natürlich." Hastig zog er seine Uniform an und packte seine Sachen. Er hasste Abschiede. „Tschüss Mutter, pass gut auf dich auf." Andreas umarmte seine weinende Mutter. Sein Vater klopfte ihm ein paar Mal unbeholfen auf die Schulter.
„Es wird schon alles gutgehen, mein Junge. Ich hoffe, du kommst

gesund zurück." Artur putzte sich umständlich die Nase. Er sah seinen Sohn ein letztes Mal wehmütig an. Dann verschwand Andreas in die Nacht. Drei Straßen weiter war der Treffpunkt. Zusammen mit seinen Kameraden marschierte er zum Hafen und ging kurze Zeit später an Bord. Ein mulmiges Gefühl beschlich ihn. Hoffentlich ging wirklich alles gut. Bereits einige Stunden später verließ der Zerstörer den Kieler Hafen.

Der Streit drohte zu eskalieren. Helene stritt sich mit ihrer Tante so laut, dass man Wortfetzen bis in den Flur hinein hören konnte. Onkel Gustav versuchte zu schlichten, aber er kam nicht zu Wort.
„Ich werde jetzt packen und gehen." Helene wollte an Annerose vorbei. Allerdings hatte sie nicht mit der Schnelligkeit ihrer Tante gerechnet. Mit einem Satz versperrte sie Helene den Weg und packte sie hart am Arm.
„Du gehst nicht! Du kommst jetzt mit in die Küche und dann werden wir versuchen, uns wie vernünftige Menschen zu unterhalten. Geh schon!" Sie stieß ihre Nichte unsanft zur Küchentür. Wenige Minuten später saßen die beiden am Tisch. Annerose versuchte sich zu beruhigen. Sie holte aus ihrer Schürze ein Taschentuch und reichte es Helene.
„Hast du Hunger, soll ich dir etwas zu essen machen?" Annerose war schon immer der Meinung gewesen, dass Essen die beste Seelenmedizin war. Fragend schaute sie ihre Nichte an.
„Nein, ich will nichts essen. Ich habe keinen Hunger."
„Ich weiß noch genau, wie es war, als deine Eltern sich kennengelernt haben. Ich war ja dabei."
„Du warst dabei?" Helene sah endlich vom Tisch hoch und schaute ihre Tante interessiert an.
„Ja, dein Vater und ich waren tanzen. Ach Gott, tanzen konnte man das gar nicht nennen. In dem Lokal hatte ein Gast angefangen, Schifferklavier zu spielen. Am Nachbartisch hatte deine Mutter mit zwei Freundinnen gesessen. Dein Vater hat sich auf der Stelle verliebt. Ich habe ihn noch nie so erlebt. Später hat mir deine Mutter erzählt, es wäre ihr genauso ergangen. Er hat ein paar Mal mit ihr getanzt, aber auch mit ihren Freundinnen. Er meinte, das

gehöre sich so. Kurz und gut. Der Blitz hatte ihn getroffen und ich habe das Gefühl, dir geht es heute genauso wie deinem Vater damals. Ich will dir nur sagen, dass ich das gut verstehen kann, Helene. Aber ich kann dich nur immer wieder bitten vorsichtig zu sein. Diese schreckliche Welt ist voll von Denunzianten und Wichtigtuern. Das allerschlimmste ist aber, man sieht es niemandem an. Ist er mein Freund? Ist er mein Feind? Kann ich ihm vertrauen? Deshalb habe ich so große Angst um dich."

Annerose begann lautlos zu weinen. Helene reichte ihr das Taschentuch zurück. Sie sah ihre Tante an und wusste nur zu genau, was in ihr vorging. Sie hatte ganz einfach Angst. Nicht um sich selber, oder um ihren Gustav, sondern um ihre Kleine, um sie. Verlegen wartete Helene, bis sich ihre Tante wieder gefangen hatte.

„Ich glaube nicht, dass Andreas zu meinen Feinden gehört. Er war mir gegenüber auch reserviert. Ihm sind wahrscheinlich die gleichen Gedanken durch den Kopf gegangen. Es ist aber auch eine verflucht vergiftete Atmosphäre. Ich vertraue ihm, Tante Annerose. Ich weiß nicht, was aus uns beiden werden kann. Aber ich wünsche mir, dass wir uns wiedersehen und dass er schreibt, wenn er endgültig weg ist. Er wird an dich schreiben, Tante Annerose. Ich habe das einfach mit ihm verabredet. Nächste Woche, am Donnerstag oder am Freitag, ist er vielleicht nochmal in Kiel. Und ich werde ihn dann wiedersehen. Das kannst du mir nicht verbieten, denn vielleicht ist es das letzte Mal." Annerose dachte nach. Sollte sie den jungen Mann einladen? Dann würde sie ihn ja wenigstens kennenlernen. Plötzlich hatte sie eine andere Idee. Sie lächelte still vor sich hin.

Am nächsten Donnerstag saß Helene stundenlang auf der Bank und wartete auf Andreas. Erst als sie sicher war, dass er nicht mehr kommen würde, ging sie schweren Herzens in die Wohnung zurück. Dann also am Freitag.

Schon von weitem sah sie ihn kommen und lief ihm freudestrahlend entgegen. Stürmisch umarmten sie sich, gleichzeitig begannen sie zu reden.

„Erst du", sagte Andreas aufgeregt.

„Also meine Tante Annerose hat, wie soll ich es dir sagen, sie hat gemeint, wir beide sollten unseren letzten Abend nicht hier sondern in ihrer Wohnung verbringen. Gustav und sie sind weg und kommen erst spätabends zurück." Etwas verlegen sah sie ihn an.
„Du meinst, wir brauchen nicht hier in der Kälte zu sitzen sondern können bei euch…?"
„Ja, das meine ich. Komm Andreas!"
Das erste Mal konnten sie sich im hellen Schein der Küchenlampe gegenübertreten und betrachteten sich verstohlen. Seitdem Helene von dem großzügigen Angebot ihrer Tante wusste, hatte sie tagelang überlegt, was sie anziehen könne. An diesem Abend trug sie ihr einziges Kleid, das sie schon ein paar Jahre besaß. Es war blau und schmal geschnitten, mit Puffärmeln und einem zierlichen weißen Kragen. Ein breiter, dunkelblauer Gürtel, betonte ihre schlanke Taille. Eigentlich war es noch viel zu kalt, um das Kleid zu tragen. Aber lieber wollte sie frieren, als Andreas wieder so schäbig angezogen zu begegnen. Ihre dunkelbraunen Haare waren hochgesteckt. Mit einem Lippenstift, hatte sie ein wenig Farbe auf ihre Wangen gezaubert und ihre Lippen nur ganz leicht nachgezogen. Andreas konnte den Blick nicht von ihr wenden. Sie war eine der schönsten Frauen, die er in seinem Leben gesehen hatte. Sie hielten sich an den Händen und schauten sich verliebt an.
„Du bist so schön, Helene. So schön. Es verschlägt mir glatt die Sprache." Beide setzten sich und tranken Tee.
„Wie lange wirst du fort sein?"
„Ich weiß es nicht genau. Die Befehle können sich täglich ändern. Es ist schon ein Glück, dass wir tatsächlich noch einen Tag in Kiel sind. Wenigstens für ein paar Stunden. Um 23.00 Uhr muss ich spätestens wieder an Bord sein."
„Wie ist es denn so bei euch an Bord?"
„Ach, weißt du. Es ist wie ein Betrieb, der einfach nur funktionieren muss. Jeder hat seine Aufgabe und seine Pflichten, vom Kapitän über die Maschinisten bis hin zu den Kadetten und dem Koch. Alles an Bord ist eng und klein. Bei so vielen Männern ist das natürlich alles nicht so einfach, hin und wieder gibt es Streit. Es ist auch die Aufgabe von uns Offizieren, für Disziplin und Ruhe zu

sorgen und zu erkennen, wenn jemand kurz vorm Durchdrehen ist. Das ist zwar nicht immer einfach, aber wenn sich alle zusammenreißen, geht es. Und es ist ja auch nicht für die Ewigkeit." Über den Tisch hinweg begann Helene seine Schläfen zu streicheln. Er stand auf und zog sie sanft vom Stuhl hoch. Sie begannen sich leidenschaftlich zu küssen. Außer Atem fragte Andreas:
„Helene, wenn ich wieder zurück bin, würdest du mich dann heiraten? Ich liebe dich, Helene. Ich möchte immer mit dir zusammen sein. Ich liebe dich, Helene."
„Ja, ja ich will! Ich liebe dich auch. Ich könnte mir nichts Schöneres vorstellen." Andreas schlang seine Arme um ihre Taille und drehte sich mit ihr im Kreis.
Sie küssten sich wieder und Helene flüsterte:
„Komm mit, Andreas."
Sie liebten sich zärtlich. Engumschlungen lagen sie aneinander geschmiegt und fanden nur allmählich in die Wirklichkeit zurück. Beide dachten wohl dasselbe, als Helene flüsterte:
„Wir müssen jeden Abend um 10 Uhr ganz fest aneinander denken und in den Himmel sehen. Dann können wir uns nicht verlieren und sind uns ganz nahe." Andreas streichelte zärtlich ihr Gesicht und küsste sie auf die Augen.
„Ja, das werden wir tun, mein Liebes." Es klang wie ein heiliger Schwur. Ihre Augen hielten einander fest. Andreas warme, braune Augen versanken in ihre dunklen, die eine Geschichte der Liebe erzählten.
„Meine Helene. Es ist so schwer dich allein zurückzulassen. Ich wünsche mir nichts mehr, als dass wir beide hier liegen bleiben könnten. Wir würden miteinander aufwachen und direkt in das Herz des anderen sehen. So nahe wie wir zwei, können nur Menschen sein, die sich lieben. Auch wenn es mir wie ein Märchen vorkommt, denn wir kennen uns ja erst ganz kurz. Aber ich weiß, du bist die Frau, mit der ich immer aufwachen und immer einschlafen möchte und das für den Rest meines Lebens."
„Nach dem Krieg wird alles anders, Andreas. Dann kann uns keiner mehr trennen."
„Ja, wir werden heiraten und du kannst dein Studium wieder auf-

nehmen. Ich arbeite in meinem Beruf als Ingenieur und wir werden Kinder haben. Alles in der korrekten Reihenfolge." Sie lachten.

„Oh, daran habe ich noch gar nicht gedacht", sagte Helene erschrocken und wurde rot.

„Woran hast du nicht gedacht?"

„An Kinder. Ich meine, hoffentlich bringen wir die korrekte Reihenfolge nicht durcheinander." Er küsste wieder ihre Augen.

„Und wenn schon! Über eine kleine Helene würde ich mich sehr freuen." Heimlich schaute er auf seine Armbanduhr. „Es wird Zeit, mein Liebes."

Zum Abschied hielten sie sich umschlungen.

„Ich liebe dich, Helene. Ich komme bald wieder. Und bis dahin werde ich dir schreiben, so oft es geht."

„Ich liebe dich, Andreas. Ich liebe dich so sehr." Ein letzter liebevoller Blick und er war fort.

Helene wartete sehnsüchtig auf den ersten Brief von Andreas. Sie begann, sich Sorgen zu machen. Konnte er nicht schreiben oder kam die Post nicht an? War er in Gefangenschaft, war etwas anderes Furchtbares passiert? Lebte er gar nicht mehr? Die trüben Gedanken wichen immer erst, wenn sie abends in den Himmel schaute. Dann fühlte sie sich ihm sehr nahe und war sich ganz sicher, dass ihm nichts passiert war und dass es andere Gründe haben musste, warum kein Brief von ihm kam.
Nur noch sehr selten ging Helene hinaus. Es war zu gefährlich geworden, besonders in den Abendstunden. Ihre Tante hatte Recht. Immer öfter schrillten die Sirenen, wenn feindliche Flieger wie aus dem Nichts kamen und ihre Bomben über Kiel abwarfen und die Flak verzweifelt versuchte, Maschinen vom Himmel zu holen.
Eine Nachbarin hatte Annerose erzählt, dass selbst Schüler als Flakhelfer eingesetzt wurden. Ihr eigener vierzehnjähriger Sohn war dabei.
Wenn Annerose und Gustav in den Schutzraum liefen, schlich sich Helene in den stickigen Keller. Im Flur standen immer drei gepackte Koffer. Meistens schleppte Gustav auch die Daunendecken, die er unter seine Arme klemmte, mit in den Schutzraum. Helene durfte nicht mit. Die Überwachung der Partei hörte auch in einem Bunker nicht auf. Kleine Blockwarte waren die Herrscher über Leben und Tod. Sie, die in der NSDAP in der alleruntersten Schublade zu Hause waren, kontrollierten und denunzierten die Zivilbevölkerung. Treppenterrier wurden sie im Volksmund genannt. Ein Tag hatte mit absoluter Sicherheit mehr Stunden als der IQ dieser Männer war. Aber auf den Treppen und hier unten war auch keine Intelligenz gefragt, sondern hier ging es darum Menschen einzuschüchtern, ihnen Angst zu machen, zu drohen und zu verraten.
Dicht gedrängt saßen Männer, Frauen und Kinder, nachdem sie die Kontrolle der Blockwarte überstanden hatten, auf den schmalen Holzbänken. Die Gesichter ängstlich und bleich. Die Zivilisten hatten bis jetzt großes Glück gehabt. Die Angriffe waren gezielt und galten vor allem den Werften und den Stützpunkten.

Aber die Zerstörung kam unaufhaltsam näher. Jeden Tag ein Stückchen mehr.

Annerose und Gustav saßen direkt hinter zwei Jungen. Sie waren ungefähr zehn Jahre alt. Der eine blickte sich nach allen Seiten um und wandte sich dann seinem Freund zu.

Er hielt eine Hand an das Ohr des anderen und flüsterte:

„Klaus, kannst du ein Geheimnis für dich behalten?"

„Natürlich. Ich bin doch dein bester Freund."

„Schwörst du es?" „Ja, Rudi, ich schwöre es."

„Ich wollte es dir schon viel früher erzählen. Also schon vor ein paar Monaten." Er sah sich wieder nach allen Seiten um.

„Wir haben jetzt einen Judenhund. Der Hund gehört eigentlich Ruth. Du kennst doch Ruth. Aber sie musste ja mit ihren Eltern weg. Da hat Ruths Mutter meine Mutter gefragt, ob wir Willi nehmen können, bis sie alle wieder zurückkommen. Meine Mutter hat es erlaubt. Ein Glück, dass mein Vater nicht da ist. Er kann Juden nicht ausstehen, also auch keine Judenhunde. Willi hat immer soviel Angst, wenn er alleine ist und es überall knallt. Und ich habe doch Ruth versprochen, immer auf ihn aufzupassen." Klaus starrte seinen Freund mit offenen Augen sprachlos an. Dann legte er einen Arm um Rudi und flüsterte:

„Hoffentlich kommt dein Vater nicht so schnell wieder nach Hause. Was würde dann aus Willi werden?" Beide Jungen blickten auf den Boden.

Annerose konnte sich kaum beherrschen. Es hätte nicht viel gefehlt und sie hätte laut zu weinen, zu schreien begonnen. Auch Gustav kämpfte mit den Tränen.

Budesoffski, einer der Blockwarte, marschierte durch die Reihen. Ein paar Mal schnauzte er ein paar Kinder an, dann blieb er vor Klaus und seinem Freund stehen.

„Was steckt ihr die ganze Zeit die Köpfe zusammen? Habt ihr was ausgefressen? Ich kenne euch doch von früher." Erschrocken und dunkelrot im Gesicht sahen die Jungen hoch. Noch bevor sie etwas erwidern konnten, mischte sich Annerose ein.

„Haben Sie nichts Wichtigeres zu tun, als Kindern Angst zu machen?" Der Blockwart wollte gerade zu einer Antwort ausholen,

als vom hinteren Teil des Bunkers lautes Schreien zu hören war. Eine alte Frau war unglücklich gestürzt.
„Herrschaften, ich habe schon hundert Mal gesagt, alle bleiben sitzen", schrie Budesoffski in die Richtung der Greisin und wandte sich wieder den Jungen und Annerose zu. „Wir sprechen uns noch!" Eingeschüchtert schauten die beiden Freunde wieder auf den Boden. Gustav stieß seine Frau in die Seite, was heißen sollte, sei endlich still. Aber Annerose dachte nicht daran:
„Sehr gern, Herr Blockwart. Sagen Sie nur Bescheid, wann es Ihnen passt." Sie lächelte ihn herablassend an. Sein Gesicht wurde erst blass und dann rot. Er schwitzte sehr stark. Seine glasigen Augen schienen gleich aus den Höhlen zu kippen. Die Zornesader war so angeschwollen, dass sie jeden Augenblick zu platzen drohte. Er schlug die Hacken zusammen, wollte Annerose gerade ordentlich den Marsch blasen, als die Sirenen wieder erklangen. Entwarnung.

Budesoffski hatte noch vor ein paar Jahren einen winzigen Kiosk besessen. Oft hatte er mit seinen Stammtrinkern vor der Bude gestanden und bei Schnaps und Bier lösten sie alle Probleme der Welt, wussten alles und natürlich alles besser. Bald wurde er nur noch Budesoffski genannt. Die Erwachsenen nahmen ihn nicht für voll und belächelten ihn und die Kinder tanzten manchmal um seine Bude herum und schrien:
„Budesoffski, Budesoffski, trink nicht soviel Bier und Schnaps, dann stinkst du auch nicht wie ein Dachs." In Wirklichkeit hieß er Horst Dieter Relda, war dumm wie ein Stück Brot und konnte sich gerade so über Wasser halten.
Er log und betrog alles und jeden, sogar seine besten Kunden. Den Schnaps verdünnte er mit Wasser. Mit zitternder Hand füllte er den Schnaps um. Kam jemand an seine Bude, registrierte er als erstes den Promillestand des Gastes. War er noch halbwegs nüchtern, schenkte er den echten Schnaps ein. War er dann langsam hinüber, griff er nach der anderen, gestreckten Flasche.

Gustav und Annerose waren so ziemlich die letzten, die aus dem

Bunker gingen. Frauen trugen ihre kleinen Kinder auf den Armen und suchten nach ihren Kinderwagen, die sie vor der Tür hatten stehenlassen. Allmählich löste sich die Menschenmenge auf. Schwer atmend gingen die beiden in die Wohnung zurück. Sie hörten Feuerwehrautos und sahen Rauch und Feuer. Der Wind trug den Qualm in ihre Richtung. Ungefähr fünfhundert Meter von ihrer Wohnung entfernt, brannte ein Gebäude lichterloh. Ängstlich betraten sie das Haus. Helene. Was war mit Helene? Gustav trug die Koffer nach oben und Annerose stürzte in den Keller. Im hintersten Winkel kauerte ihre Nichte. Ihr verzweifeltes, unterdrücktes Schluchzen war schon an der Tür zu hören. Vorsichtig ging Annerose zu Helene und sank vor ihr auf die Knie. „Der Angriff ist vorbei. Es ist alles gut. Komm mit nach oben." Helene rührte sich nicht. Ihr Körper zitterte so stark, dass sie selbst glaubte, der ganze Kellerraum würde von ihrem Zucken erschüttert. Annerose legte behutsam eine Hand auf ihre Schultern, die sich hoben und senkten. Sie konnte nur ahnen, was für Ängste ihre Nichte ausgestanden hatte. Und das schlimmste war, sie konnte ihre Ängste nicht herausschreien, sondern nur mit aller Kraft versuchen, still zu sein. Helenes Augen waren vom Weinen gerötet, ihre Haut fast durchsichtig.
„Komm", sagte Annerose wieder. „Komm, mein Kind." Helene ließ sich von ihrer Tante hochziehen und in die Wohnung führen. Kurze Zeit später saßen die drei in der Küche und tranken einen Tee. Helene hatte sich wieder beruhigt. Langsam begann sie zu sprechen:
„Ich hatte Todesangst. Die ganze Zeit habe ich gedacht, die Bomber sind direkt über unserem Haus."
„Während du Todesängste ausgestanden hast, hat sich deine Tante mit dem Blockwart angelegt."
„Du bist eine alte Petze", erwiderte Annerose lächelnd. Doch nun war Helene neugierig geworden. Annerose und Gustav mussten genau berichten, was sich im Bunker abgespielt hatte. Bei der kleinen Geschichte um die beiden Freunde war Helene zu Tränen gerührt, genauso wie vor ein paar Stunden Annerose.
„Ich wusste gar nicht, dass Juden keine Haustiere haben dürfen",

sagte Helene in die beklemmende Stille hinein.

„Schon seit ein paar Jahren nicht mehr. Wo sollten auch die ganzen Hunde und Katzen hin, wenn Herrchen und Frauchen abgeholt werden?" Gustav sah die beiden Frauen an.

„Was für eine perverse Welt. Was für eine unglaublich perverse, asoziale Welt!"

Um 22.00 Uhr schaute Helene wie jeden Abend in den Himmel. Und wie jeden Abend redete sie mit Andreas: *„Ach, weißt du, ich habe Sehnsucht nach dir. Wenn du bei mir wärst, dann hätte ich nicht so viel Angst. Du würdest mich beschützen, ich weiß das. Schlaf gut, mein Liebster, egal wo du bist. Pass auf dich auf und schlaf gut."* Mit dem Bernstein in der Hand und seinem Bild vor Augen schlief Helene nach diesem anstrengenden Tag erst in den Morgenstunden ein.

Am nächsten Vormittag stand Annerose aufgeregt vor dem Bett ihrer Nichte und wedelte mit einem Brief hin und her.

„Er hat geschrieben! Er hat geschrieben! Werde endlich wach, du Schlafmütze! Andreas hat geschrieben!" Helene riss den Brief aus der Hand ihrer Tante und wartete ungeduldig bis Annerose gegangen war. Sie hielt den Brief an ihre Brust gedrückt und setzte sich auf.

Meine liebste Helene! Rasend schnell pochte ihr Herz und rasend schnell überflog sie den Brief. Erst als sie sich etwas beruhigt hatte, begann sie ihn richtig zu lesen. Andreas schrieb von seinem Leben an Bord. Der zweite Teil des Briefes war eine einzige Liebeserklärung an sie. Der Brief endete mit den Sätzen:

Wenn ich abends um zehn in den Nachthimmel schaue, dann sehe ich dich. Und ich kann dich riechen. Du riechst nach voll erblühten Rosen und bist selbst die schönste. Wärest du eine Rose, dann würde ich dich pflücken, damit du für immer bei mir bist. In unendlicher Liebe und Sehnsucht. Dein Andreas.

Jochen und Mathilde waren auf dem Weg zum Krankenhaus. Karl brachte sie hin, so wie jeden Tag. Jochen blätterte in der Tageszeitung. Mathilde sah träumend aus dem Fenster. Seit sieben Monaten war sie jetzt mit Jochen verheiratet und ihre Liebe zu ihm wurde jeden Tag größer. Sie hatten sich beim Klavierunterricht kennengelernt. Damals ging Mathilde schon im dritten Jahr einmal in der Woche zu Fräulein Grotten, der ewig erkälteten, ältlichen Musiklehrerin. Mit mäßigem Erfolg. Sie hatte keine große Lust immer und immer wieder die gleichen Stücke zu üben. Ihre Musikalität hielt sich in überschaubaren Grenzen, aber ihre Mutter bestand auf den Unterricht. Zu einem Mädchen aus gutem Hause gehörte auch eine musikalische Ausbildung. Punkt.

An einem Mittwoch hatte ein junger Mann in der Küche gesessen und darauf gewartet, dass seine Unterrichtsstunde begann. Das war Jochen gewesen. Der damals sechzehnjährige Schüler war zu seiner ersten Stunde gekommen. Der ist doch viel zu alt, um jetzt noch Spielen zu lernen, hatte Tilde herablassend gedacht, als sie ihn gesehen hatte. Aber der Junge hatte ihr gefallen, mit seinen kurzgeschnittenen braunen Haaren. Lange, schwarze Wimpern umschlossen seine ausdrucksvollen braunen Augen.
„Ich bin Jochen Bartelsen", hatte er gesagt und war aufgestanden. Er war fast zwei Köpfe größer als die dreizehnjährige Tilde gewesen. Fräulein Grotten hatte ihn zu sich gerufen und Tilde war nach Hause gegangen. Am nächsten Mittwoch hatte sie ihn wiedergesehen. Dieses Mal war er vor ihr dran gewesen. Sie hatte gehört wie Fräulein Grotten entrüstet gesagt hatte:
„Das geht nicht, Jochen. Wenn du bei mir Unterricht hast, dann musst du auch zu Hause üben. Sonst hat das doch alles keinen Sinn!"
„Aber wir haben kein Klavier, Fräulein Grotten", hatte Jochen kleinlaut geantwortet. „Und ich kenne auch niemanden, der eines hat." Mathilde war einfach ins Zimmer gegangen und hatte gesagt:
„Vielleicht kannst du ja bei uns zu Hause üben. Ich könnte meine Eltern fragen." Entrüstet hatte Fräulein Grotten Mathilde angesehen.

„Ich habe dir schon ein paar Mal gesagt, dass du nicht einfach eine Unterrichtsstunde stören kannst. Was hast du nur für Manieren!"
Von nun an hatte Jochen bei den Michels geübt. Er war beeindruckt gewesen, was es in diesem Haus noch so alles gab, außer einem gut gestimmten Klavier. Schon nach kurzer Zeit war er wie selbstverständlich bei den Michels ein und ausgegangen. Er war sehr ehrgeizig und sehr musikalisch gewesen. Er hatte schnell beachtliche Fortschritte gemacht und das hatte nicht nur Mathilde imponiert, sondern ganz besonders ihrem Vater. Egbert hatte sich immer einen Sohn gewünscht. Einen Sohn, der dann ganz bestimmt so geworden wäre, wie Jochen. Selbst als Jochen schon studiert hatte und schon längst nicht mehr von Fräulein Grotten unterrichtet worden war, war er regelmäßig zu den Michels gekommen. Mathilde hatte ihn angehimmelt, als junge Frau genauso, wie schon als dreizehnjähriges Mädchen. Die beiden waren zusammen ausgegangen und irgendwann hatte sich Jochen auch in Mathilde verliebt.

„Mathilde, Mathilde wir sind da. Aber wo bis du?" Lächelnd schaute Jochen seine Frau an.
„Ich bin auch wieder da. Also dann bis später, Jochen."
Dr. Jochen Bartelsen war einer der wenigen Ärzte, die noch in einem Krankenhaus arbeiteten. Viele Kollegen waren an der Front. Obwohl Jochen Gynäkologe war, wurde er nur selten zu einer Geburt gerufen. Er operierte und versorgte den ganzen Tag verwundete Soldaten oder Zivilisten. Es war ein Massenbetrieb, der kaum Zeit ließ sich für ein paar Minuten zurückzuziehen. In den Zimmern, den Fluren überall lagen oder standen verletzte Menschen. Die Schreie konnte man zuweilen bis auf die Straße hören. Es gab kaum noch Narkosemittel und das Wenige wurde sorgfältig unter den Schwerstverletzten verteilt. In den ersten Monaten im Kieler Krankenhaus hatte Jochen seinem Chef immer assistiert. Jochen war kein Chirurg und ihm fehlte Erfahrung. Nachdem er seinen Ekel und seine Angst vor zerfetzten Leibern überwunden hatte, erwachte sein unbändiger Ehrgeiz wieder. Nachts saß er an einem Tisch und dokumentierte alles. Auch Kleinigkeiten.

Neben Operationsprotokollen, handwerklichen Aufzeichnungen und Heilungsverläufen schrieb er auf, wie leidensfähig die Patienten waren. Besonders wenn sie den Tod vor Augen hatten. Er beurteilte ihre Psyche, ihre Seele.

Patient A schrie zwei Stunden lang nach seiner Mutter, nachdem er wusste, dass wir nichts mehr für ihn tun konnten. Patient B schrie überhaupt nicht, zuckte nur. Patient C sagten wir nicht, dass es keine Heilung gab. Er schrie trotzdem erbärmlich und weinte wie ein Kind. Patient D wusste Bescheid und wollte unbedingt noch einmal ein Käsebrot essen. Patient E teilten wir mit, dass er keine Chance mehr hat, obwohl das nicht stimmte. Er ergab sich seinem Schicksal, rief aber verzweifelt nach seiner Frau. Als wir ihm sagten, wir hätten uns geirrt, stellten wir keine Gefühlsregung fest. Keine grenzenlose Erleichterung, keinen Zorn gegen uns, die wir ihn doch in Todesängste gestürzt hatten, nichts.

Seinem Chef waren die geschickten Hände und der Ehrgeiz seines jungen Kollegen nicht verborgen geblieben. Eines Tages hatte er gesagt:

„So, Bartelsen, jetzt müssen Sie alleine ran. Ich werde Ihnen bei den nächsten zwei oder drei Operationen noch zur Seite stehen und dann operieren Sie allein. Sie haben mein vollstes Vertrauen."

Jochen war außer sich vor Freude gewesen. Er durfte alleine operieren, was für eine Auszeichnung! In einem Gespräch hatte er dem Chefarzt wenig später überschwänglich erzählt, dass er Tagebuch über viele Krankengeschichten führte und sich ganz besonders für die Psyche seiner Patienten interessierte. Von seinen absonderlichen psychischen Grausamkeiten, erwähnte er natürlich nichts.

„Das ist gut, Kollege. Vielleicht können Sie nach dem Krieg zur Wissenschaft wechseln. Sie haben alle Möglichkeiten. Sie sind jung und werden es weit bringen. Aber vergessen Sie nie, dass wir in erster Linie Ärzte geworden sind, um Menschen zu helfen, sie zu bestärken und ihnen beizustehen, nicht aber um sie zu verunsichern oder ihnen seelischen Schaden zuzufügen." Jochen hatte den Kopf gesenkt. Was wusste sein Chef?

Helene war glücklich wie nie. Sehnsüchtig wartete sie auf die Briefe von Andreas, die jetzt regelmäßig kamen. Immer wieder dachte sie an die erste gemeinsame Nacht, die so wunderschön gewesen war. Wenn sie sich erinnerte, spürte sie seine Hände, seinen Atem. Sie konnte ihn riechen und war ihm so nah, wie es nur eine liebende Frau sein konnte. Sie hörte seine Stimme, sie hörte, wie er sie zärtlich „meine kleine Helene" nannte. Sie wollte bei ihm sein und konnte es gar nicht erwarten, ihn endlich wiederzusehen. Selbst wenn sie bei Luftangriffen zitternd im Keller ausharrte, gaben ihr die Gedanken an ihn Kraft und Zuversicht. Ganz fest glaubte sie jedes Mal: Es wird mir nichts geschehen. Andreas ist bei mir und wird mich beschützen. Sie hielt den Stein, der schon längst zu ihrem Glücksbringer geworden war, in den Händen und zählte die Einschläge.

Kiel versank unter einem schwarzen Himmel.

„Du musst mit uns kommen!", schrie Annerose ihre Nichte an. „Du musst hier weg!" Helene blieb. Ungefähr zur Mittagszeit stürmten Annerose und Gustav mit vielen anderen verstörten und ängstlichen Menschen, mit ihrem Hab und Gut unter dem Arm, in die Bunker: Schreiende Kinder, Babys, die von ihren Müttern hastig aus den Kinderwagen gehoben wurden, alte und gebrechliche Menschen, die nichts anderes wollten, als ihr nacktes Leben und das ihrer Angehörigen zu retten. Im Luftschutzbunker herrschte Chaos. Budesoffski und Konsorten schrien die armen Menschen an, Fremde mussten ihre Ausweise zeigen, Kinder wurden eingeschüchtert. Weit über 200 Menschen hatten Todesangst und ein paar idiotische Blockwarte gaben ihnen den Rest. Budesoffski entdeckte ein kleines Mädchen, dass mit beiden Händen schützend etwas unter ihrem roten Mantel verbarg.

„Was hast du da?", schrie er das Kind an. Noch bevor es etwas erwidern konnte, riss er dem Kind die Hände weg. Zum Vorschein kam ein winziges Katzenjunges.

„Bist du verrückt geworden? Tiere dürfen nicht in den Bunker. Wenn das nun jeder machen würde. Gib mir sofort die Katze!" Das kleine Mädchen begann zu weinen. Die Mutter stellte sich schützend vor ihr Kind.

„Lassen Sie meine Tochter in Ruhe!" Budesoffski wollte sie gerade wegstoßen, als vom entgegengesetzten Teil des Raumes zwei Menschen auf ihn zu liefen. Es waren Annerose und Gustav. Ein Greis und eine junge Mutter mit ihren zwei Kindern taten es ihnen gleich. Es wurde so ruhig, dass man seinen eigenen Atem hören konnte. Der alte Mann baute sich zitternd vor Budesoffski auf. Er war wohl weit über achtzig, trug eine dünne Jacke und eine Schiebermütze, die er tief in sein zerfurchtes und müdes Gesicht gezogen hatte.
„Ich sage Ihnen jetzt mal etwas, Herr Blockwart. Und ich sage es nur einmal. Hören Sie also gut zu. Wenn Sie Ihr kleines bisschen beschissene Macht nicht draußen lassen und dieses kleine Mädchen weiter anschreien, dann werde ich, dann werden wir dafür sorgen, dass das heute Ihr letzter großer, beschissener Auftritt war!" Viele Menschen waren aufgestanden und hatten einen Kreis um das Mädchen gebildet. Budesoffski stand mit offenem Mund und blickte erst den alten Mann und dann die aufgebrachte Menge an. Er war so verdutzt, so überrumpelt, dass er auf dem Absatz kehrt machte und in die andere Richtung ging. Er stellte sich in eine Ecke, holte seinen Flachmann aus der Tasche und nahm einen kräftigen Schluck. „Das wirst du mir büßen", brummte er. „Das wirst du mir büßen."
Draußen hagelte es Bomben auf Kiel, begleitet von heftigem Flak-Feuer. Hunderte von Spreng- und Brandbomben wurden von feindlichen Fliegern im Minutentakt über der Stadt abgeworfen.
Helene saß ängstlich auf einer Holzkiste im Keller. Obwohl es selbst im Kellerloch nicht kalt war, hatte sie das Gefühl, jeden Moment zu Eis zu erstarren, Sie war nicht mehr fähig, einen vernünftigen Gedanken zu fassen. Im Takt der Bomben dachte sie an ihre Eltern, die Studienfreundin Carla, an Annerose und Gustav und natürlich an Andreas. Helene hielt den ungeschliffenen Bernstein so fest in ihrer linken Hand, dass sie sich selbst weh tat. Sie öffnete ihre Hand und blickte gebannt auf ihre zitternden Finger. Ihre Beine schlugen regelrecht gegeneinander und sie hatte das Gefühl, Beine und Hände gehörten nicht zu ihr, denn sie gehorchten ihr nicht mehr. Ihre Zähne begannen aufeinander zu

hämmern, ihr Mund wurde trocken, kleine Kreise tanzten vor ihren Augen, der Lärm war gewaltig, sie hielt sich die Ohren zu und begann zu weinen.

Ich werde es leider nicht schaffen, dich wiederzusehen, Andreas. Du bist ein ganz wundervoller Mann. Ich wäre so gerne mit dir durchs Leben gegangen. Wir beide hätten es irgendwann gut gehabt, denn wir haben uns, und das ist wirklich viel. Aber das Schicksal, oder was auch immer, wollte es anders. Vielleicht überleben wenigstens meine Tante und Gustav. Dann können sie später von mir erzählen. Denn ich weiß, mein lieber Andreas, du wirst den Krieg überleben und du wirst wieder nach Hause kommen.

Helene verlor jedes Zeitgefühl. War sie eine Stunde im Keller oder einen Tag? War es Frühling oder Winter? Sie hörte immer noch den unerträglichen Lärm der Bomben. Auf einmal wurde es still. Diese unheimliche Stille machte ihr noch mehr Angst als die lauten Einschläge von todbringenden Bomben. Sie kauerte auf dem Boden und versuchte, ihren Körper soweit unter Kontrolle zu bekommen, dass sie sich wieder auf die Kiste setzen konnte. Laut begann sie zu zählen: „Eins, zwei, drei, vier, fünf, sechs..." Als sie bei achtzig angekommen war, stand sie vorsichtig auf. Sie hörte aus der Ferne klägliche Sirenen heulen. Es war vorbei. Unendlich langsam ging sie aus dem Keller und stieg die Treppe hinauf. Sie ging in die Wohnung und war erleichtert und dankbar. Sie lebte und das Haus stand noch. Helene ging zum Fenster und schaute hinaus. Von überall kamen Menschen und wollten in ihre Häuser zurück. Der Himmel war rußgeschwärzt und von rotgelben, lodernden Balken durchzogen. Die Stadt war schwer getroffen. Jetzt endlich entdeckte Helene in der Menschentraube Annerose und Gustav. Sie gingen tiefgebeugt nebeneinander her und schienen die ganze Last der Welt auf ihren Schultern zu tragen. Als sie dem Hauseingang näher kamen, blickte Gustav direkt in Helenes Augen. Er stupste Annerose an und sie sahen gemeinsam nach oben. Annerose deutete ein Winken an. Was für ein Glück. Was für ein unsagbares Glück. Sie hatten überlebt.

Mehrere Tage gab es weder Gas, Wasser oder Strom. Viele Gebäude der Stadt, Kliniken, Werften und Maschinenhallen, waren teilweise oder ganz zerstört. Menschen, junge und alte, hatten ihr Leben verloren.

Manchmal ging Helene mit ihrer Tante in die alte Laubenkolonie. Die Gärten waren genauso verlassen, wie im Winter. Es war niemand mehr da, der den Rasen mähte, Unkraut jätete oder Gemüse erntete. Annerose konnte gar nicht verstehen, warum sich keiner mehr um seinen Garten kümmerte. Auch wenn die Männer im Krieg waren, warum kamen nicht die Frauen? Sie hatte sich immer einen Garten gewünscht. Einen Platz, wo sie in der Natur war und ihre eigenen Früchte ernten konnte. Wo sie mit Gustav in der Abendsonne sitzen und den Kindern beim Spielen zuschauen konnte.
„Sollen wir uns nicht einfach einen aussuchen?", fragte eines Tages Helene, die natürlich wusste, wie sehr sich ihre Tante einen Garten wünschte.
„Nein, das geht doch nicht. Wir können doch nicht einfach ein Stück Land besetzen." Beide lachten über das unfreiwillig komische Wortspiel bis sie Tränen in den Augen hatten.
„Vielleicht treffen wir ja doch mal einen Laubenpieper. Dann fragen wir einfach, ob noch ein Garten frei ist." Annerose schaute lächelnd in die verwilderten Gärten. Plötzlich sah sie einen jungen Mann in Uniform mit eiligen Schritten auf die beiden zukommen. Helene folgte ihrem Blick und stieß einen kleinen Freudenschrei aus. Sie flog Andreas geradezu entgegen. Er nahm sie fest in die Arme und die beiden vergaßen die Welt um sich herum.
„Andreas, Andreas", stammelte Helene immer wieder. „Wo kommst du her? Warum hast du nicht geschrieben, dass du kommst?"
„Ich wollte dich überraschen und bin direkt hierher gelaufen. Ich habe gespürt, dass du an unserem Platz bist." Sie küssten sich wieder und gingen gemeinsam zu Annerose, die den beiden sichtlich gerührt zugesehen hatte.
„Tante Annerose, das ist Andreas."
„Ich freue mich Sie endlich kennenzulernen", sagte Annerose und reichte ihm die Hand. „Das heißt, eigentlich kenne ich Sie schon Monate und fast genau so gut wie Helene." Andreas sah sie gewinnend an.

„Es ist wirklich schön, dass wir uns hier treffen und Sie jetzt vielleicht einen anderen Eindruck von mir haben. Der erste war ja nicht gerade der beste." Beide lächelten sich offen und voller Sympathie an. Helene hakte sich bei Andreas ein. Annerose spürte und konnte gut verstehen, dass sich die beiden Liebenden viel zu erzählen hatten und lieber allein sein wollten.

„Ich gehe jetzt. Bestimmt sehen wir uns ja noch, bevor Sie wieder fort müssen. Sie sind uns immer herzlich willkommen." Sie reichten sich wieder die Hand und Helene schaute ihre Tante dankbar und glücklich an.

„Helene, wie schön du bist. Noch viel schöner als damals. Ich habe jeden Tag an dich gedacht. Jeden Tag." Er sah ihr tief in die Augen.

„Leider kann ich nur ein paar Stunden bleiben. Unser Boot ist beschossen worden und bleibt in der Werft. Die ganze Besatzung wechselt das Schiff. Deshalb sind wir nicht lange im Hafen."

„Dir ist aber nichts passiert, oder? Hattet ihr viele Verletzte, viele Tote?" Ängstlich sah Helene ihren Liebsten an.

„Nein, wir haben keinen Kameraden verloren und mir geht es gut." Er wandte sich ihr liebevoll zu und fuhr mit einer Hand zärtlich durch ihre wundervollen Haare.

„In sechs Stunden muss ich an Bord sein, vorher treffe ich noch meine Eltern. Ich möchte nicht über das Unglück reden, es gibt wichtigeres. Es gibt uns." Andreas ergriff ihre Hände. „Du hast mir soviel von dir geschrieben, aber ich weiß immer noch so wenig von dir. Warum lebst du bei deiner Tante und bei deinem Onkel? Was ist mir dir, meine kleine Helene? Was ist passiert? Warum versteckst du dich, warum, Helene? Wir lieben uns doch. Ich möchte dir helfen. Aber deshalb muss ich wissen, was los ist. Erzähl es mir doch, Helene. Bitte erzähl es mir." Helene rückte ein wenig von ihm ab und senkte den Blick.

„Ich werde dir alles erzählen, Andreas. Wenn der Krieg vorbei ist, werde ich dir alles erzählen. Es ist auch nicht so schlimm, wie du vielleicht denkst. Ich habe niemandem etwas getan, keinen Laden ausgeraubt oder einer Frau ihren Mann ausgespannt." Sie lächelte ihn entschuldigend an. „Wir haben nur wenig Zeit. Ich möchte

ganz bei dir sein. Jetzt, in diesem Moment, Andreas. Alles andere werde ich dir später erzählen." Andreas sah sie verliebt an.
„Was meinst du mit ganz bei dir sein?"
„Na, was schon."
„Du meinst, wir sollen hier, mitten am Nachmittag?"
„Ja, das meine ich. Hier und mitten am Nachmittag." Beide blickten auf die zerbeulten Blechhütten der Gärten. Andreas legte den Arm um sie und sagte:
„Dann los, meine Schöne." Sie schlenderten Arm in Arm an den einzelnen Parzellen vorbei, die von Hecken umschlossen waren. Vor einer Laube, um die ein Jägerzaun gebaut war, blieben sie stehen und Andreas fragte:
„Sollen wir hier?" Helene lachte. Zum ersten Mal lachte sie herzhaft und unbefangen, seitdem sie sich kennengelernt hatten. Ihr Lachen war ansteckend. Verwundert fragte Andreas:
„Warum nicht hier? Was hast du gegen diesen Platz?"
„Ich bitte dich, Andreas", prustete Helene. „Ein Jägerzaun. Das ist, als würden …"
„Also gut, kein Jägerzaun. „Da drüben, Helene. Kein Jägerzaun und eine Blechhütte, die direkt an einem Wall und etwas abseits steht." Er zeigte in die Richtung.
„Perfekt, einfach perfekt." Helene schaute Andreas wieder verliebt an und sie liefen um die Wette in den Garten. Direkt hinter der Laube war ein kleiner, ungepflegter Grasstreifen und dahinter, wie die beiden vermuteten, ein fast zugewachsener Wall. Außer Atem blieben sie hinter der Hütte stehen. Sie drückten ihre Nasen an den blinden Scheiben der Laube platt und versuchten einen Blick ins Innere zu erhaschen. Aber sie konnten, außer ein paar alten Gartenstühlen, nichts sehen. Andreas umschloss das schöne Gesicht von Helene mit beiden Händen.
„Ich liebe dich, Helene! Oh, wie ich dich liebe!" Sie rissen dem anderen förmlich die Kleider vom Leib und liebten sich in dem warmen Gras, verlangend, leidenschaftlich und so, als gäbe es diese Leidenschaft, diese verzehrende Liebe, diese Sehnsucht und diese Hingabe nur hier und jetzt und dann nie wieder und nur hier an diesem einen Ort, zwischen verwilderten Gärten und blinden Scheiben.

Andreas und Helene hielten sich umschlungen und blickten in den blauen Himmel. Der Tag war warm, der leichte Wind, der von der Förde zu ihnen herüber wehte, streichelte behutsam ihre nackten und schwitzenden Körper. Sie lagen ganz nah beieinander und genossen diesen Moment der Ruhe, des Friedens, der absoluten Liebe. Helene legte ihren Kopf auf Andreas Brust. Sie streichelte seinen Hals und zeichnete sein Gesicht mit ihren Fingerspitzen nach.

„Ich könnte immer mit dir im warmen Gras liegen, Andreas, ein Leben lang." Sie stand nach diesen Worten auf und begann sich anzuziehen. Auch Andreas zog sich an. Anschließend saßen sie dicht nebeneinander.

„Wenn ich das nächste Mal heimkomme, wird es für immer sein. Wir könnten beide nach Berlin gehen, Helene. Ich war noch nie in einer so großen Stadt. Kiel ist ja dagegen ein kleines Dorf mit Jägerzaun."

„Berlin ist auch nur ein riesiges Dorf mit Jägerzaun. Aber manchmal habe ich richtiges Heimweh. Ich vermisse meine Freunde und meine beste Freundin. Carla und ich haben uns schon in der Schule kennengelernt. Sie ist unglaublich klug. Sie hat soviele Bücher gelesen, wie ich es wohl in meinem ganzen Leben nicht mehr schaffen werde. Außerdem ist sie sehr musikalisch. Sie spielt Klavier, am liebsten Mozart, und kann wunderschön singen."

„Sie spielt Klavier?", fragte Andreas dazwischen. „Genau wie mein Bruder Jochen. Allerdings spielt der in letzter Zeit immer nur Schunkellieder und geradezu leidenschaftlich Das kann doch einen Seemann nicht erschüttern."

„Dieses Lied spielt er wirklich?", fragte Helene geradezu angewidert.

„Ja, wirklich." Andreas war der aggressive Unterton in ihrer Stimme nicht entgangen. „Was hast du gegen dieses Lied? Jochen ist nun mal kein Mozart."

„So viele gute Lieder dürfen nicht mehr gespielt werden. Viele Künstler haben Berufsverbot, wie die Comedian Harmonists. Und dein akademischer Bruder spielt diese Durchhalteparole von Heinz Rühmann?" Erbost sah sie ihn an. „Was hat denn dieses harmlose

Lied mit meinem Bruder zu tun? Soll er Fahrtenlieder oder Märsche spielen?"
"Nein, eben nicht. Aber auch nicht dieses dämliche Lied!" Es war nicht zu überhören. Die beiden hatten ihren ersten Streit. Andreas schaute unvermittelt in den Wall hinein und beobachtete das Liebeswerben eines Rotkehlchens. Helene folgte seinen Blicken.
"Wie dumm von mir, Andreas. Ich will mich nicht streiten. Schon gar nicht mit dir."
Sie berührte seinen Arm.
"Was macht Carla jetzt? Ist sie noch in Berlin?" Helene wich einer Antwort aus.
"Ich habe schon lange nichts mehr von ihr gehört. Ich weiß noch nicht einmal, ob es ihr gut geht, ob sie überhaupt noch in Berlin ist. Hast du eigentlich auch einen besten Freund?"
"Eigentlich keinen richtigen", musste Andreas zugeben. "Während des Studiums hatte ich mich mit Holger angefreundet. Wir haben viel gemeinsam unternommen. Aber irgendwie hat sich das nach unserem Abschluss zerschlagen." Abrupt wechselte Andreas das Thema. "Helene, warum lebst du wirklich bei deinen Verwandten? Was bedrückt dich? Du kannst doch Vertrauen zu mir haben. Ich würde doch nichts tun, was dir schaden könnte. Ich liebe dich, Helene. Ich möchte mein Leben mit dir verbringen. Hab ich nicht ein Recht zu erfahren, was los ist?" Zum zweiten Mal an diesem Nachmittag wurde Helene aggressiv. In ihr kroch eine seltsame Wut hoch und sie konnte sich nur sehr schwer beherrschen. "Andreas", sagte sie mit harter Stimme. "Ich kann es auch umgekehrt sehen. Liebe ist auch Vertrauen. Ich bitte dich also, mir zu vertrauen. Du hast keinen Grund, dich für mich zu schämen oder dir unnötige Sorgen zu machen oder eifersüchtig zu sein. Ich werde dir schon noch alles erzählen, aber nicht jetzt. Nicht heute und nicht hier." Beunruhigt und traurig schaute Andreas sie an. Viele Gedanken gingen durch seinen Kopf. Seit Monaten hatte er diesen Tag, diese wenigen Stunden herbeigesehnt und dann stritten sie sich fast die ganze Zeit. Was war nur los mit ihnen? War er zu aufdringlich? Fühlte sie sich von ihm in die Enge getrieben wie ein verwundetes Tier und reagierte deshalb so unver-

mittelt zornig? Er schaute Helene an. Ihr Gesicht war leicht gebräunt. Ihre dunklen, unergründlichen Augen schauten traurig und aufgewühlt. Ihre Augen können sprechen, dachte er. Man muss ihr nur in die Augen schauen, um zu sehen, in welchem Gemütszustand sie sich gerade befindet. Wieder dachte er, noch nie in seinem Leben eine solch schöne, zauberhafte Frau mit sprechenden Augen gesehen zu haben. Ihre Haare wehten im leichten Wind, in ihrem Gesicht spiegelte sich der innere Kampf, den sie zweifellos, mit wem auch immer, bestritt. Ganz langsam wandte sie sich ihm zu. Ihre Augen lächelten jetzt wieder.
„Andreas, lass uns nicht streiten. Ich habe mich doch so nach dir gesehnt, mich so gefreut dich endlich wiederzusehen."
Sie begann, ihn wieder unendlich zärtlich zu küssen und die beiden waren sich wieder so nahe, so vertraut, wie es nur Menschen sein können, die sich lieben.
Auf einmal hörten sie Stimmen. Andreas löste sich von Helene. Auf allen Vieren kroch er soweit, bis er einen Blick in den Garten werfen konnte. Fast geräuschlos kam er zurück und flüstere:
„Wir müssen ganz schnell hier weg. Da draußen gehen vier Frauen, sie kommen direkt auf uns zu." Eilig kramten sie ihre Sachen zusammen. Andreas half Helene durch den Wall. Er hielt Zweige auseinander, damit sie sich nicht verletzen konnte. Als sie es geschafft hatten, umarmten sie sich und lachten übermütig wie Kinder. „Komm, Helene. Ein paar Schritte nach rechts und wir sind wieder auf der Straße." Hastig zupften beide an ihrer Kleidung herum, Andreas zog seine Krawatte nach. Nach einigen Metern betraten sie eine enge Gasse. Es waren nicht viele Menschen unterwegs, nur ein paar alte Frauen, die trotz der Wärme Kopftücher trugen und einige Kinder, die mit einer zerbeulten Dose auf dem Kopfsteinpflaster Fußball spielten. Ein wenig entfernt kaute ein alter Mann an seinem Glimmstängel. Dünn und zerlumpt stand er regungslos da und starrte eine Hauswand an. „Was für eine arme Kreatur", flüsterte Helene. Andreas nickte zustimmend. Sie bogen um die Ecke und waren wieder auf der Hauptstraße.
„Am liebsten würde ich dich mit zu meinen Eltern nehmen. Sie sol-

len dich endlich kennenlernen. Komm doch einfach mit, Helene."
„Nein, Andreas. Die paar Stunden, die noch bleiben, bis du wieder weg musst, gehören deiner Familie. Ihr habt euch bestimmt viel zu erzählen, da störe ich nur."
„Du würdest nie stören. Aber vielleicht hast du Recht. Heute ist die Zeit zu kurz. Aber das nächste Mal kommst du mit, abgemacht?" Er wartete keine Antwort ab. „Vielleicht sollte ich ihnen aber wenigstens von dir erzählen. Meine ganze Familie denkt ja schon besorgt, es sei nicht normal, dass ausgerechnet ich keine Freundin habe." Sie blieben vor dem Haus der Ulrichs stehen. Der schwerste Moment war gekommen.
„Pass gut auf dich auf, Helene. Vergiss nie, dass ich dich liebe und immer an dich denke. Ich werde dir so bald wie möglich schreiben. Und vergiss nicht, immer abends um zehn an mich zu denken."
„Wie könnte ich das vergessen? Ich liebe dich, Andreas. Komm gesund wieder."
Bedrückt betrat Helene den Flur. Ihre Verwandten waren nicht da. So konnte sie auch in Gedanken von Andreas Abschied nehmen und in Ruhe an die vergangenen Stunden denken. Hätte sie Andreas nicht so anfahren dürfen? Was dachte er nur von ihr. Auf der einen Seite machte sie Anspielungen und auf der anderen Seite ein großes Geheimnis um ihre ganz persönliche Geschichte. Sie horchte in sich hinein. Im Grunde ihres Herzens wollte sie ihn nur schützen. Immerhin war er Offizier, es war Krieg und er diente seinem Land. Seinem Land? Es war auch ihr Land, für das sie sich allerdings in den letzten Jahren schämte. Wie hatte alles so weit kommen können in dem Land der Dichter und Denker? Waren die Täter entmenscht oder wurden die Opfer gnadenlos entmenscht? Helene war schon immer eine überzeugte Gegnerin von Kriegen und Gewalt gewesen. Seit dem Tod ihrer Mutter, aber ganz besonders seit dem Tod ihres Vaters, war ihr die Endlichkeit des Daseins klar vor Augen geführt worden. Das Leben war von Natur aus endlich. Durften Politiker und schlichte Verbrecher eines Systems so dramatisch in die Naturgesetze des Daseins eingreifen? Durften sie Gott spielen? Durften sie selektieren? Dieses furchtbare, arrogante Wort gab schon für sich allein die Antwort. Nein, nein, nein,

schrie alles in ihr. Niemand durfte das. Niemand. Keine Hitler, keine Banken, keine Industrie und keine kleinen Budesoffskis.
Helene wusste nicht genau, warum sie gerade jetzt, nach dem Wiedersehen mit Andreas, an all diese furchtbaren Dinge dachte. Wahrscheinlich, weil sie über Carla gesprochen hatte. Carla hatte ihr an einem ihrer letzten Begegnungen genau das entgegen geschrien. Sie hatte geschrien und geschrien und ihr vorgeworfen, dass sie wie die drei weisen Affen sei, nichts sehen, nichts hören, nichts sagen.
Helene horchte wieder in sich hinein. Hatte Andreas doch etwas mit ihrem Seelenzustand zu tun? Lehnte sie in Wirklichkeit eine Seite von ihm ab? Traute und vertraute sie ihm vielleicht deshalb nicht bedingungslos? Handelte es sich um eine Schutzhaltung ihres Unterbewusstseins? Wollte sie in Wirklichkeit sich selbst schützen und nicht Andreas? War Andreas, als Offizier, ein aktiver Teil dieses todbringenden Regimes? Sie dachte wieder an ihre Freundin. Seit ihrer Studienzeit hatten sie oft über politische Themen, auch im Kreise anderer Studenten, diskutiert, manchmal auch gestritten. Aber noch nie zuvor hatte Carla so die Beherrschung verloren. Nackte Angst hatte sie so unbeherrscht schreien lassen und ihre Anschuldigungen waren hart und wie Peitschenhiebe auf Helene und die befreundeten Studenten herunter geprasselt. Helene und die anderen seien passiv und meinungslos und nichts weiter als feige und sprachlose Zuschauer des furchtbaren Geschehens.
Aus heutiger Sicht hatte Helene diesen provozierenden Anstoß gebraucht, um nicht mehr blind, taub und stumm zu sein.

Andreas war bei seinen Eltern angekommen.
„Wo bleibst du denn?", fragte sein Vater vorwurfsvoll statt einer Begrüßung. Sein linkes Hosenbein war hochgeschoben und mit einer Sicherheitsnadel festgesteckt. Zu Hause trug er nur sehr selten seine Prothese. Er hinkte zur Seite um seiner Frau Platz zu machen. Andreas umarmte seine Mutter.
„Mein Junge, mein Junge. Dass du wieder da bist und gesund. Lass dich anschauen. Dünn bist du geworden. Hast du heute schon etwas

gegessen?" Es roch nach Kohl. Andreas schüttelte verlegen den Kopf.
„Ich habe keinen Hunger, Mutter. Ich habe auch leider nicht viel Zeit." In der Stube saßen die Großeltern auf dem Sofa. Andreas beugte sich zu ihnen hinunter und begrüßte erst seinen Großvater und umarmte dann seine geliebte Oma. Auf dem Tisch stand eine Kanne mit Tee.
„Aber einen Tee wirst du doch wenigsten mit uns trinken?", sagte seine Mutter nun und schenkte eine Tasse voll. Andreas setzte sich auf einen Stuhl.
„Ich freue mich euch alle gesund zu sehen. Ist in Kiel viel zerstört worden? Du hast davon gar nichts geschrieben, Mutter. Wie geht es Jochen und Tilde? Werde ich bald Onkel?" Das Gesicht seines Vaters verfinsterte sich.
„Jochen sehen wir auch nicht oft. Und Mathilde schon gar nicht. Nein, schwanger ist sie nicht. Wenigstens wissen wir davon nichts."
„Ach, Andreas. Es ist nicht so schlimm gewesen. Bis jetzt haben wir großes Glück gehabt." Seine Mutter sah bei diesen Worten ihre Schwiegereltern bittend an. Sie wollte nicht, dass Andreas sich zu viele Sorgen machte. Er brauchte seine Kraft und seine Gedanken, um auf sich selbst aufzupassen.
„Wo warst du denn die ganze Zeit?", hakte sein Vater nach. „Du hättest doch schon seit Stunden hier sein müssen. Ich finde das nicht richtig von dir. Nach Monaten kommst du für ein paar Stunden nach Kiel und dann vertrödelst du die Zeit!" Gertrude und Johannes, die Großeltern, mischten sich jetzt lautstark ein.
„Lass doch Andreas in Ruhe", schimpfte Gertrude.
„Freu dich doch, dass der Junge da ist, anstatt ihn auszuschimpfen", sagte Johannes. Andreas rutschte unbehaglich auf seinem Suhl hin und her. Sollte er die Wahrheit sagen, endlich von Helene erzählen? Die Entscheidung wurde ihm abgenommen, denn es klopfte. Vor der Tür standen Jochen und Tilde. Andreas sprang auf.
„Was für eine Überraschung." Er umarmte die beiden und freute sich ganz besonders, seinen Bruder wieder zu sehen. Nachdem sich alle begrüßt hatten, bemühte sich Elisabeth angestrengt, die zäh-

flüssige Unterhaltung in Gang zu halten. Wie schon bei früheren Gelegenheiten wurde es immer stiller, je größer die Familienrunde war. Woran das lag? Wohl niemand wusste es so genau. Waren die Altersunterschiede zu groß, klafften die Interessen zu weit auseinander oder hatten sie sich einfach nur so wenig zu sagen? Für alle waren diese Zusammenkünfte sehr anstrengend und auf eine gewisse Weise auch ernüchternd und traurig. Es klopfte wieder. Dieses Mal stand Andreas auf und öffnete die Tür. Draußen stand ein Kamerad, um ihn abzuholen. Eilig verabschiedete sich Andreas von seiner Familie. Er hatte ein schlechtes Gewissen und war erleichtert, dass seine Verschwiegenheit, die er sich selbst auferlegt hatte, nicht länger auf eine harte Probe gestellt wurde. Zusammen mit seinem Kameraden lief er die Stufen hinunter auf die Straße. Noch lange hatte er das leise Weinen seiner Mutter und seiner Großmutter in den Ohren. Auch ihm viel es schwer, seine Familie zu verlassen. Auch er machte sich immer Sorgen. Um die Eltern, die Großeltern, seinen Bruder und Tilde, aber ganz besonders um Helene, die er um keinen Preis der Welt wieder verlieren wollte.

Im Hause Michels war helle Aufregung, Jochen war zum Oberarzt ernannt worden.

„Das darf doch nicht wahr sein, Jochen. Herzlichen Glückwunsch, mein Junge. Wie hast du denn das gedreht?" Egbert blickte stolz auf seinen Schwiegersohn und klopfte ihm immer wieder auf die Schulter.

„Na ja, in Kriegszeiten geht so manches etwas formloser." Jochen lachte. Mathilde lachte auch und strahlte mit ihm um die Wette. Sie hing wie immer an seinem Arm. Eva-Maria schaute skeptisch auf das junge Paar. Für ihren Geschmack hielt sich ihre Tochter zu oft am Arm ihres Mannes fest. Außerdem war ihr die rasante Karriere ihres Schwiegersohnes suspekt. Wie konnte man in dem Alter schon Oberarzt sein? Viel Ahnung hatte sie nicht von den Hierarchien der Klinikärzte. Aber dieses Tempo? Trotz ihres eigenen Aufstiegs in die gehobene Mittelschicht, wie sie ihre gesellschaftliche Stellung selbstironisch nannte, war sie auch von ihrem Leben geprägt, das sie vorher hatte. Eins und eins macht zwei und nicht drei. Punkt.

Eva-Maria versuchte, sich nichts von ihren Überlegungen anmerken zu lassen und gratulierte Jochen eine Spur zu enthusiastisch.

„Falls du deinen Arm für einen Moment von deinem Mann lösen kannst, stell bitte ein paar Gläser auf den Tisch!" Tilde war über den harten Ton ihrer Mutter erschrocken. Sofort sprang sie auf und holte Gläser aus dem Schrank.

„Heute hatten wir mal wieder eine Geburt", erzählte Jochen. „Ein kleiner Junge. Das ganze war völlig problemlos und ging sehr schnell. Mathilde hat mir assistiert. Wir konnten keine Hebamme auftreiben. Auch der alte Feldwebel war nicht da. Das ist unsere älteste Hebamme, die ziemlich forsch ist. Deswegen nennen alle sie Feldwebel." Er strahlte seine Frau an.

„Ja, das war etwas ganz besonderes", begann Mathilde. „Ich habe die Nabelschnur durchgeschnitten und das Baby versorgt. Jochen war ganz wunderbar. Er hat der Mutter immer wieder Mut gemacht und ihr gezeigt, wie sie richtig atmen muss. Es war eine ganz wunderbare Geburt. Sie war ihm so dankbar. Der Junge soll Jochen heißen. Ist das nicht süß?"

„Auf Jochen und den neuen Jochen." Egbert prostete den anderen zu. Eva-Maria war sehr ruhig an diesem Abend. Mathildes Verhalten gefiel ihr nicht. Sie erstickte ihren Mann förmlich mit ihrer Liebe. Würde Jochen ihre Nähe in ein paar Monaten, wenn der erste Glückstaumel vorbei war, auf die Nerven gehen? War ihre Tochter abhängig von diesem Mann? Mal ganz abgesehen davon, dass es taktisch unklug war, den Mann nicht mehr werben zu lassen, selbst wenn es der eigene war. Eine Ehe wurde auch von Taktik bestimmt. Sie konnte das Benehmen ihrer Tochter nicht verstehen. Eine ganz wunderbare Geburt, hatte sie gesagt. Eine Geburt war ein Wunder, aber wunderbar? Eine Geburt war vor allen Dingen mit starken Schmerzen verbunden. Man bekam kein Kind im Schlaf. Wieso plapperte ihre Tochter alles schön, was ihr Mann machte?

Wo waren Tildes Freundinnen geblieben, die früher gern und oft gekommen waren? Vernachlässigte Mathilde mit Absicht ihre Freundschaften oder steckte Jochen dahinter? Sie hatte noch nie etwas gegen Jochen gehabt, im Gegenteil. Aber an diesem Abend spürte Eva-Maria das erste Mal, dass es neben dem freundlichen, lächelnden Jochen noch eine andere Seite dieses Mannes gab, eine dunkle Seite. Ein dunkles Zimmer. Er hatte sich ihr gegenüber immer galant und freundlich verhalten. Es gab keinen Anlass, der ihre plötzlichen Überlegungen rechtfertigte. Vielleicht aber war er schon immer eine Spur zu galant und zu freundlich gewesen. Das hatte Eva-Maria immer gefühlt, aber bis zum heutigen Tag einfach ignoriert. Er kam auch aus kleinen, einfachen Verhältnissen, genau wie sie. Aber er betörte nicht nur ihre Tochter, sondern auch ihren Mann auf eine ganz seltsame Weise. Egbert war ein bodenständiger Mensch, der sich alles selbst aufgebaut hatte. Das bewunderte Eva-Maria bis heute. Aber er war grundehrlich und versteckte sich nicht hinter einem Lächeln oder einer gleichbleibenden Höflichkeit. Ihr Mann verstellte sich nie. Nicht wenn er feiern und die ganze Welt umarmen wollte, aber auch nicht wenn er einen rabenschwarzen Tag hatte und seine schlechte Laune ansteckend war.

Egbert schenkte die Gläser wieder voll.

„Auf unseren frisch gebackenen Oberarzt! Auf den besten Arzt der Welt! Auf alle Jochen dieser Erde! Vielleicht bekommen wir ja auch bald einen neuen, kleinen Jochen." Er zwinkerte seinem Schwiegersohn zu.
„Contenance Egbert. Contenance."
Mitten in der Nacht stand Jochen auf. Leise schlich er sich aus dem Schlafzimmer und holte seine Arzttasche aus dem Flur. Er ging ins Arbeitszimmer seines Schwiegervaters und setzte sich an den Tisch. Emsig begann er, die klinischen Ereignisse dieses Tages akribisch aufzuschreiben. Er schloss mit den Sätzen:
Geburt problemlos. Gebärende leicht hysterisch. Ihr Schreien und Klagen stand in keinem Verhältnis zu den Schmerzen. Durch Fehlverhalten der Gebärenden und falsche Atmung völlig unnötige Kraftanstrengungen. Psyche und Schmerzverhalten nicht im Einklang.
Er klappte seinen Schreibblock zu und saß noch eine Weile am Tisch. Was für ein Tag! Ich bin Oberarzt! Ich habe schon so viel in so kurzer Zeit geschafft, so viele Kollegen überholt.
Ich werde der beste und bekannteste Arzt der Stadt, des Landes.

Jochen saß wieder an Egberts Schreibtisch und las seine Notizen der vergangenen Tage. Obwohl er müde und sehr erschöpft war, wollte er die Geschehnisse dieses Tages aufschreiben. Und ein Gedächtnisprotokoll über Schwester Beate anfertigen, mit der er heute heftig aneinander geraten war.
In der Klinik war es drunter und drüber gegangen. Zeitweise wussten er und seine Kollegen nicht, was sie zuerst und zuletzt machen sollten. Jeder Patient meinte, er sei der wichtigste und seine Beschwerden seien die größten. Es gab nur sehr wenige Ausnahmen. Menschen, die es gelernt hatten zu warten und sich in Geduld zu üben, auch wenn es manchmal Stunden dauerte. Heute war ihm eine junge Frau aufgefallen, die wegen frühzeitiger Wehen gekommen war. Nur widerwillig untersuchte Jochen die Frau, die im sechsten Monat schwanger war. Eigentlich sollte er im OP stehen. Eine hochinteressante Operation stand an. Der Chefarzt hatte ihn einfach in die Notaufnahme geschickt, die völlig überfüllt war. Überall warteten Menschen, die auf Hilfe angewiesen

waren. Jochen fühlte sich degradiert und hatte eine unbändige Wut im Bauch. Bei der Untersuchung war eine Krankenschwester dabei, die sich über den barschen Ton Jochens nicht nur wunderte, sondern auch ziemlich erbost war. Schließlich war die Frau schwanger und die Sorge um ihr ungeborenes Kind machte sie sehr ängstlich. Die Schwester merkte deutlich, wie grob Jochen die Frau untersuchte und wie arrogant und anmaßend er mit ihr sprach.

„Sehen, Sie Frau…", er schaute in die Papiere, „Frau Bruhn, wir sind hier kein Haus für hysterische Schwangere. Unser Krankenhaus ist voll von echten Patienten, die versorgt werden müssen. Es ist alles in Ordnung. Ich gebe Ihnen ein paar Tropfen mit." Die Patientin war über seinen Ton so erschrocken, dass sie nichts erwiderte, sondern wortlos den Untersuchungsraum verließ. Schwester Beate platzte der Kragen:

„Welche Laus ist Ihnen denn über die Leber gelaufen? Wie können Sie so mit einer hochschwangeren Frau umgehen?"

„Erstens ist sie nicht hochschwanger und zweitens, verehrte Schwester Beate, verbitte ich mir diesen Ton. Sie haben doch sicher noch etwas anderes zu tun, als mich zu maßregeln." Die erfahrene Schwester, die schon über dreißig Jahre im Krankenhaus arbeitete und Stellvertreterin der Oberschwester war, sah ihm gerade in die Augen:

„Spielen Sie sich nicht so auf. Sie machen zu schnell Karriere und das tut Ihnen nicht gut. Neuerdings finden Sie ja alle Patienten nur noch hysterisch. Das ist übrigens auch schon anderen aufgefallen." Sie ging an ihm vorbei und wartete keine Antwort von ihm ab. Als sie den Raum verließ, sagte sie laut und deutlich: „Schnösel. Lackaffe."

Jochen beschwerte sich eine Stunde später beim Chefarzt und verlangte eine offizielle Entschuldigung der Schwester und eine Ermahnung vom Chefarzt. Sein Chef wollte davon nichts hören, sondern sagte:

„Kollege Bartelsen, ich kenne Schwester Beate weit über zwanzig Jahre. Sie ist eine gute Schwester und arbeitet seit Monaten unermüdlich. Ich möchte lieber gar nicht offiziell wissen, wie viele

Stunden sie täglich hier ist. Wenigstens bedeutend mehr als Sie und ich. Wir alle sind überarbeitet, müde und zuweilen gereizt. Raufen Sie sich mit ihr zusammen, suchen Sie das Gespräch. Diese Differenz lässt sich auch ohne großes Tamtam aus der Welt schaffen und rechtfertigt eine Rüge nicht. In dieser schweren Zeit haben wir andere Sorgen, als uns mit dem Ausrutscher einer Krankenschwester zu beschäftigen. Ich muss Prioritäten setzen und kann mich nicht mit so einem Kinderkram aufhalten."
Chefarzt Callsen blickte nur kurz auf. Das Gespräch war beendet.
Jochen musste seine zweite kleine Niederlage an diesem Tag einstecken. Er war für den Rest des Tages mürrisch. Um 20.00 Uhr stand Karl, wie jeden Abend, mit dem Benz vor der Klinik. Als Jochen zusammen mit seiner Frau nach Hause kam, war er wie ausgewechselt. Er sprühte vor Charme und ließ sich von seiner Verstimmung nichts anmerken. Wenigstens solange nicht, bis seine Frau endlich müde war und ins Bett ging.
Nachdem er mit dem Tagesprotokoll fertig war und einige Zeilen über Schwester Beate hinzufügte, begann er mit seinen eigentlichen Eintragungen. Zum Schluss schrieb er:
Patienten A und B durchlaufen nach einer Unterschenkelamputation einen absolut identischen Heilungsprozess. Patient A ist ein Jammerlappen und klagt den ganzen Tag über Phantomschmerzen. Er ist psychisch völlig instabil, wofür jeder ersichtliche Grund fehlt.
Patient B hingegen nimmt sein Schicksal an. Körper und Psyche im Einklang.
Jochen packte seine Unterlagen zusammen und ging wieder ins Bett. Noch lange lag er wach und dachte an den heutigen Tag.
Schwester Beate würde sich noch wundern. Mit bösen Gedanken schlief er ein.

„Egbert. Ich will, dass du mit Jochen redest. Er verhält sich wirklich nicht normal. Wieso siehst du das nicht?" Egbert konnte es nicht mehr hören. Andauernd fing seine Frau an, über Jochen schlecht zu reden. Es reichte ihm.
„Hör auf, Dinge zu sehen, die gar nicht da sind, Eva-Maria. Die einzige, die sich in diesem Haus nicht normal verhält, bist du."

Egbert schaute seine Frau finster an. Sein Ton war scharf.
„Mathilde und Jochen sind unsere Kinder. Ich meine, Jochen ist natürlich unser Schwiegersohn. Aber er ist wie ein Sohn für mich. Wenn dir das nicht passt, gut, dann ist das eben so. Ich kann deine ewigen Anspielungen und Sticheleien nicht mehr ertragen. Jochen tut dies, Jochen tut das. Du schnüffelst hinter ihm her, als wäre er ein Fremder. Dabei warst du es doch noch bis vor kurzem, die immer für Jochen schwärmte: „Was für ein netter Junge! Was für ein gebildeter, höflicher junger Mann". Das waren deine Worte. Was soll ich ihm sagen? Meine Frau kann dich nicht mehr ausstehen, sie findet dich merkwürdig." Feindselig sah er seine Frau an.
„Es ist nur ein Gefühl. Ich werde das Gefühl nicht los, es geschieht etwas hinter unserem Rücken, was nicht gut ist. Und deshalb möchte ich, dass du mit ihm redest, ihn fragst, was er mitten in der Nacht in deinem Büro zu suchen hat. Warum lässt er nie seine Arzttasche aus den Augen? Warum schließt er seinen Schreibtisch ab, wenn er geht?"
„Eva-Maria! Du schnüffelst in den Räumen unserer Tochter herum? Bist du verrückt geworden? Ich sage es dir jetzt zum letzten Mal: Ich will davon nichts mehr hören. Er wird seine Gründe haben, wenn er auf seine Sachen aufpasst und den Schreibtisch abschließt. Das ist ja auch nicht verboten. Wahrscheinlich hat er schon längst gemerkt, dass du ständig hinter ihm her spionierst. Dann würde wohl jeder so reagieren, wie er."
Egbert ließ seine Frau stehen und knallte die Tür hinter sich zu.
Eva-Maria ließ sich in einen Sessel fallen. Ihr linker Zeigefinger legte sich auf ihren linken Nasenflügel. Das tat sie immer, wenn sie angestrengt nachdachte oder nicht so recht wusste, wie sie reagieren sollte. Hatte Egbert etwa Recht? Sah sie Gespenster? Wann war sie so misstrauisch geworden?
Sie versuchte sich zu erinnern.

Es war vor etwa einem halben Jahr gewesen. Jochen und Mathilde waren aus der Klinik gekommen und sie hatten gemeinsam zu Abend gegessen. Tilde war sehr bedrückt gewesen. Jochen charmant und gewandt wie immer. Irgendwann an diesem Abend, als die beiden Frauen allein in der Küche waren, hatte Eva-Maria ihre Tochter gefragt, warum sie so still und zurückhaltend sei. Mathilde hatte angefangen zu weinen.

„Heute ist ein ganz junger Mann gestorben. Es war so schrecklich. Er war schwer verwundet und hat ganz furchtbar geschrien. Ich habe seine Hand genommen und versucht ihn zu trösten und abzulenken. Er hat mich ganz dankbar angeschaut. Das Sprechen viel ihm schwer. Er hat mich gebeten einen Brief für seine Frau zu schreiben. Also habe ich ein Blatt Papier geholt und aufgeschrieben, was er seiner Frau noch sagen wollte. Plötzlich stand Jochen hinter mir. Ich habe seinen Atem in meinem Nacken gespürt. Als ich mit dem Schreiben fertig war, bin ich zu ihm gegangen. Er hat mich gar nicht beachtet und nicht mit mir geredet. Ich habe ihn gefragt, was los sei, ob ich etwas falsch gemacht habe. Und dann hat er mich angeschrien. Ich solle mich gefälligst nicht in seine Forschungen einmischen. Ich wäre viel zu emotional und würde mich von Patienten vereinnahmen lassen. Es wäre nicht meine Aufgabe, Briefe für diese Herren zu schreiben. Er sagte tatsächlich Herren. Seitdem hat er kein Wort mehr mit mir geredet. Solange, bis wir durch die Tür zu euch kamen. Und jetzt tut er so, als sei nichts gewesen. Was hab ich nur falsch gemacht, Mutter? Soll ich mich bei ihm entschuldigen?"

„Du hast nichts falsch gemacht. Und entschuldigen wirst du dich auf keinen Fall! Wofür auch? Du hast einem Sterbenden ein wenig Wärme gegeben und ihm seinen letzten Wunsch erfüllt. Was sind das für Forschungen?"

„Ich weiß es auch nicht so genau. Er schreibt alles auf. Ich darf es nicht lesen. Jochen sagt, dass seien sehr wichtige Unterlagen, die Fremde nichts angehen."

„Er sagte Fremde?", hatte ihre Mutter entrüstet gefragt.

„Ja, Fremde. Wie gesagt. Ich weiß wirklich nicht, was das für Forschungen sind." Eva-Maria hatte durch den schmalen Spalt der geöffneten Küchentür plötzlich das Gesicht ihres Schwiegersohnes erkennen können. Er hatte ihnen also heimlich zugehört. Dann hatte er sich ein paar Mal laut und deutlich geräuspert und war zur Tür hereingekommen.

Eva-Maria konnte sich noch an das erschrockene Gesicht ihrer Tochter erinnern.
Jochen hatte seine Frau angelächelt.
„Ich wollte dich abholen. Es ist schon spät. Lass uns schlafen gehen."
Er hatte seinen Arm um Tildes Schultern gelegt und war eilig mit ihr davongegangen.

Zwei Monate nach ihrem Wiedersehen wusste Helene, dass sie schwanger war. Sie schrieb sofort an Andreas. Sechs Wochen später traf ein Brief von ihm ein. Helene konnte es kaum erwarten, den Brief zu lesen und riss ihrer verdutzten Tante den Umschlag aus den Händen. Sie setzte sich auf ihr Bett und las:
Meine liebe Helene,
wir werden Eltern! Was für eine schöne Neuigkeit!
Du wirst eine wundervolle Mutter werden und ich werde mein Bestes geben, unserem Kind ein guter Vater zu sein. Ehrlich gesagt brauchte ich ein paar Tage, um diese Neuigkeit zu begreifen. Ich bin hüpfend durch die Gegend gelaufen und meine Kameraden haben ihre Köpfe geschüttelt. Ich liebe dich von ganzem Herzen, liebste Helene, und ich werde alles tun, damit ich gesund nach Hause komme und wir so schnell wie möglich heiraten können. Ich habe schon über einen Namen für unser Kind nachgedacht. Wenn es ein Junge wird, würde ich Paul schön finden. Für ein Mädchen habe ich mir Paula ausgesucht. Was meinst du? Sind das nicht wirklich zwei schöne Namen, oder klingen sie nach Jägerzaun?
Liebe Helene. Pass bitte gut auf dich und unser Kind auf und natürlich auch auf deine Tante und deinen Onkel.
Dein Andreas
Glücklich lächelnd saß Helene auf ihrem Bett. Andreas freute sich. Was für ein Glück! Aber wieder fiel ihr auf, dass er gar nichts über sich schrieb. Durfte er das nicht oder wollte er sie nicht beunruhigen?
Mit dem Brief in der Hand lief sie zu ihrer Tante. Annerose und Gustav saßen am Küchentisch und tranken Tee.
„Na, was hat dein Liebster geschrieben?", frage Annerose lächelnd. Helene las den Brief vor. Während des Lesens beobachtete sie die beiden. Keiner von ihnen verzog eine Miene. Für einige Minuten blieb es mucksmäuschenstill am Tisch. Entgeistert schaute Annerose sie jetzt an.
„Helene, was habt ihr euch nur dabei gedacht? Ein Kind! Jetzt! Um Gottes Willen, was habt ihr euch nur dabei gedacht?" Sie schlug die Hände vors Gesicht. Gustav sagte erst einmal nichts. Er trug wie immer eine graue Strickweste über seinem weißen Oberhemd. Seine grauen Haare waren dünn geworden. Trotzdem

zog er immer noch, wie seit Jahrzehnten, einen scharfen Scheitel. Gustav trug eine Nickelbrille, die er jetzt umständlich abnahm. Das tat er immer, wenn er aufgewühlt war oder Zeit für eine Antwort gewinnen wollte. Er war 69 Jahre alt und hatte bis vor einigen Jahren in einer Bank gearbeitet. Aus diesem Grund konnte er sich gar nicht vorstellen, äußerlich nachlässig zu werden und nicht schon morgens wie aus dem Ei gepellt am Frühstückstisch zu sitzen. Annerose war ähnlich. Alles müsse picobello sein, hatte sie früher oft gesagt, die Wohnung, der Haushalt und man selbst. Sie wäre noch nicht einmal in einer Schürze über die Straße gelaufen. Helene schaute beide an und wusste nicht, was sie erwidern sollte. Aber sie hatte das Gefühl, das Leben der beiden Menschen nun noch mehr durcheinander zu bringen. Picobello, dachte sie. Das würde bald nicht mehr so sein. Bald würde ein Baby da sein. Ein kleiner Mensch mehr in der ohnehin schon sehr kleinen Wohnung. Vorausgesetzt, der Krieg ging weiter und sie musste noch bleiben. Gustav setzte sich die Brille wieder auf und sagte:
„Eigentlich muss ich dir gratulieren. Aber ich weiß nicht, ob das der richtige Moment ist." Er nahm die Brille wieder ab und hielt die Gläser gegen das Licht. Annerose setzte sich kerzengerade auf. „Du bekommst also ein Kind", sagte sie nun mehr zu sich selbst. „Seit wann weißt du es?"
„Seit gut drei Monaten", erwiderte Helene kleinlaut.
„Warum erfahren wir das erst jetzt?" Annerose sah ihre Nichte eindringlich an.
„Ich wollte es erst Andreas sagen und seine Antwort abwarten. Er ist doch der Vater."
„Ja, er ist der Vater", widerholte Annerose zerstreut. „Aber ihr seid noch nicht einmal verheiratet und der Vater in spe ist nicht da."
„Nun bleib aber auf dem Teppich, Annerose. Er kann ja schließlich nicht hier sein, und dass die beiden noch nicht verheiratet sind, nun ja, das ist eben so." Gustav setzte seine Brille wieder auf.
„Gut. Es ist wie es ist. Wir müssen überlegen, wie es jetzt weitergehen soll." Helene schaute ihren Onkel dankbar an. Er hatte sich beruhigt, die Brille blieb an ihrem vorgesehenen Platz. Beide blickten zu Annerose. Was war mit ihr? Plötzlich sagte sie in die Stille hinein:

„Sobald wie möglich musst du zu einem Schneider. Es dauert nicht mehr lange, dann werden dir deine Sachen nicht mehr passen. Ich weiß zwar nicht, ob wir noch irgendwo einen Stoff herkriegen, aber das wird sich finden. Für Notfälle haben wir noch etwas Geld zurückgelegt. Und das hier ist ein Notfall." Sie blickte zu Gustav und fuhr fort. „Außerdem brauchen wir eine Ausstattung für unser Baby. Kinderwagen, Bettchen, etwas zum Anziehen, eine Wanne und allerlei mehr. Wir machen eine Liste." Sie wollte gerade weiter erzählen, als Helene aufsprang. Sie nahm erst ihren Onkel und dann ihre Tante in den Arm.
„Ich habe euch beide lieb", und dann sagte sie sehr gerührt, „danke, Tante Annerose, dass du unser Baby gesagt hast." Nachdem der erste Schock verflogen war, holte Gustav Papier und Stift. Wie drei Verbündete saßen sie friedlich am Tisch und schmiedeten Zukunftspläne.

Eva-Maria dachte wieder oft an ihre Eltern und an ihre beiden Brüder.
Sie waren sehr arm gewesen, oft hatten sie kaum etwas zu essen gehabt. Ihr Vater hatte in einer Kieler Werft gearbeitet. Jeden Freitag hatte er seinen kargen Lohn bekommen. Und jeden Freitag hatte die übrige Familie ängstlich am Küchentisch gesessen. Würde der Vater nüchtern und mit Geld nach Hause kommen oder betrunken und nur mit einem kläglichen Rest? Bereits wenn der Schlüssel ewig lange am Türschloss hin und her bewegt wurde, manchmal hart auf den Terazzo-Boden aufgeschlagen war, hatten sie Bescheid gewusst. Er war wieder sturzbetrunken gewesen und das Geld fast weg. Verschwitzt und hochrot im Gesicht war er in die Küche gewankt, und hatte seine Lohntüte auf den Tisch geworfen. Meistens war er danach schnurstracks ins Bett gegangen. Manchmal hatte er Streit gesucht, und es hatte Stunden gedauert, bis er endlich Ruhe gegeben hatte. Die Kinder und seine Frau hatten nicht gewagt zu widersprechen. Mit gesenkten Köpfen hatte jeder für sich gehofft, dass der Alkohol stärker sein würde als sein Geschwafel von Politik, Kollegen und seiner missratenen Familie. Sie hatten den Freitag wie die Pest gefürchtet und waren froh gewesen, wenn dieser Tag vorbei gewesen war und sie wieder eine Woche ihre Ruhe gehabt hatten. Erst wenn er im Bett gelegen hatte, hatte die Mutter in die Lohntüte geschaut und oft geweint. Die Kinder waren hilflos gewesen. Als sie älter wurden, waren die Freitage anders verlaufen. Die beiden Brüder hatten nicht mehr still sein können und mit dem Vater gestritten. Das Geschrei hatte man im ganzen Haus gehört. Eines Tages, die Jungen waren sechzehn und siebzehn Jahre alt gewesen, hatte sich Max, der älteste, auf den Vater gestürzt und ihn zu Boden geschlagen. Er hatte geblutet und gewimmert wie ein kleines Kind. Inge, die Mutter, hatte sich zu ihrem Mann gebeugt und hatte versucht ihm wieder auf die Beine zu helfen. Flink wie ein Wiesel war er aufgesprungen und hatte mit voller Wucht auf seine Frau eingeschlagen. Max und Wilhelm hatten den Vater zurückgehalten und Eva-Maria hatte sich um ihre Mutter gekümmert, die leblos am Boden gelegen hatte. Max war durchgedreht und hatte seinen Vater krankenhausreif geschlagen.

Der hatte dann unter dem Küchentisch gekauert und seinen Sohn ängstlich und ungläubig angestarrt. Wilhelm hatte schlimmeres verhindern können, er hatte seinen Bruder beruhigt. Die Kinder hatten die weinende Mutter in die kleine Stube gebracht und hatten sie so gut sie konnten versorgt. Eva-Maria hatte einen Waschlappen geholt und ihrer Mutter vorsichtig das blutverschmierte Gesicht gesäubert. Es war still geworden. Nur noch ein Wimmern war aus der Küche zu hören gewesen. Inge hatte in die besorgten Gesichter ihrer Kinder gesehen.

„Mir geht es gut", hatte sie gesagt, „aber ihr müsst nach Vater sehen, wir können ihn doch nicht einfach so liegenlassen." Keiner hatte gehen wollen und Inge hatte versucht sich aufzusetzen.

„Bleib liegen, Mutter, ich geh", hatte Wilhelm gesagt. Er war in die Küche gegangen, die wie ein Schlachtfeld ausgesehen hatte. Die Stühle waren umgefallen, das Wachstuch hatte Geschirr begraben, das vor kurzem noch auf dem Tisch gestanden hatte, überall war Blut gewesen. Ferdinand Braun hatte in der Ecke gelegen und Blut gespuckt. Sein Gesicht war nicht mehr rot, sondern aschfahl gewesen. Er hatte sich vor Schmerzen gekrümmt und einen Arm schützend vor sein Gesicht gehalten. Die beiden Brüder hatten ihrem Vater hochgeholfen und ihn auf sein Bett gelegt. Er hatte es widerstandslos geschehen lassen. Auf dem Küchen-Fussboden hatten sie drei abgebrochene Zähne gefunden.

„Deshalb blutet er so stark. Er hat ein paar Zähne weniger in seinem gottverdammten Maul."

„Max, wie redest du denn über Vater!", hatte Eva-Maria gesagt und ihren Bruder vorwurfsvoll angesehen.

„Das fragst du noch? Hast du nicht gesehen, was er mit Mutter gemacht hat?"

„Er wollte gar nicht Mutter treffen, sondern dich!"

„Jetzt hör mir mal zu, Eva-Maria. So lange ich denken kann, kommt er jeden Freitag total besoffen nach Hause. Und jeden Freitag sitzt Mutter in der Küche und weint. Und jeden gottverdammten Freitag ist das Geld weg, das er verdient hat. Und das ist sowieso nicht viel. Für den Rest der Woche weiß Mutter nicht wie sie uns alle satt kriegen soll, wovon sie die Miete bezahlt und der

Alte ist immer nur schlecht gelaunt und interessiert sich für nichts. Oder hat er dich auch nur einmal gefragt, wie es dir in der Schule geht, oder mich und Wilhelm wie es bei der Arbeit ist? Oder hat er Mutter gefragt, wie sie es Woche für Woche schafft, noch etwas auf den Tisch zu bringen? Das bisschen, was Wilhelm und ich verdienen, geben wir Mutter. Sonst wären wir schon längst verhungert. Und du fragst mich, warum ich so rede?" Max hatte mit der Faust auf den Küchentisch geschlagen.

„Genauso wie ich die verfluchten Freitage hasse, hasse ich auch ihn."

„Das stimmt doch gar nicht, was du sagst, Max. Er ist kein schlechter Vater. Er hat mich oft gefragt, wie es mir geht. Es ist eben nur der verdammte Freitag, der ihn zu einem anderen Menschen macht. Seine Kollegen verführen ihn zum Trinken und dann kann er nicht nein sagen."

In der Tür hatte plötzlich Inge gestanden.

„Er ist kein schlechter Mensch. Es ist nur der verdammte Suff."

„Mutter!" Max hatte entgeistert auf Mutter und Schwester gestarrt.

„Wenn das dein Ernst ist, dann verschwinde ich noch heute von hier."

„Und ich gehe mit!" Wilhelm hatte sich neben seinen Bruder gestellt und den Arm um ihn gelegt.

„Ihr könnt doch nicht einfach gehen! Und wo wollt ihr hin? In jeder Familie gibt es Streit. Das ist normal. Aber wir sind doch eine Familie und euer Vater ist doch kein Verbrecher."

„Er hat dich vor ein paar Minuten zu Boden geschlagen. Er versäuft das ganze Geld. Nicht die kleinste Kleinigkeit war je für uns übrig. Für dich nicht und auch nicht für uns. Sowas kommt nicht in jeder Familie vor. Das hat auch nichts mit Streit zu tun. Das hat was damit zu tun, dass Ferdinand Braun einfach nichts für seine Familie übrig hat."

Eva-Maria und ihre Mutter hatten auf der einen Seite und Max und Wilhelm auf der anderen Seite gestanden. Zwei gegen zwei. Die fast erwachsenen Söhne gegen die Mutter und jüngere Schwester. Inge hatte schwer geatmet. Ihr Gesicht und ihr Bein, auf das sie

beim Sturz unglücklich gefallen war, hatten geschmerzt, aber auch ihre Seele. Wie hatte das alles passieren können?
„Es tut mir leid, Mutter. Aber ich werde gehen. Ich habe schon oft daran gedacht. Was heute passiert ist, hat das Fass zum Überlaufen gebracht. Meine Entscheidung steht fest."
Max hatte sich seinem Bruder zugewandt.
„Wenn du mit willst, dann komm. Wir packen unsere Sachen und verschwinden von hier." Inge hatte zu weinen begonnen.
„Ihr seid doch noch viel zu jung. Wo wollt ihr hin? Wo wollt ihr wohnen? Ihr habt doch fast kein Geld. Und ihr seid doch meine Kinder!" Verzweifelt hatte sie geschluchzt und die Hände in den Schürzentaschen vergraben.
Ihre beiden Söhne hatten tatsächlich gepackt und eine halbe Stunde später vor ihrer Mutter gestanden.
„Wir werden schreiben, Mutter", hatte Max gesagt, „und vielleicht kannst du eines Tages nachkommen."
Die Jungen hatten ihre Mützen abgenommen, hatten erst ihre Mutter und dann Eva-Maria umarmt. Inge hatte versucht, sie mit aller Kraft zurückzuhalten. Aber die beiden hatten sich losgerissen. Dann war die Tür hinter ihnen zugeschlagen.
Eva-Maria war vierzehn Jahre alt gewesen und von nun an mit ihren Eltern allein. Ihr Vater hatte am nächsten Tag so getan, als sei nichts Besonderes vorgefallen. Die Jungen, die würden schon wieder kommen, wenn sie Hunger hätten und dann könnten sie was erleben. Aber die beiden waren nicht wiedergekommen. Niemand hatte sie je wieder gesehen. Fast zehn Monate später war der erste Brief gekommen. Sie hatten auf einem Schiff angeheuert und waren in Amerika geblieben.
Inge Braun hatte den Verlust ihrer Söhne nicht überwinden können. Sie war krank geworden, und sieben Jahre später an gebrochenem Herzen gestorben. Ihr Leben hatte sich nicht geändert. Ihr Mann hatte sich nicht geändert.
Nach dem Tod der Mutter war auch Eva-Maria ausgezogen. Sie hatte für eine Weile bei einer Freundin gewohnt und auf einer Tanzveranstaltung Egbert kennengelernt.
Ein paar Monate später war sie seine Frau geworden.

Egbert hatte sie ermutigt zu lesen, mit ihm Konzerte zu besuchen und sich weiterzubilden. Eva-Maria war eine mittelmäßige Schülerin gewesen und hatte, wie so viele Frauen ihrer Generation, keinen Beruf gelernt. Sie hatte schnell begriffen, dass sie in der Welt ihres Mannes nur leben und akzeptiert werden konnte, wenn sie mehr zu bieten hatte, als die Schönheit der Jugend. Egbert hatte kein Hausmütterchen gewollt, wie er immer wieder betont hatte, obwohl er sich manchmal nach deftiger Hausmannskost und dem Duft von gebackenen Plätzchen gesehnt hatte. Er hatte eine Frau gewollt, die es mit ihm aufnehmen konnte. Und das war Eva-Maria gelungen. Vieles, was sie in der Schule versäumt hatte, hatte sie nachgeholt. Wenn sie etwas nicht gewusst oder verstanden hatte, hatte sie ihren Mann gefragt. Er hatte sich über ihr Interesse an Literatur und Geschichte gefreut und ihr so gut er konnte dabei geholfen, ihre Wissenslücken zu schließen. Für ihren Ehrgeiz hatte er seine Frau bewundert, denn nichts hatte er mehr verabscheut, als Einfältigkeit und Ignoranz. Jeder Mensch hat ein Talent, pflegte er zu sagen. Wenn es denn kein intellektuelles sei, dann doch wenigstens etwas anderes, wie zum Beispiel eine ganz besonders liebevolle Mutter oder eine begnadete Köchin zu sein.

Nur sehr selten hatte sie in den nächsten zwei Jahren ihren Vater besucht. Eva-Maria hatte ihn als erwachsene Frau mit anderen Augen gesehen. Er war schwach und einsam gewesen und wurde immer sonderbarer. Aber sie hatte ihm nicht helfen können. Erst war nur die Wohnung verwahrlost gewesen und dann er selbst. Eines Tages hatte sie ihn tot in der Wohnung gefunden. Er war an seinem eigenen Erbrochenen erstickt.
Obwohl sie ihre Kindheit und Jugend, so gut es ging verdrängt hatte, vermisste sie ihre Mutter immer noch. Manchmal hatte sie auch Sehnsucht nach ihren beiden Brüdern. Aber nach dem Tod der Mutter hatten sie sich nicht mehr gemeldet. Eva-Maria hatte keine Adresse von den beiden. Ihr Vater hatte aus Wut und Verzweiflung alle Briefe verbrannt.

In den ersten Jahren ihrer Ehe mit Egbert hatte sie sich immer

wieder die Frage gestellt, warum sie als Kind und junge Frau so teilnahmslos gegenüber ihren Eltern gewesen war. Sie hatte beide geliebt, gewiss. Aber im Gegensatz zu ihren Brüdern hatte sie nie Partei für einen der beiden ergriffen. Auch nicht, wenn es Freitag gewesen war. Ihrer Meinung nach war es bei den Streitigkeiten nicht um sie oder ihre Brüder, sondern um das Freitags-Ritual der Eltern gegangen. Am Freitag war der Vater der Starke gewesen. Er hatte das Geld verdient und er hatte es sich nach einer anstrengenden Woche verdient gehabt, ein paar Gläser zu trinken. Vom Montag bis zum Freitag hatte er funktioniert, war aufgestanden, hatte sein Brot genommen und war gegangen. Wenn er abends erschöpft nach Hause gekommen war, hatte ihm die Kraft gefehlt, mit seiner Familie richtig zu leben. In der kleinen Familie war er ein Fremdkörper gewesen. Einzig Eva-Maria war es gewesen, die sich auf die Heimkehr des Vaters gefreut und mit ihren kleinen Händen das stoppelige Gesicht des Vaters gestreichelt hatte. Sie hatte nie gesehen, dass die Eltern sich umarmt oder sich angeregt unterhalten hatten. Ein einziges Mal, sie war ungefähr zehn Jahre alt gewesen hatte er zu der Mutter vorwurfsvoll gesagt:
„Du bist kalt wie eine Hundeschnauze."
Eva-Maria hatte erst viele Jahre später begriffen, was er gemeint hatte. War also der Freitag ein Ersatz für seine lieblose Ehe gewesen und hatte ihre Mutter deshalb über seine Trinkerei hinweggesehen und ihn zuweilen noch in Schutz genommen? War es ihr schlechtes Gewissen, ihre Scham gewesen?
Hatte sich Eva-Maria unbewusst auf die Seite des Vaters geschlagen, weil er in Wirklichkeit der Schwächere gewesen war?

Als Mathilde geboren wurde, waren Egbert und sie außer Rand und Band gewesen. Egbert, weil er als reifer Mann noch Vater geworden war und Eva-Maria, weil sie alles besser machen wollte, als ihre eigene Mutter. Mein Kind, unser Kind, was für ein Glücksgefühl! Egbert hatte sich aus der Erziehung der kleinen Mathilde herausgehalten. Er hatte sich zwar einen Sohn gewünscht, aber spätestens beim Anblick des Babys war es um ihn geschehen gewesen. Was er gern mit einem Jungen gemacht hätte, tat er jetzt mit ihr. Sie waren zusammen angeln gegangen, er hatte sie in seine Kanzlei mitgenommen, sie konnte schon Fahrrad fahren, als andere Kinder noch von einem Dreirad geträumt hatten. Selbst als ihm klar geworden war, dass ihre schulischen Leistungen nicht ausreichen würden, um sie mit aller Gewalt durchs Abitur zu boxen und sie nicht eines Tages in seine Kanzlei einsteigen würde, hatte seine Liebe über seine Enttäuschung gesiegt. Immerhin hatte sie einen Beruf gelernt. Mathilde war Krankenschwester geworden. Als sie eines Tages Jochen mit nach Hause brachte, war Egberts Glück vollkommen gewesen. Er hatte Jochen vom ersten Tag an gemocht und war sehr stolz auf diese Weise, doch noch zu einem Sohn zu kommen, auch wenn es nur der Schwiegersohn war.

Eva-Marias Begeisterung für Jochen ließ hingegen nach und sie überlegte immer wieder, warum das so war. Bis sie es eines Tages wusste. Es war seine Passivität gegenüber allen Dingen, die nichts mit ihm zu tun hatten. Er wand sich wie ein Aal, um ja nicht einen Standpunkt vertreten zu müssen, sich ja nicht mit den Problemen anderer Menschen beschäftigen zu müssen. Er war auf eine unerträgliche Art gleichgültig. In gewisser Weise erinnerte er sie an ihre eigene Kindheit und Jugend. Ganz ähnlich hatte sie sich immer verhalten. Eva-Maria hatte Angst, dass auch ihre Tochter einfach nur noch passiv wurde. Es kamen keine jungen Leute ins Haus, die beiden hatten keinen gemeinsamen Freundeskreis. Egbert und sie hatten auch nicht hundert Bekannte. Aber mit vier weiteren Paaren pflegten sie eine jahrelange Freundschaft. Zugegeben, es waren Egberts Freunde gewesen, aber was spielte das jetzt noch für eine Rolle?

Gedankenverloren sah Eva-Maria aus dem Fenster, als sie den Benz kommen sah. Ihre Tochter stieg allein aus dem Wagen. Sie ging ein paar Schritte auf die Eingangstür zu und kehrte dann abrupt um. Eva-Maria eilte hinaus und fand Mathilde auf der Gartenbank sitzend.
„Hier bist du. Hast du gar keinen Hunger und wo ist Jochen?", fragte sie statt einer Begrüßung.
„Jochen musste noch zu einer Operation. Nein, ich habe keinen Hunger." Sie blickte nicht auf, sondern starrte auf den Boden.
„Was ist los mit dir, Tilde? Was bedrückt dich? Ich merke doch schon seit Tagen, wie unglücklich du bist."
„Es ist nichts, Mutter. Es ist nur alles ein bisschen viel."
„Nun sag schon, was ist los?" Eva-Maria berührte das Kinn ihrer Tochter und zwang sie sanft, sie anzusehen. Tränen liefen über Mathildes Gesicht. Eva-Maria ließ sie weinen und wartete geduldig, bis sie sich wieder gefangen hatte.
„Manchmal kann ich das alles nicht mehr ertragen. Die vielen Toten. Die vielen jungen Männer, die nach ihren Frauen, nach ihren Müttern schreien. Und man steht so hilflos daneben. Kann gar nichts machen, außer zuzuhören. Weißt du, heute ist ein Mann gestorben, der erst 27 Jahre alt war. Er hieß Gabriel, wie der Erzengel. Er war ganz ruhig und gefasst. Es war gespenstisch. Ich weiß nicht, was er von Beruf war und ob er Familie hatte. Gabriel lag da und schaute nur an die Decke. Um ihn herum Gestank und Geschrei. Im langen, kalten Flur liegen immer die Sterbenden. Bett an Bett. Auf einmal hat er nach meiner Hand gegriffen. Ich habe mich zu Tode erschrocken und bin stehen geblieben. Er sah mich an und sagte, ich müsse doch keine Angst vor ihm haben. Er wäre eigentlich schon gar nicht mehr richtig da. Ich habe mich auf die Bettkante gesetzt und seine Hand genommen. Gabriel sah furchtbar aus. Alles war blutverschmiert. Seine blauen Augen aber waren klar und es war, als schaute er nach innen, wie jemand, der wusste, dass er den nächsten Morgen nicht mehr erleben würde."
Mathildes Stimme stockte.
„Weißt du, Mutter, Jochen sagt immer, man soll sich nicht mit den Todkranken abgeben, es komme ohnehin nichts zurück und es

wären doch nur Fremde."
Sie begann wieder zu weinen. Dann erzählte sie weiter. Er sagte: „Wissen Sie, Schwester, mein Onkel hat einmal zu mir gesagt, die Zeit ist eine ganz merkwürdige Sache. Wenn man älter wird, hat der Tag immer noch 24 Stunden und das Jahr 365 Tage, aber es geht immer schneller. Immer öfter ist ein Jahr zu Ende.
Ich denke die ganze Zeit, wenn das wirklich so ist, dann war mein Leben genau so lang, wie das meines Onkels. Dann habe ich genau so lange gelebt wie meine Großmutter, die mit über achtzig gestorben ist." Mathilde wandte sich verstört ihrer Mutter zu.
„Ich kriege Gabriel nicht aus meinem Kopf. Ich muss immer an ihn denken und an das, was er sagte. Ich muss daran denken, wie ruhig er in seiner Todesstunde war. Und ich muss daran denken, dass ich das alles nicht mehr ertragen kann." Eva-Maria fiel ein Stein vom Herzen. Ihre Tochter war nicht gleichgültig geworden, sondern mitfühlend und durch solche Ereignisse bis ins Innerste aufgewühlt. Sie legte einen Arm um Mathilde.
„Er hat es jetzt besser. Ihm geht es gut. Er ist friedlich eingeschlafen. Und er hatte dich an seiner Seite."
Mutter und Tochter saßen schweigend auf der Bank. Eva-Maria wollte die Gunst der Stunde nutzen und ihre Tochter nach Jochen ausfragen, als sie jäh durch den Klang der Sirenen aufschreckten. Fliegeralarm.

Jochen hatte trotz des Alarms weiter operiert. Die schwierige Operation war gelungen und der Arzt in Hochstimmung. Er konnte es gar nicht erwarten, nach Hause zu kommen, damit er seine Eintragungen machen konnte. Jochen zog seinen Kittel aus und setzte sich an einen Schreibtisch. Er hätte gern einen guten Tropfen getrunken. Mit sich auf seinen Erfolg angestoßen. Ohnehin fand er, dass seine Arbeit im Kollegenkreis nicht die Würdigung erhielt, die angemessen war. Auch sein Chef klopfte ihm nicht mehr oft wohlwollend auf die Schultern. Dabei war er der beste Arzt im Haus.
Es klopfte. Draußen stand eine junge Schwester mit einem Briefumschlag in der Hand.

„Entschuldigen Sie die Störung, Herr Doktor, aber Ihre Frau ist ja schon weg. Diesen Brief habe ich vorhin bei einem Toten gefunden. Er ist für ihre Frau."
„Danke Schwester. Ich geb ihn meiner Frau." Jochen lächelte die hübsche Schwester gewinnend an und nahm den Brief an sich. Kaum war er wieder alleine riss er hektisch den fleckigen Zettel aus dem Umschlag:
Liebe Schwester Mathilde! Sie fragen sich bestimmt oft, ob es überhaupt Sinn hat, sich mit schwerkranken Menschen und Sterbenden zu befassen. Ja, es hat Sinn. Ich weiß, dass ich sterben werde. Der einzige Mensch in diesem Haus, der mir manchmal ein Lächeln geschenkt hat, das waren Sie, liebe Schwester. Ich habe mir vorgestellt, Sie wären meine Frau und würden mich auf meinem schweren Weg begleiten. Vielleicht haben wir noch die Gelegenheit miteinander zu sprechen. Das wäre schön. Wenn nicht, leben Sie wohl und glauben Sie mir, Ihr Dienst ist nicht sinnlos. Ihr dankbarer Gabriel Dornhörter
Na, der traute sich was, dachte Jochen verächtlich. Seiner Frau einen Brief zu schreiben! Und dann noch solchen Unsinn. Den Brief würde Mathilde nicht zu Gesicht bekommen. Sie beschäftigte sich sowieso viel zu viel mit den Kranken und würde sich in ihrem Verhalten bestätigt fühlen. Er steckte den Zettel in seine Jackentasche, löschte das Licht und wartete draußen auf Karl, der ihn abholen sollte.
Im Haus war alles dunkel. Er war erleichtert, seine Ruhe zu haben und ging zielstrebig in das Arbeitszimmer seines Schwiegervaters. Aus seiner Aktentasche holte er das Notizbuch auf dessen Umschlag er in Druckbuchstaben „Seelen" geschrieben hatte und begann mit seinen Eintragungen. Nachdem er wie immer alles akribisch dokumentiert hatte, folgten einige Stichworte: *Ein schwerkranker Gabriel D. hat meiner Frau ein paar Zeilen des Dankes hinterlassen. Wieder einmal wurde meine These bestätigt, dass diese Männer gar nicht wissen, was wir Ärzte im Krankenhaus jeden Tag leisten und es uns nicht danken. Denn sonst wäre dieser Brief an mich gegangen.*
Jochen steckte sein Buch zurück in die Aktentasche und ging mit ihr unter dem Arm die Treppe hinauf. Er stellte seine Tasche im

Flur ab und betrat das Bad. Als er sich die Hände wusch, schaute er sein Spiegelbild an und lächelte sich selbstverliebt zu. Hübsches Mädchen, diese kleine Schwester, die ihm den Zettel gebracht hatte, dachte er. Wieso war sie ihm noch nie begegnet? Plötzlich hörte er Geräusche und verließ eilig das Zimmer. Er ging ein paar Schritte, bis er die Treppe hinunter sehen konnte. Nichts. Alles war dunkel und still. Er musste sich getäuscht haben. Mit der Tasche in der Hand betrat er das gemeinsame Schlafzimmer.
Unterhalb der Treppe stand Eva-Maria und hielt sich eine Hand vor den Mund.
Gott sei Dank! Jochen hatte sie nicht gesehen.

Am nächsten Morgen saßen sie alle gemeinsam am reichlich gedeckten Frühstückstisch.
„Es war spät gestern Abend, nicht Jochen?" Egbert schaute wohlwollend seinen Schwiegersohn an, der sich gerade die zweite Tasse Kaffee einschenkte.
„Ja, wir hatten spät noch eine OP, die sich dann ziemlich hinzog, aber ein glückliches Ende fand." Jochen lächelte.
„Herzlichen Glückwunsch, mein Junge. Dann hat es sich ja wenigstens gelohnt und war nicht umsonst."
„Wieso umsonst, Egbert? Es ist ja schließlich Jochens Beruf Menschenleben zu retten." Eva-Marias Stimme klang gereizt.
„Was regst du dich denn so auf, meine Liebe? Ich habe doch nur gesagt, dass es schön ist, dass die Operation glückte. Natürlich weiß ich selber, dass Jochen Arzt ist." Er schaute seine Frau irritiert an.
„Ja, ist ja gut, Egbert. Aber wie du es sagst, klingt es so, als sei Jochens Arbeit etwas Sensationelles und nichts Selbstverständliches. Er ist nun mal Arzt und es ist nun mal seine Aufgabe, Menschen zu helfen. Das war ja wohl auch der Grund, warum er Arzt geworden ist."
„Warum sagst du eigentlich immer er? Er hat einen Namen. Er heißt Jochen!" Jetzt schaute Egbert seine Frau missbilligend an. Mathilde blickte angestrengt ihre Tasse an und Jochen versuchte ebenso angestrengt, seine Verärgerung über dieses merkwürdige

Tischgespräch zu verbergen. Die Eheleute Michels stritten selten. Gut, sie kabbelten sich gelegentlich und es schien ihnen sogar Spaß zu bringen, aber jetzt bahnte sich ein handfester Ehestreit an.
„Mein Gott, Egbert. Nun sei doch nicht so empfindlich", nahm Eva-Maria wieder das Thema auf. „Ich habe doch gar nichts Schlimmes oder Schlechtes über Jochen gesagt. Das ist doch kein Grund, sich so aufzuplustern. Du bist doch auch Anwalt geworden, um deinen Mandanten zu helfen. Lässt du dich jedes Mal feiern, wenn du einen Prozess gewonnen hast? Das gehört doch zu deinem Alltag. Das ist eben dein Beruf. Und nur so habe ich das gemeint."
„Himmel Herrgott nochmal", Egbert war hochrot angelaufen. „Merkst du eigentlich nie, wann es genug ist? Wer lässt sich denn hier feiern? Aber man kann sich doch wohl noch über einen Erfolg, über eine gelungene Mandatsverteidigung oder eine gelungene Operation freuen, oder etwa nicht? Das hat doch nichts damit zu tun, dass Jochen Arzt und ich Anwalt bin. Glaubst du etwa, dass sei alles so einfach und Geschicklichkeit und Erfahrung würden vom Himmel fallen? Wir müssen auch mit Niederlagen fertig werden. Jeden Tag. Aber deshalb freuen wir uns auch, wenn etwas sehr Schwieriges gelungen ist und wir uns in unserer Arbeit bestätigt fühlen. Du kannst das doch gar nicht verstehen. Du sitzt hier den ganzen Tag und überlegst, wie du am besten unser Geld unter die Leute bringst. Was du anziehen und wen du anrufen kannst. Immer über unsere Verhältnisse, aber nie unter deinem Niveau. Du hast noch nie in deinem Leben die Sorgen gehabt, die Jochen und ich haben. Jeden Tag müssen wir aufs Neue beweisen, dass wir gut und besser in unseren Berufen sind als andere. Jeden Tag müssen wir unser Bestes geben und dabei unsere Kraft einteilen. Und jeden Tag wollen wir unsere Frauen nicht mit unseren Zweifeln und Ängsten belasten, damit sie ja nicht auf die Idee kommen, uns als Jammerlappen zu sehen. Verdammt nochmal, Eva-Maria. Ich will nie wieder morgens um sieben über solche Dinge sprechen. Hast du das verstanden?"
Noch niemals hatte Egbert sie vor der Familie derart hart angegriffen und bloßgestellt. Mathilde wäre am liebsten im Erdboden ver-

sunken und überlegte, ob sie für ein Elternteil Partei ergreifen sollte. Was war nur mit ihrem Vater los? Und was war mit ihrer Mutter los? Warum griff sie andauernd Jochen an? Jochen lächelte böse in sich hinein, was sagen sollte, endlich hatte seine Schwiegermutter mal ihr Fett weggekriegt.
Eva-Maria war bleich geworden. Sie strich sich mit der linken Hand mehrmals über die Nase, stand auf und ging wortlos zur Tür. Bevor sie endgültig verschwand sagte sie:
„Contenance Egbert, Contenance. Versteh das bitte als das was es ist, nämlich als eine Warnung, mein Lieber. Trau dich nie mehr, mich so zu behandeln!"
Egbert spürte, dass er einen Schritt zu weit gegangen war. Eigentlich zwei Schritte. Er hätte sie nicht so runterputzen dürfen, schon gar nicht vor seinen Kindern. Fieberhaft überlegte er, wie er einen angemessenen Abgang gestalten konnte. Er schaute weder seine Tochter, noch seinen Schwiegersohn an, sondern blickte hinter seiner Frau her. Auch dann noch, als sie schon längst verschwunden war. Abrupt stand er auf und ging ihr nach.
„Eva-Maria, Eva-Maria, so warte doch." Dann war auch er verschwunden.
„Möchtest du noch etwas Kaffee, Jochen?" Naiv und entschuldigend schaute Mathilde ihren Mann an.
„Nein, danke. Ich habe genug für heute!" Auch er stand auf und ließ seine junge Frau bedrückt und allein zurück.

Als die beiden kurze Zeit später nebeneinander im Benz saßen, sprachen sie kein Wort miteinander. Jochen hatte sich in die Tageszeitung vertieft und tat so, als wäre seine Frau gar nicht da. Aber hinter der Zeitung arbeitete es in ihm. Warum hatte sich Mathilde nicht sofort auf seine Seite gestellt? Bis vor kurzem hätte sie allen die Augen ausgekratzt, die ihm zu nahe kamen und das in jeder Beziehung. Hatte Eva-Maria sie beeinflusst? Sie gegen ihn aufgehetzt? War sie deshalb so teilnahmslos oder schämte sie sich für ihre Mutter? Aber warum sagte sie dann nichts? Wenigstens eine kleine Geste hätte genügt, um ihm zu zeigen, dass sie zu ihm hielt, immer zu ihm hielt.

Mathilde konnte nicht verstehen, warum Jochen nicht mit ihr sprach, sondern sich hinter seiner Zeitung versteckte. Ein Wort von ihm hätte genügt und alles wäre gut gewesen. Was hatte sie mit dem Streit ihrer Eltern zu tun? Sie hatte schließlich nichts gesagt. Keinen Ton. Was wollte Jochen also? Der Wagen hielt vor dem Krankenhaus. Jochen nickte seiner Frau nur kurz zu und eilte ins Ärztezimmer. Beide hatten an diesem Morgen das erste Mal das Gefühl, ihre Liebe hatte einen kleinen Dämpfer und kleine Kratzer erhalten. Es beunruhigte sie. Auf ganz unterschiedliche Weisen.

Der Chefarzt und die Klinikärzte besprachen wie jeden Morgen die anstehenden Operationen und entschieden, wie die wenigen Narkose- und Schmerzmittel angewandt werden sollten. Kurz wurden die Neuzugänge erörtert. Der glatte Durchschuss, die erfrorenen Hände und Füße, der simple Blinddarm, die Gliedmaßen, die fehlten. Täglich kamen immer mehr Verwundete hinzu. Schon lange gab es kaum noch Zivilisten, denn die Betten mussten für die Soldaten freigehalten werden. Kaum jemand vermochte zu sagen, wo all diese erbärmlichen Gestalten herkamen und wer sie herbrachte. Keiner fragte nach, nicht der Klinikchef und seine Ärzte, nicht die Verwaltungsdirektion, schon gar nicht die Krankenschwestern und das Hilfspersonal. Für die Kollegen war es ein täglich wiederkehrender Albtraum zu entscheiden, welcher Patient den Vorzug erhielt. Die meisten der Ärzte waren rund um die Uhr in Bereitschaft und schliefen im Krankenhaus. Schon vier oder fünf Stunden Schlaf zählten zu den Ausnahmen. Fast alle Ärzte und die einzige Ärztin in der Abteilung hatten Familie. Aber ihre Wohnungen waren weit weg von der Klinik. Wie sollten sie es schaffen, jeden Tag einigermaßen pünktlich zum Dienst zu kommen? Den Schwestern ging es nicht viel besser. Dienst nach Vorschrift, was war das eigentlich? Einen Tag in der Woche hatte jeder von ihnen frei. Blieb dann trotzdem jemand, dann war es seine Sache.

Jochen war der einzige, der jeden Tag nach Hause fuhr und das auch noch mit Chauffeur. Er hatte es nicht leicht gehabt, als jüngster im Team wertgeschätzt zu werden. Aber sein grenzenloser Ehrgeiz und sein Interesse an Operationstechniken wurden anerkannt.

„Die Maschine", nannten sie ihn hinter vorgehaltener Hand und seinem Rücken. Die Maschine kommt. Hast du gehört, was die Maschine gesagt oder getan hat? Es war eine Mischung aus neidischer Häme und Hochachtung. Neidische Häme, weil er den Kollegen zu glatt und zu talentiert war und Hochachtung, weil niemand Zusammenhänge so präzise und schnell erfassen konnte, wie er. Jochen war ein brillanter Chirurg, ein Naturtalent. Selten war er aufgeregt. Die Kollegen konnten nicht wissen, dass er Stunden, ja Tage damit verbracht hatte, jede Operation bis ins kleinste Detail nachzuspielen und für sich allein so lange zu üben, bis er jeden Handgriff im Schlaf beherrschte. Im Gegensatz zu ihnen freundete er sich mit keinem der Kollegen an, war mit allen per Sie. Auch mit den Jüngeren. Er schaffte eine Distanz, die auf Unverständnis stieß. Seine zuweilen barsche und herrische Art gegenüber den Schwestern und Patienten war bekannt. Die Maschine hatte also Schwachstellen.

Jochen wusste nicht genau, wann er angefangen hatte, seinen Kollegen distanziert und zurückhaltend zu begegnen. Er hatte noch nie viele Freunde gehabt, eigentlich überhaupt keine. Andreas war immer sein Freund gewesen. Das hatte ihm genügt. Erst nachdem sein Bruder bei der Kriegsmarine war, vermisste er die vertrauten Gespräche, das Gefühl von Zusammengehörigkeit. Er vermisste einen Freund. Wenn ein Brief von Andreas kam, dann waren es eher belanglose Dinge, über die er berichtete. Genauso belanglos waren Jochens Antworten.

Gerade, als er sich entschlossen hatte, doch zu einigen Kollegen freundschaftliche Kontakte zu knüpfen, wurde er zum Oberarzt ernannt. Jochen hatte Dr. Friedrich und seine Frau voller Freude über die große Überraschung ins Haus der Michels eingeladen. Der hatte mit einer fadenscheinigen Ausrede abgesagt. Dann also nicht.

Jochen hasste den Klinikbetrieb. Grau ist alle Theorie. Voller Elan war er vor sieben Jahren an das Krankenhaus gekommen. Er wollte Menschen heilen, Helfer sein. Er war unermüdlich um das Wohl der Patienten besorgt. Im Alltag blieb nicht viel davon übrig. Wenn er an die ersten Chefarztvisiten dachte, an denen er als kleiner Assistenzarzt teilgenommen hatte, standen ihm heute noch die Haare zu Berge. In geordneter Reihenfolge betrat ein ganzer Schwarm von Weißkitteln die Krankenzimmer. Chefarzt, Oberarzt, Facharzt, Assistenzarzt, die Stationsschwester mit den Kurven und andere mehr. Wenn der Chefarzt die Kranken jovial begrüßte, konnte Jochen sich des Eindrucks nicht erwehren, Gott kam heute persönlich.

„Wie geht es uns heute Herr hmh", ein Blick auf das Blatt, „das sieht ja schon gut aus, gute Besserung und schönen Tag noch." Der weiße Schwarm marschierte in geordneter Reihenfolge wieder hinaus. Mindestens fünf Mal an einem Tag erzählte der Chef den Patienten den gleichen Witz:
„Warum tragen die Chirurgen während der Operation einen Mundschutz? Damit sie nach dem Schnitt nicht das Messer ablecken." Ha, ha, ha. Dröhnend lachte der Chef und die ganze Hierarchie mit. Mehr als einmal wollte Jochen alles hinschmeißen. Als Assistenzarzt arbeitete er mehr als der Chef und eine Schwester zusammen: Nachtdienst, Wochenenddienst, als Junggeselle immer Dienst an den Weihnachtsfeiertagen, der Traum vom Heiler und Helfer geriet immer mehr in den Hintergrund. Die Patienten standen nicht als Menschen im Vordergrund, sondern ihre Erkrankungen.
„Was macht die Leber aus Zimmer drei, wie hat die Niere aus sechs die Nacht überstanden?" Nachdem er mehr und mehr seine Illusionen vom Arztberuf verloren hatte, begann er mit den Wölfen zu heulen. So schnell wie möglich wollte er seinen Facharzt machen und eine eigene Praxis eröffnen oder bei einem Kollegen einsteigen. Er arbeitete wie ein Besessener und verbrachte die kurzen Nächte mit theoretischen Übungen und dem Lesen von Fachbüchern.
Das erste Mal in seinem Leben wurde ihm klar, dass seine berufliche Tätigkeit und die seines Vaters oder Bruders Welten trennte. Jochen hätte sich gern den Eltern anvertraut, sich einmal alles von der Seele geredet. Aber wie sollte er das anfangen? Wie sollte er seiner Mutter erklären, dass ihm alles zu viel war? Jahrelang hatten sie sich abgerackert, um ihm und Andreas die lange Ausbildung zu ermöglichen. Er wusste nur zu gut, dass seine Mutter abends die Kleidung fremder Leute flickte oder etwas nähte, dass sie am Essen sparte, für sie niemals etwas übrigblieb. Da konnte er nicht einfach ankommen und seine Eltern mit seinen Problemen belasten. Außerdem hätte er das Gefühl gehabt, ihnen etwas vorzujammern. Und er wusste nur zu gut, sein Vater hasste nichts mehr, als Jammern. Wenn jemand dazu einen ausreichenden

Grund hatte, dann er. Sonst niemand.

Warum hatte er nicht wenigstens einen Freund? Einen Kollegen, mit dem er sich austauschen konnte? Er hatte es schlicht versäumt, sich um sein Privatleben zu kümmern. So fraß er alles in sich hinein. Es gab nicht wenige Tage, an denen er meinte, an seinen aufgestauten Empfindungen, seiner Enttäuschung über den Klinikalltag, die immer wieder kehrenden Ungerechtigkeiten, zu ersticken.

Der Krieg tobte schon einige Jahre, als er endlich seinen Facharzt in der Tasche hatte.

Aber jetzt konnte er die Klinik nicht verlassen. Die Belegschaft war immer kleiner geworden, viele Kollegen waren an der Front. Auf einmal war er wieder der Benjamin. Wieder musste er sich durchsetzen, aber dieses Mal benutzte er seine Ellbogen. Denn eines hatten ihn die harten Jahre gelehrt: Ohne ging es nicht. Nicht hier. Nicht in diesen Zeiten. Und nicht als jüngster Arzt in einer Klinik. Als Gynäkologe hatte er bereits kleine Eingriffe durchgeführt. Schlichte Routineoperationen. Wegen des Ärztemangels wurde er immer öfter als Facharzt zu großen Operationen gerufen und von einem Tag auf den anderen operierte er alleine.

Ein Erlebnis hatte ihn bis in die Tiefen seiner Seele erschüttert und war die Ursache für seine teilnahmslose, gelegentlich arrogante Haltung gegenüber Leid, Patienten und deren Angehörigen.

Im Sommer 1941 war ein achtjähriger Junge mit schwersten Verletzungen eingeliefert worden. Er war von einem Auto überfahren worden. Die Mutter des Jungen hatte in blutverschmierter Kleidung dagestanden und geschrien und geschrien. Krankenschwestern hatten versucht sie zu beruhigen, als ihr Sohn an ihr vorbei in den Operationsbereich gebracht worden war.

„Mein Junge, mein Junge. Ich lass dich nicht allein." Sie war hinter der Trage hergelaufen. Nur mit Mühe war es den Schwestern gelungen, die Frau zurückzuhalten. Der Chefarzt und Jochen hatten wenig später am Tisch des kleinen Jungen gestanden. Wo anfangen? Schon vor Beginn der OP hatte beiden der Schweiß auf der Stirn gestanden. Nichts, aber auch gar nichts, war noch ganz

an dem kleinen Körper gewesen. Verbissen hatten sie sich ans Werk gemacht. Trotz der dicken Tür, hatten sie die Schreie der ängstlichen Mutter gehört.
„Sie müssen sich beeilen, wir verlieren ihn!"
Immer wieder hatte der Narkosearzt diesen Satz gerufen.
„Wir machen schon so schnell, wie wir können. Er bleibt nicht auf dem Tisch!", hatte der Chef verzweifelt und schweißgebadet geschrien. Und dann hatten sie ihn doch verloren, den kleinen Jungen mit den roten Haaren. Sein Herz hatte aufgehört zu schlagen. Sofort hatten sie mit Wiederbelebungsversuchen begonnen. Der Chefarzt und Jochen hatten sich abgewechselt. Als schon längst festgestanden hatte, dass nichts mehr helfen würde, um den Jungen ins Leben zurückzuholen, hatte Jochen immer noch weinend das Herz des toten Jungen massiert. Tränen waren auf das verschmierte Operationshemd getropft.
„Komm, du schaffst es. Komm, atme wieder. Komm, mein Kleiner."
Auch die Schwestern hatten geweint und betroffen die erschütternde Szene miterlebt. Der Chefarzt war zu Jochen gegangen und hatte ihn am Arm gefasst.
„Hören Sie auf, Bartelsen. Hören Sie auf. Er ist tot."
Jochen hatte weiter massiert. Jetzt hatte sein Vorgesetzter ihm befohlen:
„Kollege, hören Sie sofort auf!"
Benommen war Jochen in den kleinen Vorraum getorkelt und hatte seine verschmierte Kleidung abgestreift. Wie in Trance hatte er sich die Hände gewaschen und sich erschöpft auf die kleine Bank gesetzt. Als Dr. Callsen gekommen war, hatte Jochen immer noch geweint.
„Sehen Sie, Bartelsen, im Krankenhaus wird nicht nur Leben gerettet, sondern auch gestorben. Es gibt immer wieder Patienten, die wir nicht retten können, wo wir an unsere Grenzen stoßen und wir anschließend alles in Frage stellen. Sie haben schon oft solche Situationen erlebt, Kollege, ich weiß das. Aber es war noch nie ein Kind dabei, das weiß ich auch. Wir haben unser Bestes gegeben. Mehr können wir nicht tun. Glauben Sie ja nicht, dass mir das

nicht an die Nieren geht. Aber wir müssen uns schützen, sonst zerbrechen wir an unserem Beruf." Dankbar hatte Jochen seinen Chef angesehen.
„Kommen Sie, Bartelsen. Jetzt kommt das Schwerste. Wir müssen es der Mutter sagen."
Als sie den langen Flur betreten hatten, war ihnen die weinende Mutter des kleinen Jungen entgegengelaufen. Dr. Callsen hatte mit dem Kopf geschüttelt und die Hand der Frau genommen.
„Es tut uns sehr leid, aber wir konnten ihren Sohn nicht retten. Die Verletzungen waren zu schwer."
Für eine Sekunde war es totenstill gewesen. Dann hatte die Frau so laut geschrien, dass beide Ärzte und die Schwestern zusammengezuckt waren. Die Frau hatte sich auf Dr. Callsen gestürzt und mit beiden Fäusten gegen seine Brust getrommelt.
„Sie sind schuld! Sie sind schuld! Sie sind schuld!"
Nach wenigen Augenblicken hatte sie von dem Arzt abgelassen und zitternd vor Jochen gestanden. Er hatte instinktiv das einzig Richtige getan. Er hatte die Frau in den Arm genommen. Ihr Schreien war leiser geworden und endlich waren die erlösenden Tränen gekommen.
„Ich möchte zu meinem Sohn."
„Ja, natürlich, ich begleite Sie", hatte Jochen gesagt und war mit ihr in den Operationssaal gegangen. Die Schwestern hatten den Jungen inzwischen notdürftig gesäubert. Mit gefalteten Händen hatte der Junge auf dem Tisch gelegen.
„Möchten Sie alleine Abschied nehmen, Frau …? Entschuldigen Sie bitte. Ich weiß noch nicht einmal ihren Namen."
„Ich heiße Edith Richter und das ist mein Sohn Hans-Jürgen. Bleiben Sie bitte, Herr Doktor." Sie hatte die Hände ihres Sohnes genommen und schien in diesem Moment über sich selbst hinauszuwachsen.
„Die Ärzte haben alles versucht, mein Junge. Aber deine Verletzungen waren zu schwer. So hättest du nicht weiterleben können. Im Himmel hast du keine Schmerzen, dort wird es dir gut gehen. Vielleicht triffst du Vater und Oma und Opa. Das wäre doch schön. Ich werde dich nie vergessen, Hans-Jürgen, und

immer bei dir sein. Schlaf jetzt gut, mein lieber Junge." Jochen hatte sich zum zweiten Mal in diesen Stunden nicht mehr beherrschen können. Wieder waren Tränen über sein Gesicht gelaufen. Frau Richter war aufgestanden und hatte ihm die Hand gereicht. „Danke, dass Sie alles versucht haben und sagen Sie bitte dem anderen Arzt, dass es mir leid tut, was ich gesagt und getan habe." Sie war an ihm vorbeigegangen und hatte das Zimmer verlassen. Jochen war allein im Zimmer geblieben und hatte sich kaum beruhigen können. Er hatte einen letzten Blick auf den kleinen zerschundenen Körper geworfen und hatte dann den Raum des Todes verlassen.

Dieses Erlebnis veränderte Jochen. Er wurde hart und wollte für die Zukunft nicht mehr zulassen, dass Patienten sein Gefühlsleben beeinflussten, dass überhaupt jemand in sein Herz schauen konnte und menschliche Schwächen, Anteilnahme oder sonstige Regungen entdeckte. Hätte er den Mut gehabt, mit einem anderen Menschen die Last dieses Tages zu teilen und sich alles von der Seele zu reden, vielleicht wäre dann manches anders gekommen und er hätte eingesehen, dass auch Schwächen zum Leben eines Menschen gehören. Und dass es Schwächen waren, die Menschen liebenswert machten. Aber er sagte nichts. Nicht einmal zu Mathilde, der Frau die er liebte und der er vertraute. Verbissen arbeitete er weiter und war von nun an die Maschine.

Nach einem langen und anstrengenden Arbeitstag sah Jochen seine Frau erst am Abend wieder. Den ganzen Tag hatte er kein einziges Mal an sie gedacht. Mathilde stand vor dem Klinikgebäude und wartete auf ihn und Karl, den Chauffeur. Sie hakte sich bei ihm ein und strahlte ihn an. Sie musste zu ihrem Mann halten, ganz egal was geschah. Sie liebte ihn mehr als ihr Leben und schämte sich, nicht mit ihm gesprochen zu haben. Jede Stunde dieses Tages sehnte sie sich nach ihrem Mann und konnte es gar nicht abwarten, ihn zu sehen und ihm zu zeigen, dass sie ihn über alles liebte und immer zu ihm hielt. Egal was auch passierte.

„Eva-Maria, Eva-Maria, so warte doch!"
Egbert hetzte hinter seiner Frau her. Vor seiner Nase schlug seine Frau die Tür des Schlafzimmers hinter sich zu und schloss ab. Egbert holte ein paar Mal tief Luft und klopfte an die Tür.
„Mach die Tür auf, bitte. Lass uns reden. Bitte mach die Tür auf!"
Es rührte sich nichts. Eva-Maria saß vor ihrem Frisiertisch und betrachtete ihr Spiegelbild. Meinetwegen kann er gegen die Tür hämmern, bis er schwarz wird, dachte sie böse. Sie hielt sich die Hände an die Ohren. Egbert klopfte energisch weiter.
„Benimm dich nicht so kindisch! Mach endlich die Tür auf! Mach die Tür auf, sonst trete ich sie ein!"
Unendlich langsam stand sie auf, drehte den Schlüssel herum und öffnete die Tür.
Sie trat einen Schritt zur Seite, ließ ihn durch und setzte sich wieder auf ihren Frisierstuhl. Er trat hinter sie, sodass sich ihre Blicke im Spiegel begegneten.
„Wir sehen beide eigentlich noch sehr hübsch aus, findest du nicht?" Er zwinkerte ihr zu und grinste. Sein Zorn schien verflogen.
„Lenk nicht ab, Egbert Michels. So kannst du mich nicht behandeln. Und schon gar nicht vor Mathilde und ihrem Mann!"
Giftpfeile schossen aus ihren Augen direkt auf Egbert zu. Zerknirscht erwiderte er:
„Es tut mir wirklich leid, Eva-Maria. Entschuldige bitte. Aber ich kann deine Abneigung gegen Jochen nicht nachvollziehen. Was ist nur passiert, dass du so misstrauisch und ablehnend geworden bist? Gibt es einen triftigen Grund? Hat er dich beleidigt? War er unhöflich? Hat er dir sonst etwas getan?" Eva-Maria drehte sich langsam zu ihm um. Egbert ging in die Hocke und berührte die Hände seiner Frau.
„Nein, das ist es alles nicht. Es gibt keinen Grund. Es ist nur ein Gefühl. Ich kann es dir nicht erklären. Ich habe einfach Angst um unsere Tochter." Gerade sah sie ihm in die Augen.
„Sie ist doch das wertvollste was wir beide haben. Ach, Egbert. Ich weiß auch nicht, was mit mir los ist."
„Jochens Beruf ist nicht einfach. Tagtäglich dieses Leid, die zer-

fetzten Körper, die Ohnmacht. Ich glaube nicht, dass er Mathilde sein Herz ausschüttet, wenigstens nicht was das anbelangt. Ich glaube, dass er überfordert ist und er sich eine Überlebensstrategie gezimmert hat. Vielleicht lässt ihn das manchmal so kalt und unnahbar erscheinen. Ich habe versucht, mit ihm darüber zu reden, aber er wollte nicht."
„Du hast versucht, mit ihm zu reden?"
„Ja, das hab ich", antwortete Egbert. „Ich merke doch auch, dass mit ihm etwas nicht stimmt, obwohl ich das zuerst nicht wahr haben wollte. Ich kann es auch nicht erklären. Es ist dieses gleichbleibende - nicht Fisch, nicht Fleisch. Aber er ist trotzdem ein guter Junge. Vielleicht wird nach dem Krieg wieder alles besser."
Zärtlich streichelte er ihre Hände und umschloss dann ungestüm ihre Taille. Eva-Maria tat dasselbe und schon kippte der zierliche Stuhl zur Seite und Eva-Maria auf den Boden. Ihr Mann obendrauf. Sie lachten bis ihnen die Tränen kamen und hörten gar nicht mehr auf. Karl hatte nach mehrmaligem Klopfen den Raum betreten und starrte erschrocken auf die beiden, die sich auf dem Fußboden herumwälzten. Was für eine filmreife Szenerie. Als die beiden ihn bemerkten, fühlten sie sich ertappt wie kleine Kinder.
„Es ist nicht das, was Sie denken, Karl." Egbert stand auf und half seiner Frau hoch. Nur mit Mühe konnte er sich beherrschen. Er schaute seine Frau an. Sie zupfte kichernd ihren Rock gerade und in diesem Moment fingen die beiden wieder schallend an zu lachen. Karl schaute betreten von einem zum anderen.
„Entschuldigung. Ich bin dann unten, wenn Sie mich brauchen, Herr Michels."
„Ja, Sie sind dann unten." Das Gelächter konnte er noch bis zum Gartentor hören.

Es war 10.00 Uhr abends. Andreas schlich sich auf das Vorderdeck und suchte einen Platz, wo er ein paar Minuten ungestört nachdenken konnte. Einige Kameraden standen an der Reling. Aus sicherer Entfernung sah er zu ihnen hinüber und blickte dann nach oben. Wie Diamanten hingen die Sterne am Himmel und umspannten das schwarze Meer wie einen Schirm. Er dachte an Helene und an das Baby. An den Fingern zählte er die Monate ab. Jetzt war es Dezember. Im April würde das Kind kommen. Also noch ungefähr vier Monate. Wie Helene wohl aussah? Strahlte sie von innen, wie er es gelegentlich über Schwangere gelesen hatte? War die Schwangerschaft beschwerlich oder fühlte sie sich wie im siebenten Himmel und überstrahlte alles? Was für merkwürdige Gedanken du hast, dachte er. Dieser abendliche Moment, egal wo er gerade war, machte ihn zu einem anderen Menschen. Weich und gefühlvoll, stark und fast poetisch. Es waren diese Momente, die ihn nach vorne schauen ließen, die ihm die Kraft gaben, nicht zu verzweifeln und an ein glückliches Ende zu glauben. Dabei spielte es keine Rolle, ob dieser Augenblick im Maschinenraum, auf der Brücke oder, wie heute, draußen war. Er gehörte nur ihm und Helene, die in der Heimat sein Kind unter dem Herzen trug und jetzt auch irgendwo an ihn dachte. Was würde er darum geben, sie in seine Arme schließen zu können. mit ihr einfach Hand in Hand durch die Stadt zu gehen, sich gemeinsam auf den Nachwuchs zu freuen und zu heiraten. Was würde er darum geben, sie endlich seinen Eltern, den Großeltern und Jochen vorstellen zu können. Er malte sich aus, wie angetan sie von ihrer Schönheit wären. Und wie stolz, dass sie nun bald Großeltern und Urgroßeltern sein würden. Sanft und fast lautlos glitt der Zerstörer vor der britischen Küste. Verträumt sah Andreas immer wieder in die Sternennacht und auf das dunkle Meer. Als ob es kein Wässerchen trüben könne, dachte er und lächelte über sein unfreiwillig komisches Wortspiel. Er blickte zu seinen Kameraden. Ob auch sie an ihre Liebsten, an die Frauen und die Kinder dachten und vor Sehnsucht und Heimweh fast krank waren, so wie er? Bestimmt taten sie das. Jeder sehnte sich auf seine Weise nach der Heimat und versuchte so gut es ging, die schweren Gedanken vor den anderen zu verbergen. Wie es wohl in der Heimat aussah? Er machte sich Sorgen um Helene, aber auch um seine Familie. Wie sah es in den Städten aus, in Kiel? Wie oft mussten sie ihre Siebensachen packen und zu den Bunkern eilen? Jeden Tag? Einmal in der Woche? Er hatte hier auf dem Meer keine Vorstellungen, wie weit die Alliierten inzwischen vorgedrungen waren. Die Informationen waren spärlich. Über fünf lange Jahre dauerte jetzt schon der Krieg. Andreas hatte nicht damit gerechnet, dass die Waffen immer noch nicht ruhten und der Wahnsinn weiterging. Immer noch weiterging. Obwohl er eigentlich nur an Helene denken wollte, sprangen seine Gedanken hin und her. Zu seiner Mutter, zu Jochen, zu den Großeltern und immer wieder wie von selbst zum Krieg. Plötzlich fiel ihm die Sage vom Rattenfänger aus Hameln ein. Ein wunderlicher Mann war eines Tages in Hameln aufgetaucht. Er trug ein Gewand aus buntem Tuch und gab sich als Rattenfänger aus. Er bot an, die Stadt gegen einen geringen Lohn von der Plage zu befreien. Die Menschen stimmten zu. Der Rattenfänger spielte auf seiner Flöte und marschierte los. Aus allen Löchern kamen die Mäuse und Ratten gekrochen und liefen hinter ihm her. Er lief zur Weser und so ersoffen die Tiere im Wasser. Die Stadt war von der Plage befreit, aber die Bürger zahlten seinen Lohn nicht. Er war ziemlich wütend und kam einige Zeit später wieder nach Hameln, diesmal im Gewand eines Jägers mit einem wunderlichen Hut. Er begann zu spielen und alle Kinder liefen hinter ihm her, bis er mit ihnen in einem Berg verschwand. Nur zwei Kinder kehrten zurück. Eines von ihnen war stumm, das andere taub. Die anderen Kinder verschwanden für immer.

Hitler war in seinen Augen auch ein wunderlicher, gefährlicher Mann. Immer mehr war in den letzten Jahren durchgesickert, denn trotz aller Geheimhaltung konnten Verbrechen nicht für die Ewigkeit im Dunkeln gehalten werden. Hatte Hitler vielleicht sogar ganz am Anfang die allerbesten Absichten gehabt und war ihm jemand in die Quere gekommen? Hatte man ihm Anerkennung und Lob verweigert? War er deshalb zu einem Menschenfänger geworden, er und viele andere, die eine unzählige Menschenschar hinter sich herlaufen ließen, um sie dann für immer verschwinden zu lassen? Oder hatte Hitler den ersten Teil der Sage übersprungen? Wie so oft dachte er an seine eigene Stellung. Irgendwann würde Frieden sein. Er wollte nach dem Krieg seinen Hut nehmen. Konnte er das überhaupt so einfach? Konnte er seinen Dienst quittieren und zur Tagesordnung übergehen? Nach seinem Studium hatte er sich freiwillig zur Marine gemeldet. Er wollte als Ingenieur auf einem Schiff Erfahrungen sammeln. Außerdem würde er so ganz nebenbei etwas von der Welt sehen. Das jedenfalls hatte er gedacht. Schon nach kurzer Zeit hatte er gewusst, dass die Seefahrt nichts für ihn war. Seine naiven und romantischen Vorstellungen von dem Leben und der Arbeit an Bord wurden schnell von der harten Realität eingeholt und er musste sich eingestehen, dass er nicht für ein Leben auf See geschaffen war. Er litt unter Heimweh und sehnte sich nach festem Boden unter seinen Füßen. Dann war alles ganz anders gekommen. Er konnte nicht mehr aussteigen, und so wurde der abenteuerliche Ausflug in die Seefahrt zu einer jahrelangen Fahrt ins Ungewisse. Was würde also aus ihm werden, wenn Frieden war. Hatte er sich etwas vorzuwerfen? Seine Gedanken quälten ihn. War er ein guter Soldat? Was war ein guter Soldat? Nach dem Krieg würde alles kaputt sein, das war so sicher wie das Amen in der Kirche. Zerrissen wie ein Stück Papier. Hatte er selbst so große Schuld auf sich geladen, dass er sich später nicht mehr in die Augen schauen könnte? Nein, er hatte keine Schuld auf sich geladen, beruhigte er sich selbst. Er hatte Befehle empfangen und niemandem etwas getan. Er war kein Verbrecher. Aber er wusste, dass die Luft zwischen gut und böse sehr dünn war. War er die Ratte oder war er ein Kind?

Er dachte wieder intensiv an Helene und schämte sich fast ein bisschen. Diese Stunde gehörte ihr und nicht dem Führer. Er zog das kleine Foto aus der Jackentasche. Lange betrachtete er ihr schönes Gesicht. In Gedanken sprach er mit ihr.

Es wird alles gut, Helene. Bald komme ich nach Hause und es wird endlich wieder Frieden sein. Du wirst meine Eltern kennenlernen. Sie werden dich mögen. Und du wirst meine Mutter lieben, genauso wie meine Großmutter. Ich bin mir ganz sicher, du magst auch Jochen und seine Mathilde.

Falls die beiden nicht inzwischen aneinander festgeklebt sind.
Wir haben großes Glück gehabt, dass wir beide uns gefunden haben. Ich werde alles dafür tun, damit es immer so bleibt. Ein Leben lang. Du weißt gar nicht, wie ich mich auf ein Leben mit dir und unserem Kind freue. Vielleicht doch eine Paula?

Im Januar 1945 gingen Annerose und Helene zu der Schneiderin. Sie hieß Erna Todsen und sah auch so aus. Sie war um die sechzig und hatte eine äußerst ungesunde Gesichtsfarbe, die ständig zwischen gelb und weiß wechselte. Die Galle. Ihre dünnen, mausgrauen Haare waren so kurz geschnitten, dass man im ersten Moment denken konnte, Frau Todsen sei ein Mann. Aber nachweislich war sie kein Mann, denn sie war Mutter zweier mehr oder weniger missratener Kinder. Sie war so dünn, dass ein Streichholz dagegen wohlgeformt aussah. Außerdem war sie die größte Klatschbase der Stadt. Erna wusste alles, kannte jeden, wurde von keinem gemocht und war doch so etwas wie eine Institution. Sie wurde wegen ihrer spitzen Zunge gefürchtet, aber wegen ihrer brillanten Näherei bewundert. Wenn jemand es schaffte, aus weniger als Nichts noch etwas zu nähen oder zu ändern, dann war sie es. Das wusste sie, das wusste Annerose und bald sollte es auch Helene wissen. Als beide an einem Dienstag die Wohnstube der Schneiderin betraten, konnte Helene kaum verbergen, wie unsympathisch Erna ihr schon auf den ersten Blick war. Sie thronte majestätisch hinter ihrer Nähmaschine, Wollfäden hingen an ihrer Schürze und sogar in ihrem Gesicht. Sie trug eine dicke Hornbrille und hielt eine Zigarette zwischen ihren gelben Fingern. Das ganze Zimmer stank nach Rauch. Asche lag neben Garnen und Nähresten auf dem Tisch, dem einzigen Sessel und auf dem Boden.

Annerose trug Stoffreste über den Armen und hatte in einer Tasche einige alte Kleidungsstücke dabei, die sie für Helene ändern lassen wollte.

„Na, Fräulein, wann ist es denn soweit?" Helene wollte ihr gerade eine passende Antwort geben als ihre Tante erwiderte:

„Meine Nichte erwartet ihr Baby Ende April, Anfang Mai. Wie ich Ihnen schon erzählte, möchten wir ein paar Sachen für sie ändern lassen. So langsam passt nämlich nichts mehr." Sie lächelte Helene aufmunternd zu.

Annerose und Erna Todsen kannten sich schon lange. Manchmal trafen sie sich beim Einkaufen, gelegentlich auf dem Friedhof. Ernas Mann, Gott hab ihn selig, ruhte unweit von Anneroses Eltern. Einmal hatte Gustav gehört, dass Erna Todsen zu ihrem

verstorbenen Mann sagte:
„Tschüss, Hermann. Nächstes Jahr komme ich auch." Gustav hatte kichernd geflüstert: „Kannst du nicht schon dieses Jahr kommen?"
„Na, Fräulein, dann ist es ja gar nicht mehr solange hin. Wo ist denn der Vater? An der Front? Kenn ich ihn?" Neugierig blickte sie Annerose an.
„Nein, Sie kennen ihn nicht, Frau Todsen.
„Und Sie wohnen also jetzt bei Ihrer Tante. Wo haben Sie denn vorher gewohnt? Wo sind denn Ihre Eltern? Was arbeiten Sie denn?" Helenes Laune erreichte ihren Tiefpunkt. So freundlich wie es eben noch so ging sagte sie:
„Können wir anfangen?"
„Ja, natürlich. Aber man will ja auch wissen, mit wem man es zu tun hat." Helene reagierte nicht. Es wurde still. Gerade als Annerose die peinliche Situation retten wollte, sagte die Schneiderin befehlend:
„Legen Sie mal die Sachen auf den Tisch. Mal sehen, was wir da machen können." Helene versuchte, mit der flachen Hand die Asche und die Fäden und die Stoffreste beiseite zu schieben. Annerose legte die Kleidungsstücke auf den Tisch. Erna kam hinter ihrem Thron hervor und wäre beinahe hingefallen. Ihr Maßband verhedderte sich zwischen ihren Beinen und quasi in einem Satz stand sie am Tisch. Helene konnte sich nur mühsam ein schadenfrohes Lachen verkneifen. Erna grabschte mit ihren dünnen Fingern an der Kleidung herum.
„Also, zwei Blusen, ein Rock und der Stoff. Dann ziehen Sie sich mal aus, Fräulein." Helene wäre am liebsten gegangen. Sie konnte die Schneiderin nicht ausstehen.
„Nennen Sie mich bitte nicht Fräulein. Ich heiße Helene." Irritiert sah Erna sie an.
„Also gut, Fräulein Helene. Aber ziehen Sie sich jetzt endlich aus. Ich habe meine Zeit nicht gestohlen." Helene zog sich aus und stand endlich im Unterrock vor Erna Todsen. Sie nahm Maß und kritzelte ein paar Zahlen auf einen Zettel.
„Also, dann ziehen Sie mal die erste Bluse an." Also ist also ihr Lieblingswort, dachte Helene amüsiert. Nachdem Helene alle

Kleidungsstücke anprobiert und Erna abgesteckt und weiter gemessen hatte, konnte sich Helene wieder anziehen. Zwei Nadeln steckten noch in Ernas Mund als sie sagte:
„Also, ich mache beide Blusen größer und ich arbeite in den Rock einen Keil ein. Das wird ganz hübsch. Sie haben ja genug Stoff mitgebracht, Frau Ulrich. Nächste Woche am Mittwoch können Sie die Sachen abholen. Kommen Sie am Nachmittag um drei."
Endlich nahm sie die Nadeln aus dem Mund, aber nur um sich eine Zigarette anzustecken. Annerose und Helene waren schon fast aus der Tür als Erna hinter ihnen herrief:
Also, wann kommt nochmal das Kind, Fräulein?"
Als die beiden Frauen auf der Straße waren, atmete Helene ein paar Mal tief durch.
„Mein Gott, stank das in der Bude! Wie eine rauchende Stricknadel, diese Frau!" Annerose lachte.
„Ich hab dir ja gesagt, sie ist ein wenig eigen. Aber sie kann toll nähen. Das kannst du mir glauben. Du wirst staunen."
„Ich freue mich schon auf die neuen Sachen, Tante Annerose. Und ich freue mich so auf mein Baby. Vorhin hat es sich wieder bewegt. Wahrscheinlich konnte das Kleine die Klatschbase auch nicht ausstehen." Sie strich mit ihren Händen über ihren Bauch. Sie waren an der Wohnung angekommen. Gustav öffnete die Tür.
„Na ihr beiden, alles zu eurer Zufriedenheit geregelt? Ich habe Tee gekocht. Lasst uns in die Küche gehen." Wenig später tranken sie das heiße Getränk und Annerose erzählte ihrem Mann ausführlich von dem Treffen mit Erna Todsen. Gustav nahm mehrmals seine Brille ab, setzte sie wieder auf, lächelte hin und wieder und erhob sich schließlich. Mit Block und Bleistift kam er zurück. Pedantisch hatte er in den letzten Wochen seinen Geburtsplan, wie er es nannte, geführt. Er blickte auf seine Notizen und sah dann auf.
„Gut, die Umstandskleidung können wir abhaken. Was ist mit der Babykleidung? Wie weit sind wir da?" Er blickte die Frauen an. Beide lächelten. Gustav wollte nichts dem Zufall überlassen. Das fing bei den Windeln an und hörte mit dem Kinderwagen auf. Er konnte es gar nicht erwarten, Großonkel zu werden. Ein Baby auf dem Arm zu halten, was für ein großes Glück! Kinder waren ihm

leider versagt geblieben und deshalb genoss er umso mehr die Vorfreude auf das große Ereignis.

Helene zählte auf, was Annerose und sie bereits für das Baby gestrickt und gehäkelt hatten. Als nächstes wollten sie aus alten Unterhemden Hemdchen für das Kleine nähen. Gustav machte hier und da ein Häkchen und sah dann verträumt auf seine Aufzeichnungen.

„Wir liegen gut im Zeitplan. Wie abgemacht kümmere ich mich um den Kinderwagen, die Wanne und was unser Baby sonst noch dringend braucht." Annerose zuckte plötzlich förmlich zusammen. „Wir haben zwei Dinge bisher total vergessen." Sie tippte mit einem Finger gegen ihre Stirn. „Wir brauchen eine Hebamme und das Kind muss angemeldet werden." Erschrocken sah Helene ihre Tante an.

„Verdammt, daran habe ich noch gar nicht gedacht. Ich meine, dass mein Baby eine Geburtsurkunde braucht. Eine Hebamme werden wir schon finden." Niedergeschlagen senkte sie den Kopf. Gustav legte seine Brille auf den Tisch.

„Wir wollen jetzt nicht allzu schwarz sehen. Eine Hebamme werden wir finden, da hast du Recht, Helene. Das ist kein großes Problem. Aber an die Geburtsurkunde habe ich noch gar nicht gedacht. Wie konnte ich das nur vergessen! Ich werde mir darüber Gedanken machen. Macht euch keine Sorgen." Sehr zuversichtlich klangen seine Worte nicht. Aber Gustav war noch nie ein Mensch gewesen, der sich gut verstellen konnte. Er war tief besorgt und ärgerte sich über sich selbst. Wie hatte ausgerechnet er, der immer an alles dachte, diesen wichtigen Punkt nur vergessen können? Annerose sagte in die Stille hinein:

„Machen wir uns jetzt nicht verrückt. Es wird schon alles gut gehen. Gustav wird schon einen Weg finden." Helene spürte, dass beide versuchten sie zu beruhigen. Aber sie war schon lange nicht mehr so ängstlich gewesen wie in diesen Minuten. Wäre doch nur Andreas da. Sie würde ihm endlich alles erzählen und alles andere würde sich finden. Außerdem musste doch dieser verdammte Diktator langsam merken, dass der Krieg nicht mehr zu gewinnen war, dass schon längst alles verloren war. Warum stoppte niemand

diesen Irren?
Sie dachte an Carla. Warum hatte sie nie wieder etwas von ihr gehört, warum hatte sie sich nicht an die Verabredung gehalten? Was war nur passiert? Lebte sie etwa gar nicht mehr? Ach, Carla, melde dich doch endlich. Nur ein kleines Lebenszeichen. Bitte! Nur ein kleines Zeichen.

Jochen schlief jetzt regelmäßig in der Klinik. Neben dem Heizungsraum im Keller war ein kleiner, muffiger Raum: Ein Bett, ein Waschbecken. Sonst nichts. Im ganzen Haus war kein einziges Zimmer mehr, in das er sich zurückziehen und schlafen konnte. Nachdem tagelang gelüftet und das Bett frisch bezogen worden war, schlief er das erste Mal in seiner Krankenbude, wie er den Raum von nun an spöttisch nannte.

Mathilde wurde sofort misstrauisch. Wieso übernachtete er auf einmal wieder in der Klinik? Das hatte er seit Jahren nicht mehr gemacht. Schon ein paar Mal hatte sie ihren Mann mit der hübschen Schwester Frederike gesehen. Er ging lächelnd neben ihr den langen Flur entlang oder öffnete ihr die Tür in ein Krankenzimmer. Einmal hatten die beiden die Köpfe zusammengesteckt und sich angelacht. Mathilde war rasend eifersüchtig.

Jochen hatte lediglich wie nebenbei beim Abendessen verkündet, dass er ein Vorbild sein müsse und nicht mehr jeden Tag um Punkt acht das Skalpell fallenlassen könne. Egbert brachte großes Verständnis für seine Entscheidung auf und selbst Eva-Maria konnte seine Beweggründe verstehen. Mathilde hingegen war richtig eingeschnappt. Sie zog für den Rest des Abends eine Flunsch und beteiligte sich nicht mehr an dem Tischgespräch. Ein paar Tage später fragte Jochen:

„Was ist denn eigentlich mit dir los, Mathilde? Seitdem ich nicht mehr jeden Tag nach Hause komme, bist du fast stumm. Selbst ein Fisch redet dagegen wie ein Wasserfall." Sie standen vor dem Krankenhaus und warteten auf Karl. Mathilde antwortete nicht. Jochen versuchte es wieder:

„Mathilde! Alle Kollegen und viele der Schwestern schlafen seit Monaten in der Klinik. Ich bin der Einzige, der jeden Abend nach Hause fährt. Und das noch mit Chauffeur. Was glaubst du eigentlich, was die Kollegen darüber denken und tuscheln? Viele von ihnen sind nur einmal in der Woche bei ihren Familien, oder von mir aus zweimal. Ich kann es mir nicht leisten, Mittelpunkt von Tratschereien zu sein. Außerdem sind wir ständig unterbesetzt, das weißt du doch." Bei den letzten Worten war er laut geworden. Mathilde starrte auf den Boden.

„Bist du eifersüchtig? Ist es das? Meinst du, ich hätte nichts anderes im Sinn, als irgendwelche Frauen abzuschleppen? Rede mit mir Mathilde, rede mit mir!" Er fasste unter ihr Kinn und zwang sie ihn anzusehen. Ihre Augen schwammen in Tränen.
„Ich will dich nicht verlieren, Jochen", flüsterte sie. „Ich habe Angst, dass du mich vergisst, wenn du andere hübsche Frauen siehst."
„Ach, Mathilde. Du bist meine Frau. Ich habe mich für dich entschieden. Andere Frauen interessieren mich nicht." Er legte den Zeigefinger auf den Daumen seiner rechten Hand. „Nicht soviel, Mathilde. Nicht soviel." Mathilde strahlte ihn bei seinen Worten an und war für den Moment beruhigt. Als sie wenig später neben ihm im Wagen saß, sah sie ihn immer wieder von der Seite an. Die langen, schwarzen Wimpern, auf die jede Frau neidisch war, das schmale Profil, sein energisches Kinn - Jochen war der schönste Mann den sie kannte. Und er war ihr Mann. Sie würde alles tun, damit es auch so blieb. Und sie tat es in dieser Nacht. Glücklich lag sie in seinen Armen und sah ihn verliebt an.
„Jochen, ich wünsche mir so sehr ein Kind. Heute, ich meine, ich glaube heute ist mein Wunsch in Erfüllung gegangen."
„Ja, das wäre schön, Mathilde", murmelte Jochen und schlief in ihren Armen von einer Sekunde auf die andere ein. Vorsichtig löste sie sich aus seinen Armen und ging ins Badezimmer. Im Flur hätte sie beinahe ihre Mutter umgestoßen.
„Was tust du hier, Mutter? Mitten in der Nacht." Erschrocken ließ Eva-Maria die Arzttasche fallen. Laut fiel die Tasche zu Boden.
„Ich, ich, ich erzähle es dir morgen", flüstere Eva-Maria und lief eilig die Stufen hinunter. Mathilde schüttelte den Kopf und ging ins Badezimmer.
Als sie wach wurde, war das Bett neben ihr leer. Sie schaute auf die Uhr. Es war schon fast neun. Wohlig rekelte sie sich im Bett und sprang dann mit einem Satz hinaus. Heute war ihr freier Tag. Wie rücksichtsvoll von Jochen, sie nicht zu wecken. Beschwingt lief sie die Treppe hinunter und ging ins Esszimmer. Ihre Mutter saß allein am Tisch und las die Zeitung.
„Na, du Schlafmütze. Bist du endlich wach?" Mathilde antwortete

nicht, sondern begann zu frühstücken. Ihre Mutter vergrub sich wieder hinter ihrer Zeitung.

„Was hast du heute Nacht bei uns im Flur gemacht? Ich wäre beinahe über dich gefallen." Eva-Maria blickte ihre Tochter vom oberen Rand der Zeitung kurz an.

„Ach, nichts weiter."

„Du hast gesagt, du erzählst es mir heute. Also was hast du gemacht?"

„Mein Gott, Tilde. Muss ich mich in meinem eigenen Haus rechtfertigen, warum ich bei euch im Flur bin?" Die halbe Nacht hatte Eva-Maria krampfhaft überlegt, was für eine plausible Erklärung sie ihrer Tochter geben könne. Eine richtig gute passende Ausrede war ihr nicht eingefallen. Auf keinen Fall wollte sie jedoch riskieren, dass Jochen etwas davon erfuhr. Oder wusste er es schon?

„Nein, das musst du natürlich nicht", antwortete ihre Tochter. „Aber es ist schon komisch, wenn man nachts fast über die eigene Mutter fällt und anschließend Jochens Tasche auf den Boden knallt." Lauernd sah sie in die Augen ihrer Mutter, die immer noch ein kleines Stück über der Zeitung zu ihr hinüber blickten. Eva-Maria hielt dem Blick stand.

„Es war nichts weiter. Ich war in der Küche und hatte etwas gehört. Ich bin die Treppe hochgegangen und dann über irgendwas gestolpert. In diesem Moment kamst du." Schlechte Ausrede, dachte Eva-Maria, verdammt schlechte Ausrede. Ihre Tochter schien sie jedoch zu schlucken.

„Ach, so. Das hättest du aber auch gleich sagen können." Sie schmierte sich ein zweites Marmeladenbrot. An diesem Morgen war sie viel zu glücklich, als sich über die Qualität von Ausreden Gedanken zu machen. Außerdem war sie felsenfest davon überzeugt, in dieser Nacht schwanger geworden zu sein. Dieser schöne Gedanke fesselte sie und eigentlich wollte sie sich ihre Träume durch nichts verderben lassen. Ein Kind. Sie würde bald ein Baby in den Armen halten. Was für ein umwerfender, wunderschöner Gedanke. Jochen würde sich freuen wie ein Schneekönig, und ihre Eltern erst. Ihr Vater würde geradezu verrückt werden vor Freude. Was für ein wunderschöner Gedanke. Verträumt sah sie ihr Mar-

meladenbrot an. Eva-Maria lugte vorsichtig hinter der Zeitung hervor. Sie war erleichtert. Eine Zentnerlast war von ihrem Herzen gefallen. Sie musste vorsichtiger sein. Das fehlte noch, wenn ihr Vorhaben auffliegen oder an ihrer Tochter scheitern würde. Sie betrachtete Tilde, die seit mehreren Minuten ihr Marmeladenbrot anstrahlte. Jochen musste schon ein toller Hecht sein, dachte sie etwas spöttisch, denn ihre Tochter hatte den Blick. Den Blick, den nur Frauen haben, wenn sie einen Mann abgöttisch liebten oder wenn sie ein Baby erwarteten. Mathilde war doch nicht etwa schwanger? Vielleicht war sie deshalb in den letzten Tagen so launisch gewesen. Ob sie einfach fragen sollte?
Mathilde strahlte immer noch ihr Brot an. Langsam kam sie in die Wirklichkeit zurück und sagte unvermittelt:
„Ich gehe nach oben. Ich will noch einiges vorbereiten, bevor Jochen heute Abend kommt." Aber Jochen kam nicht. Stundenlang wartete sie auf ihn, ging immer wieder vor die Tür, ins Esszimmer, nach oben und wieder vor die Tür. Das erste Mal seit sie Jochen kannte, hatte sie für ihn gekocht. Edelgard hatte ihr dabei geholfen und eigentlich die meiste Arbeit gemacht, aber das brauchte Jochen ja nicht zu wissen. Nach ihrem Ausflug in die Küche sah es hinterher aus, als hätte eine feindliche Bombe eingeschlagen. Eva-Maria traf beinahe der Schlag, als sie nichts ahnend in die Küche ging, um ein Glas Saft zu holen.
„Jesses, Maria und Josef, was hast du aus der Küche gemacht?", brüllte sie ihre Tochter an. „Es sieht aus, als hätte hier ein mittleres Erdbeben stattgefunden!"
„Ich mach das alles wieder sauber", erwiderte Tilde kleinlaut.
„Das will ich hoffen!" Eva-Maria verschwand mit ihrem Glas in der Hand und knallte die Tür hinter sich zu. Liebevoll deckte Tilde im Esszimmer den Tisch für zwei Personen, nachdem sie ihre Mutter von der Notwendigkeit ihres Treibens überzeugt hatte. Heute keine gemeinsame Mahlzeit. Heute ein Essen zu zweit. Aber Jochen kam nicht. Enttäuscht und niedergeschlagen ging Mathilde spätabends in ihr Schlafzimmer. Warum hatte er nichts gesagt?

Jochen saß im Bett und trank zufrieden einen Schluck Tee. Was für ein Kaliber. Was für eine tolle Frau. Er sah zur Seite und fragte:
„Willst du wirklich schon gehen, Frederike?" Sie stand angezogen vor seinem Bett und sagte lächelnd:
„Ja, ich muss. Aber es muss ja nicht das letzte Mal gewesen sein, Herr Doktor." Jochen grinste sie unverschämt an.
„Nein, es wird ganz bestimmt nicht das letzte Mal gewesen sein, Schwester Frederike."
Den ganzen Tag über hatte er einen Notfall nach dem anderen behandelt. Am späten Nachmittag hatte er eine Kleinigkeit essen wollen, als ihm Schwester Frederike begegnet war. Sie hatte einen Mantel getragen und wollte gerade hinausgehen.
„Haben Sie schon Feierabend?", hatte Jochen statt einer Begrüßung gefragt.
„Nein, ich will nur für eine halbe Stunde nach draußen. Ich muss wieder Luft kriegen."
„Warten Sie, ich komme mit!" Nebeneinander waren sie einen schmalen Weg hinter dem Klinikgebäude entlang gegangen, der zu einer Nebenanlage der Klinik führte. In besseren Zeiten hatten hier im Sommer Bänke gestanden, auf denen Ärzte und Schwestern, aber auch Besucher und Patienten gesessen hatten, um für kurze Zeit dem Klinikalltag entfliehen zu können. Nur ein Baumstamm war geblieben, auf den sich die zwei gesetzt hatten.
„Sie kennen diesen Platz also auch?", hatte Jochen das Gespräch begonnen.
„Ja, ich habe ihn zufällig entdeckt, aber noch nie jemanden getroffen. Dabei ist es so schön hier." Die beiden hatten friedlich auf dem Stamm gesessen und die wenigen Minuten der Ruhe und Entspannung genossen. Diese wenigen Minuten hatten aber ausgereicht, um sich gegenseitig zu signalisieren, dass sie mehr voneinander gewollt hatten, als nebeneinander auf einer Bank zu sitzen. Es war nichts Aufreizendes in Frederikes Bewegungen gewesen, Jochen hatte keine schlüpfrigen Anspielungen gemacht, sie hatten kaum geredet. Und trotzdem. Nach diesem ersten, eher zufälligen Treffen hatten beide gewusst, dass dies der Beginn einer heimlichen Affäre war.

Nachdem Frederike das Zimmer verlassen hatte, dachte Jochen das erste Mal an diesem Tag an seine Frau. Er hatte sie total vergessen. Niemals würde er Mathilde beichten, dass er sie in dieser Nacht betrogen hatte. Niemals würde er sich von ihr trennen. Sie liebte ihn abgöttisch, das wusste er nur zu gut. Aber irgendwas fehlte in ihrer Beziehung. Was es war wurde ihm klar, als er Frederike liebte. Der Biss und die Leidenschaft fehlten in seiner Ehe. Das war nicht weiter schlimm, aber es machte den Alltag noch alltäglicher. Er liebte Mathilde. Ihr gemeinsames Leben war mit seinem vorherigen Junggesellenleben nicht vergleichbar. Das schöne Haus, Küchenhilfe und Chauffeur und auch sonst viele Annehmlichkeiten. Durch Egbert lernte er viele interessante und einflussreiche Leute kennen. Auf der Karriereleiter war er wie von selbst nach oben gestolpert.
Und trotzdem blieb er ruhelos, fand nicht zu sich selbst. Er dachte an seine vielen Aufzeichnungen. Sie würden ihm nach dem Krieg auf seinem Weg nach ganz oben hilfreich sein. Jochen träumte von einer eigenen Praxis, vielleicht sogar von einer eigenen Klinik, von wissenschaftlichen Arbeiten, Kongressen. Er wollte den Schwerpunkt seiner Arbeit auf die psychische Seite von Kranken verlagern. Konnte man Menschen manipulieren? Ihre Leidensfähigkeit mit Absicht bis an den Rand des Wahnsinns, der Selbstaufgabe treiben? Konnte man aus den Reaktionen schließen, welche Behandlungsmethoden bei psychisch erkrankten Menschen sinnvoll waren, dauerhaft helfen würden? Ja, man konnte, davon war er überzeugt, geradezu besessen. Aber dafür war es notwendig, Patienten bei ihren Abstürzen zu beobachten und nicht nur den späteren Erzählungen der Betroffenen zu lauschen. Als Arzt musste er die persönlichen Katastrophen hautnah miterleben, ihren Schmerz, ihre Trauer, ihre Verzweiflung. Erst dann konnte er mit einer Therapie beginnen, um die Patienten aus ihren tiefen Löchern zu holen, allen Patienten mit ähnlichen Leidensgeschichten zu helfen, nach traumatischen Ereignissen wieder an die Oberfläche des Lebens zu finden. Aber ihm fehlte noch ein großes, einzigartiges, bahnbrechendes Beispiel für seine Thesen. Jochen sprang aus dem Bett und holte seine Aufzeichnungen. Fast zwei Stunden saß

er auf der Bettkante und las seine Notizen, schrieb einiges dazu und beendete seinen Tag mit den Sätzen: *Alle Kranken verhalten sich nach einem immer wiederkehrenden Muster, das zur Hälfte aus tatsächlichen körperlichen Erkrankungen und zur anderen Hälfte aus einer kranken Psyche besteht.* Er legte sich ins Bett und dachte an Frederike. Von dieser Nacht durfte niemand etwas erfahren. Hoffentlich hatte sie sich nicht in ihn verliebt und stellte irgendwelche Ansprüche an ihn. Sie konnte ab und zu nachts zu ihm kommen. Keine weitere Verpflichtung, keine Treffen außerhalb der Klinik, keine romantischen Gefühle. Vor allem keine Eifersucht. Diese Eigenschaft empfand er schon bei seiner eigenen Frau mehr als störend und zuweilen richtig kindisch.
Sie konnte mit ihm schlafen und wieder gehen. Aber sie konnte nicht von ihm erwarten, mehr als einen Geliebten in ihm zu haben. Bevor es zu einer weiteren Nacht kam, musste er ihr das unmissverständlich klar vor Augen halten. Seinen Körper konnte sie haben, seine Seele jedoch gehörte Mathilde. Vielleicht passte seine Affäre ganz gut in seine Verhaltensforschungen. Was für ein Muster würde sich auftun?

Am nächsten Vormittag sah er Mathilde wieder. Sie sah verweint und übernächtigt aus. Er ging auf sie zu und streichelte ihren Arm. „Was ist los mit dir? Hast du schlecht geschlafen?" Prüfend sah er sie an. Mathilde schaute an ihm vorbei.
„Das fragst du noch? Ich wollte dich mit einem Essen überraschen. Aber wer ist einfach nicht gekommen? Du!" Sie verzog das Gesicht als würde sie gleich anfangen zu weinen.
„Ach Mathildchen. Du hättest doch nur Karl zu fragen brauchen. Er wusste, dass ich hier bleibe."
„Er wusste es nicht. Er hat über eine Stunde auf dich gewartet und ist dann wieder nach Hause gefahren." Jochen haute sich mit der Hand theatralisch gegen die Stirn.
„Verdammt! Ich habe vergessen es ihm zu sagen. Ach, Mathilde. Es tut mir leid. Aber das Essen läuft uns doch nicht weg. Du kannst noch ein Leben lang für mich kochen."
Bei diesen Worten berührte er leicht ihren linken Arm. „Sei wie-

der gut, Mathilde. Ich werde mich bessern. Großes Doktor-Ehrenwort." Mathildes Zorn verrauchte. Sogar ein kleines Lächeln gelang ihr.
„Gut, Doktor-Ehrenwort. Aber beim nächsten Mal kommst du mir nicht so einfach davon." Sie lächelte Jochen verliebt an und drehte sich um. Ihr Weg führte sie in verschiedene Richtungen.
Nur wenige Minuten später stießen Frederike und er fast zusammen. Sie kam aus einem der Krankenzimmer und ging, den Kopf gesenkt, schnell durch den langen, mit kranken und wimmernden Menschen überfüllten Klinikflur.
„Vorsicht, junge Frau", sagte Jochen. Er hielt sie kurz im Arm. Ihr Gesicht wechselte die Farbe und sie sagte mit leuchtenden Augen: „Doktor, entschuldigen Sie bitte. Ich war mit meinen Gedanken ganz wo anders." Eine aufgeregte Männerstimme rief:
„Doktor, Doktor, kommen Sie schnell. Der Mann verblutet uns!" Jochen stürzte sofort der Stimme nach. Frederike ging mit eiligen Schritten weiter, drehte den Kopf herum und sah dem wehenden Kittel hinterher. In diesem Moment rempelte sie zum zweiten Mal an diesem Morgen jemanden an. Es war ausgerechnet Mathilde, die nun fast ihr Medikamententablett fallenließ.
„Vorsicht, junge Frau, Vorsicht!" Die beiden Frauen lächelten sich flüchtig zu.
„Tschuldigung", murmelte Frederike und machte einen Schritt zur Seite. Ihr Gesicht wechselte wieder die Farbe. Nun war es dunkelrot und sie hatte das Gefühl, jeder könne in ihrem Gesicht wie in einem offenen Buch lesen.

Pünktlich um 15.00 Uhr öffnete die dünne Schneiderin Helene und ihrer Tante die Tür und ließ die beiden Frauen in ihr Nähzimmer, das ganz offensichtlich auch als Schlaf- und Esszimmer diente, denn Essensreste standen auf dem Tisch und eine zerknüllte Wolldecke lag auf der durchgesessen Couch. Es war noch schmuddeliger als bei ihrem ersten Besuch und roch nach Rüben und kaltem Rauch.
Stolz präsentierte Frau Todsen die geänderten Sachen und betonte mehrmals, dass das ja alles gar nicht so einfach gewesen wäre. Annerose lobte sie ausführlich und betrachtete ihre Nichte, die nun die neuen Blusen und den Rock anprobierte. Es passte alles wie angegossen und Helene musste zugeben, dass die verrauchte Stricknadel wirklich gut nähen konnte.
„Also, Fräulein, ich habe alles nach Ihren Wünschen umgeändert." Sie zupfte an Helene herum, die sofort einen kleinen Schritt zur Seite wich.
„Sind Sie zufrieden, Fräulein?"
„Ja, sehr. Es sieht wirklich alles toll aus. Vielen Dank." Helene wollte sich nicht aufregen und so überhörte sie das Fräulein. Annerose zahlte und bedankte sich auch noch einmal bei Frau Todsen, als diese plötzlich sagte:
„Also, ich habe gestern den Budesoffski getroffen. Mein Gott, war der wieder voll. Also, ich hab ihm gesagt, dass ich ein paar Sachen für Sie ändere und er sagte, er kenne Sie gar nicht, Fräulein." Mit kleinen listigen Augen schaute die Schneiderin erst Helene und dann Annerose an, die nach einer Schrecksekunde erwiderte:
„Meine Nichte war noch nicht im Bunker, deshalb konnte er Helene nicht sehen. Das nächste Mal nehmen wir sie mit. Dann lernt er sie endlich kennen." Die Stricknadel hakte nach:
„Warum haben Sie ihre Nichte nie mitgenommen? Es ist doch gefährlich. nicht in den Bunker zu gehen und das in Ihrem Zustand. Also ich finde, das gehört sich nicht, eine junge, schwangere Frau einfach nicht mitzunehmen." Annerose wurde es langsam zu dumm.
„Ich habe schon gesagt, beim nächsten Angriff nehmen wir sie natürlich mit. Wir müssen gehen, Frau Todsen. Nochmals vielen

Dank und bis zum nächsten Mal."
Bevor die Schneiderin etwas erwidern konnte, waren die beiden schon zur Tür heraus.
„Ich kann dieses Schluderweib nicht ausstehen", schimpfte Helene, „und wie kommt sie dazu, diesem Budesoffski zu erzählen, für wen sie gerade näht?"
„Sie ist eben so, Helene. Sie klatscht und tratscht schon seit Jahrzehnten. Sie sieht alles, hört alles und weiß alles. Und sie ist froh, wenn sie jemanden trifft, dem sie Neuigkeiten erzählen kann, oder von dem sie Neuigkeiten erfahren kann. Die beiden kennen sich schon lange. Früher ist ihr Mann oft bei dem Budesoffski versackt und sie hat ihren Alten, so nannte sie ihn immer, nach Hause gezerrt. Ich hoffe nur, dass der versoffene Kerl so voll war, dass er sich nicht mehr so richtig erinnern kann, ansonsten..."
„Was meinst du?"
„Ansonsten müssen wir überlegen, was wir dem Blockwart das nächste Mal im Bunker erzählen." Helene hatte endlich verstanden, was Annerose meinte.
„Wenn doch nur endlich alles vorbei ist. Wäre nur Andreas hier! Mit ihm wäre alles einfacher. Ich vermisse ihn so." Annerose hakte sich bei ihrer Nichte unter und sah sie aufmunternd an.
„Andreas wird bald nach Hause kommen und dann wird alles gut."
„Hoffentlich hast du Recht, Tante Annerose. Denn lange halte ich das nicht mehr aus."

Ende Januar 1945 beschwor Hitler den Endsieg und rief zum fanatischen Widerstand gegen die vorrückenden alliierten Truppen auf. Aber der Endsieg war so weit weg, wie die Sonne vom Mond. Der Kreis der Verwundeten, Vermissten, Trauernden und Toten wurde immer größer, der Kreis der fanatischen und verbrecherischen Täter löste sich langsam auf; das Hemd ist näher als die Hose, die eigene Haut wichtiger als die des Führers, es wurde Zeit sich aus dem Staub zu machen, bevor man selbst zu Staub wurde.

Im März 1945 erteilte der Führer den Befehl, deutsche Gebiete vor dem Rückzug restlos zu verwüsten. Der Verbrannte-Erde Befehl kostete viele Kinder das Leben. Kinder, die ihren Einsatz als Flakhelfer oder als Wachposten tatsächlich für so wichtig und kriegsentscheidend hielten, dass es selbst den Müttern und Großmüttern nicht gelang, sie vom Gegenteil ihrer angeblichen Kriegswichtigkeit zu überzeugen.

Die Jungen griffen zu den Waffen und begriffen nicht, dass sie direkt in den Tod geführt wurden und nichts anderes als Kanonenfutter waren.

Der 28. April 1945 war ein Samstag.
An diesem Tag sollten verschiedene Ereignisse in die Geschichte eingehen. US-amerikanische Truppen befreiten die letzten erbärmlichen Insassen des Konzentrationslagers Dachau bei München, andere Truppen der US-Armee eroberten die Stadt Augsburg. Der Führer verfasste sein Testament und bestimmte Großadmiral Karl Dönitz zu seinem Nachfolger im Amt des Reichspräsidenten. Und bei Helene setzten die Wehen ein.

Ihr weiter Mantel ließ sich kaum noch zuknöpfen. An den Knöpfen spannte der Stoff. Helenes Bauch war rund und an diesem Tag besonders hart. Morgens um kurz nach sieben Uhr schlich sie sich aus der Wohnung, um für eine Stunde allein zu sein. Das Wetter war schön, für einen Tag Ende April fast zu warm. Helene ging durch die Straße und sah immer wieder zerstörte Häuser, die einsam und verlassen das Bild der Zerstörung prägten. Vor einem dieser Häuser saß ein altes Paar auf einem Sofa. Sie bewegten sich nicht und im ersten Moment konnte man glauben, es handele sich um ein riesengroßes Bild, das irgendjemand vor ein Haus gestellt hatte.
Tief atmete sie die Frühlingsluft ein und aus. Ihr Baby bewegte sich und verträumt strich sie mit ihren Händen über ihren runden Bauch. Hin und wieder begegneten ihr einige alte Frauen. Ihre Gesichter waren versteinert und blass. Sie passten zum Bild der zertrümmerten Häuser. Wie viele Schicksalsschläge verbargen sich wohl hinter den Fassaden, dachte Helene. Sie blickte in den Himmel. Lange konnte sie nicht draußen bleiben, sie hatte ihrer Tante versprochen, in den Tagen vor der Geburt nicht mehr alleine spazieren zu gehen. Annerose hatte eine Hebamme aufgetrieben, die ins Haus kommen würde. Sie war schon weit über siebzig und half schon lange nicht mehr Babys auf die Welt. Aber es war egal. Hebamme bleibt Hebamme. Nur noch ein Punkt der langen Liste Gustavs blieb ungeklärt. Die Geburtsurkunde des Kindes. Helene wollte an diesem schönen Tag aber nicht an dieses Problem denken. Sie war so in Gedanken versunken, dass sie gar nicht wahrnahm, wie sie sich immer weiter von ihrer Straße entfernte. Eine

sehr junge Frau kam ihr mit einem Kinderwagen entgegen. Sie lächelten sich im Vorbeigehen zu und Helene warf einen Blick auf das schlafende Baby. Auf der anderen Straßenseite sah sie eine hochschwangere Frau und einen Moment später schon wieder eine Mutter mit einem Kind auf dem Arm. Sie hatte das Gefühl, neben der großen Zerstörung, der Trostlosigkeit, gab es auch eine andere - helle Seite, die ganze Stadt war voller Babys oder schwangerer Frauen.

Helene sah blendend aus. Sie gehörte zu den Frauen, die während ihrer Schwangerschaft immer schöner wurden. Ihre Haut war rosig und ihre Augen leuchteten vor unbändiger Freude auf die glückliche Ankunft ihres Kindes. Sie wechselte die Straßenseite und bog in eine kleine Seitenstraße ein. Wieder sah sie eine Mutter mit ihrem Kinderwagen auf sie zukommen. Die junge Frau blickte auf und lächelte Helene an.

„Darf ich mal einen Blick auf Ihr Baby werfen?, fragte Helene, was ist es denn?"

„Ein kleines Mädchen. Josephine. Wann ist es denn bei Ihnen soweit?"

„Noch ein paar Tage. Ich kann es kaum erwarten."

„Dann wünsche ich Ihnen alles Gute." Die Frau ging weiter. Helene sah ihr hinterher. Sie überlegte, ob sie lieber umkehren sollte, aber dann entschloss sie sich, noch eine Weile zu laufen. Vielleicht noch zehn Minuten. Sie versuchte, sich die Straßennamen einzuprägen, damit sie schnell den Weg zurück fand. An diesem Morgen verspürte sie keine Angst vor Fremden. Helene fühlte sich leicht und frei, obwohl sie kugelrund war und kaum noch die Schnürbänder ihrer Schuhe selbst zubinden konnte.

Vor ein paar Tagen war ein Brief von Andreas gekommen. Er war mindestens genauso aufgeregt wie sie und freute sich unbändig auf sein Kind. Insgeheim wünschte er sich eine Tochter, das hatte sie zwischen den Zeilen gelesen. „Eine kleine Paula für den großen Andreas", schrieb er und malte Herzen dazu.

Von weitem konnte Helene das große Klinikum sehen, dass ungefähr zu einem Drittel stark beschädigt war. Sie dachte noch, dass es Zeit war nach Hause zu gehen, als ein heftiger Schmerz ihren

Körper auseinanderzureißen schien. Die Wehen hatten begonnen. Helene krümmte sich vor Schmerzen und lehnte sich an eine Hauswand. Als die erste Welle vorbei war, atmete sie ein paar Mal tief durch. Sie drehte sich schwerfällig und mit Bedacht um und ging ein paar Meter, als die zweite Wehe ihren Körper durchschüttelte. Sie hielt ihren Bauch und versuchte, ruhig zu atmen. Sie musste es schaffen, so schnell wie möglich zu Annerose und Gustav zu kommen. Auf einmal schien es ihr, als sei die Straße menschenleer. Wer sollte ihr helfen, wenn etwas passierte? Der Schmerz ließ nach und Helene schleppte sich weiter. Schon nach wenigen Metern blieb sie stehen und schaute sich wieder um. Kein Mensch war zu sehen. Helene begann stark zu schwitzen und knöpfte ihren Mantel auf. Etwas Warmes lief an ihren Beinen hinunter. Sie erschrak und blickte verstört zu ihren Füßen. Sie stand inmitten einer kleinen Pfütze. Die Fruchtblase war geplatzt. Helene atmete schwer und ging langsam weiter, als die nächste Wehe wie ein Blitz durch ihren Körper wütete. Sie suchte nach etwas an dem sie sich festhalten konnte und hing plötzlich am Arm einer fremden Frau, die unter ihrem geöffneten Mantel eine Schwesterntracht trug.
„Versuchen Sie, gleichmäßig zu atmen. Atmen Sie ruhig und gleichmäßig. Ich nehme Sie mit ins Klinikum. Mein Mann ist Arzt. Kommen Sie, es ist nicht weit."

Mathilde hatte sich nicht wohl gefühlt an diesem Morgen. Jochen musste viel früher als gewöhnlich zum Dienst. Das Ehepaar war gemeinsam ins Krankenhaus gefahren. Das war in diesen Wochen eher die Ausnahme. Entweder kam Jochen erst mitten in der Nacht nach Hause und war schon in aller Herrgottsfrühe wieder weg, oder blieb gleich im Krankenhaus.
Schon am frühen Morgen war sie während des Frühstücks aufgesprungen und war ins Badezimmer gestürmt, um sich zu übergeben. Kurze Zeit später hatte sie wieder herzhaft in ihr Marmeladenbrot gebissen.
„Was ist mir dir, Mathilde? Fühlst du dich nicht wohl? Willst du dich lieber hinlegen?" Besorgt hatte Jochen seine Frau angesehen.

„Nein, nein, es ist nichts. Natürlich komme ich mit. Es geht mir schon wieder besser."
Im Klinikflur hatte es gestunken wie immer. Ein Gemisch aus Blut, Urin, Leid und Tod. Es hatte nach alten Verbänden und frisch Operierten, nach Bohnerwachs und Krankheit gerochen. Sie hatte sich auf der Stelle umgedreht und war, die Hand vor den Mund gepresst, hinausgelaufen. Einer Kollegin hatte sie noch zugerufen, dass ihr nicht wohl sei und sie hinaus müsse. Nachdem das Gefühl der Übelkeit verflogen war, hatte Mathilde sich von der Klinik entfernt und war spazieren gegangen. Draußen hatte sie den Duft des Lebens gespürt. Trotz Krieg, Elend und Hunger, zersplitterten Häusern und Seelen, lagen keine Bomben in der Luft, sondern der Frühling. Auf der verlassenen Straße hatte sie plötzlich eine Frau gesehen, die sich vor Schmerzen krümmte und sich kaum auf den Beinen halten konnte. Sie war zu ihr geeilt und hatte sofort gesehen, dass die Fremde hochschwanger war und sofort Hilfe brauchte.

Mathilde stütze Helene so gut sie es konnte und sprach beruhigend auf sie ein.
„Haben Sie keine Angst. Es wird alles gutgehen. Wir haben es gleich geschafft. Sehen Sie, da vorne ist es schon." Helene hob leicht den Kopf und sah dann dankbar die fremde Frau an.
Sie begab sich vertrauensvoll in die helfenden Hände Mathildes, ohne zu ahnen, dass für sie und ihr Kind in diesem Moment der Albtraum ihres Lebens beginnen sollte.

Jochen wünschte sich an diesem Morgen mindestens 20 Hände, die wenigstens vonnöten gewesen wären, um den zusammengeschossenen Körpern der Soldaten zu helfen. Wenigstens 20 Hände, ausreichend Medikamente und Narkosemittel, Betten und ein Mindestmaß an hygienischen Bedingungen. Wenigstens 20 Hände. Er operierte wie am Fließband. Musste blitzschnell entscheiden, welcher Soldat den Vorrang bekam, wie die Narkotika verteilt wurden. Er amputierte gerade das Bein eines jungen Mannes, war blutverschmiert, seine Stirn feucht, als Schwester

Frederike heimlich den Schlüssel für seine Krankenbude in der Tasche seines OP-Kittels verschwinden ließ.
Sie hatte in der Früh das Bett frisch bezogen. Jochen arbeitete konzentriert, er bemerkte sie kaum.

Mathilde und Helene hatten inzwischen das Krankenhaus erreicht und betraten durch einen Seiteneingang das Gebäude.
„Ich suche meinen Mann und komme gleich wieder." Helene hielt sich am Türrahmen fest und sah dankbar hinter Mathilde her. Die Schmerzen waren wie weggeblasen und sie konnte wieder klar denken. Ich muss nach Hause, dachte sie. Ich muss sofort nach Hause. Tante Annerose und Onkel Gustav suchen bestimmt schon nach mir. Sie drückte gerade die Türklinke hinunter, als Mathilde mit einer Schüssel und einer kleinen Tasche angelaufen kam.
„Sie wollen doch nicht etwa gehen? Das geht doch nicht. Wollen Sie ihr Kind auf der Straße bekommen?" Helene sah sie an.
„Danke für Ihre Hilfe. Aber es geht schon wieder. Ich werde schnell nach Hause gehen." Sie hatte die Tür schon halb aufgemacht, als die nächste Wehe mit Wucht kam.
„Mein Mann kann jetzt nicht kommen. Aber ich werde Ihnen helfen." Mathilde zog Helene hinter sich her und blieb im Heizungsraum vor dem kleinen Zimmer stehen.
„Warten Sie. Mein Mann hat mir gerade den Schlüssel gegeben, wo ist er denn nur?"
Sie nestelte in ihrer Schürzentasche herum und fand ihn endlich. Eilig schloss sie auf, schaute sich nach allen Seiten um und verschwand dann mit Helene in dem stickigen Raum mit dem frisch bezogenen Bett. Sie half Helene beim Auskleiden und saß kurze Zeit später neben ihr auf der Bettkante.
„Ich bin übrigens Schwester Mathilde und ich bekomme auch ein Baby. Aber ich bin erst im zweiten Monat. Seit gestern weiß ich es, da war ich beim Arzt."
Sie strich sich über ihren Bauch.
„Oh wie schön. Das freut mich für Sie. Ich heiße…" Weiter kam sie nicht, denn das Baby wollte jetzt mit aller Macht aus der Dunkelheit ins Licht und in die Arme seiner Mutter.

Jochen kam aus dem Operationssaal. Zwei junge Männer hatte er bereits verloren. Sie waren vor seinen Augen verblutet. Seit Tagen ging es drunter und drüber. Fast keine Nacht konnte er mehr als vier, aber höchstens fünf Stunden schlafen. Er war wie alle Ärzte ausgelaugt und am Ende seiner Kraft. Fühlte sich wie ein Mechaniker, der verbeulte und kaputte Getriebe wieder flott machen und zum Laufen bringen sollte. Und das im Akkord. Er merkte gar nicht, dass er seinen Mundschutz noch trug, als Mathilde ihm einfiel. Was hatte sie zu ihm gesagt? Sie müsse eine schwangere Frau in seine Bude bringen und bei der Geburt helfen?

„Es ist ein Mädchen! Es ist ein Mädchen! Herzlichen Glückwunsch." Beide Frauen waren schweißnass. Mathilde klemmte geschickt die Nabelschnur ab und durchtrennte sie. Behutsam legte sie das Baby auf Helenes Bauch.
„Paula", flüsterte diese immer wieder unter Tränen, „kleine Paula. Du hattest es aber eilig. Meine kleine Paula." Sie fühlte das kleine Herz an ihrer Brust schlagen. Wie kleine Hammerschläge. Unendlich zärtlich streichelte sie den kleinen Rücken. Mathilde suchte ein paar Handtücher zusammen und wechselte das Wasser. Vorsichtig nahm sie das kleine Wunder vom Bauch Helenes, wickelte es in ein Handtuch ein und legte es auf Helenes Mantel, den sie auf dem Boden ausgebreitet hatte.
„Wir müssen noch die Nachgeburt abwarten", sagte sie lächelnd zu der jungen Mutter.
„Sie bekommen Ihre Kleine gleich wieder." Kurze Zeit später war alles überstanden und Paula lag in den Armen ihrer überglücklichen und überwältigten Mutter.

„Wir müssen sie suchen, Gustav. Seit Stunden ist sie nun schon weg. Hoffentlich ist ihr nichts passiert. Dass sie aber auch nie vernünftig sein kann!" Es war später Vormittag. Als erstes machten sie sich auf den Weg zu der verkommenen Laubenkolonie. Dort trennten sie sich und jeder von ihnen ging in eine andere Richtung. Es war keine Menschenseele zu sehen. Gustav schaute hinter jede Laube, jeden Baum, jeden Strauch und rief manchmal leise ihren Namen. Er sah durch zerbrochene Fenster und sogar hinter aufgeschobene Erde. Nichts. Helene war nicht da. Nach über einer Stunde traf sich das Ehepaar wieder an der verabredeten Stelle.
„Hier ist sie nicht, Annerose. Ich hab alles abgesucht."
„Nein, hier ist sie wirklich nicht. Wo kann sie nur hingegangen sein?" Annerose sah hilflos und tief besorgt ihren Mann an.
„Ich weiß es auch nicht", antworte Gustav. „Vielleicht solltest du lieber nach Hause gehen. Falls sie doch noch kommt, ist es besser, wenn einer von uns da ist. Ich suche in der Stadt weiter."
„Du hast recht, Gustav. Ich gehe nach Hause und warte auf euch." Sie drückte für einen kurzen Moment seine Hand und ging. Gustav hatte gesehen, dass er direkt über einen kleinen Wall zu einer Straße kam. Deshalb zwängte er sich durch die Zweige und das Gestrüpp durch. Er kannte diesen Stadtteil in- und auswendig und wusste sofort, wo er war. Mit großen Schritten ging er die Straße hinunter und blickte aufmerksam von einer Straßenseite zur anderen. Eine alte Frau kam ihm entgegen. Tief gebückt hielt sie sich an ihrem Stock fest und schaute auf den Boden. Sie hatte bestimmt nichts gesehen. Gustav ging weiter. Er bog in die nächste Straße und dann wieder in die nächste. Ungefähr seit zwei Stunden lief er jetzt schon durch die Stadt. Von Helene war nichts zu sehen. Plötzlich sah er Budesoffski mit der Stricknadel rauchend vor einem Wirtshaus stehen. Er grüßte kurz und wollte schnell vorbeigehen als die Stricknadel ihn ansprach:
„Na, schönes Wetter heute, nicht? Wie geht es denn dem Fräulein? Es muss doch jetzt bald soweit sein, oder?"
„Ich habe leider überhaupt keine Zeit. Guten Tag!" Er hetzte an den beiden vorbei, die ihm verdutzt nachblickten. Gustav hörte noch, wie Budesoffski hinter ihm herrief:

„Was für ein eingebildeter Pinkel. War er ja schon immer, dieser kleine Bankangestellte. Aber auch er wird noch merken, dass jetzt ein anderer Wind weht." Aus seinen kleinen Schweinsaugen sah Horst Dieter Relda hinter Gustav her und spuckte dann auf den Boden. „Mit dir habe ich sowieso noch ein Hühnchen zu rupfen", schrie er jetzt. „Aber ich kriege dich noch, du eingebildeter Pinkel."

Gustavs Schritte wurden immer langsamer. Es war später Nachmittag und Helene war wie vom Erdboden verschluckt. Er war jetzt in Kiel-Mitte und begann die Arztpraxen abzuklappern. Vielleicht hatte Helene Schutz und Hilfe gebraucht und war zu einem Arzt gegangen. Jetzt stand er vor dem sechsten Praxisschild und stieg beschwerlich die vielen Stufen bis in den dritten Stock. Er klopfte atemlos an die Tür und sah erst dann das kleine Schild auf dem *Praxis geschlossen* stand. Umsonst. Gustav ging die vielen Stufen wieder hinunter und war froh, dass es bergab ging. Es war kurz nach 18.00 Uhr. Wo sollte er jetzt noch suchen? Ihm fiel das Klinikum ein und er ging mit schweren Schritten weiter. Schon von weitem sah er, wie beschädigt das Gebäude war. Er wusste natürlich von dem Einschlag, hatte sich die Zerstörung aber nicht so dramatisch stark vorgestellt. Einzig der Haupteingang und der rechte Gebäudeteil schienen unbeschädigt. Es sah aus, als wäre die linke Klinikhälfte im Krieg, und die rechte stand erhaben daneben und tat so, als ginge sie die Zerstörung nichts an, als hätte sie nichts mehr mit der anderen Seite zu tun.
Gustav ging durch den Eingang und betrat die Halle. Überall standen oder saßen verletzte Soldaten. Schwestern eilten hin und her. Erschrocken und tief berührt über das Leid der erbärmlichen Menschen, die wimmernd und stöhnend auf ärztliche Hilfe warteten, lehnte sich Gustav an den Tresen des Empfangsbereichs. Eine Schwester kam und er sprach sie an:
„Entschuldigen Sie, Schwester. Ist bei Ihnen vielleicht eine hochschwangere junge Frau eingeliefert worden?" Die Schwester sah ihn ungläubig an.
„Wir nehmen schon seit Wochen kaum noch Zivilisten auf. Nein,

es wurde heute keine Frau aufgenommen. Ich bin schon seit heute Morgen um sechs hier. Ich müsste es wissen."
Sie nickte Gustav kurz zu und verschwand.
Stundenlang hatte er erfolglos und verzweifelt nach Helene gesucht, nun entschloss er sich, nach Hause zu gehen. Völlig fertig und kraftlos betrat er die Wohnung. Annerose kam ihm aufgeregt entgegen. Er schüttelte nur mit dem Kopf und sagte resigniert:
„Nichts. Gar nichts. Ich weiß nicht, wo ich noch suchen soll."
„Komm, Gustav. Du musst dich ausruhen. Du bist bestimmt müde und hungrig. Du kannst mir gleich alles in Ruhe erzählen. Komm, mein Gustav." Gemeinsam betraten sie das Wohnzimmer und guckten traurig auf die Wiege, die mitten im Raum stand.

Nach einem kurzen Klopfen betrat Jochen seine Krankenbude. Mathilde saß auf dem einzigen Stuhl direkt vor dem Bett. Verträumt betrachtete sie die schlafende Helene und das Baby, das Schluckauf hatte. Sie schreckte hoch, als sie ihren Mann sah. Er trug noch immer seinen Mundschutz und seinen verschmierten OP-Kittel. Mathilde stand auf, ging auf ihn zu und flüsterte:
„Ist das nicht schön, Jochen. Es ist alles gut gegangen. Ganz alleine habe ich einem Baby auf die Welt geholfen, wie eine richtige Hebamme." Sie strahlte ihn an. Jochens Miene verfinsterte sich. Sie konnte es am Ausdruck seiner Augen sehen.
„Du musst verrückt geworden sein, Mathilde. Wir brauchen jede helfende Hand und du sitzt hier unten im Keller und bewachst den Schlaf von Mutter und Kind. Wenn das rauskommt! Wie sollen wir deine Eigenmächtigkeit rechtfertigen?"
„Ach, Jochen. Ich konnte sie doch nicht einfach auf der Straße liegenlassen. Sie krümmte sich vor Schmerzen und da hab ich sie eben mitgenommen. Und nun ist doch alles gut." Jochens Blick veränderte sich nicht. Er wich einen Schritt zurück und wäre beinahe über den Mantel gestolpert, der immer noch auf dem Boden lag. Mathilde lächelte ihn unvermittelt an und legte ihre Arme um seinen Hals.
„Jochen, das ist doch alles nicht so schlimm. Sobald sie sich etwas ausgeruht hat, wird sie sofort gehen. Vielleicht kann Karl sie nach Hause fahren. Ich muss aber noch etwas sagen. Ich wollte es schon seit Tagen. Ich weiß nicht, ob du schon etwas gemerkt hast." Sie sah ihm glücklich in die Augen.
„Ich bin schwanger, Jochen. Es hat endlich geklappt. Ich war bei Dr. Mommsen. Wir bekommen ein Baby!" Jochens finstere Miene hellte sich auf. Was er vermutet hatte, stimmte also. Schon einige Male war er drauf und dran gewesen, seine Frau direkt nach einer Schwangerschaft zu fragen. Aber er wollte ihr nicht die Freude verderben. Er wurde also wirklich Vater. Jochen drückte seine Frau dankbar an sich und zog sie mit durch die Tür. Im Vorbeigehen hob er den Mantel auf und legte ihn achtlos über seinen linken Arm. Er tat dies instinktiv, ohne über sein Tun weiter nachzudenken. Vor der Tür zog er seinen Mundschutz herunter und küsste Mathilde.

„Ich freue mich so. Was für eine schöne Nachricht." Behutsam löste er sich aus der Umarmung und stieß mit der rechten Hand gegen den Mantelärmel. Er fühlte etwas und sah sich die Stelle interessiert an. Jochen krempelte den Ärmel hoch und konnte eine Naht erkennen. Er tastete mit seinen Händen nach dem geheimnisvollen Versteck und riss mit einem Ruck die Naht auf.
„Jochen, was tust du da?" Erschrocken sah Mathilde ihren Mann an. Er fummelte an der eingerissenen Naht herum und zog etwas heraus. Es war ein deutscher Reisepass auf den ein rotes J gestempelt war und der auf den Namen Carla Sara Stein ausgestellt war.
„Verflucht nochmal. Sie ist Jüdin, Mathilde. Du hast eine Jüdin ins Haus gebracht." Vorwurfsvoll blickte er seine Frau an.
„Woher sollte ich das wissen? Sie hat mir nicht gesagt, wer sie ist. Sie wollte es gerade, aber da setzten die Presswehen ein. Außerdem wird überhaupt niemand mitbekommen, dass sie bei uns entbunden hat. Wenn sie wach ist, lasse ich sie sofort von Karl nach Hause fahren!" Jochen wollte gerade etwas erwidern, als er Frederike von weitem angelaufen kommen sah.
„Herr Doktor, kommen Sie schnell. Wir haben Sie schon überall gesucht. Kommen Sie schnell!" Eilig legte Jochen seiner Frau den Mantel mit dem Pass in die Arme und lief ohne ein weiteres Wort Frederike entgegen. Mathilde schaute hinter ihnen her und klappte den Pass auf. Das Foto war schon älter und von schlechter Qualität. Es war zerkratzt und verklebt. Viel konnte man nicht erkennen. Hastig fingerte Mathilde an dem Ärmel herum und suchte die aufgerissene Naht. Sie würde die Fremde nicht verraten. Auf keinen Fall. Natürlich wusste sie, dass schon lange keine Juden mehr aufgenommen und behandelt wurden. Den Grund hatte sie nie verstanden. Hier lag eine Frau, die ihre Hilfe brauchte. Egal ob Jüdin oder Christin. Hätte sie fragen sollen? Wohl kaum. Trotzdem war Mathilde beunruhigt. Sie wollte Jochen um keinen Preis der Welt schaden. Mathilde musste dafür sorgen, dass die Fremde so schnell wie möglich verschwand. Sie steckte den Pass wieder in das Versteck und betrat aufgewühlt das Zimmer.
„Wie geht es Ihnen? Sie haben geschlafen und jetzt doch bestimmt Hunger und Durst. Ich werde sehen, dass ich etwas Essbares auf-

treiben kann."
„Mir geht es gut. Danke. Ich habe gar keinen Hunger und ich will nach Hause. Meine Familie macht sich bestimmt große Sorgen. Ich bin so froh, dass ich an Sie geraten bin. Es hätte auch ganz anders ausgehen können. Ich fühle mich gut. Aber was ist mit meinem Baby? Es ist so still. So merkwürdig still."
„Mein Mann war schon hier, als Sie schliefen. Ich werde ihn nachher bitten, sich das Baby anzusehen. Aber es wird bestimmt alles gut sein. Vielleicht ist das Kleine nur erschöpft von der Geburt. Und nicht alle Babys schreien, wenn sie auf die Welt kommen. Machen Sie sich keine Sorgen."
„Sie sind so nett zu mir. Aber ich muss nach Hause. Wo sind meine Sachen?"
„Bleiben Sie wenigstens noch, bis mein Mann nach Ihnen gesehen hat. Ihnen passiert doch nichts. Niemand weiß, dass Sie hier sind."
Abwartend sah Mathilde Helene an. Würde sie etwas sagen? Aber Helene schwieg. Mathilde wollte sie nicht in Verlegenheit bringen und ihr auch keine Angst machen.
Eigentlich wäre es jetzt an der Zeit gewesen, sie nach ihrem Namen zu fragen. Aber sie fragte nicht. Sie sah das Baby an, das klein und unsagbar süß in den Armen seiner Mutter schlief. Das rechte Händchen umschloss den Zeigefinger der Mutter. Das kleine Köpfchen, mit den dunklen, dichten Haaren war wohlgeformt. Aber die Farbe der Haut war ungewöhnlich blass. Nicht rosig oder gar rot, wie sie es bei vielen anderen Neugeborenen gesehen hatte. Sie beugte sich zu dem kleinen Mädchen hinunter und fühlte ihre Stirn. Die Temperatur schien ihr nicht ungewöhnlich, sondern normal.
„Ich glaube, es ist alles in Ordnung", versuchte sie Helene zu beruhigen. „Ich gehe jetzt und hole etwas zu essen und für Sie beide zu trinken. Und Sie sollten versuchen, dass Kleine schon mal anzulegen. Sie können noch nicht stillen, aber es wird dem Baby guttun."
Mathilde wuchs in diesen Stunden über sich selbst hinaus. Sie fühlte sich verantwortlich für die beiden, die sie zufällig auf der Straße aufgelesen hatte. Es war egal, wo die Fremde herkam und wo sie wieder hingehen würde. Was sie tun konnte, würde sie tun.

„Ach, beinahe hätte ich es vergessen. Erschrecken Sie bitte nicht. Ich schließe hinter mir die Tür ab." Sie lächelte Helene an und ging hinaus.

Jochen lief neben Frederike die Treppe hinauf und den langen Klinikflur entlang.
„Seit wann nimmst du deine Frau mit in deine Doktorbude?", fragte Frederike außer Atem und sah ihn von der Seite abwartend an.
„Was geht dich das an?", erwiderte er arrogant. „Meine Frau hat das Recht, bei mir zu sein. Wenn nicht sie, wer sonst? Wir werden Eltern, Frederike!" Damit ließ er sie stehen und ging in den Operationssaal. Frederike wusste, was das bedeutete. Es war aus. Ihre Affäre war zu Ende. Wenigstens vorläufig. Trotzdem war sie über das abrupte Ende enttäuscht. Sie fühlte sich benutzt und weggeworfen. Er hatte sie gebraucht, er holte sich bei ihr, was er bei seiner Frau nicht bekam. Und trotzdem hatte Frederike gehofft, er würde sich in sie verlieben, so wie sie sich in ihn verliebt hatte. Es war nicht ihre Absicht gewesen. Ihr Herz sollte bei dieser Geschichte vor der Tür bleiben. Aber dann war doch alles ganz anders gekommen. Jochen hatte Charme und Witz. Er war klug und ein attraktiver Mann. Sie genoss die Nächte mit ihm. Auch wenn er tagsüber gelegentlich herablassend über sie hinweg sah.

Helene betrachtete verliebt ihr Baby. Unendlich zärtlich und behutsam streichelte sie das kleine Gesichtchen.
„Meine kleine Paula. Meine über alles geliebte Paula. Der Zeitpunkt deiner Geburt ist vielleicht nicht der Beste. Aber manchmal kann man sich das nicht aussuchen. Das werde ich dir alles erklären, wenn du älter bist. Ich freue mich so auf ein Leben mit dir. Ich bin gespannt, wann du das erste Mal Mama zu mir sagst, wann du laufen kannst, zur Schule kommst und deinen ersten Liebeskummer hast. Ich werde immer für dich da sein, kleine Paula. Aber auch dein Vater wird das tun. Ich bin mir sicher, er würde in Ohnmacht fallen, wenn er dich jetzt sehen könnte. Vor lauter Freude und Stolz würde dein Papa einfach aus den Latschen

kippen. Er kann leider nicht hier sein, mein kleiner Schatz. Aber er wird bald nach Hause kommen, das verspreche ich dir. Und dann gibt es noch Tante Annerose und Onkel Gustav. Die besten Menschen der Welt. Sie werden sich darüber streiten, wer dich im Arm halten darf. Dann hast du auch noch Großeltern und Urgroßeltern und einen Onkel. Wir werden sie gemeinsam kennenlernen, meine kleine Süße. Sie werden dich alle lieben, meine Paula."
Helene lächelte vor sich hin, als sie ein zaghaftes Klopfen und das Umdrehen eines Schlüssels hörte. Mathilde bugsierte ein Tablett durch die Tür und stellte es auf den Stuhl. Sie schloss die Tür wieder ab.
„Ein einziges Baby-Fläschchen habe ich noch gefunden. Ich habe Tee hinein gefüllt." Sie reichte Helene die Flasche.
„Und für Sie habe ich ein Stück Brot aufgetrieben und auch etwas Tee. Außerdem habe ich tatsächlich noch ein paar Windeln und ein Hemdchen gefunden." Dankbar griff Helene nach dem Brot und trank gierig den Tee.
„Sehen Sie, Sie hatten doch Hunger und Durst. Haben Sie versucht, die Kleine anzulegen?"
„Ja, aber sie ist sofort wieder eingeschlafen.
Ich möchte gleich gehen, Schwester Mathilde. Sie haben viel für mich getan. Ich werde Ihnen das nie vergessen. Aber ich will mit meiner Kleinen nach Hause."
„Ich kann das gut verstehen. Aber warten Sie doch noch solange, bis mein Mann nach Ihrem Baby gesehen hat. Wenn alles in Ordnung ist, können Sie sofort nach Hause. Wir haben einen Chauffeur. Der kann sie bringen. Wenn aber etwas sein sollte, dann wird mein Mann Ihnen helfen. Haben Sie noch etwas Geduld. Ich möchte sicher sein, dass alles in Ordnung ist. Es war doch meine erste Geburt." Die beiden Frauen lächelten sich an.
„Ich bleibe", sagte Helene schlicht.

Es war früher Nachmittag, als Jochen endlich eine Pause machen konnte. So wie er war eilte er zu seiner Frau. Er trug immer noch die OP-Kleidung und den Mundschutz. Als er das Zimmer betrat,

nickte er Helene kurz zu und sagte:
„Ich untersuche jetzt Ihr Baby und dann können Sie gehen."
Dankbar lächelte Helene ihn an und reichte ihm Paula. Er legte sie vorsichtig auf die Bettdecke und betrachtete den Säugling von allen Seiten. Dann horchte er die Kleine ab. Zum Schluss sah er sich die kleinen Hände an.
„Sie ist sehr schwach. Der Herzschlag ist kaum zu hören und unregelmäßig. Außerdem atmet sie schwer." Helene war zu Tode erschrocken. Sie hielt ihm beide Hände entgegen. Jochen gab ihr das Baby zurück. Er unternahm nichts, um Helene zu beruhigen, sprach ihr keinen Mut zu. Erklärte nichts. Sondern stand auf und ging. Die Tür schloss er wieder ab.
„Herr Doktor", schrie Helene ängstlich und verwirrt hinter ihm her. Vor der Tür wartete Mathilde.
„Was ist mit dem Baby, Jochen?"
„Es ist sehr schwach und hat Untergewicht." Er sah seine Frau an und in diesem Augenblick kam ihm ein so böser Gedanke in den Sinn, dessen Verwirklichung alle Beteiligten lebenslang in einen Strudel von Tränen und unbändige Wut reißen sollte.

Helene sprang mit ihrem Baby auf dem Arm aus dem Bett und hämmerte mit der Faust gegen die Tür.
„Machen Sie die Tür auf! Machen Sie sofort die Tür auf! Aufmachen! Aufmachen!"
„Warum schließt du nicht auf? Lass sie gehen, Jochen. Nun lass sie doch gehen!" Hart packte Jochen seine Frau am Arm.
„Du gehst jetzt da hinein und beruhigst sie! Hast du mich verstanden? Alles andere werde ich dir später erklären!" Er stieß Mathilde zur Seite, drehte sich nochmal um und sagte:
„Ich komme gleich wieder. Jetzt geh endlich ins Zimmer und bring sie zur Ruhe!" Eingeschüchtert schaute Mathilde ihrem Mann hinter her und klopfte an die Zimmertür.
„Beruhigen Sie sich bitte. Ich komme jetzt herein. Beruhigen Sie sich bitte."
Helene wich zurück, als Mathilde das Zimmer betrat. Mit weit aufgerissenen Augen starrte sie die Frau an, der sie noch vor kurz-

em grenzenlos vertraut hatte.

„Hören Sie zu. Sie haben mir sehr geholfen. Aber lassen Sie mich jetzt gehen. Ich weiß nicht, was hier vor geht. Aber ich weiß, dass mein Baby und ich jetzt gehen werden oder ich schreie das ganze Krankenhaus zusammen!"

„Sie müssen sich doch erst anziehen", stotterte Mathilde. Jochen stand plötzlich in der Tür.

„Mathilde!" Blitzschnell zerrte er an ihrer Schulter und drängte sie aus dem Zimmer. Jochen schloss wieder ab. Ängstlich blickte Mathilde ihren Mann an.

„Hör zu", sagte er gefährlich leise. „Das ist eine einmalige Gelegenheit. So eine günstige Gelegenheit gibt es nie wieder!"

„Wovon redest du? Was für eine Gelegenheit?"

„Der Säugling hat kaum eine Überlebenschance. Und ich werde das dokumentieren. Für meine Forschung ist diese Situation ein Glücksfall, ein Traum, verstehst du?"

„Jochen", schrie Mathilde. „Hier liegt eine Frau, die gerade ein Baby bekommen hat und es vielleicht wieder verlieren wird. Und du sprichst von einem Glücksfall? Was ist mit dir los? Du machst mir Angst!"

„Mathilde. Du willst doch auch, dass ich nach dem Krieg richtig Karriere mache. Seit Jahren schreibe ich alles auf, was mit dem Verhalten von Patienten zu tun hat. Ich will Menschen helfen, mit psychischen Problemen fertig zu werden. Ich will helfen, Mathilde. Das kann ich aber nur, wenn ich Menschen in bedrohlichen Lebensphasen beobachte, verstehst du? Mein Gott, Mathilde. Sie ist Jüdin. Sie dürfte gar nicht hier sein. Sie wird ihr Kind verlieren. Was macht es da, wenn ich ein paar Tage Aufzeichnungen über ihr Verhalten mache. Wenn wir das machen." Sein Ton wurde ruhiger. Er wusste, ohne die Hilfe seiner Frau stand er auf verlorenem Posten. Also musste er seinen ganzen Charme spielen lassen, ihre Abhängigkeit ihm gegenüber nutzen, ausnutzen, um sie auf seine Seite zu bringen.

„Ich liebe dich, Mathilde", schmeichelte er nun. „Ich bitte dich nur, mir zu helfen und mir zu vertrauen." Mathilde war dieser schier unwirklichen Situation nicht gewachsen.

„Aber du lässt sie doch danach gehen?" Jochen lächelte seine Frau schmeichelnd an. „Natürlich lass ich sie gehen. Was denkst du denn?"
Er legte einen Arm um ihre Schulter. Sie gab ihren Widerstand auf.

„Jetzt willst du nochmal los, Gustav? Es ist fast neun Uhr und schon dunkel. Es ist gefährlich. Bleib hier, bitte."
„Ich kann nicht anders, Annerose. Es ist etwas passiert, ich spüre das. Sie braucht meine Hilfe. Ich muss sie finden und nach Hause bringen."
„Dann komm ich eben mit. Ich lass dich nicht allein gehen!"
Auf der Straße hakte sie sich bei ihrem Mann ein und die beiden alten Menschen gingen durch das abendliche Kiel, um ihre geliebte Helene zu finden. Sie schauten hinter jede Hauswand, gingen in jede Einfahrt, fragten Passanten, die auch um diese späte Stunde ruhelos durch die Stadt liefen. Nichts. Absolut nichts. Helene war spurlos verschwunden.
„Vielleicht ist sie in ein zerbombtes Haus gelaufen. Vielleicht ist das Baby früher gekommen." Gustav sah fragend seine Frau an.
„Ja, aber wir können jetzt nicht in der Dunkelheit in jedem eingestürzten Haus suchen. Wir brechen uns das Genick, bevor wir überhaupt richtig drinnen sind." Ratlos sahen die beiden sich an.
„Verdammt nochmal", schluchzte Annerose, „jetzt ist alles so lange gut gegangen und dann das. Warum konnte sie auch nicht zu Hause bleiben? Hätte sie doch nicht diesen Dickkopf!" Gustav reichte seiner Frau wortlos ein Taschentuch.
Nach weiteren zwei Stunden drehten sie um und gingen niedergeschlagen zurück. Für heute konnten sie nichts mehr tun, außer auf Helene zu warten.
„Vielleicht sieht die Welt morgen schon wieder anders aus, Annerose. Es wird sich alles aufklären." Er wollte seiner Frau Mut machen und er musste sich selbst Mut machen.

„Karl, warum kommen Sie allein zurück. Wo ist meine Tochter?"
„Ich weiß es nicht, Frau Michels. Fast eine Stunde habe ich gewar-

tet. Dann bin ich heimgefahren. Aber wenn Sie wollen, fahre ich nochmal zur Klinik."
„Nein, lassen Sie man, Karl", mischte sich Egbert in das Gespräch ein. „Es wird schon nichts passiert sein." Karl ging.
„Du bist wie eine Glucke, Eva-Maria. Mathilde ist doch kein Kind mehr. Sie muss sich doch nicht ständig bei uns abmelden."
„Das habe ich ja auch gar nicht gesagt. Aber zumindest kann sie anrufen, damit Karl nicht umsonst fährt und eine ganze Stunde vergeblich auf unser Fräulein Tochter wartet. Von unserem Herrn Schwiegersohn ganz zu schweigen."
„Fang nicht schon wieder mit Jochen an! Ich kann es nicht mehr hören! Er ist Arzt und es ist Krieg. Er weiß wahrscheinlich vor lauter Arbeit gar nicht, wo ihm der Kopf steht. Und wahrscheinlich hat er Wichtigeres vor, als seiner Schwiegermutter seinen momentanen Aufenthaltsort mitzuteilen."
„Was Jochen macht, ist mir egal. Aber es ist mir nicht egal, wo meine Tochter ist. Schon gar nicht in ihrem Zustand."
„Was für ein Zustand?"
„Bist du blind, Egbert? Wir werden Großeltern. An sich eine grässliche Vorstellung, dass ich Oma werde. Oma Eva-Maria, wie sich das schon anhört."
„Wir werden Großeltern? Woher weißt du das?", unterbrach Egbert aufgeregt seine Frau. Voller Mitleid sah sie ihn an.
„Als Mutter weiß man sowas eben. Man fühlt das. Und guck sie dir doch an: Sie verschlingt Unmengen von Marmeladenbroten, geht kurz spuken und isst dann weiter. Das macht man nur wenn man schwanger ist. Und sie hat diesen Blick. Aber da kannst du ja nicht mitreden." Egbert sprang auf und knutschte ungestüm seine Frau.
„Du glaubst gar nicht, wie ich mich freue. Ob Jochen es schon weiß?"
„Egbert! Benimm dich doch nicht wie ein Primaner! Ich bin ganz nass im Gesicht." Aber immerhin lächelte sie ihren Mann bei diesen Worten an.
„Er weiß es bestimmt. Schließlich ist er Frauenarzt. Aber ob Mathilde es ihm gesagt hat? Keine Ahnung. Vielleicht wollte sie

ihn mit der Neuigkeit überraschen. Oder er weiß es doch schon und die beiden wollten uns überraschen."
„Darauf müssen wir ein Glas trinken, Evchen." Kurze Zeit später ließ Egbert den Sektkorken knallen.
„Wenn ein Kind geboren wird, fängt alles wieder von vorne an. Auf die schönste Oma der Welt!" Und dann leise und ernst. „Ich freue mich wirklich sehr auf den Nachwuchs. Wir werden wunderbare Großeltern sein. Haben wir eigentlich noch Spielzeug von Mathilde? Wir könnten auf dem Dachboden nachsehen. Komm, Eva-Maria, wir gehen hinauf und kramen in Erinnerungen. Weißt du noch, als Mathilde anfing zu sprechen. Sie sagte immer Babba. Zu dir und zu mir." Arm in Arm gingen sie, um in Erinnerungen zu kramen.

„Was soll ich machen? Wie kann ich dir helfen?" Mathilde blickte förmlich zu ihrem Mann auf.
„Als erstes musst du ihr Vertrauen zurückgewinnen. Du musst sie davon überzeugen, dass wir ihr helfen wollen, dass ihr Baby leider krank ist und sie erst gehen kann, wenn das Kleine über den Berg ist. Wir werden ihr ein leichtes Beruhigungsmittel geben, damit sie zur Ruhe kommt und etwas schlafen kann." Aufgeregt und fast übermütig sprach Jochen auf seine Frau ein und schien vor Vorfreude nicht mehr stillstehen zu können.
„Wir gehen nach oben. Ich gebe dir etwas für sie mit. Noch etwas, Mathilde. Frag sie nicht nach ihrem Namen, ihrer Herkunft. Erzähl ihr auch nichts mehr über uns." Gemeinsam gingen sie zum Medikamentenschrank. Mathilde konnte nicht sehen, welches abgepackte Pulver Jochen ihr anschließend reichte.
„Am besten mischt du es in den Tee. Dann wird sie schlafen. Ich komme später nach. Nun geh, Mathilde."
Wenig später betrat sie den Raum. Helene saß angezogen auf der Bettkante und hielt ihr schlafendes Kind im Arm. Verstört und voller Angst sah sie Mathilde an. Bevor sie etwas sagen konnte, kam ihr Mathilde zuvor.
„Wir wollen Ihnen helfen, glauben Sie mir. Mein Mann ist ein guter Arzt. Er wird alles tun, damit es Ihrem Baby gut geht und

Sie bald nach Hause können. Er hatte nur einen furchtbar anstrengenden Tag hinter sich. Aber Sie müssen noch bleiben. Sie wollen doch nicht, dass Ihrer Kleinen etwas passiert?" Helene begann zu schluchzen. Völlig übermüdet und mit den Nerven am Ende saß sie wie ein Häufchen Elend auf dem Bett.
„Kommen Sie. Ziehen Sie sich aus und legen Sie sich wieder hin. Ich kümmere mich solange um Ihr Baby. Es muss gewickelt werden. Morgen sieht die Welt schon wieder anders aus. Glauben Sie mir bitte. Ich will Ihnen nichts Böses tun. Geben Sie mir die Kleine und legen Sie sich wieder hin." Helene konnte später nicht mehr sagen, warum sie sich in diesem Moment nicht wehrte. Warum sie nicht versuchte, Mathilde zu überwältigen und zu fliehen. Wie in Trance gab sie Paula her und zog sich aus. Wenig später hielt sie wieder ihr Glück im Arm und trank von dem Tee, den ihr Mathilde reichte. Fast auf der Stelle schlief sie ein. Mathilde betrachtete die beiden und wunderte sich, wie schnell das Mittel wirkte. Jochen hatte von einem leichten Beruhigungsmittel gesprochen. Wieso lag sie dann wie tot da? Es klopfte zwei Mal kurz. Dieses Zeichen hatte sie mit ihrem Mann abgesprochen. Er hatte seinen Mundschutz wieder um und einen Block und Mullbinden und Verbandszeug unter dem Arm.
„Geh einen Augenblick hinaus, Mathilde. Ich untersuche die beiden schnell!" Nach einigen Minuten winkte Jochen seine Frau wieder zu sich. Als Mathilde Mutter und Kind betrachtete, hielt sie sich eine Hand vor den Mund. Mit aller Gewalt musste sie sich zurückhalten, um nicht laut los zu schreien. Jochen hatte Helenes Brüste abgebunden. Fachmännisch, wie es wohl nur ein geübter Mediziner machen konnte. Mit einem Blick sah Mathilde, dass es der Fremden niemals aus eigener Kraft gelingen würde, den strammen Verband abzumachen. Die linke Hand war mit Verbandszeug an dem Bettgestell festgezurrt. Auf dem Boden, auf einem Kissen, lag das Baby. Es war nicht weit von der Mutter weg, aber doch so weit, dass Helene es nicht mehr erreichen konnte.
„Was tust du, Jochen? Bist du verrückt geworden? Was soll das? Willst du die beiden umbringen? Was hast du ihr gegeben? Morphium? Jochen, du bist Arzt!"

Verzweifelt schrie sie ihren Mann an.
„Ich habe ihr nur ein Schlafmittel gegeben. Wir waren uns doch einig, Mathilde. Oder etwa nicht?" Lauernd sah er sie an. „Es gibt Frauen, die würden das sofort für mich tun!" Er biss sich auf die Lippen. Das war ihm rausgerutscht. Also Taktik wieder ändern. „Mathilde, was wir hier tun, dient der Forschung. Es ist ein Experiment. Das Baby wird nicht überleben. So oder so nicht. Ich möchte, dass wir alles aufschreiben, was jetzt passiert. Die Mutter befindet sich in einer außergewöhnlichen, nervlich angespannten, emotional aufgeladenen Situation. Sie wird glauben, sie muss glauben, ihr Baby verhungert neben ihr und sie hat Schuld. Natürlich geben wir dem Säugling etwas zu trinken. Aber die Mutter darf das nicht wissen oder merken. Ich will, dass du alles aufschreibst. Was sie sagt, was sie tut. Ob sie weint, tobt oder in Lethargie verfällt. Verstehst du jetzt, warum das hier ein einmaliger Glücksfall ist? Keiner wird etwas merken und ich habe Aufzeichnungen von unsagbarem Wert. Ich werde nachts hier sein und du am Tag. Ich werde dich krank melden. Und wenn das Baby tot ist, lassen wir die Mutter laufen."
Tief erschüttert stand Mathilde neben ihrem Mann. Sie hatte das Gefühl, ihr ganzes Leben wäre wie ein Stück Pergamentpapier zerrissen worden. Sie liebte Jochen. Sie lachten und plapperten und lästerten gemeinsam. Stritten sich. Versöhnten sich. Sie lagen sich in den Armen. Und hier und heute und in diesem Moment wusste Mathilde, dass sie in den Armen eines Wahnsinnigen gelegen hatte. Tränen liefen über ihr Gesicht. Tränen der Wut, des Mitleids mit Mutter und Kind. Tränen des Hasses. Was sollte sie tun? Jochen verraten? Ihren Eltern alles erzählen? Sollte sie Jochen verlassen? Jetzt wo sie endlich schwanger war? War Jochen vielleicht nur durchgedreht, weil ihm alles zu viel war, er kein Land mehr sehen konnte? Ihre Gedanken, die in Lichtgeschwindigkeit durch ihren Kopf wirbelten, wurden je unterbrochen.
„Hör auf zu weinen. Mach nicht so ein Theater. Das hier ist ein rein wissenschaftliches Experiment. Ich bin doch kein Verbrecher. Dieser Versuch dient der Wissenschaft, der Medizin. Das Ergebnis ist Gold wert. Es wird vielen Menschen helfen, mit Depressionen

und psychischen Erkrankungen besser umzugehen. Ich kann sie vielleicht heilen. Also reiß dich gefälligst zusammen!" Er schüttelte sie. „Ich habe bei deinen Eltern angerufen. Karl wird gleich hier sein. Wenn du es deinen Eltern erzählen willst, bitte schön. Aber dann sind wir geschiedene Leute. Ansonsten übernimmst du morgen früh ab sieben die nächste Schicht."
Krampfhaft versuchte Mathilde, sich vor Karl zusammenzureißen. Es kostete sie ihre letzte Kraft, die sie am Ende dieses Tages noch hatte.
Im Wohnzimmer der Eltern brannte noch Licht. Leise schlich sie die Treppe hinauf und hatte es schon fast geschafft, als sie die Stimme ihrer Mutter hörte. Sie ging einfach weiter. Im Schlafzimmer warf sie sich auf das Bett und weinte hemmungslos. Noch nie in ihrem Leben war sie so verstört und entsetzt gewesen. Er ist ein Monster, er ist ein Monster, hämmerte es in ihrem Kopf. Sie hielt sich ein Kissen vor den Mund, weil sie Angst hatte, ihre Mutter würde ihr verzweifeltes Schluchzen hören. Sie schrie in das Kissen, bis sie nicht mehr schreien konnte, sondern nur noch winselte.

In der Nacht wurde Annerose von einem Geräusch wach. Das musste ihre Nichte sein. Ihr fiel ein Stein vom Herzen und mit einem Satz sprang sie aus dem Bett. In der Küche saß Gustav und hantierte an seiner Brille herum.
„Ich habe schon gedacht, Helene ist wieder da, als ich etwas hörte. Was tust du hier mitten in der Nacht, Gustav?" Enttäuschung klang in ihrer Stimme mit.
„Was tue ich schon? Ich sitze und mache mir Gedanken und Sorgen, deshalb kann ich auch nicht schlafen." Annerose schenkte sich ein Glas Wasser ein und setzte sich zu ihrem Mann. Sie saßen da und schwiegen.
„Weißt du, Annerose", begann Gustav nach einer kleinen Ewigkeit, „wir haben uns immer ein Kind gewünscht. Es sollte nicht sein. Aber gerade deshalb habe ich mich so auf das Baby gefreut. Wir hätten es noch ein paar Jahre begleiten können."
„Gustav! Mal doch nicht den Teufel an die Wand. Du redest so, als wären beide tot. Bitte, Gustav! Wir dürfen die Hoffnung nicht

aufgeben! Morgen suchen wir weiter. Es wird alles gut."
„Nein, Annerose. Nichts wird gut. Es ist etwas Schlimmes passiert. Ich fühle das." Er nahm umständlich seine Brille ab, wischte sich mit einem Taschentuch über die Augen, betrachtete die Gläser und setzte sie wieder auf. Danach schnäuzte er sich ein paar Mal. Gustav konnte seine Tränen kaum verbergen. Er wollte vor Annerose stark sein. Aber in dieser Nacht konnte er keinen Trost geben, keinen Optimismus verbreiten, in dieser Nacht brauchte er eine Hand, die ihn hielt. Annerose spürte seine Verzweiflung und legte ihre Hand auf seinen Arm.
„Du wärst ein guter Vater geworden. Der Beste von allen. Und du wirst ein ganz lieber Großonkel. Du darfst nicht verzweifeln, Gustav. Alles Mögliche kann passiert sein. Vielleicht etwas, an das wir gar nicht denken. Helene ist nichts geschehen, Gustav. Sie ist nicht verhaftet worden und ihr und dem Kind, ob nun schon geboren oder nicht, geht es gut. Gehen wir ins Bett, damit wir ausgeruht weiter nach ihr suchen können."
„Annerose, es ist vielleicht kein guter Zeitpunkt. Aber ich wollte dir schon lange etwas sagen." Er nahm seine Brille ab.
„Nun rede schon, Gustav. Was ist denn mit dir los? Was ist denn passiert? Was willst du mir sagen?"
„Ich habe heimlich gespart. Das hätte ich nicht hinter deinem Rücken tun dürfen, Annerose. Ich wollte dich irgendwann mit etwas Schönem überraschen. Was, wusste ich nie so genau. Doch letzte Woche habe ich das Sparbuch aufgelöst. So viel ist es nicht gewesen, aber es reichte, um eine kleine Laube und ein paar Gartengeräte zu kaufen und einen Garten zu pachten. Ich wollte dich und Helene damit überraschen. So ein kleiner Mensch braucht doch frische Luft, und einen Platz zum Spielen. Natürlich weiß ich, dass Helene nicht für immer und ewig bei uns bleibt. Ich…" Annerose drückte in diesem Moment so fest seinen Arm, dass es ihm fast weh tat. Ihre Augen füllten sich mit Tränen.
„Du brauchst dich doch nicht zu rechtfertigen, Gustav. Was für eine schöne Idee! Gleich morgen musst du mir den Garten zeigen. Ich freue mich so! Endlich ein kleines Stückchen Erde, das uns gehört! Uns allen - dir und mir und Helene und dem Baby!"

Es war 2.00 nachts. Das Baby schlief sehr unruhig und atmete schwer. Die winzigen Nasenflügel hoben und senkten sich. Jochen saß auf dem Stuhl und hatte seinen Block auf dem Schoß. Er hatte eine ausrangierte Nachttischlampe aufgetrieben, die neben dem Stuhl stand und ein wenig Licht in das dunkle Zimmer brachte. Jochen trug seinen Arztkittel und den Mundschutz. Er war geradezu euphorisch und fühlte sich wie ein kleiner Junge kurz vor der Bescherung zu Weihnachten. Seit Stunden saß er fast regungslos und betrachtete Mutter und Kind. Jede kleinste Regung schrieb er auf. Er nahm den Block und las seine Aufzeichnungen nach.

21.30 Uhr. Mathilde echauffiert sich unangemessen und hysterisch, nachdem ich ihr von meinen Plänen berichtete. Es gelingt mir, sie zur Räson zu bringen. Sie ist schwanger. Wahrscheinlich reagiert sie deswegen so emotional. Zur Vorgeschichte: Meine Frau hat eine fremde, hochschwangere Frau auf der Straße aufgelesen und sie heimlich ins Krankenhaus geschleust. Die Geburt lief problemlos. Mutter und Kind sind in meiner Krankenbude. Das Baby ist nicht überlebensfähig. Die medizinischen Aufzeichnungen erfolgen separat. Die Fremde ist Jüdin, wie ich anhand ihres Passes festgestellt habe. Der Pass ist auf den Namen Carla Sara Stein ausgestellt. Sie muss bis zur Geburt im Untergrund gelebt haben. Die Herkunft ist mir nicht bekannt. Die Frau ist 25 Jahre alt. Sie ist von schlanker Gestalt. Ich habe der Mutter beide Brüste abgebunden, um sie in dem Glauben zu lassen und zu bestärken, dass ihr Kind neben ihr verhungern und verdursten wird.

Zur Sicherheit habe ich eine Hand mit Verbandszeug bandagiert und am Bettgestell befestigt. Ich will anhand des einmaligen Menschen-Materials den Verlauf dieser zweifellos schwierigen Ausgangssituation und der psychischen Ausnahmesituation aufzeichnen, wie die jüdische Mutter sich verhält und in welche absurden und abnormen Verhaltensmuster sie verfällt. Dieses einmalige Experiment wird dazu dienen, zukünftig Menschen in ähnlichen, extremen Belastungssituationen zu helfen, mit Schuld und eigenem Unvermögen fertig zu werden. Ich werde mich während der Studie völlig passiv verhalten und nicht reden.

Jochen sah auf seine Uhr. Es war fast 3.00 Uhr. Nach seinen Berechnungen musste die Frau gleich wach werden und es konnte endlich losgehen. Voller Vorfreude beobachtete er, wie die Fremde tatsächlich unruhig und dann wach wurde. Sofort sah sie sich suchend im Zimmer um und bemerkte erst dann, dass sie am Bett festgebunden war. Sie fühlte sich bis zum Hals eingeschnürt und tastete mit der freien Hand an ihre Brust. Ein dicker Verband umschloss ihren Oberkörper. So gut sie es vermochte, versuchte sie, sich aufzusetzen und blickte in diesem Moment direkt in die braunen Augen Jochens.

„Was haben Sie mit meinem Baby gemacht?", presste sie fast lautlos hervor. Jochen bewegte lediglich seinen Kopf in Richtung Boden. Sie streckte die freie Hand ihrem Baby entgegen. Es fehlten nur wenige Zentimeter, um es zu berühren. Helene versuchte sich mit aller Gewalt loszureißen. Sie schrie um ihr Leben, um das Leben ihres kleinen Kindes. Hart schlug sie mit der angebundenen Hand, die sie zur Faust geballt hatte, immer wieder gegen das Eisengestell. Der Verband färbte sich rot, aber er hielt. Blut tropfte auf den Bettbezug. Sie setzte sich auf und versuchte nun, mit der freien Hand den Verband zu lockern und zu lösen. Sie schwitze vor Anstrengung. Ihr Gesicht war aschfahl und von einer Sekunde auf die andere dunkelrot. Das Bett stand in der Ecke. Lag man auf der rechen Seite, sah man in den Raum hinein. Ihre linke Hand war praktisch über Kreuz festgebunden. Helene rutschte auf den Bauch und versuchte, mit ihren Beinen auf den Boden zu kommen. Es gelang. Mit beiden Händen zog sie am Eisengestell. Es bewegte sich nicht. Immer und immer wieder zog sie mit aller Kraft, um mitsamt dem Bett zu ihrem Baby zu kommen. Das Haar hing ihr wirr im Gesicht. Speichel lief aus ihrem Mund. Sie schrie und schrie.

„Machen Sie mich los, machen Sie mich sofort los! Sie Mörder! Sie Mörder! Machen Sie mich los! Lassen Sie mich zu meinem Kind! Ich bring Sie um, Sie sind ein Teufel! Ich bring Sie um! Machen Sie mich los! Machen Sie mich los!"

Jochen schnalzte mit der Zunge und nahm seinen Stift.

Den Säugling habe ich so platziert, dass die Kindsmutter es unter den bereits dargestellten Umständen nicht erreichen kann. Es fehlen exakt 25 cm für eine Berührung. Sorgfältig habe ich diese nicht zu erreichende Entfernung berechnet.

Sie kann schreien, so laut sie will. Hier unten hört sie niemand. Von 3.08 Uhr bis 3.24 Uhr schreit die Probandin und kämpft einen aussichtslosen Kampf. Die erste Phase des Experimentes ist genau so verlaufen, wie ich es vermutet habe. Die Frau vergeudet ihre Kraft und ihre Energie mit aggressiven Handlungen, anstatt die Situation ruhig und gefasst zu analysieren. Sie beschimpft mich als Mörder und projiziert ihre ganze Ohnmacht auf mich. Ihre linke Hand blutet stark und in ihrem Gesicht ist die Zornesader deutlich angeschwollen. Die Augen sind fast schwarz. Ihre ganze Haltung und Körpersprache ist Ausdruck von ungezügelter Wildheit.
Ich werde sie ab jetzt nur noch J. nennen.
Helene setzte sich keuchend auf die Bettkante. Tränenblind und heftig atmend schaute sie auf die kleine Paula. Die war ganz still. Atmete sie überhaupt noch? Die kleinen Lippen bewegten sich und Helene hörte einen leisen Seufzer. Sie war unendlich erleichtert. Ihr Baby lebte. Beruhige dich, Helene, beruhige dich, sagte sie immer wieder in Gedanken zu sich selbst. Allmählich atmete sie wieder normal. Sie fühlte etwas Warmes an ihrem linken Arm hinunterlaufen und verfolgte mit ihren Augen die Blutspur. Alles um sie herum war rot. Ohne aufzusehen, sagte sie mit ruhiger Stimme in die Stille hinein:
„Wollen Sie mich verbluten lassen? Oder wie wollen Sie mich umbringen?" Jochen wurde unter seinem Mundschutz blass. Er hatte vieles nach ihrem Ausbruch erwartet, aber das nicht. Er stand auf und blickte aus sicherer Entfernung auf ihre blutende Hand. Helene hätte alles darum gegeben in diesem Augenblick sein Gesicht sehen zu können, aber sie sah wieder nur zwei braune Augen, die von einem schwarzen Wimpern-Schirm umschlossen waren. Schon in diesem Moment wusste sie, dass sie diese Augen in ihrem ganzen Leben nicht vergessen und unter tausenden wiedererkennen würde. Mochte es nun morgen sein oder in zwanzig Jahren.
Jochen ging einen Schritt zurück und warf ihr dann eine Mullbinde entgegen. Helene verband sich selbst und riss mit den Zähnen das Verbandszeug auseinander, um es befestigen zu können. Als sie fertig war, fragte sie unvermittelt:
„Wie spät ist es?" Jochen antwortete nicht, sondern verließ eilig

das Zimmer. Er riss im Gehen seinen Mundschutz ab und ging durch den langen Flur. Dabei schaute er kurz ins Schwesternzimmer. Er hatte zwar keinen Dienst, aber sicher wussten einige Kollegen, dass er im Haus war. Da war es besser, sich von Zeit zu Zeit selbst zu überzeugen, ob etwas Besonderes los war. Nicht auszudenken, wenn Frederike oder sonst jemand an seine Zimmertür hämmern würden. Die Nacht war relativ ruhig. Er wurde nicht gebraucht. Mit schnellen Schritten eilte er wieder nach unten, sah im Gehen auf seine Uhr und band sich kurz vor dem Eintreten den Mundschutz wieder um. Es war kurz vor vier. In drei Stunden kam seine Frau. Was würde die Fremde als nächstes tun? Würde sie wieder schreien und um sich schlagen oder würde sie um ihr Leben betteln und um das Leben ihres Kindes? Für Jochen war es eine der spannendsten Nächte seines Lebens. Das hier unten war Realität. Das war das Leben. Das hier unten war die dunkle Seite. Es musste immer erst dunkel werden, bevor es wieder hell war. Die Fachwelt würde noch von ihm hören und sich vor ihm verneigen. Gut gelaunt und aufgekratzt betrat er den kleinen Raum.

Mathilde konnte nicht schlafen. Sie wälzte sich hin und her. Immer wieder blickte sie auf die Uhr. Noch drei Stunden, dann musste sie wieder in der Klinik sein. Sollte sie einfach zu Hause bleiben? Aber was passierte dann mit der Fremden und ihrem Kind?
War es nicht am einfachsten, ihrem Vater alles zu erzählen? Sie könnten zusammen mit Karl in die Klinik fahren und dem Verbrechen ein Ende bereiten. Mathilde horchte tief in sich hinein. Liebte sie Jochen noch? Konnte eine Frau einen Mann lieben, der nicht mehr er selbst war? Ein einziges Mal hatte sie heimlich in seinen Aufzeichnungen gelesen. Es waren nur die ersten Seiten gewesen. Ein kalter Schauer war ihr über den Rücken gelaufen.
Spielte es eine Rolle ob er die Fremde körperlich oder psychisch umbrachte? Und was war mit dem Säugling? War das Kind wirklich krank und würde nicht lange leben oder log er sie an? Mathildes Augen waren geschwollen von den unzähligen Tränen dieser Nacht. Sie würde selbst bald Mutter sein. Instinktiv legte sie schützend beide Hände auf ihren Bauch. Was hatte er gemeint,

als er sagte, es gäbe Frauen, die würden das sofort für ihn tun? Sie kam nicht zur Ruhe und stand auf. Von ihrem Fenster aus konnte sie einen Blick in den Garten werfen. Sie öffnete das Fenster und setzte sich auf das Fensterbrett. Die Vögel zwitscherten. Es war ein Konzert der Lebensfreude. Lebensfreude, dachte sie. Wie soll diese grausame Geschichte zu Ende gehen? Was plante Jochen? Konnte er so mir nichts dir nichts die Fremde wieder gehen lassen? Würde sie nicht sofort zur nächsten Polizei laufen und ihn anzeigen? Konnte sie das als Jüdin überhaupt? Würde ihr jemand glauben oder würde man sie sofort abtransportieren, wie so viele vor ihr? Viel wusste Mathilde nicht von den Verfolgungen und Ermordungen, die sozusagen das Beiwerk des Krieges waren. Es hatte sie auch nicht besonders interessiert. Ihre ganze Familie war bisher heil durch den Krieg gekommen. Gut, im Krankenhaus erlebte sie jeden Tag das Elend der Verwundeten. Die Stadt war teilweise zerstört. Viele hatten ihr ganzes Hab und Gut verloren. Aber hier im Haus der Eltern, war das ganze Elend weit weg. Alles, was es vor dem Krieg gab, gab es auch jetzt. Das fing bei den Bediensteten an und hörte beim Cognac auf. Bis zu dieser Nacht hatte Mathilde sich nie die Frage gestellt, warum viele Menschen gar nichts mehr besaßen, außer dem blanken Leben, und in diesem Haus nichts davon zu merken war. Sie rutschte vom Fensterbrett, zog die Gardinen vor das geöffnete Fenster und legte sich wieder hin. Irgendwann schlief sie tatsächlich noch ein und erschrak, als der Wecker zwei Stunden später klingelte. Verschlafen rieb sie sich die Augen und setzte sich auf. Was für ein Albtraum, dachte sie. Was für ein Albtraum!
Hastig erledigte sie ihre Morgentoilette und zog sich an. Auf dem Weg nach unten hörte sie das Klappern von Geschirr. In der Küche saßen Karl und Edelgard und tranken Kaffee. Erstaunt sahen die beiden sie an.
„Ich konnte nicht mehr schlafen. Guten Morgen. Kann ich auch einen Kaffee haben? Karl, können Sie mich gleich in die Klinik fahren? Oder müssen Sie mit meinem Vater weg? Edelgard, kann ich die Marmelade haben? Ich habe Appetit auf ein Stück Brot mit Marmelade. Karl, wissen Sie, ob mein Mann angerufen hat? Waren

meine Eltern gestern Abend aus? Es brannte noch spät Licht im Wohnzimmer. Edelgard, können Sie heute die weißen Sachen waschen? Meine weißen Blusen und den neuen Pullover? Ich habe alles auf die Treppe gelegt. Und können Sie das Fenster zum Garten putzen? Mir ist aufgefallen, dass es ziemlich dreckig ist. Das ist natürlich kein Vorwurf, Edelgard. Das dürfen Sie nicht denken. Sie sind wirklich eine gute Haushälterin. Und Sie erst Karl. Immer für mich da. Ich meine natürlich Sie beide. Sie waren immer für mich da, wenn ich Sie gebraucht habe. Auch schon früher. Ich meine eben, schon immer. Karl, können Sie mich jetzt fahren, ich muss los." Weinend lief sie aus der Küche. Edelgard und Karl schauten ihr entsetzt und besorgt hinterher. Was war mit ihr los?

3.50 Uhr. J. hat sich beruhigt. Sie lässt den Säugling nicht aus den Augen. Der stramme Brustverband bereitet ihr Unbehagen. J. beginnt sich zu kratzen und an dem Verband zu reißen. Sie benetzt immer wieder ihren rechten Zeigefinger mit Speichel und versucht den Säugling zu erreichen. Der Versuch ist zum Scheitern verurteilt. Sie beginnt. mit dem Säugling zu reden.

„Meine kleine, süße Paula. Halte durch, meine Kleine. Dieser Verbrecher wird nicht ewig hier sitzen können. Er ist Arzt. Er hat einmal einen Eid geschworen, nämlich Menschen zu helfen. Dieses Stück Dreck, was da sitzt, ist kein Arzt. Dieses Stück Dreck ist ein Monster. Ein kleines, dreckiges Monster. Er wird nicht ungestraft davon kommen, meine kleine Paula. Weißt du, ich kenne einige Ärzte. Es sind anständige Menschen, die mit ihrem ganzen Wissen versuchen, Kranke wieder gesund zu machen. Es sind mutige Mediziner. Aber dieses kleine Stück Dreck hier gehört nicht dazu. Und stell dir vor: Er wird Vater. Ich habe direkt Angst um das Leben seiner Frau. Sie heißt Mathilde und ist eigentlich ganz nett. Sie hat dir auf die Welt geholfen. Und das hat sie liebevoll und geschickt gemacht. Wie sie an dieses Monster geraten ist? Ich weiß es nicht. Ich kann nur hoffen, dass er seiner Frau nichts antut. Vielleicht wird sie die nächste sein, die hier angebunden liegt. Vielleicht will er ihr bei lebendigem Leib das ungeborene Kind aus dem Bauch schneiden und aufschreiben, was sie dann tut."

Jochen war bei ihren Worten mehrmals innerlich zusammen gezuckt. Warum hielt sie nicht einfach ihren Mund? Sie sollte sich lieber Sorgen um sich selbst machen, als um seine Frau. Außerdem war es eine Unverschämtheit, ihn als Monster zu bezeichnen und seine Berufsauffassung in Frage zu stellen. Seit Jahren tat er tagaus tagein nichts anderes, als Menschen zu helfen. Wieso hatte sie die Stirn, so über ihn zu reden?
Noch zwei Stunden, dann musste er zum Dienst. Bisher waren seine Aufzeichnungen, die er überflog, nicht sehr ergiebig. Er hatte mit mehr physischem Widerstand gerechnet. Aber das würde noch kommen. Er würde sie schon kleinkriegen. In der kommenden Nacht wollte er nicht alleine mit Mutter und Kind sein. Mathilde müsste auch bleiben. Sie könnten sich in der Bewachung und Beobachtung abwechseln, und so ganz nebenbei würde er noch eine Mütze voll Schlaf bekommen. Vom langen Sitzen fühlte er sich steif. Er streckte seine Beine aus und legte beide Hände in den Nacken.
Die Stille wurde durch einen Ohren betäubenden Schrei unterbrochen.
„Hilfe, Hilfe. Warum hilft mir denn niemand. Hilfe, Hilfe. Sie gottverdammtes Schwein! Geben Sie meiner Tochter etwas zu trinken. Sie verdurstet. Geben Sie meinem Baby etwas zu trinken. Wenn mein Mädchen stirbt, bring ich Sie um! Ich bringe Sie um!"
Helene versuchte wieder, sich los zu reißen.
„Sie sind ein Mörder! Sie sind ein Mörder! Lassen Sie mich sterben, aber geben Sie meinem Baby etwas zu trinken!"
4.10 Uhr. J. beginnt wieder zu schreien. Sie beschimpft mich wieder als Mörder. Wieder ist festzustellen, dass sie vollkommen irrational handelt. J. teilt ihre Kräfte nicht ein, sie schlägt wild um sich, anstatt mit Ruhe und Bedacht zu handeln. Ihr linkes Auge zuckt in regelmäßigen Abständen. Sie wackelt im Ruhezustand mit dem Kopf. Sie sitzt auf dem Bett und versucht, mit dem Mund an den Brustverband zu kommen, der fast bis zum Hals gewickelt ist. Immer wieder versucht sie den Säugling zu erreichen. J. testet, ob sie dem Säugling näher kommt, wenn sie den rechten Arm über den linken legt und sich dann streckt, oder wenn sie den freien Arm unter den anderen legt. Wie bereits beschrieben, es misslingt. Es fehlen 25 cm.

Helene atmete schwer. Ihre Hände zitterten. Der Verband färbte sich rot. Die verletzte Stelle blutete wieder. Wie spät mochte es sein? War es noch Nacht oder schon Tag? Wie viele Stunden hielt der Verrückte sie schon gefangen? Sie hatte jedes Zeitgefühl verloren. Ihre Haare klebten im Gesicht, sie roch ihren eigenen Schweiß und sie roch altes Blut. In dem ohnehin unerträglich stickigen Zimmer wurde ihr von dem Gestank übel. Helene versuchte noch, tastend nach einem Stück des Lakens zu greifen, als sie bereits den säuerlichen Geschmack im Munde spürte und sich im hohen Bogen übergab. Ihr Peiniger sprang auf und warf ein sauberes Handtuch auf das Bett. Helene begann zu weinen. Erst laut und verzweifelt und dann nur noch winselnd und kraftlos.

4.30 Uhr bis 6.00 Uhr J. übergibt sich. Weint hysterisch und wimmert dann nur noch. Na also! Phase Zwei scheint zu beginnen. J. wirkt müde und ausgezehrt. Sie verhält sich still. Ihre Augen blicken die ganze Zeit zum Säugling. Ich bin sehr gespannt, wie sich das Experiment weiter entwickelt. Die kommende Nacht wird die aufregendste meines Lebens werden. Ich kann es kaum erwarten.

Es klopfte zaghaft an die Tür. Draußen stand Mathilde. Sie kam über eine halbe Stunde zu früh. Jochen schloss hinter sich ab und zog seine Frau weg von der Tür. Ohne eine Begrüßung sagte er: „Sie hat sich übergeben. Der Gestank ist nicht zum Aushalten. Du musst das Bett frisch beziehen und für ein Mindestmaß an Hygiene sorgen. Ich bleibe hier, bis du den Säugling versorgt hast. Also. Hole das Kind. Wenn du fertig bist, gebe ich dir die Instruktionen für den Tag." Wortlos ging Mathilde in das Zimmer und kam kurz darauf mit dem Baby zurück.
„Was ist mit dem Kind, Jochen? Du musst dem Baby helfen. Du kannst es doch nicht einfach sterben lassen! Lass doch die beiden gehen! Ich werde niemand ein Sterbenswörtchen sagen. Und die Fremde wird es bestimmt auch nicht tun!"
„Wir waren uns doch einig, Mathilde." Seine Stimme klang gefährlich leise. „Das, was ich hier tue, ist kein Unrecht. Das Baby ist nicht lebensfähig. Begreif das doch endlich! Zu meiner eigenen

Sicherheit habe ich angefangen, ein Protokoll über den Gesundheitszustand des Säuglings anzufertigen. Ich werde diese Studie nutzen, um Menschen in ähnlichen Situationen zu helfen. Aber das kann ich nur, wenn ich genau beobachte, wie sich die Fremde verhält. Wenn alles vorüber ist, lasse ich die beiden gehen. Untersteh dich also, sie hinter meinem Rücken freizulassen!" Er reichte ihr eine Spritze. „Nimm sie. Es ist ein starkes Beruhigungsmittel. Für alle Fälle. Jetzt geh schon!"

Mit dem Baby ging Mathilde in den Heizungskeller. Hier hatte Jochen einige Windeln und ein Fläschchen mit Tee deponiert. Der kleine, schlaffe Körper lag regungslos in ihren Armen, als sie zurückkehrte.
„Du wirst ihr nicht sagen, dass wir den Säugling versorgen. Rede nur das Nötigste mit ihr. Verrate ihr nichts über uns. Schreibe alles auf, was sie macht und sagt. Ich komme alle paar Stunden, um nach euch zu sehen. Ach, bevor ich es vergesse, ich will, dass du heute Nacht hier bleibst. Dann können wir uns abwechseln. Ich werde deine Eltern anrufen."

Mathilde kam ins Zimmer und wollte den Säugling gerade wieder auf die Decke legen als Helene bettelte:
„Bitte geben Sie mir mein Baby! Bitte! Ich möchte es nur in den Armen halten. Bitte! Bitte!" Mathilde kämpfte eine Sekunde mit sich und nickte. Plötzlich stand Jochen im Türrahmen. Hart fasste er seine Frau am Arm und zog sie mit hinaus.
„Du wirst ihr den Säugling nicht geben! Hast du mich verstanden? Ob du mich verstanden hast, will ich wissen?"
„Ich kann das nicht, Jochen. Das ist barbarisch, was du von mir verlangst." Jochen schaute Mathilde eindringlich an. Er kam in diesem Ton nicht weiter, das spürte er.
„Mathilde! Ich liebe dich. Ich freue mich auf unser gemeinsames Kind. Glaube mir, auch ich bin erleichtert, wenn das hier zu Ende ist. Aber ich brauche deine Hilfe, Mathilde. Wir sind keine Verbrecher. Ich will sie doch nicht umbringen. Das glaubst du doch wohl nicht von mir? Nur noch bis morgen Abend, Mathilde.

Dann lassen wir sie gehen. Ich brauche diese Zeit, um die einzelnen Phasen ihres Verhaltens dokumentieren zu können. Morgen Abend lassen wir sie gehen. Ich verspreche es dir. Bitte Mathilde, vertrau mir." Bei seinen letzten Worten legte er einen Arm um ihre Schultern und zog sie an sich. Unter Tränen nickte Mathilde.
„Bis morgen Abend. Aber keine Sekunde länger!" Er zwinkerte seiner Frau zu und legte seine Hände auf ihre linke Hand, die fest das Baby umschloss.
„Es wird Zeit für mich. So oft wie möglich komme ich zu dir!" Es klang wie eine Drohung, aber Mathilde bemerkte den gefährlichen Unterton nicht.
Die kleine Paula legte sie auf den Boden. Helene begann zu weinen und zu flehen.
„Ich möchte mein Kind nur spüren. Bitte geben Sie mir mein Baby." Mathilde reagierte nicht. Sie trug ihre Schwesterntracht und hatte sich einen Mundschutz umgebunden. Aus der Tasche zog sie einen Stift und einen kleinen Notizblock. Sie legte beides auf den Stuhl.
„Ich muss das Bett frisch beziehen", murmelte sie und machte sich an die Arbeit. Helenes freie Hand schnellte vor und sie umschloss Mathildes linkes Handgelenk wie einen Schraubstock.
„Sie werden mich jetzt losmachen und Sie werden mich gehen lassen", schrie Helene. Beide Frauen stürzten auf das Bett und mit letzter Kraft riss Mathilde aus ihrer Schürzentasche die aufgezogene Spritze und stach sie in Helenes Arm. Helene wusste nicht, was geschah und ließ vor Schmerz und Schreck die Hand von Mathilde los. Blitzschnell drückte Mathilde auf den Kolben der Spritze. Kurze Zeit später sackte Helene in sich zusammen.

Es war schon früher Nachmittag, als Jochen an die Tür klopfte. Helene schlief immer noch.
„Hat sie getobt?", fragte er ohne Umschweife. Mathilde nickte.
„Es stinkt ja immer noch erbärmlich. Warum hast du nicht sauber gemacht?" Er wartete keine Antwort ab, sondern blickte erst seine Frau und dann Helene an.
„Wie lange schläft sie schon?"

„Seit heute morgen. Du warst gerade weg." Jochen fühlte Helenes Puls. Er war sehr schwach.
„Sobald sie wach ist, muss sie etwas trinken. Und sie muss essen. Nicht auszudenken, wenn sie vor unseren Augen schlapp macht. Und du Mathilde, sorgst für Sauberkeit!" Mathilde war einem Zusammenbruch nahe. Sie ging mit dem Baby aus dem Zimmer und versorgte es. Jochen warf nur einen flüchtigen Blick auf den Säugling, machte auf dem Absatz kehrt und ging.
Nach einer weiteren Stunde wurde Helene endlich wach. Sie sah sich verschlafen um und es dauerte eine Weile, bis sie begriff, wo sie sich befand. Ihr Blick ging zu Paula und sie atmete erleichtert auf.

Annerose schenkte Gustav eine Tasse dünnen Kaffee ein. Sie reichte ihrem Mann ein Stück Brot, dünn bestrichen mit Margarine. Das Glas mit der selbstgemachten Himbeermarmelade war fast leer. Umständlich versuchte Gustav, mit seinem Teelöffel den kläglichen Rest herauszukratzen. Annerose nahm ihm das Glas aus seiner zitternden Hand.
„Ich mach das schon, Gustav." Schweigend frühstückten sie. Unvermittelt stand Gustav auf und ging ins Wohnzimmer. Er bewegte leicht die Kufen der selbstgebauten Babywiege, die er erst gestern in aller Frühe aus dem Keller geholt hatte. Er war sich vorgekommen wie der Weihnachtsmann, der es kaum erwarten konnte in das freudige Gesicht seiner Nichte blicken zu können. Wehmütig betrachtete er nun den Himmel der Wiege, den Annerose aus einer alten Gardine genäht hatte. Viele Stunden hatte er im Keller damit zugebracht, aus einer ausrangierten Kommode und den Überresten eines Schaukelstuhls eine Baby-Wiege zu bauen. Die Bretter waren aus unterschiedlichem Holz. Deshalb war er sehr froh gewesen, noch eine Dose mit fast eingetrockneter weißer Farbe zu finden. Ein paar Tränen fielen auf seine schmalen Wangen. Annerose war ihm gefolgt und sagte schlicht:
„Wir dürfen die Hoffnung nicht aufgeben, Gustav."
„Ich habe keine Hoffnung mehr. Es ist etwas Furchtbares passiert", Gustavs Stimme klang mutlos und unendlich müde. Er drehte sich zu Annerose um.
„Es kommt alles zusammen. Der Krieg, die Geburt und das andere. Vielleicht ist sie verhaftet worden. Vielleicht liegt sie irgendwo…"
„Gustav! So darfst du nicht denken. Wir werden sie finden. Wir müssen jetzt nur an Helene und das Baby denken. Lass alles andere nicht die Sorge dieses Tages sein. Komm Gustav. Bitte."

„Was haben Sie mir gespritzt? Ich dachte, Sie wären anders als Ihr Mann. Aber anscheinend habe ich mich geirrt." Helene schaute Mathilde direkt in die Augen. Hinter ihrer gleichmütigen Stimme versuchte sie, ihre unsagbare Angst zu verstecken. Sie dachte wieder alles gleichzeitig und begann mit dem Kopf zu wackeln. Was

konnte sie nur tun, um Mathildes Mitleid zu erwecken? Helene wusste nur zu gut, dass, wenn überhaupt, nur Mathilde ihr helfen würde, diesem Verbrechen ein Ende zu bereiten. Sie sah immer wieder unsicher und voller Sorge zu ihrem Baby, das friedlich auf dem Boden schlief. Mathilde saß auf dem Stuhl und blickte zu Boden. Helene versuchte, ihre Gedanken zu ordnen. Sie musste versuchen, zu Mathilde eine persönliche Bindung aufzubauen. Genau, das war es! Ihre einzige Chance, mit ihrem Kind lebend diesem Irrsinn zu entkommen, bestand darin, Mathilde auf ihre Seite zu ziehen. Helene begann die letzten Stunden analytisch zu bewerten und versuchte sich in Mathilde hineinzuversetzen.
Was war sie für ein Mensch? Liebte sie ihren Mann bedingungslos und abgöttisch, war sie ihm geradezu verfallen? Hatte sie Angst vor ihm? Hatte sie Angst ihn zu verlieren?
„Eine Geburt ist ein Wunder, Schwester Mathilde", begann sie vorsichtig. „Ich glaube, Sie denken das auch. Ein neuer, kleiner Mensch ist plötzlich da. Und Sie haben meinem Baby auf die Welt geholfen. Können Sie sich erinnern, wie Sie die Nabelschnur durchgeschnitten haben? Wie stolz Sie waren, als Sie mir meine kleine Paula in den Arm gelegt haben? Ich habe die ersten Stunden nur staunend mein Baby angeschaut. Ich habe heimlich ihre winzigen Finger nachgezählt, als sie meinen Zeigefinger fest umschlossen hielt. Ich habe sie immer nur angeschaut. Und jetzt wollen Sie mein Kind einfach sterben lassen? Warum tun Sie das, warum?" Mathilde rutschte unruhig auf ihrem Stuhl hin und her und blickte stur auf den Boden.
„Sie bekommen doch auch ein Baby. Wissen es Ihre Eltern schon? Freuen sie sich? Wohnen sie auch in Kiel? Es muss ein wunderschönes Gefühl sein, Großeltern zu werden. Alles noch einmal erleben zu dürfen. Meine Eltern sind leider tot. Aber sie freuen sich jetzt im Himmel mit mir. Manchmal macht man schreckliche Fehler. Ich weiß das nur zu gut. Vieles lässt sich nicht mehr ungeschehen machen, so sehr man sich das auch wünscht. Sie können Ihren Fehler noch korrigieren, Schwester Mathilde. Sie sind keine Verbrecherin, ich fühle das. Lassen Sie uns gehen. Bitte lassen Sie uns gehen."

Mathilde drehte ihren Kopf zur Seite. Sie hätte sich am liebsten die Ohren zu gehalten. Sie wollte nichts hören, das Baby nicht anschauen. Sie nahm Block und Stift und schrieb in großen Buchstaben: *Ich kann das nicht. Ich kann das nicht.*

Annerose und Gustav liefen durch die Stadt. Nach über drei Stunden wussten sie nicht mehr, wo sie noch suchen sollten. Die ganzen Stationen des vergangenen Tages waren sie nochmal abgegangen. Selbst im Krankenhaus hatte Gustav wieder gefragt. Nichts. Absolut nichts. Um die Mittagszeit waren sie am Friedhof angekommen. Sie blieben an einem Doppelgrab stehen und Annerose sagte leise:
„Gott sei Dank ist ihnen dieses Drama erspart geblieben. Ob sie uns wohl sehen können, Gustav? Ob sie wissen, was gerade alles passiert, wie schrecklich das alles ist?"
Annerose begann zu weinen. Gustav nahm zaghaft ihre Hand und führte sie behutsam vom Grab ihrer Eltern weg. Die beiden alten Menschen gingen Hand in Hand über den Friedhof. Das hatten sie seit zwanzig Jahren nicht mehr gemacht. Aber an diesem sorgenvollen Tag mussten sie sich gegenseitig stützen und sich Halt geben. Als sie zum Ausgang kamen, setzten sie sich auf die niedrige Friedhofsmauer. Umständlich holte Gustav sein Taschentuch heraus und schnäuzte sich ein paar Mal. Annerose wischte sich die Tränen aus dem Gesicht und sagte:
„Was sollen wir noch tun? Wo sollen wir noch suchen? Was soll nur werden?" Gustav fing sich langsam wieder.
„Wir müssen überlegen, wo wir noch nicht waren. Ist Helene vielleicht zum Hafen gegangen?"
„Das ist doch viel zu weit, in ihrem Zustand. Und so unvernünftig wird sie nicht gewesen sein. Rund um den Hafen ist fast alles zerstört." Mutlos saßen sie auf der Mauer und hingen ihren Gedanken nach.
„Lass uns noch einmal zu den Schrebergärten gehen. Helene hatte sich doch da mit Andreas getroffen. In ihrer Not ist sie vielleicht doch dorthin gegangen und ich habe sie nur nicht gefunden. Außerdem möchte ich dir so gern unseren Garten zeigen." Annerose lächelte ihn dankbar an. Gustav hatte sich wieder gefangen und gab nicht auf. Jetzt fasste auch sie wieder etwas Mut und glaubte ganz fest, dass sie Helene bald finden würden. Ihr und dem Kind war nichts passiert. Sie musste nur ganz fest daran glauben und die Gedanken voll Kummer und Angst verscheuchen. In

Augenblicken wie diesen war ihr Gustav so nah, als wäre er ein Teil von ihr, als wäre er die eine Hälfte von ihr.
Das war nicht immer so gewesen. Als sie jung verheiratet gewesen waren und Jahr für Jahr verging und sie nicht schwanger wurde, war es zu manch hässlichem Streit und seelischen Verwundungen gekommen. Besonders die Eltern von Gustav hatten immer und immer wieder gefragt, warum sie denn noch kein Kind hätten. Annerose hatte Schuldgefühle bekommen und war immer einsilbiger geworden. Ihr Mann hatte sich von ihr zurückgezogen, in jeder Beziehung, und ihre Ehe hatte mehr als einmal auf der Kippe gestanden. Dann war das Wunder doch noch geschehen. Annerose war mit 41 Jahren schwanger geworden. Gustav war vor Glück fast durchgedreht. Seine Eltern auch, aber auf eine ganz andere Weise. Seine Mutter fand eine Schwangerschaft mit 41 unschicklich und schien sich zu schämen. Sein Vater hingegen hatte ihm zugezwinkert, was heißen sollte, alle Achtung, mein Junge. Aber trotz aller Bedenken hatten sie sich natürlich doch gefreut, Großeltern zu werden. Es musste ja schließlich niemand aus der Nachbarschaft wissen, dass ihre Schwiegertochter noch kurz vor den Wechseljahren schwanger geworden war. Doch dann war das Unglück passiert. Annerose hatte im vierten Monat ihr Kind verloren und eine Welt war zusammengebrochen. Aber Gustav wäre nicht Gustav gewesen, wenn er nicht in dieser Zeit rührend um seine Frau besorgt gewesen wäre.
Es war ihnen gelungen, sich mit der Kinderlosigkeit abzufinden und trotzdem eine zufriedene Ehe zu führen.
Und dann war Helene gekommen. Für beide war sie vom ersten Tag an das Kind, nach dem sie sich immer gesehnt hatten. Sie wollten mehr sein, als Tante und Onkel. Und sie waren es. Wenn Gustav mit der kleinen Helene an der Hand durch die Stadt gegangen war, dann ging in diesen Stunden ein stolzer Vater mit der Tochter. Wenn abends Helene ihrer Tante von den Erlebnissen des Tages erzählt hatte und sich dabei in ihren Arm geschmiegt hatte, dann war sie ihre Mutter gewesen. Fast in jedem Sommer war Helene bei ihnen gewesen. Und jedes Mal hatten sie es kaum erwarten können, ihre Kleine wiederzusehen.

„Annerose, du träumst ja mit offenen Augen. Sollen wir denn nun zu den Gärten gehen oder nicht?" Annerose brauchte eine Sekunde, um in die Wirklichkeit zurück zu finden.
„Ja, lass uns gehen."

„Wann haben Sie unsere Tochter in die Klinik gefahren, Karl?"
„Heute Morgen, schon vor sechs, Herr Michels."
„Was wollte sie so früh dort?"
„Ich weiß es nicht, sie war sehr aufgeregt und wirkte - wie soll ich sagen- sie wirkte etwas durcheinander."
„Durcheinander?", mischte sich jetzt Eva-Maria in das Gespräch ein.
„Nun ja, sie hat sich bei Edelgard und mir bedankt, dass wir immer für sie da seien und sowas."
„Wann sollen Sie sie denn wieder abholen?", fragend schaute Egbert ihn an.
„Sie hat gesagt, sie bleibt heute Nacht in der Klink, Herr Michels."
„Das ist ja alles sonderbar, Egbert. Findest du nicht?"
„Ja, in der Tat, das ist merkwürdig." Karl ging und die beiden saßen wieder allein am Frühstückstisch.
„Irgendetwas stimmt nicht, Egbert. Unsere Tochter hat sich höchstens mal bei den beiden bedankt, wenn sie in der Küche ein Trümmerfeld hinterlassen hat und Edelgard stillschweigend aufräumte oder sie Karl überredet hat, sie mal heimlich mit dem Benz fahren zu lassen. So schwanger kann man doch nicht sein, dass man seinen Charakter plötzlich ändert! Wo ist überhaupt unser Herr Schwiegersohn?"
„Keine Ahnung. Verdammt, langsam habe ich auch ein ungutes Gefühl. Wenn Mathilde nicht bis spätestens morgen Mittag zu Hause ist oder wenigstens anruft, fahre ich in die Klinik!"

„Mein Mann hat gesagt, die Kleine ist krank und deshalb müssen Sie noch bleiben. Er will Ihnen doch nichts tun." Mathildes Stimme klang seltsam blechern, so als gehorche sie ihr nicht.
„Er will mir nichts tun? Spinnen Sie?" Die guten Vorsätze, ruhig

und gefasst zu bleiben, waren dahin.

„Ihr Mann bindet mir die Brüste ab, fesselt mich ans Bett, ich kann meine Kleine nicht in den Arm nehmen und sie stillen und Sie sagen allen Ernstes, er will mir nichts tun? Glauben Sie eigentlich selbst, was Sie da sagen? Schwester, was Ihr Mann macht, ist ein Verbrechen! Und Sie beteiligen sich daran. Nicht etwa als Zuschauerin, nein, Sie helfen ihm, mein Baby verhungern zu lassen und Sie zwingen mich, dabei zuzuschauen!" Schweißperlen tropften von ihrer Stirn. Sie schrie weiter:

„Verdammt, wir sind seit Jahren im Krieg, viele haben ohne Schuld ihr Leben verloren, sind zu Krüppeln geworden, haben ihre ganze Jugend diesem Irrsinn geopfert. Sie wurden nicht gefragt, ob sie in Russland oder sonstwo sterben wollen. Die Frauen wurden nicht gefragt, ob sie ihre Männer und Söhne opfern wollen. Nicht nur bei uns, sondern überall auf der Welt. Und Sie beide spielen Gott und wollen meine Tochter und wahrscheinlich auch mich für ein idiotisches Experiment oder was weiß ich, sterben lassen? Oder warum schreiben Sie alles auf? Wollen Sie uns eiskalt ermorden? Sind Sie noch bei Sinnen? Sind Sie von Ihrem Mann abhängig oder haben Sie Angst vor ihm? Er steckt doch dahinter und nicht Sie. Wachen Sie auf, Schwester Mathilde. Wachen Sie endlich auf!" Zum ersten Mal seit ihrer Gefangenschaft begann Helene richtig zu weinen. Laut schluchzte sie, während unentwegt die Tränen über ihr schönes Gesicht flossen. Sie konnte kaum sprechen als sie flehte: „Schwester Helene, machen Sie diesem Irrsinn ein Ende. Bitte, bitte, bitte! Ich habe Ihnen doch nichts getan und meine Tochter schon gar nicht. Was soll aus mir werden, wenn meine Paula tot ist, wollen Sie mich dann auch umbringen? Will Ihr Mann unsere Körper sezieren? Was will er? Lassen Sie uns gehen. Ich werde Sie nicht verraten. Ich will nichts anderes, als mit meiner Tochter zu meiner Familie gehen."

Mathilde ertrug es nicht länger. Sie floh förmlich aus dem Zimmer und lehnte sich gegen die Tür. Sie zitterte am ganzen Körper und hielt sich die Ohren zu, damit sie das verzweifelte Weinen nicht länger hören musste. In diesen Minuten der schier unerträglichen inneren Zerrissenheit, des ohnmächtigen Zornes auf Jochen, der

Wut auf sich selbst und des Mitleids mit der jungen Mutter und ihrem Kind reifte ein Entschluss, der ihr bisheriges Leben auf den Kopf stellen sollte. In diesem Moment, an der Tür zu einem unvorstellbar grausamen Geschehen, wurde Mathilde erwachsen. Sie betrat aufrecht das Zimmer und blickte verstört auf Helene, die vor lauter Kummer und Erschöpfung eingeschlafen war.
Mathilde stand am Bett und sah die schöne Fremde an. Sie deckte sie zu und beugte sich zum Baby hinab. Das kleine Mädchen wurde nicht wach, als sie es vorsichtig hochhob und auf den Arm nahm. Behutsam streichelte sie die blassen Wangen und summte ein Kinderlied. Ihre Augen füllten sich mit Tränen. Sie wollte das Baby gerade zu seiner Mutter legen, als es klopfte. Hastig legte sie das Kind wieder auf den Boden und schloss die Tür auf. Jochen trug wieder seinen Mundschutz und fragte sofort:
„Wie läuft es? Ist sie schon am Ende?" Er schob seine Frau unsanft zur Seite und machte auf dem Absatz wieder kehrt.
„Sie schläft schon wieder? Das kann doch wohl nicht wahr sein! Hast du ihr etwas gegeben?"
„Natürlich nicht!" Für einen Augenblick war er über die Schärfe in Mathildes Stimme irritiert. „Sie ist völlig fertig, körperlich und vor allen Dingen seelisch."
„Geh wieder hinein", befahl er. Als sie sich umdrehte, zog er blitzschnell den Schlüssel aus dem Schloss.
„Nur zur Sicherheit, meine Liebe. Ich werde von draußen abschließen!"
Hatte es noch eine Kleinigkeit gebraucht, um sich von Jochen abzuwenden, dann war es in diesem Augenblick geschehen.

Es war schon fast Mittag, als Helene endlich wieder aufwachte. Mathilde reichte ihr ein Glas Wasser.
„Wie lange habe ich geschlafen?"
„Fast zwei Stunden." Gierig trank Helene das ganze Glas in einem Zug leer.
„Wie konnte mir das nur passieren. Solange zu schlafen, während mein Kind..."
„Sie sind ausgelaugt und einfach fertig. Es ist kein Wunder, dass

auch Ihr Körper am Ende ist." Mathilde nahm das Baby hoch und legte es zu Helene.
„Ich stelle mich an die Tür, damit ich hören kann, wenn er kommt. Er hat den Schlüssel mitgenommen!" Helene küsste überglücklich ihre Tochter und legte sie auf ihre zugeschnürte Brust. Es war etwas passiert, sie spürte es ganz deutlich. Die Krankenschwester hatte sich gegen ihren Mann und für das Leben entschieden. Nach ein paar Minuten nahm Mathilde das Kind wieder und legte es zurück. Sie setzte sich auf die Bettkante und nahm Helenes Hand.
„Er war nicht immer so. Ich weiß nicht, was mit ihm in den letzten Monaten passiert ist. Ich will ihn nicht in Schutz nehmen, dafür besteht auch kein Grund mehr. Und trotzdem, er war nicht immer so. Sobald sich eine gute Gelegenheit ergibt, werde ich Sie und das Kind freilassen. Vertrauen Sie mir bitte. Haben Sie keine Angst. Ich habe die kleine Paula die ganze Zeit versorgt. Sie verhungert nicht neben Ihnen. Er sagt, das Baby ist nicht überlebensfähig. Ich kann das nicht beurteilen, aber es ist sehr still und schläft fast die ganze Zeit." Mathilde sagte nicht mehr mein Mann, sondern nur noch er.
„Er ist von dem Gedanken besessen, Sie im Glauben zu lassen, ihr Kind würde neben Ihnen verhungern. Und er will alles aufschreiben, was Sie tun. Er hat aber auch gesagt, dass er Sie freilassen wird. Sie dürfen mich auf keinen Fall verraten. Spielen Sie das grausame Spiel weiter mit, damit es zu einem guten Ende kommt."
Helene drückte dankbar ihre Hand.
„Danke. Ich werde nie vergessen, was Sie für mich tun. Und ich werde Sie nicht verraten. Sie kennen ihn am besten. Wenn der Zeitpunkt günstig ist, werden Sie handeln. Und dann kann ich endlich wieder nach Hause."
Die beiden Frauen sprachen in den nächsten Stunden nicht viel. Helene hielt sich zurück, damit Mathilde nicht noch ihren Vorsatz verwerfen würde. Mathilde blieb einsilbig, weil sie mit sich selbst zu tun hatte. Wie hatte es nur soweit kommen können? Warum war sie nicht viel früher wachsamer gewesen, hatte auf die mahnenden Worte ihrer Mutter gehört, anstatt Jochen grenzenlos zu

vertrauen und anzuhimmeln. Warum?
Hin und wieder legte sie die Kleine zu ihrer Mutter. Und immer wieder füllten sich ihre Augen mit Tränen wenn sie sah, wie dankbar Helene ihr war und wie zärtlich und liebevoll sie ihre Tochter betrachtete und sie glücklich in den Armen hielt.

Abends um zehn hörten die beiden Frauen das Geräusch des Schlüssels. Jochen war wieder da.
Er hatte Brot aufgetrieben und eine Kanne Tee organisiert. Als erstes warf er einen Blick in den Notizblock. Neben der ersten Eintragung *ich kann das nicht, ich kann das nicht,* hatte Mathilde lediglich immer dasselbe geschrieben. *Die Fremde schreit, die Fremde wimmert. Die Fremde beleidigt mich.* Missmutig sah er seine Frau an, sagte aber kein Wort. Er hatte unbedingt gewollt, dass Mathilde in dieser Nacht blieb. Jetzt wusste er nicht mehr, was sie hier eigentlich verloren hatte. Um bei den Michels anzurufen, war es jedoch zu spät. Die Stille war ihm unheimlich. Die Fremde saß im Bett und schaute ihn herablassend und ein wenig spöttisch an. Das wird dir noch vergehen, dachte er. Wieder trug er den Mundschutz. Er wollte um jeden Preis verhindern, dass sie sein Gesicht sah. In der nächsten Stunde sagte keiner der drei ein einziges Wort. Unruhig und voll Zorn betrachtete Jochen abwechselnd seine Frau und Helene. Diese richtete plötzlich und unvermittelt das Wort an ihn.
„Sie sind wirklich ein Stück Dreck. Ein Teufel in Menschengestalt. Wenn das hier zu Ende ist werde ich nicht ruhen, bis Sie hinter Schloss und Riegel sind, Sie Miststück!" Mathilde war zu Tode erschrocken und versuchte hinter dem Rücken von Jochen Zeichen zu machen. Wenn Sie nicht aufhören würde zu reden, würde sie alles verraten und dann? Jochen setzte sich kerzengerade auf. Er hatte nichts bemerkt und schrieb genüsslich: *J. beginnt um 11.00 Uhr aggressiv zu werden. Sie beschimpft mich unentwegt. Sonst keine weiteren Vorkommnisse.*
Mathilde war übermüdet. Sie stand hinter Jochen, denn ein zweiter Stuhl war nicht da. Sie lehnte an der kahlen Wand und hatte große Mühe, nicht einfach im Stehen einzuschlafen.

Was hatte Jochen gesagt? Sie könnten sich in der Bewachung abwechseln? Wo sollte der jeweils andere sich aber ausruhen?
Helene hatte Mathildes Zeichen bemerkt und überlegte krampfhaft, was sie als nächstes sagen sollte, damit er nicht misstrauisch wurde. Nach einer weiteren halben Stunde des Schweigens hörten sie laute Schritte. Es klopfte energisch an die Tür und eine männliche Stimme brüllte:
„Kommen Sie, Kollege, wir schaffen es nicht mehr alleine."
Geistesgegenwärtig sprang Mathilde zur Tür, drehte den Schlüssel um, zog ihn ab und blieb im geöffneten Türrahmen stehen.
„Mein Mann kommt sofort!" Jochen blieb nichts anderes übrig, als in aller Eile seinen Mundschutz abzunehmen und ebenfalls das Zimmer zu verlassen.
„Na, da sind Sie ja. Kommen Sie. Oben ist die Hölle los!" Und hier unten auch, dachte Mathilde und sah den beiden nach. Sie ließ die Tür offen und band Helene so schnell sie konnte los. Als sie den Brustverband lösen wollte, sagte Helene:
„Sie brauchen das nicht machen. Ich will nur so schnell wie möglich weg." Als sie aus dem Bett stieg, war ihr im ersten Moment schwindlig.
Aber mit einem unbändigen Willen zog sie sich an, beugte sich zu ihrem Baby und nahm es auf den Arm. Mathilde legte die Schwesterntracht ab, hob Helenes Mantel auf und ging voraus. Die Frauen liefen so schnell sie konnten durch den langen Flur bis zur Seitentür. Der Schlüssel hing am Brett neben der Tür. Mit zitternden Händen schloss Mathilde auf und sah sich nach allen Seiten um. Sie nickte Helene zu und sie stiegen gemeinsam die Kellertreppe hinauf. Von der Seite näherten sie sich dem Haupteingang und gelangten dann auf die Straße. Erst nachdem sie ungefähr fünf Minuten schnell gegangen waren, blieben sie stehen.
„Was werden Sie jetzt tun, Schwester Mathilde?"
„Ich weiß es noch nicht. Aber ich verlasse ihn." Die beiden Frauen umarmten sich ganz kurz.
„Ich werde Sie nie vergessen, Schwester Mathilde. Sie haben uns das Leben gerettet. Ich danke Ihnen von Herzen!"

Unendlich erleichtert kam Helene um Mitternacht endlich nach Hause. Sie merkte gar nicht, dass sie am ganzen Körper zitterte, weil ein Weinkrampf sie schüttelte, weil die ganze Last der entsetzlichen Stunden von ihr abfiel, weil sie eine unbändige Wut hatte, weil sie sich gedemütigt fühlte, weil sie unendlich froh war. Als sie endlich die Wohnungstür aufschloss und sich noch wunderte, dass in der Küche das Licht brannte, kamen ihr Annerose und Gustav ungläubig entgegen.
„Gott sei Dank, Helene, du bist wieder da. Gott sei Dank!" Annerose schloss ihre Nichte in die Arme und merkte erst jetzt, dass Helene mit ihren Armen ihr Kind umschloss, sie sah erst jetzt das kleine Köpfchen. Unter Tränen lächelte sie Helene an.
„Du hast das Kind schon bekommen. Was für eine Freude! Was für eine Erleichterung! Dürfen wir es sehen? Was ist es denn? War es sehr schlimm? Was ist passiert, Helene. Wo warst du?"
Gustav trat aus dem Hintergrund hervor und konnte seine Tränen nicht mehr zurück halten.
„Unser Baby ist da. Und du bist wieder da, Helene. Wir sind fast verrückt geworden vor Sorge. Wir haben dich überall gesucht." Er wandte sich seiner Frau zu.
„Nun lass doch Helene erst mal in Ruhe ankommen." Helene musste sich am Türrahmen festhalten. Gleichzeitig wurde sie von Annerose und Gustav gestützt. Zaghaft reichte sie Annerose das Baby. Überwältigt von ihren Gefühlen konnte diese vor Freude kaum sprechen.
„Es ist ein Mädchen, nicht?"
„Ja, sie heißt Paula. Das hat Andreas sich gewünscht."
„Willkommen im Leben, kleine Paula." Gustav streichelte mit seinen Fingern den linken Arm des Babys und dann unendlich vorsichtig die kleinen Wangen. Die beiden waren atemlos vor Glück und geradezu verzaubert von dem winzigen Menschen, der in Anneroses Armen lag. Gustav sah zu Helene, die sich immer noch erschöpft am Türrahmen fest hielt.
„Du kannst uns alles in ein paar Stunden erzählen. Hast du Hunger? Oder wollt ihr zwei euch ausruhen?"
„Ich möchte nur noch schlafen, Onkel Gustav. Nur schlafen. Meine

kleine Paula wird sich melden, wenn sie Hunger hat." Behutsam gab Annerose ihr das Baby und die beiden gingen zur Abseite. Sie riss und zerrte solange am Verband, bis sie endlich wieder frei atmen konnte.

Auf Zehenspitzen gingen Onkel und Tante wenig später zu Helene, die mit ihrem Kind im Arm friedlich schlief. Beide schauten gebannt auf das kleine Menschenkind, das sehr zart und zerbrechlich wirkte. Annerose schien die Gedanken ihres Mannes zu erraten. Nachdem sie die notdürftige Schlafstelle verlassen hatten sagte Annerose überwältigt:

„Das Kind wird nicht herausfallen. Hast du gesehen? Vorsorglich hat Helene extra ihren Mantel und ein Kissen auf den Boden gelegt. Es wird den beiden nichts mehr geschehen. Ich bin so froh und dankbar, dass unsere Kleine wieder da ist. Zusammen mit unserem Baby. Was für ein unglaubliches Glück, Gustav! Sie sind beide wohlbehalten zu Hause. Alles andere wird uns Helene erzählen." Sie wandte sich ihrem Mann zu. Gustav umschloss mit beiden Händen das Gesicht seiner Frau. Er gab ihr einen schüchternen Kuss auf die Wange. Und dann noch einen.

„Du bist ein ganz lieber Mensch, Annerose. Ich habe dir das viel zu selten gesagt. Aber heute muss ich es dir sagen. Du bist die beste Frau der Welt. So eine Frau kann sich ein Mann nur wünschen. Und du bist die beste Tante der Welt. Und du wirst die beste Großtante der Welt sein. Ich habe nie bereut, dich geheiratet zu haben. Ach, Annerose. Was für ein besonderer Tag. Komm. Lass uns einen Schnaps auf das wunderbare Ereignis trinken. Ich habe noch einen Aufgesetzten gerettet. Der steht im Keller. Ich hole ihn und dann trinken wir beide auf unsere Helene und unser Baby."

Egbert ging in der Küche hin und her. Eva-Maria sah kurz auf und sagte:
„Nun setz dich doch endlich, Egbert. Du machst mich ganz verrückt!" Er setzte sich zu seiner Frau. Vor Sorge um ihre Tochter konnten sie nicht schlafen.
„Irgendwas stimmt nicht", brummte Egbert und sah angestrengt durch das Küchenfenster in die dunkle Nacht hinaus. „Wir müssen etwas tun. Wir können hier nicht weiter untätig herumsitzen. Ich werde mich anziehen und in die Klinik fahren." Er stand bei diesen Worten auf.
„Ich komme mit!" Gemeinsam gingen sie in ihr Schlafzimmer und zogen sich an. Kurze Zeit später saßen sie im Benz und fuhren los. Sie fuhren an zerstörten Häusern vorbei, sahen Lichtblitze und Rauchschwaden am Himmel und sogar vereinzelt Menschen, die vor Unruhe wohl auch nicht schlafen konnten und durch die Nacht liefen. Schweigend sah Eva-Maria aus dem Fenster und wurde von Kilometer zu Kilometer deprimierter. Bisher hatten sie großes Glück gehabt, aber hatten sie die Schnur des Glücks vielleicht schon überschritten, es nur noch nicht bemerkt? Sie schwor sich, bei allem was ihr heilig war, in Zukunft dankbarer zu sein. Ihrer Familie ging es gut. Eigentlich in diesen Zeiten viel zu gut. Sie mussten um keinen lieben Menschen trauern, waren nicht ausgehungert wie so viele und sie waren gesund. War sie in den letzten Jahren viel zu egoistisch gewesen? Immer hatte sie alle Annehmlichkeiten ihres Lebens als selbstverständlich empfunden und nicht weiter gefragt, warum das so war und warum es bei unzähligen anderen nicht so war. So etwas wie Scham überkam sie auf der Fahrt durch ihre zerstörte Heimatstadt. Sie waren schon fast am Ziel angekommen, als Egbert scharf bremste und gerade noch den Wagen zum Stehen brachte, bevor er eine herumirrende Gestalt angefahren hätte. Er riss die Wagentür auf und lief los. Eva-Maria tat es ihm nach einer Schrecksekunde gleich. Kniend hielt Egbert die Frau in den Armen. Es war Mathilde.
„Es ist gut gegangen, Mathilde", stammelte er immer wieder. Eva-Maria hielt sich die Hand vor den Mund und dachte an die Schnur.
„Tilde, Tilde, was ist mit dir? Ist dir etwas passiert? Tilde, Tilde!"

Egbert nahm seine Tochter auf den Arm. Eva-Maria eilte voraus und öffnete die hintere Wagentür. Behutsam legten sie Mathilde auf den Rücksitz. In diesem Moment öffnete sie die Augen. Eva-Maria setzte sich zu ihrer Tochter und wiegte sie in den Armen, wie ein kleines Kind.
„Wir sind gleich zu Hause. Gleich sind wir zu Hause."
„Es ist alles so schrecklich, Mama." Als sie die Auffahrt des Hauses erreichten, sahen sie Licht. Vor der Tür stand ein besorgter Karl, der ihnen jetzt entgegen lief.
„Holen Sie den Arzt, Karl. Holen Sie sofort den Arzt!" Karl setzte sich ans Steuer und fuhr augenblicklich los.
Sie betteten ihre Tochter auf das Sofa im Wohnzimmer. Mathildes Augen waren rot, ihre Wangen eingefallen und die Gesichtsfarbe aschfahl. Eva-Maria deckte ihre Tochter mit einer Wolldecke zu und rief:
„Wann kommt denn endlich der Arzt?" Egbert lief zur Haustür und wieder zurück. Mathilde hatte kein Wort gesagt. Sie starrte an die Decke und legte die Hände auf ihren Bauch, als sie sich plötzlich vor Schmerzen krümmte und zu schreien anfing:
„Nein, nein! Nicht mein Baby! Nicht mein Baby!" Endlich kam der Arzt. Kurz und knapp erklärte Egbert, was passiert war und Eva-Maria fügte hinzu, dass ihre Tochter vermutlich in anderen Umständen sei. Schon im Gehen öffnete der Arzt seine Tasche und schickte die Eltern hinaus. Sie lehnten beide an der Wand des Flures, als er wieder aus dem Zimmer kam.
„Es ist alles gut. Soweit ich das beurteilen kann, geht es auch dem Fötus gut. Sie hat sich nichts gebrochen, hat aber ein paar Prellungen, besonders im Bauchraum; deshalb die Schmerzen. Und sie hat einen Schock. Ich habe ihr ein leichtes Beruhigungsmittel gespritzt, das dem Kind nicht schadet. Sie sollte sich aber in den nächsten Tagen von einem Kollegen untersuchen lassen. Egbert begleitete den Arzt zum Wagen und verabschiedete ihn. Erleichtert ging er wieder ins Haus und zusammen mit Eva-Maria half er seiner schläfrigen Tochter ins Schlafzimmer. Als Mathilde endlich eingeschlafen war, zogen sich die Eltern in ihr eigenes Schlafzimmer zurück. Um 5.30 Uhr wurden sie durch das Schrillen des

Telefons geweckt. Bevor jedoch Egbert in seinem Büro angekommen war, hörte das Klingeln auf. Der Teilnehmer hatte aufgelegt. Es muss Jochen gewesen sein, dachte Egbert und erst jetzt wurde ihm bewusst, dass er seinen Schwiegersohn total vergessen hatte. Obwohl er wenig geschlafen hatte, legte er sich nicht wieder hin, sondern stieg leise die Stufen zu den oberen Räumen hinauf. Lautlos drückte er die Klinke herunter und betrat das Schlafzimmer seiner Tochter. Sie schlief tief und fest. Er seufzte und ging genauso leise wieder aus dem Zimmer. Es roch nach frisch aufgebrühtem Kaffee.

Jochen hielt den Telefonhörer noch eine Weile in der Hand, bevor er auflegte. Wo war sie? Wo war seine Frau? Als er zur Krankenbude gelaufen war, hatte er schon von weitem gesehen, dass die Tür sperrangelweit aufstand. Seine schlimmsten Befürchtungen bewahrheiteten sich. Die Fremde, der Säugling und Mathilde waren weg. Er trommelte mit den Fäusten solange gegen die Wand, bis seine Hände zu bluten anfingen. Was fiel Mathilde ein, ihn so zu hintergehen, hinter seinem Rücken seine wissenschaftliche Arbeit zu torpedieren, ihn bloß zu stellen, ihn zu verraten. War sie verrückt geworden? Jetzt erst sah er den Schreibblock auf dem Stuhl liegen. Er las nur zwei Worte: *Du Mörder!*
In Windeseile versuchte er, die Spuren seines Experimentes zu verwischen. Er raffte Mullbinden und Handtücher zusammen und riss den schmutzigen Bezug und das Laken vom Bett. Mit den Sachen unter dem Arm lief er nach oben, warf die Mullbinden in den Abfall und drückte einer Lernschwester die verschmierten Handtücher und den Bettbezug mit den Worten:
„Bringen Sie das in die Wäscherei", in die Hand. Er versuchte sich zu beruhigen. Vielleicht war Mathilde in der Klinik, aber wo? Jochen ging durch alle Stationen, schaute in jedes Schwesternzimmer. Er konnte sie nicht finden. Also war sie doch nach Hause gefahren. Er würde in einer Stunde wieder anrufen. Er musste sie unbedingt sprechen, um genau zu erfahren, was in den letzten Stunden passiert war. Und er musste sie wieder auf seine Seite ziehen und zur Vernunft bringen. Jochen betrachtete in Gedanken

versunken die lädierten Knöchel seiner Hände, als nach kurzem Klopfen ein Kollege das Ärztezimmer betrat.
„Ich weiß, Sie haben noch gar nicht geschlafen, Kollege Bartelsen. Aber der Milzriss auf Zimmer Sieben macht mir Sorgen. Vielleicht können Sie sich den Patienten kurz ansehen." Jochen blickte müde lächelnd in das Gesicht des Kollegen und ließ ihn erstmal wie einen dummen Jungen stehen. Es ging also schon gar nicht mehr ohne ihn. Was für eine Genugtuung an diesem schwarzen Tag. Da würde ihn doch wohl so eine kleine Panne nicht aus der Bahn werfen! Er machte sich Mut und bekam langsam wieder Oberwasser. Niemand würde etwas von dem Vorfall erfahren. Mathilde würde sich hüten, die leidige Geschichte hinauszuposaunen. Sie steckte genauso tief drin, wie er. Und eigentlich hatte er sich absolut nichts vorzuwerfen, menschlich nicht und medizinisch schon gar nicht.
„Ich komme gleich, Kollege, und schaue mir die Milz an."

Um 9.00 Uhr ging Eva-Maria mit einem Frühstückstablett zu ihrer Tochter. Mathilde saß im Bett und sah tränenblind ihre Mutter an. Als Eva-Maria sich auf die Bettkante setzte, konnte sich Mathilde nicht mehr beherrschen. Sie weinte und stammelte, dass es Eva-Maria Angst und Bange wurde.
„Beruhige dich, mein Kind. Ich kann gar nicht verstehen, was du mir erzählen willst." Sie streichelte ihre Hand und fragte so vorsichtig wie möglich: „Was ist denn nur passiert? Wir hätten beinahe unsere eigene Tochter totgefahren. Uns sitzt der Schreck noch im Nacken! Sollen wir Jochen anrufen?" Fragend sah sie ihre Tochter an.
„Nein! Nein! Nein!" Der Schrei war so gellend, die Stimme eine vollkommen fremde, es klang, als würde sich Mathilde zu Tode fürchten. Ihrer Mutter lief ein kalter Schauer über den Rücken. Egbert, der in der Küche war und den Schrei gehört hatte, ging es ebenso. Er stürmte nach oben und setzte sich auf einen Stuhl.
„Was ist geschehen, Mathilde, erzähl es uns bitte. Wir sind doch deine Eltern und wollen dir helfen, wenn wir können. Bitte, Tilde, sag uns was dich bedrückt. Rede doch mit uns. Bitte!" Eva-Maria

redete auf ihre Tochter ein und blickte über die Schultern zu ihrem Mann. Nach einer kleinen Ewigkeit begann Mathilde zu erzählen. „Eine hochschwangere Frau fiel mir quasi vor die Füße und ich habe sie mit ins Klinikum gebracht..." Immer wieder wurde ihr Redefluss von Weinkrämpfen unterbrochen. Egbert und Eva-Maria drängten sie nicht, sondern hörten in dieser Stunde erschüttert das Grausamste, was sie jemals gehört hatten und ihre Vorstellungskraft sprengte. Als Mathilde alles erzählt hatte, schwiegen sie. Eva-Maria wischte sich die Tränen ab und putzte sich die Nase, Egbert hielt die Hände vors Gesicht und Mathilde weinte still. Trotz ihrer Verzweiflung fühlte sie sich erleichtert und etwas besser. Sie hatte das Gefühl, die schwere Last nicht mehr alleine tragen zu müssen. Die tiefen Schuldgefühle konnte ihr ohnehin niemand nehmen.

Am liebsten hätte Eva-Maria jetzt laut geschrien. Sie hatte schließlich schon immer gewusst, dass Jochen nicht alle Tassen im Schrank hatte. Und sie hatte es ihrem Mann immer wieder gesagt. Aber Eva-Maria hielt sich zurück. Es war nicht der richtige Zeitpunkt sich als *ich habe euch schließlich gewarnt,* feiern zu lassen. Die Schnur des Glücks war dünner geworden. Egbert erhob sich schwer von seinem Stuhl.

„Dieser Mistkerl wird keinen Schritt mehr über die Schwelle meines Hauses setzen. Keinen einzigen Schritt. Ich werde Edelgard anweisen, seine Sachen zu packen. Mit zwei Koffern ist er gekommen und mit zwei Koffern wird er gehen. Außerdem bereite ich die Scheidung vor und eventuell werde ich ihn strafrechtlich verfolgen lassen. Oder hast du andere Pläne, Mathilde?" Seine Stimme klang hart und scharf. Egbert konnte seine grenzenlose Enttäuschung und sein Entsetzen über Jochen nicht verbergen und er wollte es auch nicht. In diesen entsetzlichen Stunden war Mathilde wieder seine kleine Tochter. Und er bestimmte, was jetzt zu tun war.

„Ich bin einverstanden, Papa. Ich will ihn nie mehr wiedersehen!" Ihr Vater verließ das Zimmer. Mutter und Tochter hörten, wie Edelgard im Ankleidezimmer am Schrank hantierte. Die Lebensgeister von Eva-Maria kehrten langsam zurück. Ihr Gesicht bekam

wieder etwas Farbe, ihre Augen waren nicht mehr blind von den vielen Tränen.
„Wir haben ja nur vermutet, dass du schwanger bist, Mathilde. Hat er es überhaupt gewusst?"
„Ja, ich habe es ihm gesagt." Die beiden sahen sich ernst an.
„Hoffentlich ist die junge Frau mit ihrem Baby gut nach Hause gekommen", sagte Mathilde. „Und hoffentlich darf die kleine Paula leben und ist gar nicht krank."
„Du weißt nicht, wie die Mutter heißt oder wo sie wohnt, oder?"
„Im Pass stand Carla Sara Stein. Aber wo sie wohnt? Ich habe keine Ahnung. Sie hat mir nicht einmal ihren Namen genannt."
„Ich werde deinen Vater bitten nach ihr zu forschen. Sie ist Jüdin, sagtest du?" Egbert war wieder da und mischte sich in das Gespräch ein.
„Ich werde sehen, was ich tun kann und alle Hebel in Bewegung setzen. Sie heißt also Carla Sara Stein und wohnt in Kiel. Irgendwo muss sie gemeldet sein. Der zweite Name hat sicher etwas mit der Namensänderungsverordnung zu tun und wurde nachträglich eingetragen. Bei den jüdischen Frauen ist es Sara und bei den Männern Israel. Das ist schon seit dem 1. Januar 1939 so. Vielleicht haben wir Glück und finden sie. Damit wir wenigstens wissen, ob es ihr und dem Kind gut geht. Möchtest du ihm noch ein paar Zeilen schreiben, bevor ich Karl mit den Koffern los schicke? Deine Kündigung kann warten. Wir werden sie der Verwaltung schicken."
„Nein. Ich habe ihm nichts mehr zu sagen."

Karl schritt durch den Haupteingang der Klinik und blickte sich suchend um. Er stellte die beiden mittelgroßen Koffer ab. Endlich sah er eine junge Frau in Schwesterntracht, nahm seine Mütze ab und sprach sie an.
„Entschuldigen Sie bitte. Mein Name ist Karl Becker. Ich bin der Chauffeur der Familie Michels, den Schwiegereltern von Herrn Dr. Bartelsen. Ich muss den Herrn Doktor ganz dringend sprechen."
„Warten Sie bitte. Ich suche ihn." Karl Becker war noch nie im Innern des Gebäudes gewesen und sah sich erschüttert um. Übe-

rall lagen, saßen oder standen verletzte Menschen, alte und junge Männer, die bluteten und teilweise vor Schmerzen schrien. In der hintersten Ecke kauerte ein Mädchen. Sie hatte ein kleines Stofftier im Arm und schaute sich immer wieder ängstlich um. Er ging auf das Kind zu.

„Was machst du hier, so alleine?" Karl setzte sich in die Hocke und lächelte das Mädchen an.

„Ich suche meine Mutter. Sie ist krank, aber ich darf sie nicht sehen. Sobald sie wieder gesund ist, können wir nach Hause gehen. Solange warte ich hier."

„Wie heißt du denn und wo ist dein Vater?

„Ute, und das ist mein Hase Anton und mein Vater kämpft in Russland gegen unsere Feinde."

„Was ist denn mit deinem Hasen passiert? Er hat ja nur noch ein Ohr."

„Das andere hat er im Kampf verloren, aber er war sehr tapfer, deshalb habe ich ihm auch einen Orden gegeben." Sie hielt ihm den Hasen entgegen. Ein Wäscheknopf hing wacklig am rechten Ohr des Hasen.

„Ein Ohr-Orden also", sagte Karl. Er wusste nicht, ob er lachen oder lieber weinen sollte. Das Mädchen begann leise zu singen: Das kann doch meinen Anton nicht erschüttern, keine Angst... Plötzlich sah er Jochen Bartelsen angelaufen kommen.

„Was ist los, Karl? Ist etwas mit meiner Frau?" Karl hustete ein paar Mal verlegen. Er zog aus seiner Jackentasche einen Briefumschlag und reichte ihn Jochen. Statt einer Begrüßung sagte er: „Ich soll Ihnen diesen Brief und die beiden Koffer bringen, Herr Doktor. Jochen riss ihm den Brief aus der Hand und blickte ungläubig auf Karl und dann auf die Koffer. Karl setzte seine Mütze auf, murmelte einen Gruß und verschwand durch die Eingangstür. Jochen stand wie versteinert und riss den Umschlag auf. Er erkannte sofort den Absender der Anwaltskanzlei Michels und überflog die wenigen Zeilen. *Somit haben wir Ihnen mitzuteilen, dass unsere Mandantin, Frau Mathilde Bartelsen, geb. Michels, uns beauftragt hat, die Scheidung... Gleichzeitig wird Ihnen Hausverbot für das Anwesen...* Jochen zerknüllte mit den Händen das Papier und stopfte es in seine Kitteltasche. Er hob die beiden Koffer an, ging quer durch die Halle zu dem Stationsbereich und die Treppe hinunter bis zu seiner Krankenbude. Nur sehr mühsam gelang es ihm, Haltung zu bewahren. Er schloss hinter sich die Tür ab, knallte die Koffer in die Ecke und sagte laut: „Das werdet ihr mir büßen. Glaub ja nicht, Mathilde, dass ich mich auf diese Art und Weise abservieren lasse und untersteh dich, mich zu verleumden."

Zur Feier des Tages hatten Annerose und Gustav im Wohnzimmer den Tisch für das Frühstück gedeckt. Gustav hatte die letzten Kohlen aus dem Keller geholt, damit es für Mutter und Kind angenehm warm war. Die beiden waren sehr gespannt, was Helene ihnen alles erzählen würde. Ob sie sich über die Wiege freuen würde? Annerose hatte aus alten, kleinen Kissen, die sie in ein passend zugeschnittenes Laken eingenäht hatte, ein Unterbett gefertigt. Ein frisch bezogenes Kopfkissen diente als flauschige Decke. Die beiden saßen am Tisch und schauten immer wieder zur Tür. Endlich sahen sie Helene mit dem Baby im Arm kommen. Als erstes erblickte Helene die Wiege mit dem Stück Gardine als Himmel. Sie ging ein paar Mal um sie herum und begann plötzlich haltlos zu schluchzen.
„Was ist denn, meine Kleine", fragte Gustav besorgt. Behutsam legte Helene das Baby in die Wiege und deckte es vorsichtig zu. Onkel und Tante standen daneben und blickten auf das kleine schlafende Kind, von dem nur noch das Köpfchen und eine Hand zu sehen waren. Anneroses Blick war tief besorgt. Das Baby war sehr blass und hatte leicht bläuliche Lippen. Jetzt bei Tageslicht konnte sie den Säugling genauer ansehen. Gustav ging es ähnlich. Er hatte noch nicht viele Babys gesehen, die erst ein paar Tage alt waren, aber auch er fand, dass die Kleine nicht gesund aussah, sondern unendlich zart und zerbrechlich. Helene hatte sich beruhigt, aber die sorgenvollen Blicke bemerkt. Sie nahm Onkel und Tante in die Arme.
„Danke für die wundervolle Wiege. Was für ein schönes Geschenk. Ich mache mir auch Sorgen um Paula. Sie trinkt kaum, ist sehr blass und schläft fast die ganze Zeit." Die letzten Worte hatte sie

geflüstert. Gustav nahm seine Brille ab, setzte sie wieder auf, um sie dann auf den Tisch zu legen. An das Frühstück dachte niemand mehr. Niedergeschlagen betrachteten alle drei das schlafende Baby.
„Wir müssen mit dem Kind zum Arzt. Wenn es medizinische Hilfe braucht, dürfen wir keine Zeit verlieren!" Gustav setzte seine Brille wieder auf und sah nacheinander die beiden Frauen an.
„Ja, Gustav, du hast recht. Wir ziehen unsere Jacken an, Helene kümmert sich um das Baby und dann gehen wir alle gemeinsam zu Dr. Meyer. Die Praxis ist nicht weit weg und er kennt uns seit vielen Jahren." Helene nickte zustimmend und hob das Baby wieder hoch. Ein eisiger Angstschauer lief ihr durch Mark und Bein. Ihr Kind rührte sich nicht und schien nicht mehr zu atmen. Die Lippen waren blau.
„Nein, nein!", schrie sie und wiegte ihre Tochter in den Armen hin und her. Ein Meer von Tränen floss über ihre Wangen. Sie stupste ihre Tochter sanft ans Bein und den linken Arm. Paula reagierte nicht. Gustav lief hinaus und kam mit einem Taschenspiegel wieder.
„Leg die Kleine aufs Sofa, Helene. Leg sie hin." Er beugte sich über das Kind und hielt den Spiegel vor den winzigen Mund und die Nase. Danach hielt er sein Ohr an den kleinen Körper. Er begann zaghaft das kleine Herz zu massieren. Helene und Annerose knieten vor dem Sofa. Ihre Tränen vermischten sich mit denen von Gustav, die vielen Tropfen flossen gemeinsam unaufhörlich auf den kleinen, leblosen Körper.
Paula war tot.

Annerose und Gustav wichen zurück, damit Helene zu ihrem Baby konnte. Die beiden alten Menschen gingen weinend aus dem Zimmer. Sie konnten nachempfinden, dass Helene in dieser Stunde mit ihrer Tochter allein sein musste.
Unendlich zärtlich nahm Helene das kleine Bündel Mensch auf den Arm und setzte sich auf das Sofa. Minutenlang hielt sie schweigend ihr totes Kind umschlungen. Ihre Augen taten weh. Sie wollte weinen, aber das Wasser in ihren Augen war versiegt. Sie summte Kinderlieder, die ihr gerade einfielen. Der leblose Körper

lag in ihren Armen und doch hatte Helene das Gefühl, Paula würde sie noch hören. Sie hatte das Gefühl, ihre Tochter wäre noch bei ihr. Während der ganzen Schwangerschaft hatte sie mit ihrem ungeborenen Kind gesprochen, Lieder vorgesungen oder, wie jetzt, Kinderlieder gesummt. Sie war überzeugt, dass ihre kleine Paula ihre Stimme erkannte. Auch jetzt noch. Sie war noch nicht auf der anderen Seite. Helene hatte das Gefühl, um sie herum würde sich ein Panzer aus hartem Stahl legen. Sie wollte ihre unendliche Traurigkeit aus diesem Panzer lassen, aber es ging nicht. Es war ein Gefühl, als würde es keinen Einklang mehr geben zwischen dem, was sie fühlte und dem, was sie tat. Sie wollte schreien oder wenigstens weinen, sie wollte toben oder wenigstens wie ein verwundetes Tier durch das Zimmer laufen, aber sie blieb stumm wie ein Fisch und regungslos wie eine Schlange, die geduldig auf ihre Beute wartete.

So saß sie da, Stunde um Stunde und wiegte ihr totes Kind in den Armen. In Gedanken redete sie mit ihrem Baby. Sie redete auch mit Andreas, mit ihrem Vater und sehr lange mit ihrer Mutter und sie redete mit ihrer Freundin Carla. Ihre Kehle war zugeschnürt. Ihr ganzer Körper, ihr ganzes Ich, würde in einigen Sekunden vor Verzweiflung und Trauer platzen, dessen war sie sich sicher. Warum kamen nicht endlich die erlösenden Tränen? Warum nicht?

Es war kurz nach 12.30 Uhr als Annerose sich in das Sterbezimmer traute. Sie öffnete das Fenster und setzte sich neben Helene.

„Darf ich deine Paula noch einmal in den Arm nehmen? Onkel Gustav bittet dich auch darum. Auch er möchte dein Baby ein letztes Mal umarmen." Wortlos nickte Helene. Sie sah auf und blickte in die Augen ihres Onkels, der in der Tür stand und seine Tränen aus dem Gesicht wischte. Er holte eine Kerze aus dem Schrank, zündete sie an und tropfte das Wachs auf einen Unterteller, bis sie fest stehen konnte und brannte. Dann setzte er sich schweigend neben seine Frau. Annerose reichte ihm das tote Baby und er nahm Abschied von seiner Großnichte. Er gab Helene ihr Kind zurück und wandte sich an sie.

„Helene, so schwer es auch ist. Wir müssen dein Kind beerdigen.

Tante Annerose und ich haben einen Garten gepachtet. Wir hatten noch keine Gelegenheit, dir davon zu berichten. Sollen wir sie dort beisetzen? Oder möchtest du, dass wir sie zu Tante Anneroses Eltern legen? Es muss entschieden werden. So leid es uns auch tut." Er konnte nicht weiter sprechen, sondern wischte sich wieder die Tränen aus dem Gesicht.

„Ich weiß, Onkel Gustav. Paula muss beerdigt werden. Aber erst heute Abend. Ich möchte sie noch diesen Tag bei mir behalten. Ich möchte, dass Paula bei Tante Anneroses Eltern schläft."

„Gut, ich werde aus der Wiege einen kleinen..." Er konnte nicht weitersprechen. Er nahm die Wiege und trug sie hinaus.

„Was um Himmels Willen ist in den Stunden vor der Geburt passiert, Helene? Willst du es mir nicht erzählen?" Mit roten Augen blickte Annerose ihre Nichte an. Helene schüttelte nur mit dem Kopf.

„Ich kann jetzt nicht darüber reden. Meine Paula ist tot. Ich kann jetzt nicht an etwas anderes denken."

Am frühen Nachmittag gingen Annerose und ihr Mann zum Friedhof. Gustav hatte seinen Spaten in Stoff gewickelt. Kein Mensch beachtete die beiden. Als sie ihr Ziel erreichten, begann Gustav zu graben. Annerose blickte immer wieder in alle Richtungen, denn sie hatten große Angst beobachtet zu werden. Aber keine Menschenseele war in der Nähe. Als Gustav fertig war, fragte Annerose:

„Ist es auch tief genug?"

„Ja, kein Tier wird ihre Ruhe stören." Er brach ein paar Zweige ab und legte sie dicht nebeneinander auf die Grube.

Niedergeschlagen gingen sie den weiten Weg nach Hause. In der Wohnung war alles still. Keiner von beiden wagte, nach Helene zu sehen. Gustav ging in den Keller und Annerose saß auf dem Küchenstuhl und weinte.

Helene lag mit dem toten Säugling in ihrer Abseite. Die letzte Stunde wollte sie allein sein.

Gustav kam aus dem Keller und zeigte seiner Frau wortlos den kleinen weißen Sarg. Annerose hätte am liebsten laut geschrien, aber sie riss sich zusammen. Das kleine Unterbett und die Decke lagen in der Kiste.

Helene zog ihre Tochter an. Das Hemdchen, den weißen Strampelanzug und zum Schluss die Mütze und die Jacke. Alle Kleidungsstücke hatte sie selbst gestrickt oder gehäkelt. Tante Annerose hatte winzige Söckchen und Handschuhe gestrickt, die Helene ihrer Tochter jetzt überstreifte. Sie legte die Kleine auf das Bett und sich daneben. Dann beugte sie sich über Paula:
„Du wirst kleine Flügel haben und zu allen Menschen fliegen, die nicht mehr bei uns sein können. Sie werden sich freuen, dich zu sehen. Du wirst sie erkennen und bitte grüße sie von mir. Eines Tages komme ich nach. Wir alle kommen nach, dein Vater, Tante Annerose und Onkel Gustav. Und wenn es Millionen von kleinen Engel-Babys gibt, ich werde dich sofort wiedererkennen und du mich auch. Ich glaube ganz fest daran.
Schlaf gut, kleine liebste Paula."

Helene stand auf und ging in die Küche.
„Ich bin fertig."
Selbst als sie die kleine Holzkiste auf dem Küchentisch stehen sah, zeigte sie äußerlich keine Regung. Gustav ging mit dem Sarg allein in die Abseite. Unendlich vorsichtig legte er das Baby in den Kasten und deckte es zu. Anschließend nahm er die Bretter, Hammer und Nägel und schloss den Sarg. Er wickelte die Kiste in eine Decke und ging aus dem Zimmer. Das Hämmern konnten die beiden Frauen bis in die Küche hören. Bei dem Geräusch brach Annerose fast zusammen.
„Wir können dann", sagte Gustav.
Am Abend des 30. April 1945 gingen die drei zum Friedhof. Gustav trug den Sarg unter dem Arm und Annerose den eingewickelten Spaten. Mit versteinerten Gesichtern gingen sie hintereinander durch die Straßen bis sie endlich ihr Ziel erreichten. Wie schon einmal an diesem traurigen Tag, schaute Annerose sich nach allen Seiten um, während Gustav die Zweige von der kleinen Grube nahm. Er hatte zwei Gurte am Sarg befestigt und holte jetzt aus seiner Jackentasche ein Stück Band. Er knotete die beiden Gurtenden zusammen und ließ vorsichtig und langsam den weißen Kindersarg in die Erde.

„Sollen wir zusammen beten? Möchtest du noch etwas sagen oder auf den Sarg legen?" Gustav sah Helene an.
„Nein."
Annerose reichte den Spaten und so geräuschlos wie möglich schaufelte Gustav das Loch zu. Als er fertig war ging er in die Hocke und drückte mit den bloßen Händen die Erde nach unten und zeichnete mit den Fingerspitzen Spuren eine Harke nach.
Gustav und Annerose hatten Helene in die Mitte genommen, sahen auf das Grab und nahmen Abschied.

In der Nacht schrieb Helene einen Brief an Andreas. Sie teilte ihm die traurige Nachricht so schonend wie möglich mit. Von den Stunden der Geburt und was danach geschah, schrieb sie kein Wort. Sie saß stundenlang auf der Bettkante, den Kopf schwer auf ihre Hände gestützt und konnte keinen klaren Gedanken fassen. Wie sollte ihr Leben nach diesem schmerzlichen Verlust weitergehen? Konnte es überhaupt weitergehen? Als ihre Mutter gestorben war, hatte ihr Vater gesagt, Mama ist jetzt im Himmel und passt auf dich auf. Das hatte sie immerhin etwas trösten können. Als ihr Vater dann starb hatte sie gedacht, jetzt sind die beiden wieder zusammen und lächeln vom Himmel gemeinsam auf mich herab. Aber jetzt? Jetzt war ihre kleine Tochter gefolgt. Welcher Gedanke könnte sie jemals trösten? Sie würde nicht ruhen, bis der Arzt, der sie und ihre Kleine so unwürdig, so unmenschlich behandelt hatte und an Paulas Tod Schuld war, für den Rest seines Lebens an seiner Schuld ersticken würde. Sie würde dafür sorgen, dass die ganze Welt erfuhr, was für ein Schwein dieses Monster war. Das war sie Paula schuldig. Paula sollte nicht umsonst gestorben sein.

Drei Mal hatte er bei den Michels angerufen, er wollte mit Mathilde sprechen. Drei Mal hatte ihn sein Schwiegervater barsch abgewiesen und den Telefonhörer aufgeknallt. Jochen wurde immer wütender und ungehaltener. Seine Stimmung und seine Gedanken schwankten zwischen Selbstgefälligkeit, Selbstmitleid und Zorn. Was bildeten sich die Michels eigentlich ein? Glaubten sie allen Ernstes, er ließ sich wie einen dummen Jungen behandeln und einfach rauswerfen? Nicht nur aus einem komfortablen Haus, sondern auch aus Mathildes Leben? Sie ist meine Frau! Sie bekommt mein Kind! Ich liebe sie! Was erlaubten sich diese arroganten Michels? Mathilde hatte ihnen wahrscheinlich die reinsten Horrormärchen über die Jüdin und das Kind erzählt. Lügen, nichts als Lügen! Sollte er sich vor den Michels rechtfertigen? Mathilde hatte ja keine Ahnung von seinem schweren Beruf und die aufgetakelte Eva-Maria schon gar nicht. Sie war der einzige Mensch, der ihn von unten nach oben herablassend und missbilligend ansehen konnte, denn sie war über einen Kopf kleiner als er. Wenn sie dann noch eine Augenbraue hochzog, war das der Inbegriff von arroganter Abneigung. Für wen machte er das denn schließlich alles? Doch nur für Mathilde! Sie kam aus einem vermögenden Haus, für sie waren Haushaltshilfe und Chauffeur selbstverständlich. Mit seinem mageren Gehalt würde er ihr das nie bieten können. Also musste er etwas ganz besonderes leisten. Und das tat er. Tag für Tag. Wenn die Michels also glaubten, er gehöre nicht mehr dazu, bitte schön! Dann eben nicht! Sie sollten aber nur nicht versuchen, seinen guten Ruf zu zerstören. Dann würde diese Bande ihn aber kennenlernen.

Jochen begann, sich zu betrinken. Auf der Station hatte er sich abgemeldet. Morgen war sein freier Tag. Keiner wusste, dass er in seiner Bude war. Mit jedem Glas wurde seine Wut größer, sein Größenwahn auch. Er sprach laut mit sich selbst: „Ich bin einer der besten Chirurgen, ich werde euch allen beweisen, was sonst noch in mir steckt. Ich werde eine große Karriere als Wissenschaftler machen, ich brauche niemanden und schon gar nicht dich, Mathilde! Du wirst noch betteln, dass ich zu dir zurück komme. Betteln wirst du. Aber dann ist es zu spät."

Jochen steigerte sich immer mehr in ein Netz von Hirngespinsten, Vorwürfen gegen alles und jeden und grenzenlose Selbstverliebtheit hinein, dass er gar nicht merkte, wie es langsam schon wieder hell wurde. Als die zweite Flasche fast leer war und er allen das gesagt hatte, was er eigentlich schon immer hatte sagen wollen, seine Zunge bleischwer und sein Körper müde war, kippte er vom Stuhl und schlug mit dem Kopf hart gegen das Bettgestell. Die Platzwunde begann zu bluten und er sah mit glasigen und roten Augen den Bluttropfen nach, die über sein Gesicht direkt in seine Hände liefen und sich mit seinen Tränen der Wut vermischten. Er versuchte, sich hochzuangeln. Es misslang. Zwischen Stuhl und Bett lag Jochen Bartelsen und war nicht mehr in der Lage sich zu bewegen. Er begann, böse zu lachen und laut zu lallen: „Ihr glaubt doch wohl nicht, das ihr mich in die Knie gezwungen habt und ich schon in der Gosse liege." Er lachte wieder und begann zu singen: „Das kann doch einen Seemann nicht erschüttern, keine Angst, keine Angst…" Plötzlich wurde ihm schlecht, sein Herz begann zu rasen, er fror erbärmlich. Trotz seiner Trunkenheit wusste er, dass er nicht liegenbleiben konnte. Wieder versuchte er mit aller Kraft, sich am Bett hochzuziehen. Als er es fast geschafft hatte, verlor er das Gleichgewicht und lag erneut auf dem Boden. Mit der Hand wischte er sich das Blut aus seinem Gesicht, denn er konnte kaum noch etwas sehen. Er bekam Angstzustände, sah Fratzen, kleine fauchende Tiere, die über ihn hinweg stiegen. Er fuchtelte mit den Armen und versuchte sie mit aller Macht zu vertreiben. Aber es wurden immer mehr Fratzen, immer mehr fauchende und beißende Tiere, die sich an ihm zu schaffen machten. Er ruderte weiter mit den Armen und wischte sich immer wieder das Blut aus dem Gesicht. Plötzlich sah er in der Tür schemenhaft eine Gestalt. Er wich ängstlich zurück, als die Gestalt auf ihn zu kam. Es war Mathilde.

Erschüttert sah sie ihren volltrunkenen Mann an und erkannte, dass er eine Alkoholvergiftung hatte, oder zumindest kurz davor war. Mit aller Kraft versuchte sie, ihn auf das Bett zu ziehen. Wenn sie ihn wenigstens auf das Bett bekam, war der Rest nicht mehr so schwer. Sie umspannte mit beiden Händen seinen Oberkörper und schrie.

„Mach dich nicht so schwer, Jochen!" Nach etlichen Versuchen lag Jochen endlich auf dem Bett. Sie drehte ihn auf die Seite.

„Du musst wach bleiben. Schlaf nicht ein. Das ganze Zeug muss raus. Außerdem muss die Wunde versorgt werden." Sie holte die Waschschüssel aus der Ecke, stellte sie vor das Bett und steckte einen Finger in Jochens Mund, mit der freien Hand hielt sie seine kalte Stirn fest. In diesen Minuten vergaß Mathilde ihre grenzenlose Wut und Enttäuschung und es gelang ihr, das Gefühl von Abscheu und Ekel zu unterdrücken. Mathilde nahm die Schüssel und lief aus dem Zimmer. Die ganze Bude stank säuerlich, es war kaum zu ertragen. Als sie wiederkam, hielt sie ein paar Handtücher und Verbandszeug in den Händen. Jochen blickte ihr mit halb geöffneten Augen entgegen. Sie versorgte seine klaffende Wunde und säuberte sein Gesicht. Als sie fertig war, deckte sie ihren Mann zu. Speichel lief aus seinem Mund, er lallte und bekam wohl gar nicht mit, was in den letzten Minuten passiert war. Es gab kein Fenster in diesem Raum. Also ging sie zur Tür und öffnete sie einen Spalt breit. Immerhin kam etwas Luft in die Krankenbude, auch wenn es nur die stickige, muffige Luft des Kellergebäudes war. Sie hob ihre Handtasche vom Fußboden auf und suchte nach dem Fläschchen mit Lavendel. Mathilde öffnete die Flasche und hielt den Flakon senkrecht gegen die Handtücher, den Stuhlbezug und die Bettdecke. Erst jetzt sah sie, dass Jochen eingeschlafen war.

Stunde um Stunde wachte sie neben ihrem schlafenden Mann. Sie war gekommen, um ein letztes Mal mit ihm zu sprechen. Diesen Entschluss hatte sie mitten in der Nacht gefasst, nachdem das Telefon zum dritten Mal geklingelt hatte. Ihren plötzlichen Sinneswandel konnte sie nicht erklären. Nicht einmal sich selbst. Sie wollte nur noch ein Mal mit Jochen reden. Er sollte ihr die Aufzeichnungen über Paula zeigen, denn das entsetzliche Geschehen ließ ihr keine Ruhe. Er sollte ihr genau erzählen, was die Kleine hatte und warum sie seiner Meinung nach nicht lebensfähig war. Mathilde hatte trotz allem die Hoffnung, dass der Säugling

gar nicht krank war. Jochen sollte ihr das bestätigen oder ihr das Gegenteil beweisen. So hatte sie sich wie ein Dieb aus dem elterlichen Haus geschlichen und war durch die nächtlichen Straßen gelaufen. Es war alles ruhig. Keine Sirenen schrillten durch die Nacht und weckten verängstigte Menschen, keine Flugzeuge waren am Himmel zu sehen, keine Flak zu hören, es war fast unheimlich still. Trotz des weiten Weges, hatte ihr das schnelle Gehen gut getan. Sie konnte in Ruhe nachdenken, ihre Gedanken ordnen und in sich hineinhorchen. Was fühlte sie? Jochen war schon immer ihre große Liebe gewesen. Sie hatte ihn immer abgöttisch geliebt. Mathilde dachte an unzählige Begebenheiten, an schöne Ereignisse. Wann war ihre Liebe erloschen? War sie überhaupt erloschen? War ihre Liebe in tausend Scherben zerbrochen, während der schrecklichen Stunden mit der fremden Frau und dem Baby, oder schon viel früher? War Jochen ein kalter und berechnender Mann? Wollte er nur die Ehe mit ihr, damit ihr Vater ihm den Weg in eine andere Gesellschaft ermögliche? In guten wie in schlechten Zeiten, dachte sie plötzlich. Waren sie in den guten Zeiten gar nicht auf die schlechten Zeiten vorbereitet gewesen? Sollte sie sich mir nichts, dir nichts von ihm trennen, ohne ihm die Gelegenheit zu geben, sich zu rechtfertigen? Und was war mit ihrem Kind? Er war der Vater.
Sie wollte nur ein letztes Gespräch und fand Jochen sturzbetrunken vor.

Helene war ebenfalls unterwegs in dieser Nacht. Von einer unglaublichen Unruhe und Rachegefühlen getrieben stand sie vor der Klinik, die hell erleuchtet war. Sie sah Menschen hineineilen und wieder nach draußen gehen. Ab und zu stand ein Arzt vor der Tür und rauchte hastig eine Zigarette. Sie blickte links am Gebäude vorbei. Die Treppe konnte sie aus diesem Blickwinkel nicht sehen. Wohl eine Stunde stand sie in Gedanken versunken vor dem Haupteingang und beobachtete das Geschehen. Sie dachte an die nette Schwester Mathilde und den schrecklichen Arzt mit den braunen Augen und dem Kranz dunkler Wimpern. Sie dachte an Paula und Andreas. Und sie dachte an Carla. Mehr als drei Jahre

waren vergangen, seit die beiden sich das letzte Mal gesehen hatten. Wo mochte Carla sein? War ihre Flucht gelungen? Wie immer, wenn sie an die Freundin dachte, konnte sie nicht verstehen, dass sie nie wieder etwas von ihr gehört hatte. Wenn doch nur der verdammte Krieg bald vorbei war, dann würde sie endlich nach Carla suchen können. In dieser Nacht fasste sie den Entschluss, gleich nach Kriegsende Kiel zu verlassen und wieder nach Berlin zu gehen. Bisher war es nur ein Gedankenspiel gewesen, aber nach der furchtbaren Tragödie wollte sie wieder nach Hause. Und das war Berlin. Auch wenn sie dann nicht mehr in der Nähe ihrer kleinen Tochter sein konnte, das spielte keine Rolle. In ihrem Herzen würde Paula ihr immer viel näher sein, als auf einem Friedhof. Andreas würde sie verstehen, daran glaubte sie ganz fest. Er würde nachkommen, auch daran glaubte sie ganz fest. Kein Mensch konnte heute wissen, wann Andreas wieder nach Kiel kam. Dass aber der Krieg dem Ende zuging, dessen war sich Helene ganz sicher. Wenn sie an Tante Annerose und Onkel Gustav dachte, überkam sie eine unendliche Traurigkeit. Die beiden würden sehr enttäuscht sein, wenn sie wieder nach Berlin ginge. Helene wusste, dass es keinen Sinn hatte, weiter vor der Klinik zu stehen und darauf zu hoffen, ihrem Peiniger gegenüber treten zu können. Und was sollte sie dann tun? Sich auf ihn stürzen? Ihn anschreien, bis sie keine Luft mehr bekam? Plötzlich wurde ihr klar, dass ihre Rache anders aussehen müsste. Gewaltiger, größer, zerstörerisch wie ein Erdbeben.
Man sieht sich im Leben immer zwei Mal. Helene ging.

„Das darf doch wohl nicht wahr sein." Eva-Maria lief mit einem Zettel in der Hand die Treppen hinunter ins Wohnzimmer.
„Hier lies!" Sie reichte Egbert das Stück Papier auf dem ihre Tochter geschrieben hatte: *Macht euch keine Sorgen, ich bin bei Jochen.*
Egbert schüttelte ein paar Mal ungläubig mit dem Kopf.
„Das darf wirklich nicht wahr sein. Wieso läuft sie wie eine Hündin bei Nacht und Nebel hinter diesem Kerl her? Ich verstehe sie nicht mehr. Gestern hat sie noch gesagt, sie wolle ihn nie wiedersehen. Sie hat noch nicht mal mehr seinen Namen in den Mund

genommen. Und ein paar Stunden später ändert sie ihre Meinung um 180 Grad. Ich glaube, sie ist ihm wirklich verfallen, Eva-Maria." Resigniert legte er den Zettel auf den Tisch. Eva-Maria setzte sich und strich mit dem Zeigefinger über ihre Nase.
„Ja, sie ist ihm verfallen. Deshalb können wir im Grunde genommen auch nichts für sie tun und nichts gegen Jochen. Sie muss wissen, was sie tut, Egbert, sie ist schließlich alt genug. Aber ich bin sehr enttäuscht von ihr. Mit einem Mann, der sowas fertig bringt, wie unser Herr Schwiegersohn, möchte ich nichts mehr zu tun haben. Wie kann sie nur weiter mit ihm leben wollen? Und wie sollen wir uns verhalten?" Fragend schaute sie ihren Mann an. Er zuckte mit den Schultern.
„Ich weiß es nicht, ich weiß überhaupt nichts mehr. Vielleicht kommt sie ja wieder und alles bleibt wie besprochen."
„Das glaubst du ja selber nicht, Egbert! Sobald er ihr in die Augen schaut und sie einlullt mit seinem Getue, himmelt sie ihn wieder an und alles ist wieder gut. Ich höre es schon. Jochen hat das nur getan, weil es der Menschheit dient. Ihr wollt Jochen und mich nur auseinander bringen, und so weiter und so weiter." Das Telefon klingelte.
„Ich geh schon", brummte Egbert. Schon nach ein paar Minuten saß er wieder am Tisch.
„Es war mein Büro. Eine Carla Sara Stein ist nicht in Kiel gemeldet."
„Vielleicht ist sie bei Freunden untergetaucht, also illegal in Kiel. Schließlich ist sie Jüdin."
„Ja, vielleicht. Wir werden wahrscheinlich nicht mehr erfahren, wie es ihr und dem Säugling geht."

Gustav schaltete den Volksempfänger an. Er konnte die Stille der Wohnung nicht mehr ertragen. Annerose saß schon den ganzen Tag fast regungslos auf dem Küchenstuhl und Helene lag auf ihrem Bett. Schwere Musik von Wagner erklang aus dem Äther. Die Musik verstummte und aus dem Führerhauptquartier wurde gemeldet, dass der Führer, bis zum letzten Atemzug kämpfend, gefallen war. Gustav konnte nicht glauben, was er da hörte, aber die Meldung wurde wiederholt und gleich danach wieder Wagner gespielt. Er ging zu Annerose.

„Hitler ist tot!" Sie sah kurz auf und er konnte ihre rot verweinten Augen sehen.

„Hitler ist tot? Dann ist der Krieg auch bald vorbei. Gott sei Dank! Was für eine gute Nachricht!" Als schämte sie sich ihrer letzten Worte, blickte sie zu Boden. Gustav streichelte ihren Arm.

„Ich werde es Helene sagen." Als er vor dem Vorhang stand, fragte er leise:

„Bist du wach, Helene?" Sie stand auf und zog den Vorhang zur Seite. Im ersten Moment erschrak Gustav über ihr Aussehen. Sie war weiß wie die Wand und ihr Gesicht schien zu Stein erstarrt.

„Kommst du mit mir zu Tante Annerose in die Küche? Du musst dir was anhören." Helene wusste nicht, was er meinte, ging aber hinter ihm her. Sie stand in der Tür und lauschte der Musik. Dann hörte sie die Nachricht von Hitlers Tod. Sie ballte die Hände zu Fäusten.

„Der Schlächter ist tot. Dann ist der Krieg auch bald vorbei und ich kann endlich wieder nach Hause." Annerose und Gustav sahen sich erschrocken an. Helene bemerkte die Blicke.

„Ja, ich will wieder nach Hause, sobald der Krieg vorbei ist und ich irgendwie weg kann. Es tut mir sehr leid, ich hätte es euch schonender sagen müssen, aber ich kann hier nicht bleiben. Obwohl, etwas von mir wird immer hier bleiben." Annerose fing wieder an zu weinen. Gustav sagte:

„Helene, du musst deine Entscheidung nicht überstürzen. Es wird bald Frieden sein, das glaube ich auch. Aber bleib doch wenigstens noch so lange bei uns, bis du weißt, was mit Andreas ist. Du musst doch nichts überstürzen." Seine Stimme bebte, er sah seine Nichte flehentlich an.

„Du weißt doch gar nicht", begann er wieder, „wie es in Berlin aussieht. Die Stadt wurde fürchterlich zerstört. Und wo willst du wohnen? Wovon willst du leben? Und dann denk auch an unseren Garten. Du könntest dich bei uns erholen, dich ausruhen. Du kannst zum Grab gehen, dann wärst du doch deinem Kind wenigstens noch eine Zeitlang ganz nahe. Und vielleicht würde dir das

helfen, mit dem Schmerz leben zu lernen. Alle erforderlichen Formalitäten kannst du auch von Kiel aus erledigen. Überleg es dir, Helene. Mach jetzt nichts Unüberlegtes." Er hatte Tränen in den Augen. Was ihm schon vorher aufgefallen war, sah er jetzt wieder. Helene zeigte äußerlich keine Regung. Sie weinte nicht, sie schrie nicht, ihr Gesicht war nicht von Trauer gezeichnet, es war starr.
„Ach, Onkel Gustav. Ich wollte es euch anders beibringen. Aber von einer Stunde auf die andere hat sich mein ganzes Leben geändert. Ich kann nicht bei euch bleiben. Ich muss hier weg."
„Was ist nur mit dir passiert, Helene, als du weg warst. Willst du es uns nicht erzählen?" Annerose sah Helene fragend an.
„Ich kann es nicht, Tante Annerose. Es ist furchtbar, so unglaublich schrecklich, dass ich die ganze Zeit das Gefühl habe, ich wache gleich aus einem Albtraum auf. Ich kann nicht darüber sprechen. Wenn die Zeit gekommen ist, werde ich euch alles erzählen, aber nicht jetzt."
„Helene, es wird dir gut tun, darüber zu reden. Es wird dir helfen, glaub mir." Annerose stand auf und ging zu Helene, die immer noch am Türrahmen lehnte. Sie nahm sie in die Arme und spürte, wie steif sich Helene ihr entzog und dann wortlos ging.
„Mein Gott, Gustav. Sie kann nicht weinen. Wie schrecklich muss das sein, nicht weinen zu können!"
Ratlos blieben die beiden allein zurück und hörten zum wiederholten Mal, wie Hitler, bis zum letzten Atemzug kämpfend, gefallen war.

Andreas dachte die ganze Zeit an Helene. Jetzt musste es bald soweit sein. Hoffentlich ging alles gut. Aber warum sollte es nicht gut gehen? Er blickte auf die ruhige See. Wie viele Nächte würde es noch dauern, bis er endlich wieder nach Hause käme? Er sehnte sich unendlich nach Helene, nach ihrer Nähe, ihrer Wärme, ihrer Liebe. Was würde er darum geben, jetzt in Kiel sein zu können! Auf der Stelle würde er sie heiraten! Aber Andreas sehnte sich auch nach seiner Familie und ganz besonders nach seiner Mutter. Er hatte plötzlich den Geruch von Kohl in der Nase. Ob es den Eltern gut ging? Was machten wohl Jochen und Mathilde? Ob sie auch bald Eltern werden würden?

Sie waren über 300 Mann an Bord, aber wie immer, wenn er sich zu Helene träumte, war er ganz allein auf dem Schiff. Andreas ging an Deck, nach 12 Stunden endlich Schichtende.

Der Himmel war grau, genauso wie das Wasser der Ostsee. In den letzten Wochen begleiteten sie als Geleitschutz Flüchtlingstransporte. Er war so nah bei Kiel und doch so fern.

Am frühen Morgen des nächsten Tages knackte und rauschte es über die Bord-Sprechanlage. Der Kapitän des Zerstörers befahl der Mannschaft, sofort an Deck zu kommen. Minuten später ertönte über die Lautsprecheranlage wieder die Stimme des Kapitäns. In kurzen und knappen Worten teilte er mit, dass Adolf Hitler im Kampf gefallen war.

Ruhig und diszipliniert gingen die Männer wieder an ihre Arbeit. Kein Kopfschütteln, kein Entsetzen, kein Murmeln, einfach nichts. Keiner wagte etwas zu sagen, niemand trug mehr sein Herz auf der Zunge. Kein Wunder also, dass die Nachricht beinahe regungslos aufgenommen wurde. Unter Deck war es anders. Hier und da wurde geflüstert. Manch einem huschte ein Lächeln über das Gesicht. Andreas hörte, wie ein junger Maschinist zu seinem Kollegen sagte:

„Jetzt sind wir endlich bald zuhause, Friedhelm. Jetzt kann ich endlich meine Marianne heiraten."

Andreas glaubte schon vor einem Jahr, dass der Krieg bald zu Ende sei. War es jetzt endlich soweit?

Helene lag auf ihrem Bett und dachte an Paula. Sie hatte große Angst, dass sie sich schon bald nicht mehr an das süße, zarte Gesicht erinnern könnte. Sie hatte nicht einmal ein Foto ihrer kleinen Tochter. Helene stand auf und holte Stift und Papier. Hingebungsvoll begann sie, ihre Tochter aus dem Gedächtnis zu zeichnen. Sie versuchte, sich an jedes Detail zu erinnern. Die großen Augen, die angedeuteten Augenbrauen, der dunkle, flaumige Haarwuchs, die kleine Nase und der winzige Mund. Als sie fertig war, betrachtete sie lange ihr Werk und war selbst erstaunt, wie gut ihr die Zeichnung gelungen war. Sie streichelte das kleine Köpfchen auf dem Blatt und küsste zärtlich das Stück Papier. Helene zeichnete weiter. Auf dem letzten Blatt entstanden zwei Gesichter, ein kleines Babygesicht und das einer erwachsenen Frau. An den rechten unteren Rand schrieb sie Mama Helene und Baby Paula.
Danach begann sie zu schreiben. Fast minutiös hielt sie die Ereignisse von Paulas Geburt bis zu ihrem Tod und ihrer Beisetzung fest.

Erst am nächsten Tag sah sie ihre Verwandten wieder. Sie setzte sich an den Küchentisch und ließ sich von Annerose eine Tasse Tee einschenken.
„Ihr habt viel für mich getan und ich werde euch immer dankbar dafür sein. Aber ihr müsst mich verstehen. Ich will versuchen, mein Studium wieder aufzunehmen und ich muss nach Carla suchen. Das kann ich alles nicht in Kiel machen. Es wird nicht einfach werden und ich weiß noch gar nicht, wo ich wohnen kann. Aber ich habe noch ein paar Adressen von Freunden. Irgendwie wird es gehen. Und so oft ich kann, werde ich euch besuchen. Aber natürlich bleibe ich noch so lange, bis endlich wieder Frieden ist."
Gustav und Annerose erwiderten nichts. Das Ticken der Uhr hörte sich seltsam laut und blechern an. Gustav nahm seine Brille ab. Hielt die Gläser gegen das Licht, legte sie auf den Tisch und setzte sie umständlich wieder auf.
„Es ist gut, Helene. Wir können dich verstehen. Es war ja ohnehin nicht geplant, dass du so lange bei uns bleibst." Er lächelte sie

scheu an. Annerose wischte sich die Tränen aus dem Gesicht und nickte zustimmend.
„Du musst uns aber wirklich besuchen kommen, hörst du? Wir werden wohl nicht mehr nach Berlin reisen können, in unserem Alter."
„Was heißt denn, in unserem Alter? Natürlich werden wir Helene besuchen, du wirst schon sehen!" Gustav nahm seine Brille wieder ab und holte sein Taschentuch aus der Hosentasche. Umständlich hantierte er mit dem Tuch an seiner Brille herum.
„Aber was ist mit Andreas?", Annerose schaute ihre Nichte fragend an.
„Ich werde einen Brief für ihn hinterlassen. Und ich werde euch natürlich sofort schreiben, wenn ich weiß, wo ich wohnen werde. Ich hoffe nur, dass er heil nach Hause kommt und nicht noch verwundet wird oder in Gefangenschaft kommt."
„Ihm wird nichts passieren, Helene. Gott wird keinen neuen, schweren Schicksalsschlag zulassen. Davon bin ich überzeugt." Gustav stand abrupt auf und ging aus der Küche. Annerose blickte ihm ängstlich nach.
„Er ist so ein guter Mensch. Hoffentlich findet er irgendwann seinen inneren Frieden wieder." Sie blickte aus dem Küchenfenster. Nirgends mehr war eine Hakenkreuzfahne zu sehen. Unvermittelt fragte sie:
„Wollen wir zu Paula gehen?"
Eingehakt gingen die beiden Frauen zum Friedhof. Bedrückt blieben sie an der Familiengrabstätte stehen und Helene sagte leise:
„Ich will mir nicht vorstellen, dass meine kleine Paula in der kalten Erde ist, sondern hier, bei mir."
Sie zeigte mit der Hand auf ihr Herz.

Jochen kam langsam wieder zu sich. Er öffnete die Augen und sah sich im Zimmer um. Auf dem einzigen Stuhl saß Mathilde, den Kopf zur Seite geneigt, und schlief. Jochen versuchte, sich zu erinnern, fasste sich an die Stirn und fühlte ein Pflaster. Vor dem Bett standen eine Kanne und eine Tasse. Er beugte sich hinunter, um sich mit zitternden Händen Tee einzuschenken. Bei dem Versuch zu trinken, lief mehr als die Hälfte des lauwarmen Getränkes an seinem Kinn hinunter. Er wischte sich die Tropfen ab und sein Blick wanderte wieder zu seiner Frau und zur Tür, die einen Spalt weit offenstand. Mathilde wurde wach, ihre Blicke trafen sich. Jochen räusperte sich ein paar Mal:
„Wie lange habe ich geschlafen und seit wann bist du hier?"
„Du hast einmal um die Uhr geschlafen. Ich kam letzte Nacht."
„Ich kann mich an fast nichts mehr erinnern", sagte Jochen kleinlaut. „Ich war total betrunken."
„Ja, das warst du. Wäre ich nicht gekommen, wer weiß ob du noch leben würdest." Jochen versuchte, sich auf die Bettkante zu setzen. Ihm war schwindlig, sein Herz raste. Mathilde erhob sich und ging aus dem Zimmer. Kurz darauf kam sie zurück.
„Der Führer ist tot. Ich habe es gerade im Schwesternzimmer gehört." Sie stellte einen Teller mit Broten auf das Bett.
„Hitler ist tot? Dann ist der Krieg bald vorbei und es kehrt endlich wieder so etwas wie Normalität ein. Ich habe endlich wieder Zeit, mich um wichtigere Sachen zu kümmern als um verletzte Soldaten." Jochen aß ein Stück Brot und trank wieder Tee. In seinem Kopf hämmerte es. Er versuchte, sich zu erinnern, aber nur Bruchstücke kehrten verschwommen in sein Gedächtnis zurück. Warum war Mathilde überhaupt gekommen? Was wollte sie von ihm? Mathilde schien seine Gedanken zu erraten, denn sie sagte:
„Ich wollte nochmal mit dir reden, Jochen. Deshalb bin ich gekommen. Ich…" Weiter kam sie nicht. Jochen stand auf und ging auf sie zu. Sie wich einen Schritt zurück.
„Wie lange kennen wir uns, Mathilde? Glaubst du allen Ernstes, ich würde jemanden umbringen? Das Baby hatte keine Überlebenschance. Und natürlich hätte die Fremde, wie ich es dir gesagt habe, am nächsten Tag gehen können. Das war eine rein wissen-

schaftliche Studie. Ich bin doch kein Mörder! Ich rette jeden Tag das Leben von Menschen. Ich bin Arzt, Mathilde!"
„Du hast die Arme aber im Glauben gelassen, dass sie Schuld hat, wenn das Baby stirbt. Du hast ihr die Brüste abgebunden. Warum, Jochen? Warum?" Jochen kniete sich vor Mathilde nieder. Tränen liefen über sein Gesicht und er sah seine Frau flehentlich an.
„Ich habe es dir doch gerade erklärt, Mathilde. Es handelt sich um eine wissenschaftliche Studie. Bitte glaube mir doch endlich!" Er versuchte mit seinen Händen nach den ihren zu greifen, sie wich wieder zurück und stand jetzt mit dem Rücken zur Wand.
„Bitte, bitte, Mathilde. Glaub mir doch!" Er rutschte auf den Knien auf sie zu.
„Verlass mich nicht, Mathilde. Ich liebe dich doch. Du bist der wichtigste Mensch in meinem Leben. Bitte bleib bei mir. Ich freue mich so, Vater zu werden. Ich möchte dabei sein, wenn mein Kind aufwächst, es beschützen, immer für unser Kind da sein. Wir können zusammen irgendwo ganz neu anfangen. Bitte, bitte!" Mathildes Mine hellte sich von einer Sekunde auf die andere auf. War sie eben noch voller Verachtung und Abscheu gewesen, fest entschlossen sich von ihm zu trennen, siegte ihre Liebe zu ihm über alle anderen Gefühle. Sie kniete sich jetzt auch hin und nahm ihren Mann in die Arme.
„Ich glaube dir, Jochen. Ich verlasse dich nicht. Ich liebe dich, ich liebe dich." Sie streichelte immer wieder durch seine Haare.
„Komm, lass uns wieder aufstehen." Sie bemerkte den doppelten Sinn seines Satzes nicht. Sie konnte nicht sehen, wie Jochen an ihrer Brust gelehnt triumphierend grinste und wusste, dass er gewonnen hatte. Jetzt musste er nur noch klären, wie es mit Mathildes Eltern und mit seiner Karriere weiterging. Alles andere war ein Kinderspiel. Man würde ihm nie etwas anhaben können. Er hatte die beste Verbündete der Welt, seine eigene Frau. Ihm konnte nichts passieren. Sein Kittel blieb weiß.
Na, also. Geschafft!

„Adolf Hitler ist gefallen. Ich habe es gerade gehört." Egbert betrat mit diesen Worten das Wohnzimmer. Eva-Maria blickte von ihrem Lieblingsplatz, einem Ledersessel der direkt am Kamin stand, nur kurz hoch.

„Und ich dachte schon, du hättest etwas von unserer Tochter gehört." Irritiert sah Egbert seine Frau an.

„Hast du mich nicht verstanden? Hitler ist tot. Das bedeutet, dass der Krieg bald vorbei ist. Und das ist doch eine gute Nachricht."

„Ja, natürlich. Gefallen, sagtest du? Wo denn? In seinem Bunker? Und wo sind Eva und der Hund? Heißt er nicht Blondi?" Sie kicherte.

„Also wirklich, Eva-Maria!"

„Ach weißt du, Egbert, mir ist es ziemlich egal, ob dieser Irre tot ist. Wahrscheinlich war er schon längst tot. Ich hoffe, dass du recht hast und der Krieg nun bald vorbei ist. Aber mich interessiert im Moment viel mehr, was Mathilde macht. Warum ruft sie nicht wenigstens an?" Wie auf Bestellung klingelte in diesem Moment das Telefon. Beide liefen um die Wette ins Arbeitszimmer. Egbert ließ seiner Frau den Vortritt, die hastig den Telefonhörer von der Gabel nahm und sich meldete.

„Wir haben gerade von dir gesprochen. Wo bist du? Was machst du?" Danach sagte Eva-Maria minutenlang nichts, sondern hörte zu, was ihre Tochter erzählte. Plötzlich schrie sie in den Hörer: „Bist du von allen guten Geistern verlassen? Das wist du nicht tun. Ich verbiete es dir! Hast du mich verstanden? Ich verbiete es dir! Hallo? Hallo? Mathilde?" Eva-Maria hielt fassungslos den Hörer in der Hand und sagte:

„Sie hat einfach den Hörer aufgeknallt."

„Was hat sie denn gesagt? Was ist denn?"

„Mathilde hat sich mit Jochen versöhnt. Sie hat mir eben gesagt, dass sie ihn über alles liebt und alles andere ein unglückliches Missverständnis war. Und sie hat gefragt, ob Jochen weiterhin bei uns wohnen kann und wenn nicht, würde sie es auch nicht mehr tun. Was sollen wir nur machen?" Egbert setzte sich auf seinen Schreibtischstuhl und umfasste mit beiden Händen seinen Kopf.

„Ich kann sie nicht mehr verstehen. Vielleicht stimmt es und sie ist ihm total verfallen. Das hätte ich nicht von Mathilde gedacht. Sie kann doch nicht eine Straftat decken. Und was ist, wenn er

eines Tages auf sie los geht? Der ist doch verrückt! Das, was der getan hat, kann man doch nicht entschuldigen."
„Nein, das kann man wirklich nicht entschuldigen, Egbert. Aber sie ist unser Kind. Wenn wir nicht nachgeben, wird sie sich von uns abwenden. Und das gerade jetzt, wo wir doch Großeltern werden." Ratlos sahen sich die Eheleute an.
„Was haben wir nur falsch gemacht, Eva-Maria?" Niedergeschlagen und schwer erhob sich Egbert und sagte:
„Lass uns später darüber reden. Ich muss das erstmal verdauen."
Eva-Maria blickte auf die beiden Fotos, die in Silberrahmen auf dem Schreibtisch standen. Auf dem einen war nur sie und auf dem anderen die ganze lächelnde Familie. Sie nahm das Bild in die Hand und betrachtete ihre Tochter, die auf dem Foto 20 Jahre alt war.
„Was ist nur mit dir passiert, Mathilde? Man kann doch nicht einen Mann so lieben, dass man nicht mehr zwischen Recht und Unrecht unterscheiden kann. Und du hast doch das Unrecht erkannt. Warum bist du nicht standhaft geblieben? Warum braucht der nur mit dem Finger zu schnippen und du läufst mit fliegenden Fahnen wieder zu ihm?
Warum, Mathilde, warum?"
Egbert kam von seinem Spaziergang zurück. Eva-Maria hatte ihn kommen sehen und öffnete die Tür. Noch in Hut und Mantel sagte er:
„Ich bin Rechtsanwalt. Ich kann nicht über diese Geschichte hinweggehen, als wäre nichts weiter geschehen. Jochen ist nicht mein Mandant, sondern mein Schwiegersohn. Deshalb habe ich eine Entscheidung getroffen." Er zog Hut und Mantel aus. Die Eheleute gingen ins Wohnzimmer. Eva-Maria spürte, dass ihr Mann einen schweren Kampf mit sich ausgefochten hatte, aber sie ließ ihm Zeit. Unvermittelt sagte er:
„Jochen wird unser Haus nicht mehr betreten. Wir werden nicht unsere Tochter verstoßen, aber ihren Mann will ich nie wiedersehen!"
Eva-Maria spürte, dass niemand ihn umstimmen konnte. Auch sie nicht. Aber sie wollte es auch nicht. Hatte sie ihre Tochter heute verloren?

Nachdem Mathilde wütend den Hörer auf die Gabel geknallt hatte, sah sie Jochen an.

„Meine Mutter hat mich mit Vorwürfen überschüttet. Sie meint, ich sei von allen guten Geistern verlassen. Aber ohne dich gehe ich nicht zurück. Auf keinen Fall!" Jochen sah auf seine Uhr.

„Lass uns heute Abend darüber reden. Es wird Zeit, ich muss zum Dienst. Und was ist mit dir? Ich habe dich nur bis gestern krank gemeldet"

„Ja, ich muss auch gehen." Er ging an ihr vorbei aus dem Arztzimmer und wenig später ging auch sie auf ihre Station.

Der Tag verlief für Mathilde wie immer und doch, die vielen Menschen und Kollegen um sie herum schienen wieder Mut zu fassen. Allen war klar, oder sie hofften es zumindest, mit Hitlers Tod würde auch der Krieg zu Ende gehen. Wie es weiter gehen würde, keiner wusste es, aber schlimmer konnte es auch nicht mehr werden. Mehr als einmal dachte sie an diesem Tag an ihre Eltern. Was wollte ihre Mutter eigentlich? Sie konnte Jochen schon lange nicht mehr leiden. Das wusste sie. War sie etwa eifersüchtig?

Hätte sie ihren Eltern nur nichts erzählt! Aber sie würden sich hüten, die Geschichte an die große Glocke zu hängen. Wenn also Jochen nicht mehr willkommen war, dann konnte auch sie nicht mehr nach Hause, denn er war ihr Mann. Und sie liebte ihn und würde zu ihm stehen, egal was auch passierte. Jochen war kein Monster, auch wenn selbst sie eine Weile davon überzeugt gewesen war. Alles war nur ein großes Missverständnis gewesen. Wenn ihre Eltern das nicht einsehen und verstehen konnten, dann eben nicht. Dann hatten sie aber auch keine Tochter mehr und würden ihr Enkelkind nicht zu Gesicht bekommen. Wohnen konnten sie auch woanders. Vielleicht war es ohnehin ein großer Fehler gewesen, bei den Eltern einzuziehen. Nie waren sie richtig alleine, alles bekamen die Eltern mit.

Erst am Abend sahen die beiden sich wieder. Sie gingen ein Stück spazieren und unterhielten sich angeregt.

„Was hältst du davon, Mathilde?"

„Du meinst, wir sollten in eine andere Stadt gehen?" Nun war sie doch etwas erschrocken, denn Jochen hatte offenbar auch den

ganzen Tag nachgedacht und Zukunftspläne geschmiedet.
„Ja, warum nicht? Der Krieg ist bald aus und mir stehen so viele Möglichkeiten offen. Junge, gute Ärzte werden überall gebraucht. Ich wollte ohnehin nicht mein Leben in Kiel verbringen, du etwa? Vielleicht werde ich noch eine zusätzliche Ausbildung machen. Oder ich könnte mit einem Kollegen eine eigene Praxis eröffnen oder... Es gibt so unendlich viele Bereiche, in denen ich mein spezielles Wissen einbringen könnte."
„Spezielles Wissen? Was meinst du damit?"
„Nun, ja, ich meine die ganzen Aufzeichnungen und Studien. Es ist ein dicker Ordner daraus geworden. Ich habe viel mehr gearbeitet als meine Kollegen und es wird der Tag kommen, da werden meine Erhebungen in allen Fachkreisen begehrt sein und der Grundstock für ganz neue und andere Wege in der Medizin sein."
Mathilde schaute ihren Mann bewundernd an.
„Was glaubst du denn, wie lange es dauern wird, bis du eine neue Stelle gefunden hast?" Er zuckte mit den Schultern.
„Keine Ahnung. Aber wenn ich mich ernsthaft bemühe, kann es sehr schnell gehen." Sie lehnte sich an ihn.
„Ich gehe überall mit dir hin. Hauptsache du liebst mich."
„Aber natürlich liebe ich dich", flüsterte er ihr ins Ohr. „Lass uns einfach im Krankenhaus wohnen, bis es soweit ist, Mathilde. Du musst nur noch deine Sachen holen und wir können das Kapitel Eltern zuschlagen." Mathilde merkte ein weiteres Mal nicht, wie Jochen auf sie einwirkte, seine Macht über sie ausprobierte, wie er indirekt erwartete und auch verlangte, dass sie die Tür zu ihren Eltern zuschlug, ganz zuschlug, ohne sich auch nur ein kleines Hintertürchen offenzuhalten.
Am nächsten Tag rief sie zu Hause an, um den Eltern ihren endgültigen Entschluss mitzuteilen. Ihr Vater war so verbittert, dass er bereits am Telefon sagte, es sei nicht nötig, dass sie selbst käme. So packte Eva-Maria drei Koffer und sah Karl weinend hinterher, als er mit den Habseligkeiten ihrer Tochter verschwand.
War auch Mathilde endgültig aus ihrem Leben verschwunden?

Bereits wenige Tage nach Kriegsende schlug Helene sich nach Berlin durch. Schweren Herzens hatten Annerose und Gustav sie ziehen lassen.

Berlin war zertrümmert. So furchtbar hatte Helene sich die Zerstörung ihrer Heimatstadt nicht vorgestellt. Berlin lag im wahrsten Sinne des Wortes in Schutt und Asche. Um überhaupt wieder legal leben zu können, brauchte sie als erstes einen Pass.

Mit ihrer Geburtsurkunde, der Heiratsurkunde, den Sterbeurkunden ihrer Eltern und einem Schreiben ihrer Tante ging sie auf das Amt. In einer langen Menschenschlange stand sie vor einem der wenigen Schalter, die geöffnet hatten. Schon jetzt merkte sie, dass sie nicht einfach die Dokumente und den Pass ihrer Freundin Carla vorzeigen konnte und ruck, zuck hätte sie ihre Identität zurück. Als noch ungefähr zehn Personen vor ihr standen, scherte sie aus der Reihe aus und ging niedergeschlagen zum Ausgang. Gerade in diesem Moment trat ein älterer Beamter aus einer der vielen Bürotüren und sprach sie an:

„Wollen Sie zu mir, Fräulein?" Helenes Gesicht hellte sich auf.

„Mein Anliegen ist etwas kompliziert." Sie lächelte ihn an.

„Dafür bin ich vielleicht der Richtige. Kommen Sie einfach mit hinein."

„Ich heiße Helene Bach, aber ich habe den Pass meiner Freundin Carla." Sie reichte ihm alle Dokumente. Als sie wieder auf die Straße ging, war sie etwas beruhigt. Der nette Herr Paulsen hatte ihr geraten, einen Anwalt aufzusuchen und dann wieder vorbeizukommen. Einige Tage später erzählte sie einem Rechtsanwalt die ganze, bittere Geschichte. Es vergingen noch einige Wochen, aber dann hielt sie ihren neuen Pass in den Händen.

Fürs Erste wohnte sie in einem kleinen Zimmer in Wedding. Mit viel Glück hatte sie ihr neues Zuhause schon am Bahnhof gefunden. Ein alter Mann trug ein Pappschild um den Hals, auf dem mit krakeliger Schrift geschrieben stand: *Zimmer zu vermieten.* Als Helene sich ihm näherte, sprach er sie mit leiser Stimme an.

„Fräulein, suchen Sie ein Zimmer? Unsere Söhne sind in Russland. Ihre Stube steht seitdem leer." Der Mann roch nach Tabak, seine Hände, die auf das Schild zeigten, zitterten. Er nahm seine Mütze

ab und neigte seinen Kopf für einen winzigen Moment nach unten. Als sie nicht gleich antwortete sagte er:
„Sie können es sich doch ansehen, Fräulein. Das kostet ja nichts. Klo und Waschbecken sind auf der halben Treppe und die Küche können Sie auch benutzen, Fräulein. Es ist ein schönes Zimmer, wirklich." Helene ging mit.
Ihr neues Zuhause war etwa 12 qm groß und sah schäbig aus. Es roch nach kaltem Rauch und Feuchtigkeit. Die Tapeten waren vergilbt und wo vorher ein zweites Bett gestanden hatte, war ein dicker, heller Strich zu sehen. Ein verschlissener Cocktailsessel und ein zweitüriger Kleiderschrank aus Eiche waren neben dem Bett das einzige Mobiliar. Durch das Fenster sah sie auf den Hinterhof, der genauso trist aussah wie ihre neue Bleibe. Helene nahm das Zimmer, was blieb ihr auch anderes übrig.
Annerose hatte sie solange überredet, ein paar Handtücher und eine Bettgarnitur mitzunehmen, bis sie die Sachen widerwillig in ihren Koffer gestopft hatte. Jetzt war sie froh, wenigstens etwas Persönliches in diesem Zimmer zu haben.
Das Ehepaar Lehmann war ganz nett; zwei alte, arme Leute, die sich große Sorgen um ihre Söhne machten und ansonsten eher schlecht als recht über die Runden kamen.
„Wenn Sie wollen, Fräulein, koche ich auch für Sie mit. Über das Finanzielle werden wir uns schon einig, Fräulein."
„Nein, vielen Dank. Ich komme schon zurecht. Und bitte, sagen Sie nicht Fräulein, sagen Sie einfach Helene."
„Gut, Fräulein, dann sagen wir Helene."
In der ersten Nacht lag sie stundenlang wach und dachte abwechselnd an Paula und Andreas, an Annerose und Gustav und wieder an Paula. Sie stand auf und holte die Zeichnungen aus ihrem Koffer. Helene nahm eine, die ihr besonders gut gelungen war und legte sie neben sich auf das Kopfkissen. Immer wieder streichelte sie das kleine Gesichtchen. Als sie endlich einschlief, lag ihre Hand immer noch auf dem Blatt Papier.
Schon drei Tage später hatte Helene eine Arbeit gefunden. Sie räumte mit tausenden anderen Frauen die Trümmer der Verwüstung weg, als Hilfsarbeiterin im Baugewerbe. Dafür erhielt sie

0,72 Reichsmark pro Stunde und Lebensmittelkarten für Schwerstarbeit.
Helene wurde eine Trümmerfrau.

Andreas Einsatz bei der Kriegsmarine endete mit einer unfassbaren Tragödie, die ihn nie wieder loslassen sollte.
Große Worte wie Befehl und Gehorsam, Disziplin, Vaterland und Kampfeswille waren ihm in den vergangenen Jahren immer verhasster geworden. Er dachte oft an seinen Ausbilder der Marineschule Kiel. „Ihr seid Soldaten und ganz besonders - ihr seid *Woll*soldaten." Es stimmte. Auch Andreas *wollte* unbedingt zur Marine. Aber was alles in den langen Jahren des Krieges passiert war, wollte er schon lange nicht mehr. Tiere töteten andere Tiere um zu überleben. Aus keinem anderen Grund. Manche Tiere fraßen ihre Brut kurz nach der Geburt auf. Bei Verbrechern, die sich Menschen nannten, wäre das auch besser gewesen. Dann wäre diese ganze erbärmliche Brut niemals an die Macht gekommen.

Der Zerstörer verließ nach einem kurzen Aufenthalt Kiel. Andreas war krank vor Sehnsucht nach Helene. Seit Februar hatte er nichts mehr von ihr gehört.
Am liebsten wäre er von Bord gegangen. Unter den Kameraden ging das Gerücht herum, dass es sich um die letzte Fahrt handelte und der Krieg so gut wie vorbei war. Im Laufe des Nachmittags erhielt der Zerstörer vom Befehlshaber des Ausbildungsverbandes der Flotte den Morsespruch: *Regenbogen nicht ausführen...* Der Hauptgefreite las den Spruch laut für den Flottillenchef ab. Alle Besatzungsmitglieder, die auf der Brücke standen, konnten es hören. Wie ein Lauffeuer verbreitete sich die Nachricht. Bei einer Kapitulation sah der Befehl „Regenbogen" die Selbstversenkung aller schwimmenden Einheiten vor, damit sie nicht in Feindeshand fielen.
Es gab nicht wenige, die den neuen Einsatzbefehl, der in den Norden gehen sollte, als sinnlos betrachteten. Warum sollten sie in den letzten Stunden noch ihr junges Leben riskieren? Drei Soldaten kamen auf die Idee, die Kompass-Anlage zu sabotieren.
Zwei der Männer gingen durch den Backbord-Niedergang zur E-Kompass-Anlage. Mit einem Dreikantschlüssel, den sie sich von einem ahnungslosen Obergefreiten ausliehen, lösten sie die Schrauben des Verschlussdeckels, sodass er nach oben herüberklappte.

Mit einem Prüfhörer der Schiffsverkehrsfernsprechanlage schlugen sie in das Innere des Kompasses hinein. Sie verschraubten den Verschlussdeckel wieder und brachten den Schlüssel zurück.
Noch am Abend wurde beim Anker-Aufgehen der Ausfall des Kompasses vom leitenden Ingenieur festgestellt, der sofort Meldung machte.
Sie wurden gefasst und waren sofort geständig. Sie rechneten nicht mehr mit einer großartigen Strafe. Sie sollten sich irren.

Andreas war tief beunruhigt und bis ins Innerste seiner Seele aufgewühlt. Warum nur hatte der Ingenieur den Vorfall gleich gemeldet? Er konnte sich doch denken, was das für die drei Kameraden bedeutete. Andreas war ungerecht, er wusste es. Was wäre gewesen, wenn er die Zerstörung entdeckt hätte? Hätte er es vertuschen können?
Der Zerstörer ankerte in der Geltinger Bucht, wenige Seemeilen von Deutschlands nördlichster Stadt Flensburg entfernt. Morgens lag auf glattem Wasser ein leichter Dunstschleier. Andreas und einige Kameraden beobachteten, dass von einem Schiff, welches ungefähr 200 Meter entfernt lag, vom Vor- und Achterschiff nackte, leblose menschliche Körper auf eine Barkasse herabgelassen wurden. Die Leichen wurden in einiger Entfernung im Meer versenkt. Nachmittags hörten sie von dem anderen Boot Blasmusik und Hundegekläff. Der diensthabende Signalmaat erzählte, dass er durch einen Winkspruch erfahren hatte, dass sich an Bord KZ-Häftlinge befanden und viele von ihnen die Fahrt nicht überlebt hatten.
Das Boot verließ die Geltinger Bucht und fuhr weiter nach Flensburg-Mürwik.
Während der Kriegsgerichtsverhandlung an Bord wurde die Besatzung auf dem Vorschiff isoliert und sollte mit einer Weiterbildung abgelenkt werden. Besatzungsmitglieder, die als Zeugen aufgerufen wurden, blieben nach der Vernehmung im Achterschiff.
Andreas Herz pochte hart gegen seine Brust. Seine Hände waren eiskalt, seine Bewegungen verkrampft und fast schon apathisch. Die Männer schwiegen oder flüsterten miteinander. Viele schauten

stur auf den Boden, einige hatten ihre Hände gefaltet. An Weiterbildung war nicht zu denken. Der Offizier brach seine Ausführungen bereits nach einer halben Stunde ab. Die Anspannung war kaum zu ertragen. Andreas kannte die drei angeklagten Kameraden seit Jahren. Es waren nette, junge Männer, die keiner Fliege etwas zuleide getan hatten. Der Jüngste von ihnen war verlobt. Die anderen hatten ihn manchmal gehänselt: „Du bist doch noch nicht mal ganz trocken hinter den Ohren und dann willst du schon lebenslänglich kriegen?" „Ich bin schon 21 Jahre alt und ja, ich will. Ihr seid ja nur neidisch auf meine hübsche Marianne."

In Gedanken begann Andreas zu beten: *Lieber Gott, ich weiß, ich habe lange nicht mehr mit dir gesprochen und du bist bestimmt sehr müde von den vielen Gebeten der letzten Jahre. Aber wenn du noch etwas Kraft hast, dann sorge bitte dafür, dass unsere Kameraden am Leben bleiben. Wir haben alle große Angst. Ich kenne die Drei schon lange, sie sind keine Verbrecher, sondern sie wollten einfach nur verhindern, dass wir alle weiter unser Leben riskieren. Sie wollten, wie wir alle, endlich nach Hause. Deshalb haben sie die Kreisel-Kompass-Anlage demoliert. Aber das Boot schwimmt trotzdem und bleibt oben. Wir haben an Bord auch noch den Magnet-Kompass. In der Ostsee findet man sich auch damit zurecht. Außerdem ist im Flensburger Bereich bereits Waffenruhe und das kommt ja wohl einer Teilkapitulation gleich. Kriegsentscheidend ist der dämliche Kompass ohnehin nicht mehr. Lieber Gott, ich weiß, wir Menschen haben die Schuld an dem Krieg. Nicht du. Du konntest Vieles nicht verhindern, aber vielleicht kannst du das Schlimmste für meine Kameraden verhindern und sie retten. Es sind nicht Millionen, lieber Gott. Es sind nur drei. Die Richter müssen milde urteilen. Lass sie nicht den Unsinn denken, dass die Kriegsmarine sauber und anständig aus dem Krieg hervorgehen muss. Lass sie Herz und Verstand zeigen. Und hilf ihnen zu begreifen, dass ein Todesurteil Gotteslästerung ist!*

Alle drei Angeklagten wurden wegen gemeinschaftlicher vorsätzlicher Wehrmittelbeschädigung zum Tode verurteilt. Daneben wurde auf Verlust der bürgerlichen Ehrenrechte auf Lebenszeit und auf Wehrunwürdigkeit erkannt. Ein Gnadenerweis wurde abgelehnt. Es war nicht entscheidend, dass der dritte Soldat gar nicht

bei dem Anschlag auf den Kreisel-Kompass beteiligt gewesen war, er hatte sich geistig genauso schuldig gemacht.
Als Termin der Vollstreckung wurde Sonnabend, der 5. Mai 1945, 10.30 Uhr, bestimmt. Ort der Hinrichtung war der Schießstand Flensburg-Mürwik. Zwei Stunden vor der Vollstreckung wurden die drei Soldaten über ihren bevorstehenden Tod informiert. Sie durften Briefe an ihre Angehörigen schreiben.
Andreas gehörte zu jenen Soldaten, denen befohlen wurde, bei der Erschießung anwesend zu sein und anschließend den Schießstand zu säubern. Der Zug war angetreten, als um 10.25 Uhr die Verurteilten auf den Schießstand geführt wurden. Die Fesseln wurden ihnen abgenommen und die Augen verbunden. Der Marinestabsrichter gab den Verurteilten die Urteilsformel bekannt. Ein Marinepfarrer erhielt letztmalig die Gelegenheit, ein Gebet zu sprechen und den jungen Männern ein wenig Zuspruch zu geben. Das Vollzugskommando von 30 Mann war fünf Schritte vor den Verurteilten aufgestellt. Das Kommando „Feuer" erfolgte um 10.29 Uhr. Alle waren sofort tot. Zur Sicherheit erhielten sie noch je zwei Gnadenschüsse.
Die jungen Soldaten waren noch nicht einmal 25 Jahre alt, als sie ihr Leben verloren. Die Erhaltung der Mannszucht und die unmenschliche Arroganz des Systems war der Admiralität und allen, die an dem Urteil mitwirkten, wichtiger, als Gnade walten zu lassen.

In der Geltinger Bucht lag am gleichen Tag U-Boot an U-Boot. Es war morgens um 4.55 Uhr, als das Stichwort *Regenbogen* ausgegeben wurde. Keiner sollte je erfahren, wie der Funkspruch zu den Kommandanten gelangte, denn die Selbstversenkung war ein unrechtmäßiger Befehl.
Am Strand standen viele Zivilisten und schauten dem Schauspiel staunend zu. In Schlauchbooten kamen die Soldaten mit Sack und Pack an Land. Die Lebensmittel wurden verteilt. Von allen Seiten strömten die Menschen herbei. Es herrschte ein Leben am Strand, wie man es lange nicht gesehen hatte. Als die grauen Wölfe gesprengt wurden, war es, als bäume sich das eine oder andere U-

Boot unter lautem Getöse ein letztes Mal auf, bevor es im Meer verschwand.

Nach der Erschießung der drei Kameraden war Andreas wie benommen. Er hatte davon gehört, dass Kommandanten, nach der Sprengung der Boote in der Geltinger Bucht die Besatzungen einfach nach Hause schickten und den Krieg für beendet erklärten, auch ohne Befehl und ohne Entlassungspapiere. Warum war es auf seinem Zerstörer anders gewesen?
Dann wären seine Kameraden wenigstens mit dem Leben davon gekommen. Der Krieg war doch ohnehin aus und verloren, wieso kam es dann noch auf einen Kompass an?
Befehl und Gehorsam, Disziplin, Vaterland und Kampfeswille, nie wieder wollte Andreas mit diesen heroischen Begriffen etwas zu tun haben. Nie wieder!
So lag das Boot also in Flensburg und wartete ab. In Gedanken waren sie alle gar nicht mehr hier sondern zu Hause, bei ihren Frauen, Bräuten, den Eltern, bei den Müttern, die sich Sorgen um ihre Söhne machten, bei ihren Kindern, die den Vater kaum kannten. So gut es ging, schienen alle die entsetzliche Tragödie, die sich neben ihnen abgespielt hatte, zu verdrängen. Ein unheimliches Schweigen lag auf dem Schiff. Andreas dachte viel an die drei Toten. Was hatten sie wohl ihren Familien geschrieben, wie hatten sie sich gefühlt? Hatten sie sich vor Angst in die Hosen gemacht oder hatten sie sich mit ihrem Schicksal abgefunden? Zwei Gnadenschüsse, dachte er immer wieder. Was für ein menschenverachtender Ausdruck, zwei Gnadenschüsse.
Andreas und seine Kameraden hatten viel Glück während ihrer Einsätze gehabt. Bis auf kleinere Blessuren war dem Boot nichts passiert, sie hatten keinen Mann verloren. Sie hatten immer genug zu essen gehabt und bis auf die letzten Monate war auch regelmäßig Post gekommen. Gerade aus diesem Grund erschütterte ihn das Urteil des Kriegsgerichts bis ins Mark. Warum konnten diese Herren nicht dankbar sein, heil nach Hause zu kommen und alle fünfe gerade sein lassen? Wem nützte der Tod dieser jungen Männer etwas? Sollte das Urteil etwa abschreckend sein? Aber wen soll-

te es noch abschrecken? Der Krieg war vorbei. Mussten sie sich also auch jetzt noch als die Herren über Leben und Tod aufspielen? War die Aufrechterhaltung der Manneszucht wichtiger, als drei junge Männer am Leben zu lassen?
Konnten diese schneidigen Offiziere und Juristen nicht verkraften, dass sie den Krieg nicht gewonnen hatten oder hämmerte in ihrem Kopf immer noch zu viel „Heil Hitler" herum. Was würden sie nach dem Krieg sagen? Würden sie sich verantworten müssen? Wahrscheinlich würde noch nicht einmal ein Zivilgericht etwas Unrechtes an dem Todesurteil finden können.
Sie hatten sich an die Gesetze gehalten. Punkt. Was für eine Brut!

Es dauerte einige Tage, bis Andreas auch an andere Dinge denken konnte. Langsam wurden die schweren Gedanken erträglicher. Er hätte gerne mit jemandem über die Geschehnisse geredet. Aber mit wem? Jeder ging jedem so gut es ging aus dem Weg.
Andreas konnte es gar nicht mehr erwarten, nach Hause zu kommen. Er war gespannt auf sein Kind, das Helene bestimmt schon in den Armen hielt. Seine Eltern würden staunen. Er hatte ihnen nicht nur seine große Liebe verheimlicht, nein, er hatte seine Eltern zu Großeltern gemacht. Er sehnte sich nach Helene. Nach ihren wunderschönen Augen, ihren zärtlichen Händen, er sehnte sich nach ihrer Liebe. In den letzten Tagen hatte er sich nicht an ihre Abmachung gehalten und abends um zehn in den Himmel geschaut. Zu tief hatten die Ereignisse sein Herz berührt. Aber heute wollte er es wieder tun.
Gedankenverloren summte er „Das kann doch einen Seemann nicht erschüttern". Andreas merkte gar nicht, wie Tränen unaufhaltsam über sein schmales Gesicht liefen.

Bis zum 23. Mai 1945 lag der Zerstörer noch vor Flensburg-Mürwik und wurde dann nach Kiel in Marsch gesetzt, wo die Besatzung endgültig von Bord ging.
Für Andreas war der Krieg vorbei.

Helene betrachtete ihre abgebrochenen Fingernägel und die rissigen Hände. Sie hatte sie geschrubbt und geschrubbt, aber sie sahen immer noch aus, als wäre sie gerade aus einem Steinbruch gekommen. Aber das war sie ja auch. Heute wollte sie nun endlich Annerose und Gustav schreiben. Sogleich machte sie sich ans Werk. Zum Schluss schrieb sie: *Wenn Andreas zu euch kommt, gebt ihm bitte meine Adresse. Er macht sich bestimmt große Sorgen. Bitte bringt ihm so schonend wie möglich bei, dass unser Kind tot ist. Zeigt ihm bitte das Grab. Er muss doch wissen, wo unsere Paula ruht.*
Sie holte Andreas Briefe aus dem Nachtschrank, legte sich aufs Bett und hielt die Zeichnung in der einen und die Briefe in der anderen Hand. Dann kramte sie sein Bild hervor. „Sie hat dir ähnlich gesehen, mein lieber Andreas. Bitte komm bald zu mir. Ich könnte es nicht ertragen, wenn ich auch von dir nur noch ein Bild hätte."

In der Mittagspause saßen die Frauen auf Steinen oder Schutt und verzehrten ihr Essen. Meistens saß Helene zwischen Hilde und Käthe. Beide waren so um die Dreißig und warteten auf die Heimkehr ihrer Männer. Hilde erzählte wie immer von ihrem Otto.
„Also, Otto hat ja immer gesagt, Hitler hat sowieso nicht alle Tassen im Schrank. Schon ganz am Anfang hat das mein Otto gesagt. Aber es wollte ja keiner auf ihn hören."
„Das hat Ernst auch immer gesagt. Genau dasselbe. Ernst hat auch gleich gewusst, dass dem Führer ´nen Groschen zu ´ner Mark fehlte. Beide Frauen nickten sich zustimmend und anerkennend zu.
„Wahrscheinlich haben eure Männer das nicht laut genug gesagt", mischte sich Helene ein, „sonst wär wohl alles nicht so weit gekommen." Hilde fuchtelte erbost mit der Gabel vor Helenes Gesicht herum.
„So einfach war das wohl nicht, meine Liebe. Du kannst doch gar nicht mitreden. Hast da in deinem beschaulichen Kiel gehockt und den Schiffen zugesehen!" Hilde stand auf und stemmte die Hände in die Hüften. Dabei bewegte sie ihre geschätzten 100 Kilogramm leicht hin und her. Helene wollte gerade etwas erwi-

dern, als das Signal erklang. Die Pause war vorbei und Helene vorerst gerettet.

Den ganzen Nachmittag sah Hilde stur an Helene vorbei, obwohl sie direkt neben ihr stand. Sie war ernsthaft beleidigt. Wie konnte die schöne Helene es wagen, so über ihren Otto zu lästern. Helene bekam ein schlechtes Gewissen. Die Bemerkung hätte sie sich sparen können. Sie war böse und ungerecht. Nicht hinter jedem Otto steckte ein Nazi. Es hatte einfach zu viele Budesoffskis gegeben. Helene lehnte sich an die Schaufel.

„Entschuldige bitte, Hilde, was ich über deinen Mann gesagt habe. Wo ist er denn überhaupt, dein Otto?" Hilde schmollte zur Unterstreichung ihres Zorns zur Sicherheit noch eine viertel Stunde, dann sagte sie plötzlich:

„Na, gut, schöne Helene."

„Schöne Helene?", wieso nennst du mich so?"

„So nennen wir dich alle hier. Aber lenk nicht ab. Du kannst froh sein, dass ich so ein gutes Herz habe. Mein Otto ist bei den Russen. In Gefangenschaft." Sie stupste Käthe in die Seite, allerdings so überschwänglich, dass die zierliche Käthe fast umkippte und sagte plötzlich: „Kommt doch beide am Sonntag zu mir zum Kaffee. Dann können wir in Ruhe quatschen."

Hilde wohnte nur ein paar Straßen weiter in einer kleinen Wohnung. Ihre beiden Jungs schickte sie raus zum Spielen. Sie hatte einen Apfelkuchen gebacken. Käthe steuerte den Kaffee bei. Es schmeckte himmlisch. Zum ersten Mal sah Helene ihre beiden Kolleginnen nicht mit Schürze und Kopftuch. Beide hatten sich fein gemacht und trugen bunte Kleider. Käthe sah noch zerbrechlicher aus und über Hilde konnte sie nur staunen. Sie sah gepflegt und so natürlich frisch aus, wie es nur Frauen tun, die mit sich und der Welt im Einklang sind. Ihre lockigen, kaum zu bändigenden weißblonden Haare hielt ein türkisfarbenes Band zusammen, das wunderbar zu ihren schönen Augen und ihrer leicht gebräunten Gesichtsfarbe passte. Das Farbenspiel war so faszinierend, dass die Fülle ihres Körpers nur noch nebensächlich war.

Helene trug das Kleid, das sie in Kiel vor ihrer ersten Nacht mit Andreas getragen hatte. Es war immer noch ihr einziges.

Käthe und Hilde unterhielten sich angeregt über ihre Männer, ihre Kinder und tauschten Backrezepte aus. Helene sagte nur wenig, hörte aber aufmerksam zu. Dann zeigte Hilde Fotos von ihrem Mann und der Familie. Helene legte eine Hand auf den Arm ihrer neuen Freundin.

„Es wird schon alles gut gehen, Hilde. Dein Mann kommt bestimmt bald nach Hause." Wehmütig packte Hilde die Bilder wieder weg. Dann kam die Frage, die Helene schon die ganze Zeit befürchtet hatte.

„Und du, schöne Helene, du bist doch auch verheiratet, oder? Wo ist dein Mann?" Käthe sah sie fragend an.

„Warum nennt ihr mich immer so? Schöne Helene, wie sich das anhört."

„Na, ja, du bist doch schön. Der liebe Gott muss schon einen besonders guten Tag gehabt haben, als er dich gemacht hat. Sozusagen eine Sternstunde." Hilde lächelte sie gutmütig an. „Aber was ist nun mit dir?"

„Ich bin nicht verheiratet." Fahrig fuhr sie sich mit beiden Händen durch die langen Haare.

„Ach, nee, waa, das hätte ich aber nicht gedacht. Hast du einen kleinen Freund?" Hildes türkisfarbene Augen bohrten sich in ihre.

„Ja, habe ich. Er heißt Andreas und ist bei der Kriegsmarine. Aber ich möchte nicht darüber sprechen." Verschlossen wie eine Auster reagierte sie auch auf die zahlreichen Nachfragen. Sie wollte nicht darüber reden. Irgendwann gaben die anderen beiden Frauen auf und es wurde noch ein unterhaltsames Kränzchen, bei dem viel gelacht wurde.

Als Helene sich verabschiedete, war es schon früher Abend. In Gedanken versunken machte sie sich auf den Weg zu ihrem Zimmer. Der Nachmittag hatte ihr gut getan. Die trüben Gedanken waren für ein paar Stunden wie weggeblasen gewesen. Was für zwei nette Frauen, dachte sie. Einfache, ehrliche und wirklich nette Frauen. Nur ein paar Straßen weiter hatte sie als Studentin gewohnt. Neugierig ging sie weiter, bis sie vor einem ausgebombten Haus stand. Hier war es gewesen. Wo waren ihre Freunde abgeblieben? Wo die nette Frau Linke, die ihre Zimmer so gerne an

junge Menschen vermietet hatte?
Sie nahm sich vor, in den nächsten Tagen ernsthaft nach ihnen zu suchen. Irgendwo hatte sie noch die Adresse von den Eltern der damaligen Bewohner. Vier Zimmer waren damals vermietet gewesen.
„Helene, Helene", hörte sie plötzlich eine Frauenstimme. Sie drehte sich um, konnte aber niemanden entdecken. Nach ein paar Metern hörte sie wieder ihren Namen. Erst leise und verhalten, dann laut und voller Freude.
Von der anderen Straßenseite lief eine junge Frau auf sie zu. Sie war blass und schmal und schien ein wenig zu hinken. Es war Carla.

Andreas lief so schnell er konnte zum Haus von Helene. Die Haustür stand auf und ungestüm stürmte er die Treppen hoch. Vor der Wohnungstür atmete er ein paar Mal tief durch. Er konnte es kaum erwarten, Helene wiederzusehen und sein Baby auf den Arm zu nehmen. Andreas hämmerte an die Tür. Annerose öffnete, dicht gefolgt von Gustav.
„Andreas?", mehr brachte Annerose nicht hervor. Gustav schob vorsichtig seine Frau zur Seite, streckte Andreas die Hand entgegen und sagte:
„Herzlich willkommen zu Hause." Vor lauter Freude merkte Andreas gar nicht, wie reserviert und verlegen die beiden waren. Er ging hinein.
„Ich mache uns einen Tee", sagte Annerose, die sich einigermaßen gefangen hatte. Spätestens als die drei am Küchentisch saßen merkte Andreas, dass irgendetwas nicht stimmte. Wo war Helene? Wo sein Baby?
„Andreas", begann Gustav umständlich, „ich darf doch Andreas sagen?", er wartete keine Antwort ab. „Sie fragen sich sicher, wo Helene und wo, ich meine, wo der Nachwuchs ist." Er stammelte nur noch und rang nach Worten. Anneroses Augen füllten sich mit Tränen.
„Es tut uns so leid, Andreas, aber wir haben keine guten Nachrichten. Die kleine Paula ist kurz nach der Geburt gestorben und Helene ist zurück nach Berlin." Unbeholfen tätschelte sie den Arm von Andreas. Nach endlosen Minuten murmelte er:
„Helene ist weg und unser Baby tot?" Die beiden alten Menschen nickten.
„Haben Sie Hunger, Andreas? Soll ich etwas zu essen machen?" Wie immer, so glaubte Annerose auch jetzt, dass Essen die beste Erstversorgung bei Kummer und Leid sei. Andreas schüttelte den Kopf.
„Was ist passiert?" Stockend erzählten Gustav und Annerose, was sich zugetragen hatte. Erschüttert hörte Andreas zu und hielt sich immer wieder beide Hände vor das Gesicht. Plötzlich brach es aus ihm heraus:
„Wo hat Helene unser Kind bekommen? Was ist denn passiert?

Warum war sie nicht zu Hause? Was hatte unser Kind? Wo ist es beerdigt?" Jetzt konnte er die Tränen nicht mehr zurückhalten. Voller Mitleid sahen die beiden ihn an. Vielleicht waren Tränen die einzige Erleichterung in dieser schweren Stunde. Behutsam erzählten sie, was sie wussten.

„Alles andere weiß nur Helene." Gustav schenkte Tee nach.

„Bis jetzt ist noch kein Brief von Helene gekommen. Ihre neue Adresse wissen wir noch nicht." Minutenlang schwiegen die drei wieder.

„Ich möchte zum Grab", sagte Andreas und stand auf. Auf dem langen Weg dorthin fragte er, was er schon lange wissen wollte.

„Warum hat sich Helene bei Ihnen versteckt?" Schlicht antworte Gustav:

„Das wird Ihnen alles unsere Nichte erzählen. Wir mussten ihr versprechen, nicht darüber zu reden." Entschuldigend sah er Andreas an. Endlich waren sie da und Andreas blickte verstört auf die Erde. Nichts deutete darauf hin, dass im Doppelgrab auch der Leichnam seiner kleinen Tochter war. Gustav hob einen besonders schönen weißen herzförmigen Stein auf. Er hatte ihn an der Förde gefunden. In akkurater Schrift stand Paula auf dem Stein geschrieben. Andreas drückte ihn an sein Herz. Wieder musste er mit den Tränen kämpfen. Nur mit Mühe konnte er sich beherrschen.

„Ich stehe hier am Grab meiner Tochter und habe noch nicht einmal etwas für sie mit. Was bin ich bloß für ein Vater." Er legte Gustav den Stein in die Hand und stürmte davon.

Die beiden ließen ihm Zeit. Nach einer ganzen Weile gingen sie zum Ausgang und sahen Andreas tieftraurig auf der Friedhofsmauer sitzen. Sie sahen sich an. Vor nicht allzu langer Zeit, hatten sie genauso dagesessen und wussten nicht wohin mit ihrer Sorge um Helene. Inzwischen war es schon dunkel geworden und Gustav sagte:

„Bleiben Sie heute Nacht bei uns. So sind Sie wenigstens Helene sehr nahe." Dankbar nahm Andreas das Angebot an. Als er in Helenes Bett lag, wurde er langsam ruhiger. Stunden später schlief er endlich erschöpft ein.

Nach dem gemeinsamen Frühstück machte Andreas sich auf den

Weg zu seinen Eltern. Alle paar Tage würde er wiederkommen, um nachzufragen, ob Helene sich gemeldet hatte. So hatten sie es verabredet.
Als er vor seinem Elternhaus stand, überkam ihn wieder eine große Wehmut und er hatte den Geruch von Kohl in der Nase. Heute würde er ihnen alles erzählen. Alles. Aber es sollte alles ganz anders kommen.

Seine Mutter weinte und lachte vor Glück. Sie konnte sich überhaupt nicht aus seinen Armen lösen. Aber auch sein Vater war heilfroh, seinen Jungen wieder gesund zu Hause zu haben, auch wenn er seine Gefühle nicht zeigen konnte. Erst jetzt merkte Andreas, wie müde und ausgebrannt er war. Seine Mutter spürte das und sagte nach dem Mittagessen:
„Heute machen wir alle eine Mittagsstunde. Das wird uns gut tun." Andreas ging in sein früheres Kinderzimmer, das er sich mit seinem Bruder geteilt hatte und legte sich auf das Bett. Heute Abend würde er seinen Eltern von Helene erzählen. Nichts von dem Baby. Aber dass es eine große Liebe in seinem Leben gab, das sollten sie nun endlich erfahren.
Von dem lauten Gebrüll seines Vaters wurde er aus seinen Tagträumen gerissen. Andreas stand auf und ging in die Wohnstube. Mathilde und Jochen standen auf der einen Seite und sein Vater auf der anderen. Er ging zu den beiden und begrüßte ganz besonders herzlich seinen Bruder. Für den Moment war es still, aber dann legte sein Vater wieder los.
„Was soll das also, Jochen. Jetzt, wo der Krieg endlich vorbei ist, wollt ihr sang- und klanglos verschwinden?"
„Wir verschwinden doch nicht sang- und klanglos, Vater!" Die Stimme Jochens war ebenso laut. „Wir sind doch hier, um es euch zu erzählen, um uns zu verabschieden. Und wir sind doch nicht aus der Welt", und wie nebenbei sagte er triumphierend: „wir werden übrigens Eltern. Vater, du wirst Opa!" Aber sein Vater konnte sich nicht beruhigen. Hatte er den letzten Satz nicht gehört oder wollte er ihn nicht hören?
„Ich finde das unerhört, Jochen! Hierher zu kommen und zu sagen,

dass ihr in die Schweiz ziehen werdet! Warum, Jochen, warum?"
„Ich werde Oma? Und ausgerechnet jetzt wollt ihr weg? Dann werden wir ja unser Enkelkind nie sehen."
„Ach Mutter, die Schweiz liegt doch nicht am anderen Ende der Welt. Wir werden euch immer besuchen kommen und ihr könnt uns besuchen.
„Warum gerade jetzt, Jochen?" mischte sich Andreas ein. „Jeder Arzt wird doch gebraucht und du hast doch auch in Kiel - oder meinetwegen in ganz Deutschland - noch unzählige Möglichkeiten, dich zu verändern." „Warum?"
„Ich kann keine geschundenen Körper mehr sehen. Ich will mehr, als zerschossene Soldaten wieder zusammenzuflicken."
„Was hast du nur für eine merkwürdige Berufauffassung! Außerdem bist du doch Frauenarzt und die Zeit des Flickens wird bald vorbei sein." Dann sagte Jochen den Satz, der sich auf ewig in das Gedächtnis seiner Eltern und seines Bruders einbrennen sollte: „Ich bin zu gut für Kiel und für Deutschland. Aber Deutschland ist nicht gut genug für mich!"
„Nicht gut genug für dich? Wir sind dir also auch nicht gut genug? Wahrscheinlich waren wir es nie." Das Gesicht des Vaters lief dunkelrot an, er war außer sich vor Zorn.
„Wir haben alles gegeben, damit es dir einmal besser geht. War das nicht genug? Selbst deine Großeltern haben sich deinetwegen krumm gemacht. Hast du es ihnen je gedankt? Aber seit du in bessere Kreise eingeheiratet hast, siehst du ja nur noch auf uns herab und schämst dich für deine Eltern. Du gehst weg, Mathilde ist schwanger und wir erfahren das zwischen Tür und Angel!" Mit letzter Kraft hinkte er wutschnaubend aus dem Zimmer. Mathilde schaute hilflos von einem zum anderen, Jochens Mutter weinte und schließlich ging auch Andreas kopfschüttelnd aus dem Zimmer. Nur noch flüchtig umarmte Jochen seine Mutter, dann zerrte er seine Frau hinter sich her und verschwand.
Andreas saß auf dem Bett und wusste nicht, wie er sich verhalten sollte. Aber auf gar keinen Fall konnte er ihnen heute von Helene erzählen, schon gar nicht von seinen Plänen, gemeinsam nach Berlin zu ziehen. Was war nur mit Jochen los?

Mathilde war bedrückt. Schweigend saß sie neben Jochen im überfüllten Zug, der sie in ihre neue Heimat bringen sollte. Mehr durch einen Zufall, als durch ernsthafte Bemühungen, hatte Jochen von der renommierten Privatklinik für psychosomatische Erkrankungen gelesen und darüber, dass dringend junge Ärzte aus den unterschiedlichsten Fachbereichen gesucht wurden. Er nahm Kontakt auf und erhielt ein Angebot. Knall auf Fall hatte er sich entschieden, ohne vorher mit seiner Frau zu sprechen. Aber Mathilde wäre nicht Mathilde gewesen, wenn sie nicht den einstudierten Erklärungen ihres Mannes geglaubt hätte.

Trotzdem saß sie nun traurig neben ihm und fuhr in eine ungewisse Zukunft. Noch nicht einmal von den Eltern hatte sie sich verabschiedet. Nur Jochens Familie wusste nun, dass sie in ein fremdes Land gingen.

Jochen hatte sich in eine Fachzeitschrift vertieft. Er schien noch nicht einmal zu ahnen, wie schlecht es ihr ging. Sie dachte an das Theater in der Klinik. Dr. Callsen hatte Jochen nicht gehenlassen wollen, wenigstens nicht so lange, bis er einen geeigneten Ersatz gefunden hätte. Es war zu einem hässlichen Streit gekommen, der damit geendet hatte, dass Dr. Callsen ihn und auch sie aus der Klinik geworfen hatte und ihnen Hausverbot erteilt hatte. Mathilde war das alles sehr peinlich gewesen. Sie hatte Verständnis für den Chef. Ganz anders Jochen. Er hatte die Auseinandersetzung vom Zaun gebrochen, provozierend und mit voller Absicht. Und er hatte sein Ziel erreicht.

So lange Mathilde denken konnte, war sie immer von Heimweh geplagt gewesen. Selbst wenn sie als Schulmädchen bei einer Freundin übernachtet hatte, war es vorgekommen, dass ihre Eltern sie mitten in der Nacht nach Hause holen mussten. Wenn sie ehrlich war, hatte sie jetzt schon Heimweh. Ihre Eltern fehlten ihr mehr, als sie sich selbst eingestehen wollte. Mit Jochen konnte sie nicht darüber reden. Emotionen sind nicht die besten Ratgeber, pflegte er zu sagen. Er verstand sie nicht. Freundinnen hatte sie nicht mehr. Erst jetzt, auf dem Weg in ein neues Leben, wurde ihr bewusst, wie allein sie eigentlich war. Sie hätte gern jetzt, in diesem Moment, mit Jochen über ihre Sorgen und Bedenken gespro-

chen. Aber der war neben ihr eingenickt. Wenn sie am Ziel waren, wollte sie ihren Eltern schreiben. Trotz allem machten sie sich bestimmt große Sorgen. Wie sie ihren Vater kannte, zog er Erkundigungen über sie ein. Es konnte nicht verborgen bleiben, dass sie aus Kiel wegzogen. In den letzten Tagen hatte sie Karl mit dem Auto vor der Klinik gesehen. Auf dem Rücksitz hatte zusammengesunken ihre Mutter gesessen. Spätabends hatten sie vor dem Krankenhaus geparkt.
In der Krankenbude, die viel zu eng für zwei Personen war, war es nachts noch stickiger geworden, als ohnehin schon. So war sie manchmal noch ums Klinikgelände gegangen. Von weitem hatte sie schon den Benz gesehen und ihr war ganz schwer ums Herz geworden. Wie oft würde ihre Mutter wohl noch nachts vor der Klinik stehen, nur um ihrer Tochter nahe zu sein. Wann würde sie wissen, dass sie schon längst in einem anderen Land war.
Mathilde konnte ihre Tränen nicht mehr zurück halten. Erst das stetig wiederkehrende Geräusch des Zuges machte sie ruhiger.

Behutsam löste sich Helene aus Carlas Armen und hielt sie ein Stück von sich ab. Dünn und mit tiefen Schatten unter den einst strahlenden, dunklen Augen stand sie vor ihr. Sie trug einen Rock, der um ihre Hüften schlotterte und einen selbst gestrickten giftgrünen Pulli.
Sie schritten wortlos nebeneinander her und setzten sich auf einen Schuttberg. Gleichzeitig begannen sie zu reden.
„Erst du", sagte Helene, und lächelte die Freundin aufmunternd an.
Carla löste ihr Haarband. Stumpf und strähnig hingen ihr die Haare ins Gesicht.
„Ich war die ganze Zeit in Berlin. Zwei Tage nachdem wir unsere Pässe getauscht hatten fuhr ich mit meinen Eltern zu ihren Freunden. Bis dahin hatte ich noch mein Zimmer bei Frau Linke. Mein Vater hat die Flucht organisiert. Wir wollten mit dem Zug nach München und dann weiter in die Schweiz. Die Freunde meiner Eltern und ihre Kinder, ein Junge und ein Mädchen wollten mit. In der Nacht kam die Gestapo. Mein Vater hat mich angeschrien: „Lauf, Carla, lauf!" Sein Blick deutete nach oben. Dann bin ich die Treppe bis zum Dachboden gerannt. Ich wollte auf das Dach. Unten hörte ich das Geschrei der Männer und das Schreien der Kinder. Ich war völlig kopflos und wollte schon wieder nach unten, als ich jemanden brüllen hörte: Vom Dach bis zum Keller wird alles durchsucht! So schnell ich konnte habe ich eine Kiste unter die Dachluke geschoben und bin drauf gesprungen. Dann kriegte ich dieses verdammte, verrostete Ding von Fensterriegel nicht auf. Mit letzter Kraft habe ich es dann geschafft. Plötzlich fiel die Kiste krachend auf die Seite und ich hing zwischen Himmel und Erde und kam nicht mehr vor oder zurück. Ich hörte das Stampfen der Stiefel und konnte mich knapp aufs Dach retten. Es war gerade noch Zeit, die Luke zu schließen, als ich durch die schmutzige Scheibe die Männer mit ihren Gewehren sah. Sie haben mich nicht gefunden, Helene. Sie haben mich nicht gefunden!"
Mit zitternden Fingern strich sich Carla die Haare aus dem Gesicht. „Ganz vorsichtig bin ich bis zu der Dachrinne gerobbt und sah nach unten. Es war schrecklich! Meine Eltern und die

anderen wurden auf einen Lastwagen gestoßen. Ich habe gesehen, wie meine Mutter einen Gewehrlauf mit voller Wucht in die Rippen bekam. Der Wagen rollte an und danach war es unheimlich still."
„Oh, mein Gott, Carla. Und was passierte dann?"
„Nach ungefähr zwei Stunden bin ich wieder durch die Luke zurück. Mit dem linken Bein bin ich beim Springen an der Kiste hängengeblieben. Seitdem humpele ich. In der Nacht bin ich oben geblieben und in der nächsten Nacht bin ich zu der Linke gelaufen. Was heißt laufen, ich konnte gar nicht laufen. Frau Linke habe ich dann alles erzählt. Bei ihr bin ich untergetaucht. Bei Angriffen war ich im Kohlenkeller. Als wir ausgebombt wurden, war das mein Glück. Aber Frau Linke hat den Angriff nicht überlebt. Das tut mir so leid, sie war ein herzensguter Mensch. Sie hätte jedem geholfen."
„Oh, mein Gott", sagte Helene wieder und hielt sich die Hand vor den Mund.
„Weißt du noch, Helene, was Frau Linke immer sagte?" Sie wandte sich der Freundin zu und beide sagten wie aus einem Mund: „Besuche nur bis neun, sonst kommt die Linke reun." Sie kicherten wie kleine Mädchen. Erschrocken sah Helene, wie über das eingefallene Gesicht der Freundin, Tränen wie Sturzbäche hinunterströmten.
„Und wo wohnst du jetzt?"
„Ich bin bei Herberts Eltern. Du weißt doch, wer Herbert ist, oder? Er sagte immer: Da kommen die Bachsteine." Helene nickte. Carla holte ein Taschentuch hervor, wischte die Tränen aus dem Gesicht und putzte sich die Nase.
„Du warst die ganze Zeit in Berlin? Dann war das Tauschen unserer Pässe ja völlig sinnlos!"
„Ja, aber trotzdem. Mein Vater konnte ja nur für sich und meine Mutter einen Pass besorgen, dann flog der Fälscher auf. Du weißt das doch alles. Du hast viel für mich riskiert, Helene. Ich wollte dir immer schreiben, aber ich habe mich nicht getraut."
„Wo sind deine Eltern, Carla, wo ist die andere Familie geblieben?"

„Ich weiß es nicht, Helene. Ich weiß nicht, wo sie geblieben sind."
Carla brauchte Helene. Mehr denn je brauchte sie einen Menschen, der sich um sie kümmerte.
„Du kannst doch bei mir wohnen", sagte Helene. „Vorher standen in dem Zimmer auch zwei Betten. Es ist zwar eng, aber es wird gehen. Ich frage einfach die Lehmanns." Drei Tage später zog Carla bei ihr ein. Herr Lehmann hatte das zweite Bett wieder aufgebaut. Carla war gerade dabei ihre wenigen Sachen im Schrank zu verstauen, als sie den Mantel entdeckte.
„Das ist Papas Mantel. Du hast ihn behalten?"
„Ja, natürlich habe ich ihn behalten. Ich weiß auch noch genau, was dein Vater sagte, als er mir den Mantel gab."
„Ich weiß es auch noch, Helene. Als wir damals meinen Eltern erzählten, was wir uns wegen der Pässe ausgedacht hatten, sagten sie, dann bleiben wir eben auch. Es ist viel zu gefährlich. Drinnen weinte meine Mutter und draußen goss es wie aus Kübeln. Als wir die beiden endlich überzeugt hatten, war das Wetter noch schlechter geworden."
„Dann gab er mir den Mantel", erzählte nun Helene weiter, und sagte, irgendwann gibst du mir ihn wieder. Spätestens dann, wenn die Sonne wieder lacht."
„Darf ich?" Tief steckte Carla ihre Nase in den Stoff des Mantels. Konnte sie den geliebten Vater noch riechen?
Einige Tage später ging Helene mit ihrer Freundin zu dem Anwalt, der auch ihr geholfen hatte. Vier Wochen später hatte Carla einen neuen Pass. Carla Stein. Ohne J und ohne Sara.

Endlich hatte Andreas die neue Adresse von Helene. Freudestrahlend hatte Annerose ihm einen Zettel gereicht. Helenes erster Brief war eingetroffen. Eilig verabschiedete er sich und setzte sich zu Hause an den Küchentisch, um Helene zu schreiben. Die Stimmung im Elternhaus war seit der Abreise Jochens gereizt, die Gespräche einsilbig. Sein Vater redete kaum noch und seine Mutter konnte nur mit Mühe ihre Enttäuschung und Traurigkeit verbergen.

Bis Andreas eine Arbeit gefunden hatte und sich ein eigenes Zimmer leisten konnte, musste er bleiben. Es nützte alles nichts. Heute wollte er aber den trüben Gedanken nicht nachgeben. Heute war ein guter Tag. Heute wusste er endlich wo Helene war.

Meine liebste Helene,
ich bin unendlich traurig darüber, was alles passiert ist, aber auch unendlich glücklich, dass wenigstens wir beide uns nicht verloren haben. Wie geht es dir? Was tust du in Berlin? Ich sehne mich nach dir, liebste Helene, und es gibt so viel zu erzählen.

Ende Mai bin ich nach Hause gekommen. Die Menschen wuseln um mich herum und ich habe das Gefühl, in den Herzen und Köpfen sind alle nur noch mit dem Wiederaufbau beschäftigt. Ich kann es nicht besser beschreiben, es ist, als hätte es den Krieg nie gegeben, sondern ein Erdbeben wäre über Kiel gefegt. Verdrängen alle Leute, was war? Nur nicht zurückschauen, nicht über das Schreckliche reden, sondern nur noch nach vorne blicken? Ich mache mir darüber Sorgen und es macht mir Angst. Sind wir Menschen so? Können wir nicht über unsere Schuld reden?

Meine liebste Helene! Ich verbringe die Tage damit, an dich zu denken und von dir zu träumen. Wenn ich kurz nicht von dir träume, bemühe ich mich um Arbeit.

Mein Bruder und seine Frau sind in die Schweiz gegangen. Meine Mutter ist darüber sehr traurig und mein Vater sehr wütend. Eigentlich wollte ich so schnell wie möglich zu dir kommen, um mit dir in Berlin ein gemeinsames Leben zu beginnen. Aber im Moment ist daran nicht zu denken. Es würde meiner Mutter das Herz brechen, wenn auch ich gehe. Das verstehst du doch, Helene, oder?

Bitte schreibe mir so schnell es geht zurück, meine Liebste. Überlege dir bitte, ob du dir vorstellen kannst, wieder nach Kiel zu ziehen. Wir beide

an der Förde, wäre das nicht schön?
Hast du etwas über deine Freundin erfahren? Du bist mir die Geschichte immer noch schuldig.
Ich liebe dich, meine Helene. Bitte komm zurück nach Kiel und lass uns heiraten.
In ewiger Liebe und großer Sehnsucht,
Dein Andreas
Mit dem Brief in der Hand sah Andreas glücklich aus dem Küchenfenster. Aus einem Benz stieg gerade eine elegante Frau. Es war Eva-Maria. Kurze Zeit später klopfte es an der Wohnungstür.
„Eva-Maria, was für eine Überraschung. Willst du nicht hereinkommen?" Sie reichten sich die Hand.
„Sind deine Eltern nicht da?"
„Nein, sie sind bei meinen Großeltern." Beide setzten sich und Andreas bot einen Tee an. Eva-Maria schüttelte nur den Kopf.
„Andreas, ich komme wegen meiner Tochter und deinem Bruder."
Andreas spürte die Distanz, die in diesen Worten mitklang.
„Habt ihr die Adresse der beiden?"
„Nein, wir haben keine Adresse. Wir wissen nur, dass sie in die Schweiz gegangen sind. Das haben sie wenigstens erzählt, als sie sich von uns verabschiedet haben." Nervös zupfte sie an der Tischdecke herum. Eva-Maria sah perfekt aus, wie immer. Und doch, die tiefen Schatten unter ihren Augen konnte auch keine Schminke verbergen.
„Ich verstehe das alles nicht, Andreas. Was ist nur passiert?"
„Darüber haben wir uns auch den Kopf zerbrochen. Meine Eltern können das genau sowenig verstehen. Meine Mutter ist deswegen ganz krank. Habt ihr in der Klinik nachgefragt?"
„Ja, mein Mann war da. Dr. Callsen wollte ihn erst gar nicht empfangen, so wütend ist er auf die beiden, besonders natürlich auf Jochen." Den kleinen Pfeil konnte sie sich nicht verkneifen. „Aber Dr. Callsen hat keine Adresse."
„Was ist mit dem Amt?"
„Ach, Andreas, Egbert hat schon längst nachgefragt. Sie haben sich aus Kiel nicht abgemeldet. Laut dem Amt wohnen sie immer noch bei uns."

Eva-Maria war drauf und dran, Andreas von den unvorstellbaren Leiden der jungen Mutter zu erzählen und davon, was Jochen für ein widerlicher Mensch war. Aber dann ließ sie es doch und stand auf.

„Grüße deine Eltern herzlich von uns, Andreas. Und wenn ihr etwas hört, dann sagt ihr Bescheid, ja?"

„Klar. Das machen wir. Vielleicht meldet sich Mathilde ja auch bald bei euch."

„Das wäre zu schön. Dann komme ich sofort vorbei."

Nachdenklich blieb Andreas zurück. Zufällig fiel sein Blick auf die Kommode. Es stand kein einziges Foto mehr drauf. Bisher war ihm das gar nicht aufgefallen. Er öffnete die obere Schublade und riss dann alle Schubladen und Türen auf. Wo waren die zwei Fotoalben geblieben, wo die Schachtel mit den Bildern?

Abends erzählte er den Eltern vom Besuch Eva-Marias. Und das erste Mal erzählte er von Helene. Er wusste später nicht, warum er das ausgerechnet jetzt tat. Wollte er die Eltern trösten? Wollte er damit sagen, wenigstens bei mir ist alles in Ordnung. Ich haue nicht bei Nacht und Nebel einfach ab?

Seitdem Jochen weg war, wurde nicht mehr über ihn gesprochen, wenigstens nicht, wenn der Vater dabei war.

„Wir haben uns schon gedacht, dass du eine Frau kennengelernt hast", sagte seine Mutter unvermittelt. „Du machst so einen verliebten Eindruck." Die Miene seines Vaters verfinsterte sich zusehends.

„Ich kann nur hoffen, dass deine kleine Freundin nicht auch zu so einer Bagage gehört, wie die Schwiegereltern deines Bruders. Eine Frau aus unserem Nachtjackenviertel ist mir wenigstens tausendmal lieber!"

Andreas kochte vor Wut.

„Was erlaubst du dir, Vater. Unser Viertel ist genauso gut oder genauso schlecht wie alle anderen. Und die Michels als Bagage zu bezeichnen, ist ungerecht. Und lass gefälligst Helene aus dem Spiel."

„Hört auf zu streiten!" Die Stimme seiner Mutter klang resigniert und kraftlos. „Du hast heute Nacht wieder im Schlaf geschrien,

Andreas. Hast du Albträume?"
„Was wird er schon träumen. Er war im Krieg. Hast du das schon vergessen?" Ein vernünftiges Gespräch war nicht möglich. Wenigstens nicht heute. Er wandte sich mitleidig seiner Mutter zu.
„Wo sind die ganzen Bilder geblieben?"
„Frag deine Mutter", blaffte der Vater dazwischen.
„Das tue ich ja gerade", erwiderte Andreas ungehalten.
„Beim letzten großen Angriff mussten wir in den Bunker. Ich habe alle Fotos und die Alben in meine Einkaufstasche gepackt. Ich habe sie im Bunker vergessen und am nächsten Tag war die Tasche weg." Sie begann zu weinen. Andreas stand auf und legte den Arm um sie.
„Es gibt doch Schlimmeres, Mama."
„Unsere ganzen Erinnerungen sind weg!" Und dann sagte sie es doch: „Auch die Fotos von Jochen und das Hochzeitsbild. Nicht mal das ist mir von ihm geblieben."

Helene stand auf dem Bahnhof und wartete auf den Zug aus Kiel. Es war Anfang Dezember 1945 und bitterkalt. Sie ging hin und her und war sehr aufgeregt. Würde er sie wirklich noch genauso lieben, wie er immer geschrieben hatte? Sie liebte ihn bis zum Himmel und zurück. Für sie gab es keinen Zweifel. Viele Nächte hatte sie sich nach ihm gesehnt. Und heute sollten ihre Sehnsüchte ein Ende haben. Endlich hörte sie das Schnauben und Ächzen eines Zuges. Schon als einer der ersten Fahrgäste stieg er aus. Sie flog direkt in seine Arme. Es war nicht die Zeit, um große Gefühle in der Öffentlichkeit zu zeigen. Einige Passanten schüttelten mit dem Kopf, einige rümpften mit der Nase und ein paar junge Menschen lächelten ihnen zu. Nur schwer konnten die beiden sich voneinander lösen.
„Helene".
„Andreas".
Auf dem Weg zu Helenes Zimmer sprachen sie nicht viel. Nur ab und zu schauten sie sich verstohlen von der Seite an. Beide spürten, der Zauber ihrer Liebe war nicht verflogen.

Helene hatte bei den Lehmanns vorsichtig nachgefragt, ob Andreas zwei Nächte in ihrem Zimmer schlafen durfte. Erst hatte Frau Lehmann nein gesagt und etwas von einem Verkupplungs-Gesetz gemurmelt, aber dann hatte sie doch zugestimmt. Herr Lehmann sowieso. Carla wurde kurzerhand ausquartiert und blieb bei einer gemeinsamen Freundin.

Andreas und Helene hatten kaum die Tür ihres Zimmers zugemacht, als es klopfte. Herr Lehmann trat ein und sagte:
„Entschuldigung, ich will nicht stören, aber meine Frau lässt fragen, ob Sie mit uns Abendessen wollen." Andreas stellte sich vor und antwortete:
„Gern, nicht Helene. Das ist sehr nett von Ihnen."
„Also dann bis gleich." Herr Lehmann ging. Die beiden Liebenden, die eine unendliche Sehnsucht nacheinander hatten, lachten. Nach dem gemeinsamen Essen waren sie endlich allein. Helene nahm ganz selbstverständlich seine Hand und zog ihn zum Bett. Unendlich glücklich lagen sie in der Nacht nebeneinander und genossen die Zweisamkeit.
„Ich liebe dich, meine Helene."
„Und ich liebe dich, Andreas."
Am nächsten Morgen organisierte Helene das Frühstück und danach gingen sie eingehakt durch die Straßen. Trotz der Ruinen, des Schutts, der Kälte und des Leids spürte Andreas den Charme, der von dieser Stadt ausging. Die Menschen, die ihnen begegneten, schauten optimistisch, als würden sie sich nicht unterkriegen lassen. Und er spürte deutlich die Worte, die legendär das Lebensgefühl Berlins ausdrückten: Na und?!
Mittags kehrten sie in eine kleine Gastwirtschaft ein und abends trafen sie sich mit Carla. Sie saßen zu dritt im kleinen Zimmer und abwechselnd erzählten die beiden Frauen, was es mit den vertauschten Pässen auf sich hatte. Carla berichtete von der Gestapo und ihrem Versteck bei Frau Linke und Helene, dass ihr gar nichts anderes übrig geblieben war, als zu den Verwandten nach Kiel zu fahren. Andreas mochte Carla auf Anhieb. Er war sozusagen auf der falschen Seite im Krieg gewesen, kein Zivilist oder ein alter Mann, der nicht mehr dienen musste. Aber Carla machte ihm keine

Vorwürfe. Andreas war tief beeindruckt von Carla und dem Mut beider Frauen.

Als Carla gegangen war, blieb nur noch eine Frage offen, die er jetzt unverblümt stellte:

„Was ist mit unserem Baby geschehen, Helene? Bis jetzt bist du mir immer ausgewichen. Warum ist unser Baby gestorben? Wo hast du es überhaupt bekommen? Wer war bei dir? Und wo warst du, als deine Verwandten dich verzweifelt gesucht haben?"

„Ach, Andreas. Ich kann nur schwer darüber reden. Paula konnte nicht leben. Bitte lass mir noch etwas Zeit. Irgendwann werde ich dir alles erzählen." Bittend sah sie ihn an und tieftraurig sagte Andreas:

„Helene, du hast schon wieder kein Vertrauen zu mir. Warum nicht, Helene? Ich bin der Mann, der dich von Herzen liebt. Wir können doch unseren Kummer gemeinsam tragen. Und es war doch auch mein Kind!" Helene legte den Zeigefinger auf seine Lippen. Sie holte aus dem Kleiderschrank die Zeichnungen, die sie gemacht hatte. Mit Tränen in den Augen sah sich Andreas die Bilder an.

„Was für ein hübsches Baby unsere Paula doch war."

In der Nacht wurde Helene von dem Schreien und Stöhnen des geliebten Mannes wach. Behutsam legte sie eine Hand auf seine Wange und flüsterte:

„Andreas, du träumst. Andreas wach auf!" Plötzlich saß er kerzengerade im Bett. Es dauerte einige Sekunden bis er wusste, wo er war.

„Hast du dich erschrocken? Das tut mir leid. Ich träume manchmal so komische Sachen." Er sagte nicht die Wahrheit, das spürte Helene, aber sie erwiderte nichts, sondern legte ihren Arm auf seine Schultern. Kurze Zeit später schliefen sie Hand in Hand ein.

Nach dem gemeinsamen Mittagessen, auf das Frau Lehmann bestanden hatte, verabschiedete sich Andreas. Er hasste Abschiede und wollte nicht, dass Helene ihm auf dem Bahnhof hinterher winkte. Es war schon so schwer genug. Sie standen in der klirrenden Kälte vor dem Haus und Andreas sagte ganz ernst und fast feierlich:

„Bitte heirate mich, Helene. Komm zu mir nach Kiel."
„Lass mir noch etwas Zeit, bitte. Ich will mit dir leben. Aber lass uns noch etwas Zeit."
Enttäuscht saß Andreas im Abteil und dachte an Helene. Sie war ihm nahe und vertraut. Über vieles hatten sie gesprochen, gelacht und gelästert. Und trotzdem konnte sie nicht mit ihm über Paulas Tod reden und er konnte ihr nicht den Grund seiner entsetzlichen Albträume erzählen.
Vielleicht brauchten sie wirklich noch Zeit: Zeit für den Kummer und die Trauer, Zeit, um ihr gemeinsames Leben zu beginnen.

Mit zwei weiteren jungen Arztfamilien bezogen Jochen und Mathilde ihre erste Wohnung in Basel. Direkt neben dem Klinikgebäude war das vorherige Spital zu modernen, großzügigen Wohnungen umgebaut worden. Der pure Luxus, wenn man bedachte, aus welchem Zuhause Jochen kam, und wenigstens keine Verschlechterung, erinnerte man sich an das Stadthaus der Familie Michels.
Professor Dr. Karrer war eine Kapazität auf dem Gebiet psychosomatischer Erkrankungen. Darüber hinaus waren seine Erfolge bei Suchtkranken weit über die Grenzen der Schweiz bekannt und anerkannt. Jochen sollte in ihm den besten Lehrmeister finden und Dr. Karrer in Jochen den ehrgeizigsten Arzt, den er jemals eingestellt hatte.
Der Klinikleiter wollte unbedingt einen Gynäkologen. Ein Arzt, der Menschen auf die Welt half, würde auch Menschen helfen können, die am Leben verzweifelten. Und er wollte einen Arzt, der Leid und Tod kannte und das Leben umso mehr zu schätzen wusste.
Er glaubte, in Jochen die Idealbesetzung seiner Vorstellungen gefunden zu haben.

Schon wie in Kiel kapselte Jochen sich von den Kollegen ab. Ein höfliches guten Tag, ein gemeinsames Essen, wenn es gar nicht anders ging, aber darauf beschränkten sich die Kontakte. Er hielt sich an den Professor. Der würde ihn schon in die richtigen und wichtigsten Kreise einführen. Nur das zählte und nicht etwa die verplemperten Abende mit den Kollegen.
Und Jochen machte schnell Karriere. Dr. Karrer war von seinem Musterschüler so begeistert, dass er ihn und Mathilde schon nach wenigen Wochen zu sich nach Hause einlud. Die Schnur des Glücks, die in Kiel beinahe zerrissen war, gewann in Basel an Stärke und wurde zu einem dicken Band, das lange nicht reißen sollte.
Jochen besuchte Seminare und Gast-Vorlesungen. Sein Chef förderte ihn, wo er nur konnte.
Die Privatklink bot 50 Patienten Platz, zumeist Männern und

Frauen der gehobenen Klasse. Verzweifelte Menschen, die unerträgliche Schmerzen hatten, obwohl kein körperliches Leiden zu finden war. Menschen, die oft nur mit Morphium den Tag überstehen konnten oder andere, die manisch-depressiv waren und in der Klinik Hilfe suchten.
In einem kleineren Gebäude waren 10 Suchtkranke untergebracht, Männer und Frauen, die alkoholkrank waren oder ohne Tabletten nicht mehr leben konnten.
Diese Gruppe, die „Sufftabbies", wie sie abfällig vom Personal genannt wurden, hatte es Jochen besonders angetan. Er las alles über Therapien von Suchterkrankten, versäumte keine Vorträge und eignete sich schon in kurzer Zeit ein erstaunliches Fachwissen an. Wie schon in Kiel, schrieb er alles auf. Er war so besessen, dass er sich selbst prüfte. An einem Abend stellte er schriftlich Fragen zusammen, die er am nächsten Abend beantwortete. Jedes Mal schnitt er mit der besten Note ab, denn auch die Bewertung hatte Jochen akribisch festgelegt. Er war Lehrer und Primus in einer Person.

Mathilde war krank vor Heimweh. Jeden Tag nahm sie sich vor, ihren Eltern zu schreiben und tat es dann doch nicht. Zwischen Jochen und ihr war das Thema absolut tabu. Einmal hatte sie ihn gefragt, warum er denn nicht wenigstens seinen Eltern oder Andreas eine Postkarte schreiben würde. Er hatte einfach nicht geantwortet.
Sie war so glücklich über die bevorstehende Geburt, aber sie konnte ihr Glück mit niemandem teilen. Jochen arbeitete nur ein paar Meter entfernt, doch er war weiter weg als die Sonne vom Mond. Aber Mathilde liebte ihn immer noch abgöttisch. Sie sah nicht, wie sie zusehends vereinsamte. Sie merkte nicht, dass die anderen jungen Arztfrauen sie ausschlossen. Jochen genügte ihr. Ein Blick, ein Lächeln von ihm und sie war wieder in seinem Bann. Die einzige Abwechslung waren die gegenseitigen Besuche des Professors und seiner Frau. Mathilde mochte Frau Karrer gern. Fing sie an, in ihr einen Mutterersatz zu sehen? Die beiden fuhren gemeinsam einkaufen und Frau Karrer war es auch, die sich um die Babyaus-

stattung kümmerte. Sie spürte, dass Mathilde Hilfe brauchte. Aber sie konnte lange nicht sagen, warum das so war.

Jochen holte selbst sein Kind auf die Welt. Bevor Mathilde ihren Jungen auf dem Arm halten konnte, rannte er durch die Klink und zeigte stolz seinen Sohn. Die Geburt des kleinen Ludwigs war der Anfang vom Ende ihrer Ehe. Das sollte sich schon bald herausstellen.
Überschwänglich bedankte sich Jochen bei seiner Frau und schenkte ihr den größten Blumenstrauß, den sie je in ihrem Leben gesehen hatte. Die Schwestern schmachteten dem attraktiven Arzt hinterher und suchten nach einer passenden Vase. Es fand sich keine. So teilten sie den Strauß auf und verteilten ihn in acht verschiedene Vasen. Es sieht aus wie in einem Leichenschauhaus, tuschelten die Schwestern hinter dem Rücken der jungen Eltern.
Mathilde hatte ihren Lebensinhalt gefunden. Das glaubte sie zumindest. Sie überschüttete den kleinen Jungen mit ihrer Zärtlichkeit und ihrer Liebe, aber auch Jochen konnte nicht genug von seinem Sohn bekommen. In der ersten Zeit nach der Geburt waren Jochen und Mathilde sehr glücklich. Sie waren jetzt eine kleine Familie und jeder von ihnen hoffte, dass der Junge ihrer Beziehung gut tun würde: Jochen, weil seine Frau jetzt eine sinnvolle Beschäftigung hatte und Mathilde, weil ihr Mann zärtlich und aufmerksam war und es gar nicht erwarten konnte, zu Frau und Kind zu kommen.
Wohlwollend registrierte der Professor die kleine, glückliche Familie. Er hatte mit der deutschen Arztfamilie die beste berufliche Wahl seines Lebens getroffen. Eine glückliche Familie gab einem Arzt Halt und Ausgeglichenheit. Das war für den schweren Beruf ein unermesslich wichtiger Punkt auf der Habenseite des Lebens.
Schon nach wenigen Wochen wendete sich Mathildes Glücksband. Jochen kam spät nach Hause, kümmerte sich zwar rührend um seinen Sohn, aber er hörte nur noch halbherzig zu, wenn ihm Mathilde etwas erzählte. Eher widerwillig schlief er mit seiner Frau, doch Mathilde merkte diese Veränderung nicht. Wenn sie in

seinen Armen lag, gehörte er nur ihr und nur diese Stunden zählten.

In Kiel hatten die Kollegen ihn „Maschine" genannt. In Basel lebte er im Privatleben wie eine Maschine neben seiner Frau. Er spulte seinen Charme und Witz wie auf Knopfdruck herunter, er lief zur Höchstform auf, wenn er mit seiner Frau schlief und er tat alles, damit der Liebesmotor nicht ins Stocken geriet und er ansonsten seine Ruhe hatte. Er hatte keine Gefühle mehr für Mathilde. Er fand sie langweilig und hatte es satt, den abendlichen Alleinunterhalter zu spielen und ausgiebig ihre eher bescheidenen Kochkünste zu loben. Worüber sollte er mit Mathilde reden? Wo lagen die gemeinsamen Interessen? Gegensätze ziehen sich an? Das traf nur einen Wimpernschlag lang auf ihn und seine Frau zu. Sie begegneten sich nicht auf Augenhöhe. Ihr Charakter und ihr Bildungsunterschied waren wie Feuer und Wasser. Für den ersten Honigmond hatte es gereicht. Aber für ein ganzes Leben? Was blieb übrig?

Die Tage und Nächte wurden immer einsamer für Mathilde. Sie zählte jeden Tag die Stunden, bis Jochen endlich nach Hause kam. Manchmal ging sie mit dem Kleinen in die Klinik, um ihren Mann zu besuchen. Es war an einem Donnerstag, als sie mit dem Jungen auf dem Arm durch die langen Klinikgänge ging. Mathilde ging zum Dienstzimmer ihres Mannes, klopfte und trat gleich danach ein. Vor Schreck und Entsetzen hätte sie beinahe ihren Sohn fallengelassen. Jochen stand engumschlungen mit einer jungen Schwester. Die beiden küssten sich leidenschaftlich. Nach einer halben Ewigkeit bemerkte Jochen erst seine Frau, löste sich abrupt von der Schwester und stieß sie zur Seite. Mathilde machte auf dem Absatz kehrt und lief so schnell sie konnte aus dem Gebäude. Jochen lief hinterher. Er musste retten, was zu retten war. Der Professor duldete keine Affären zwischen dem Personal, das war bekannt. Darüber hinaus stellte er hohe moralische Ansprüche an sich selbst und an seine Mitarbeiter. Jochen konnte sich keinen Skandal und keinen Rauswurf leisten. Endlich hatte er Mathilde eingeholt.

„Es ist nicht so, wie du denkst." Sie blieb stehen. Spulen, spulen, spulen, ratterte es ihn ihm. „Mathilde, lass uns zum Park gehen. Ich nehme mir für den Rest des Tages frei." Ohne eine Antwort abzuwarten lief er in die Klinik zurück und kam kurz darauf wieder. Er nahm ihr den Jungen ab und wortlos gingen sie nebeneinander zum Park, der an das Klinikgebäude grenzte. Sie setzten sich auf eine Bank.

„Mathilde, es ist wirklich nicht so wie du denkst. Schwester Ingrid macht mir schon die ganze Zeit schöne Augen. Und heute ist sie einfach in mein Zimmer gekommen und hat sich mir an den Hals geworfen. Ich wollte sie gerade zurückweisen, als ich dich gesehen habe."

„Ich hatte nicht den Eindruck, du würdest sie jeden Moment zurückstoßen." Sie sah an ihm vorbei.

„Ich liebe nur dich, glaub mir das bitte. Vielleicht habe ich in der ersten Schrecksekunde nicht richtig reagiert. Ich bin eben auch nur ein Mann." Der Kleine begann zu weinen. Er reichte ihr Ludwig und sagte: „Siehst du. Selbst unser Sohn weint, weil du mir nicht glaubst." Wie unabsichtlich streifte er ihren Arm. Als Ludwig sich beruhigt hatte, nahm er ihn wieder auf den Arm und flüsterte ihm ins Ohr: „Danke, mein Sohn. Wir Männer müssen doch zusammen halten." In dieser Nacht lief Jochen wieder zur Höchstform auf. Mathilde glaubte seinen Beteuerungen und verzieh ihm. Na, also, dachte Jochen böse.

Am nächsten Morgen ließ er Schwester Ingrid zu sich rufen.
„Hören Sie zu, Schwester Ingrid", sagte er scharf und ohne Begrüßung. Hochnäsig siezte er die junge Frau, mit der er seit Wochen eine Affäre hatte.

„Sie werden ganz schnell vergessen, was zwischen uns war und gestern passiert ist. Ich hoffe, wir haben uns verstanden!" Bei jedem seiner Worte war sie zusammengezuckt. Eingeschüchtert und mit den Tränen kämpfend sah sie auf den Boden und wagte nichts zu erwidern.

„Wem wird man mehr glauben, Schwester Ingrid? Einer kleinen Schwester, die noch in der Probezeit ist, oder einem angesehenen

Arzt und Familienvater? Also, wagen Sie nicht, die kleine Geschichte herumzuerzählen." Er sah mit kalten Augen auf sie hinab.
„Haben wir uns also verstanden?", brüllte er sie an.
„Ja, ich habe verstanden!" Um Haltung bemüht stürmte sie aus dem Arztzimmer.
Triumphierend saß er an seinem Schreibtisch und las seine Notizen der letzten Gruppensitzung durch. Gleich würde er den Professor wieder begleiten. Trotz der täglichen medizinischen Routine - wie hoch ist der Blutdruck vom Manisch-Depressiven aus Zimmer 9, die Blutwerte der Tablette von Zimmer 7 - nahm seine Karriere langsam an Fahrt auf. In der kommenden Woche durfte er das erste Mal mit zu den Sufftabbies. Er rieb sich die Hände. Es würde nicht mehr lange dauern, dann würde er die Gesprächsrunden selbständig führen dürfen, nicht nur in der Gruppe, sondern auch die Einzelgespräche.
Seine dunklen Augen funkelten vor Ehrgeiz.

Helene kümmerte sich liebevoll um Carla. Aber sie merkte sehr schnell, dass ihre Freundin mehr brauchte, als eine halbwegs warme und ausreichende Mahlzeit am Tag und ein wenig Zuspruch und Aufmunterung. Ihre Seele war verkümmert. Die Sorge um ihre Eltern, die Angst, dass sie schon längst tot waren, beherrschte ihre Tage und ihre Nächte. Jeden Tag erfuhren die Menschen mehr über die Konzentrationslager, über die Sonderbehandlung der Juden, über die Vernichtung von Menschen, deren Religion, Abstammung oder Intellekt und Weltbild nicht in die Wahnwelt der Nazis gepasst hatte. Was konnte Helene tun? Sie, die selbst einen unendlich schweren Schicksalsschlag verkraften musste, der auch sie bis in ihre Träume hinein verfolgte. Konnte ausgerechnet sie helfen, nachempfinden wie es ihrer besten Freundin ging? Wog der eine Verlust schwerer als der andere? Oder gab es überhaupt keinen Unterschied? Konnte man lernen, richtig zu trauern?
Nein, natürlich konnte man das nicht lernen. Niemand konnte einfach sagen, machen Sie dies, machen Sie das und schon werden Sie sehen, wie einfach das geht. Nichts war einfach für Menschen, die um geliebte Menschen weinten.
Obwohl Helene in vielen Gesprächen immer wieder betonte, dass die Eltern von Carla ganz bestimmt noch leben würden, ahnte sie, dass das nicht stimmte. Und dieser Gedanke machte alles noch viel schwerer. Wenn sie also tot waren, wie waren sie gestorben, mussten sie sehr leiden? Wann waren sie gestorben? Wo waren sie beerdigt? Wurden sie überhaupt beerdigt? Helene wusste, dass nicht nur Carla von diesen schweren Gedanken gequält wurde. Überall gab es unzählige Menschen, die sich diese Fragen von morgens bis abends stellten.
Auch an diesem Abend saß Carla regungslos auf ihrem Bett, als Helene von der Arbeit kam.
„Wie war dein Tag?", fragte sie statt einer Begrüßung.
„Na, ja. Es gibt nicht viel zu erzählen. Die Steine, die Ziegel und der Schutt sehen jeden Tag gleich aus." Helene setzte sich zu ihrer Freundin.
„Und bei dir? Was hast du gemacht?"

„Ach, ich wollte heute zum Roten Kreuz, aber ich habe es dann doch gelassen. Es hat doch sowieso keinen Sinn." Nicht nur die Steine, die Ziegel und der Schutt sahen jeden Tag gleich aus, auch die abendlichen Gespräche, dachte Helene ratlos. Wie konnte sie Carla nur aus ihrer Erstarrung bringen? Sollte sie ihr von Paula erzählen? Von den Nächten in der Klinik? Von dem Monster?
„Du kannst nicht nur hier herumsitzen, Carla. Du musst etwas tun. Es gibt doch so viele Ämter, an die du dich wenden kannst. Du wirst ganz sicher erfahren, wo deine Eltern sind. Du musst es nur wollen."
„Ich weiß, Helene. Aber ich habe solche Angst, die Wahrheit zu erfahren. Ich weiß nicht, wie ich weiter leben soll mit der schrecklichen Wahrheit."
„Carla! Du kannst aber auch nicht mit dieser Ungewissheit weiterleben. Übernächste Woche habe ich ein paar Tage frei. Ich kann dir helfen, wenn du willst." Die Freundin antwortete nicht. Helene war drauf und dran, ihr nun doch von Paula zu erzählen. Aber sie konnte nicht. Auch heute war sie noch nicht in der Lage, den Tod Paulas zu Ende zu denken, sich zu verabschieden, sie gehen zu lassen. Sie konnte ja nicht einmal um ihre kleine Tochter weinen. Warum sollte sie es also erzählen? Plötzlich sprang Carla auf.
„Ich werde mir in den nächsten Tagen ein eigenes Zimmer suchen. Und ich muss arbeiten. Ich muss allein sein, Helene. Außerdem bin ich eine Zumutung für dich!" Helene sah sie ungläubig an.
„Aber du bist doch den ganzen Tag allein. Lass dir Zeit mit dem Zimmer und der Arbeit. Wir kommen doch ganz gut zurecht. Und du solltest nicht ganz allein sein. Du brauchst mich doch, Carla. Ich will dir doch nur helfen."
„Helene, du musst mich verstehen. Ich habe viel nachgedacht in den letzten Tagen. Am liebsten würde ich wieder durch die Dachluke steigen und zusehen wie meine Eltern abtransportiert werden. Dann würde ich sie wenigstens noch einmal lebend sehen. Sie sind längst tot. Du weißt das so gut wie ich. Aber wenn ich mir vorstelle, auf dem Dach zu sein, dann leben sie noch. Verstehst du was ich meine?" Sie wartete keine Antwort ab, sondern erzählte weiter.

„Ich denke immer an die drei Affen. Dir und den anderen habe ich dieses Verhalten ja vorgehalten. Und jetzt bin ich selbst so. Ich will einfach nichts hören, weil ich Angst habe vor der Wahrheit. So große Angst. Das einzige was mir von Mama und Papa geblieben ist, ist ein verschlissener Mantel." Carla war bei diesen Worten im Zimmer hin und her gelaufen. Helene berührte leicht ihren Arm.
„Komm, setz dich wieder. Beruhige dich." So saßen sie Minuten lang schweigend nebeneinander auf dem Bett.
„Weißt du, Helene, alle Menschen, die im KZ waren, bekamen eine Nummer auf den Arm tätowiert. Sie wurden nicht mit Namen angeredet, sondern nur mit den Nummern. Was muss das für ein würdeloses Leben und Sterben gewesen sein. Sie waren nichts weiter als eine Nummer. Erst hat man ihnen ihr Hab und Gut genommen und dann ihre Würde. Mir hat jemand erzählt, dass selbst ihre Haare geschoren wurden, wenn sie im Lager eintrafen. Man ließ ihnen nicht einmal ihre Haare. Es hat immer Kriege und Verfolgungen gegeben und Kriege wird es auch weiterhin geben. Was ist schon gerecht auf dieser Welt? Aber die systematische Vernichtung so vieler Menschen, diese furchtbare Ermordungs-Maschinerie, an der sich Unternehmen und andere Dreckschweine bereichert haben, das übersteigt meine Vorstellungskraft. Ich kann es einfach nicht fassen, nicht begreifen. Krieg ist immer sinnlos. Aber was meinen Eltern und unzähligen anderen geschehen ist, dafür gibt es kein Wort. Es gibt einfach kein Wort dafür."
Wieder schweigen sie für Minuten.
„Carla, niemand der alleine bis zehn zählen kann, wird ein Wort finden, oder jemals verstehen können, was passiert ist. Aber du darfst jetzt nicht alle Menschen in unserem Land verurteilen. Es gab auch viele, die anderen geholfen haben. Die meisten konnten doch gar nichts tun. Meine beiden Kolleginnen, Hilde und Käthe suchen auch verzweifelt nach ihren Männern, die wahrscheinlich in Gefangenschaft sind oder gar nicht mehr leben. Ich habe vor ein paar Monaten auch noch gedacht, alle haben Schuld. Aber dann hätte ich genauso Schuld. Aber ich konnte doch nichts dafür. Und ich konnte den Krieg doch nicht aufhalten."

„So werden jetzt alle reden, Helene. Ich konnte nichts dafür. Ich konnte nichts dafür. Ich habe es nicht gewusst. Ich habe nur Befehle ausgeführt. Verdammt. Wer hat denn Schuld? Wer kann etwas dafür? Wer ist verantwortlich?"
Es klopfte an der Tür. Es war Herr Lehmann.
„Meine Frau lässt fragen, ob Sie beide eine Stunde zu uns kommen möchten."
„Das ist sehr nett von Ihnen, Herr Lehmann", antwortete Helene. „Ein anderes Mal kommen wir gern, aber heute geht es nicht." Er murmelte einen Gruß und ging wieder.
Carla hatte sich auf das Bett gelegt. Sie weinte lautlos in das Kopfkissen. Helene wusste nicht, was sie tun konnte. Sie setzte sich in den Cocktailsessel und betrachtete erschüttert die Freundin. Carla setzte sich wieder hin und flüsterte mit tränenerstickter Stimme:
„Es sind so viele Menschen gestorben. Auf jedem Meter rund um den Erdball liegt mindestens ein Toter. Ein Mann, eine Frau ein Kind. Das allerschlimmste ist aber, dass ich leben darf. Ich bin auf das Dach gestiegen und habe meine Eltern allein gelassen. Ich habe sie einfach im Stich gelassen anstatt mit ihnen zu gehen. Dann wären wir wenigstens noch zusammen gewesen. Und wären es jetzt für immer." Helene setzte sich wieder zu ihr und legte einen Arm um ihre Schultern.
„Sowas darfst du nicht einmal denken, Carla. Deine Eltern haben gewollt, dass du lebst. Sie haben dich geliebt und wollten dich vor dem Grauen schützen. Sie wären sehr traurig, wenn sie hören könnten, was du redest. Und vielleicht leben sie ja doch noch. Solange du ihren Tod nicht schwarz auf weiß hast, gibt es doch noch Hoffnung. Du darfst die Hoffnung nicht aufgeben, sondern du musst wieder Mut fassen, Carla."
Als Helene eine Woche später von der Arbeit nach Hause kam, war Carla weg. Auf einen Zettel, der auf dem Stuhl lag hatte sie geschrieben: *Danke für alles, meine liebe Helene.* Vielleicht sehen wir uns wieder. Carla.
Sie lief sofort zu den Lehmanns.
„Wo ist meine Freundin hin, Frau Lehmann? Hat sie zu Ihnen

etwas gesagt?"

„Nein, sie hat sich nur verabschiedet und sich bei uns bedankt. Sie wirkte sehr traurig, aber sie wollte uns nichts erzählen. Mein Mann und ich haben sie gefragt, wo sie denn hin will, und dass sie doch bei uns bleiben kann. Sie hat geweint, und ist dann die Treppe hinunter gelaufen. Ich habe noch aus dem Fenster hinter ihr her geschaut, bis ich sie nicht mehr sehen konnte. So ein nettes Fräulein."

In den nächsten Tagen überlegte Helene, wo Carla hingegangen sein könnte. Bei der gemeinsamen Freundin und Herberts Eltern war sie nicht. Viele der Freunde aus der Studienzeit wohnten nicht mehr unter den früheren Adressen. Wo sollte sie also noch suchen? Hatte sie als Freundin versagt? Es war ihr nicht gelungen, Carla zu stützen, ihre Lebensgeister wieder zu erwecken. Vielleicht war sie viel zu sehr mit sich selbst beschäftigt und hatte einfach keinen freien Platz in ihrem Kopf gehabt, um Carla aus dem furchtbaren Albtraum zu reißen. Helene war selbst noch mitten in einem Albtraum.

Eintönig verlief jeder Tag wie der andere. Rissige Hände, Erbsensuppe, warme Tage, kalte Tage, Hilde und Käthe und die Lehmanns. Immer öfter stellte sie sich die Frage, was sie eigentlich in Berlin wollte. Es war ihre Heimatstadt, gut. Aber war es noch ihre Heimat? War das nicht eigentlich inzwischen Kiel geworden mit Annerose und Gustav und natürlich Andreas? Kiel konnte genauso wenig wie Berlin etwas dafür, was Menschen und Monster für Verbrechen begangen hatten. Berlin konnte nichts für Carlas schweres Leid und Kiel konnte nichts für einen Psycho-Arzt in einem Krankenhaus. Langsam machte sie sich mit dem Gedanken vertraut, wieder nach Kiel zu gehen. Dahin wo ihre Familie lebte und ihr Liebster sehnsüchtig auf sie wartete.

Wie an jedem Abend um 10.00 Uhr dachte sie ganz fest an Andreas. Sie betrachtete sein Gesicht auf dem vergilbten Foto. Helene wollte zu ihm, sie war jetzt soweit. Und sie wollte ihrer Tochter nahe sein. Außerdem hoffte sie, dass die kleine Paula ihr verzeihen konnte, dass sie einfach weggelaufen war und sie alleingelassen hatte. In dieser Nacht kamen endlich die erlösenden

Tränen. Der Wannsee hätte nicht ausgereicht, um die Tränen, die wie Sturzbäche aus ihren Augen schossen, aufzunehmen. Sie weinte und weinte und ihr Schluchzen war bis in die Stube der Lehmanns zu hören. Erst kurz bevor sie wieder zur Arbeit musste, versiegten ihre Tränen. Ihre Augen waren rot und ihr Gesicht verquollen. In Gedanken hatte sie die ganze Nacht mit ihrem toten Baby geredet. *Ich werde ihn finden. Ich werde ihn finden. Ich verspreche es dir, mein Sternchen. Er wird für alles bezahlen. Ich schwöre es dir, mein Sternchen. Die ganze Welt wird erfahren, was er für ein Schwein ist. Bitte verzeih mir, Paula, dass ich dich ganz allein in Kiel zurückgelassen habe. Bitte verzeih mir, dass ich nicht um dich weinen konnte. Ich habe dich lieb, meine kleine Paula. Ich vermisse dich. Bitte verzeih mir.*
Die Tränen dieser Nacht öffneten ihr die Augen für die Trauer um ihr Baby und für ein neues Leben an der Seite des geliebten Mannes.

Andreas wirbelte seine Mutter in der Küche in die Höhe und strahlte vor Glück. Endlich hatte Helene wirklich ja gesagt und wollte zurück nach Kiel kommen. Nicht sofort, aber in einigen Monaten. Er ließ seine Mutter hinunter und tanzte mit dem Brief übermütig in der Küche herum.
„Sie kommt zurück nach Kiel, Mama. Und sie will mich heiraten. Ich bin der glücklichste Mann unter der Sonne!"
Aufgeregt lief Andreas durch die Straßen. Er hatte ein Vorstellungsgespräch bei einer großen Kieler Werft. Wenn das nun auch noch klappte. Es klappte. Andreas bekam seine erste Anstellung nach dem Krieg als Ingenieur für Schiffsbau. Er war stolz wie Bolle und glücklich, wie es nur jemand sein konnte, der an einem Tag zwei wunderschöne Zusagen bekommen hatte: Die eine für den beruflichen Anfang und die andere, die viel mehr zählte, für ein kleines Glück mit Helene.
Am frühen Abend saß er bei Annerose und Gustav und erzählte immer wieder von den Neuigkeiten dieses Tages. Als Gustav bereits die kommenden Jahre der beiden bis wenigstens zur Silberhochzeit verplant hatte, ging Andreas müde aber unendlich froh nach Hause.

„Wirklich, Gustav, manchmal bist du aber zu pingelig! Es ist doch egal, ob der Stuhl hier oder auf der anderen Seite des Tisches steht!"
„Nein, meine liebe Annerose, das ist eben nicht egal. Wir sind acht Personen. Wir beide, die Eltern von Andreas und seine Großeltern und natürlich das Brautpaar. Ich will, dass die beiden an einer Seite des Tisches allein sitzen. Also muss je einer am Tischende und der Rest auf der anderen Seite Platz nehmen."
„Aber vier Leute in einer Reihe, die werden doch total zusammengequetscht, wie Hühner auf der Stange."
„Du verstehst das nicht, Annerose. Wer soll denn neben dem Brautpaar sitzen? Du und Andreas Mutter oder ich und sein Vater, oder die Großeltern? Oder nur der Opa und der Vater, oder die Oma und die Mutter, oder du und ich?" Andreas kam gerade und hatte die letzen Wortfetzen verstanden. Er lachte laut und konnte sich auch während der Begrüßung kaum beherrschen.
„Siehst du, Gustav. Selbst Andreas findet dich zum Lachen."
Gustav drehte sich zu Andreas um:
„Ist das so?" Andreas konnte sich nicht mehr beherrschen und lachte, bis ihm die Tränen kamen. Zwischendurch murmelte er immer wieder:
„Tschuldigung, Tschuldigung." Gustav war eingeschnappt. Andreas ging zu ihm und klopfte ihm freundschaftlich auf die Schultern.
„Ihr beide macht das schon, Gustav. Ich bin euch so dankbar. Ihr kümmert euch wirklich um alles." Das stimmte. Gustav hatte den Verlobungstag minutiös durchgeplant: Mittagessen zu Hause, gemeinsame Feier im Garten und abends gemütlicher Ausklang wieder zu Hause. Nur zwei Fragen waren noch nicht geklärt: Wer saß also nun wo und was machte man bei schlechtem Wetter.

Voller Vorfreude stand Andreas auf dem Bahnhof und wartete auf den Zug aus Berlin. Helene sah umwerfend aus. Es verschlug ihm glatt die Sprache. Ihr Gesicht war leicht gebräunt und ihre sprechenden Augen strahlten mit dem Sonnenschein um die Wette. Andreas küsste sie verliebt und zart und konnte kaum die Augen von ihr wenden. Er nahm ihren Koffer und Hand in Hand machten sie sich auf den Weg zu Onkel und Tante.

Die beiden drückten ihre Nichte vor Freude so lange, bis sie fast keine Luft mehr bekam. Die Kleine war wieder zu Hause und würde es bald für immer sein. Was für ein Glück! Schon kurz nach dem Mittagessen verschwanden Annerose und Gustav. Alles sollte bis zur Ankunft der Gäste und des Brautpaares perfekt sein.

Als Andreas und Helene die Laube betraten, waren sie für einen Moment sprachlos. Liebevoll war der Tisch gedeckt, Blumen und bunte Papierschnipsel lagen zwischen den Gedecken. Zwei Stühle waren mit Stoffbändern umwickelt und von Stuhl zu Stuhl waren kleine Geschenke und Perlen an einer Schnur befestigt. Die Schnur des Glücks für Helene und Andreas. Beide mussten vor Rührung einige Male schwer schlucken. Zwei Stühle standen daneben. Sie waren für Andreas Mutter und Annerose reserviert. Die anderen Gäste konnten sich hinsetzen wo sie wollten. Unendlich stolz stellte Andreas kurze Zeit später den Eltern und den Großeltern seine Braut vor.

„Das ist Helene." Sprachlos betrachteten Vater und Großvater die schöne, junge Frau und nickten heimlich Andreas anerkennend zu. Nachdem auch Annerose und Gustav sich bekannt gemacht hatten, nahmen alle Platz. Es wurde ein heiterer und entspannter Nachmittag. Natürlich wurde Helene ein wenig ausgefragt. Was sie denn so in Berlin macht und warum sie nicht nach Kiel zieht, wo sie denn das schöne Kleid gekauft hätte, oder war es etwa selbst genäht. Geduldig beantwortete sie alle Fragen und eroberte die Herzen ihrer neuen Familie im Sturm.

„Ach, Helene, jetzt haben meine Frau und ich noch eine letzte Frage. Wie selbstverständlich war er zum du übergegangen. „Unser Sohn hat erzählt, dass du in Berlin studiert hast. Willst du in Kiel zu Ende studieren?"

„Ja, ich möchte gern mein Studium beenden." Verliebt flüsterte sie Andreas ins Ohr: „Hoffentlich wollen sie nicht auch noch wissen, wie oft ich im Jahr einen Schnupfen habe." Andreas lächelte und hielt sich spielerisch die Serviette vor den Mund. Da sah er ihre weit aufgerissenen und zu Tode erschrockenen Augen und nahm sofort die Serviette aus dem Gesicht.

„Was ist los? Hast du etwa Angst vor mir?" Behutsam streichelte er ihre Hand.

„Nein, nein, natürlich nicht", beeilte sie sich zu versichern.

„Du hast mich nur gerade an jemanden erinnert." Beide hatten geflüstert. Keiner der anderen hatte etwas von dem kleinen Zwischenfall bemerkt. Seinen fragenden Blicken wich sie geschickt aus. Er holte zwei kleine Kästchen aus der Jackentasche und stand auf. Die Gespräche verstummten.

„Liebe Helene. Endlich hast du ja gesagt und mich zum glücklichsten Mann der Welt gemacht. Ich freue mich auf das Leben mit dir." Er nahm das eine Kästchen und holte zwei Ringe heraus. Feierlich und ernst steckte er den kleineren der beiden an ihren Ringfinger. Helene war aufgestanden und streifte ihm nun den anderen schmalen, goldenen Ring über. Sie küsste ihn vor allen Gästen mitten auf den Mund. Mutter und Großmutter sahen leicht verlegen auf den Boden. Zu unserer Zeit...

Schwer erhob sich jetzt Andreas Vater. Artur Bartelsen blickte auf seine Eltern und auf seine Frau.

„Willkommen in unserer Familie, Helene. Wir freuen uns, dass es eine Frau gibt, die unseren Jungen glücklich macht." Helene ging zu Artur hin und küsste ihn leicht auf die Wange. Artur umarmte sie und wollte sie gar nicht mehr loslassen.

„Ich habe noch etwas für dich, Helene", sagte Andreas und lächelte seinen Vater und Helene an. Helene nahm aus seiner Hand das zweite Kästchen. Es war der Bernstein. Geschliffen und zu einem Anhänger verarbeitet, der an einer goldenen Kette hing. Die Kette hatte er seiner Mutter abgeschwatzt, denn sein Geld hatte beim Juwelier nur für die Ringe und den Anhänger gereicht.

„Du Räuber! Tagelang habe ich nach dem Bernstein gesucht." Wieder küsste sie ihn auf den Mund und wieder schauten Mutter und Großmutter betreten zu Boden. Andreas legte die Kette um Helenes Hals und hakte den Verschluss ein. Gustav schenkte die Gläser voll und erhob sein Glas:

„Auch wir beide freuen uns, einen Neffen bekommen zu haben. Wir wünschen euch viel Glück für euren gemeinsamen Weg."

Überglücklich lagen die beiden im schmalen Bett mit dem Vorhang drum herum. Bis zur Abfahrt Helenes blieb Andreas in der Wohnung von Tante und Onkel. Das schickte sich zwar nicht, aber wenn die Welt keine anderen Sorgen hatte... Noch lange lagen die beiden wach und erzählten und erzählten. Sie schliefen erst ein, als die Nacht sich verabschiedete und der Morgen erwachte.

Schweren Herzens verabschiedeten sich die Liebenden. Helene versuchte ihn zu trösten.

„Es ist ja nicht mehr lange, Andreas, dann bin ich für immer bei dir. Nur noch ein paar Monate. Das nächste Mal ist es das letzte Mal, dass du mich vom Bahnhof abholen musst."

Für ein halbes, höchstens aber für ein dreiviertel Jahr wollte Helene noch in Berlin bleiben. Das meiste Geld, das sie verdiente, sparte sie eisern. So konnte auch sie etwas zum Beginn ihres gemeinsamen Lebens beisteuern. Andererseits hatte auch Andreas die Zeit, um etwas Geld zu sparen und sich um eine Wohnung zu kümmern. Bis dahin lebte er weiter bei seinen Eltern und sah mit großer Sorge, wie seine Mutter still litt. Jochen hatte sich kein einziges Mal bei den Eltern gemeldet. Sein Vater war zornig auf Jochen, seine Mutter aber trauerte um den verlorenen Sohn und konnte nicht verstehen, warum er ihr das antat. Was hatte sie getan, dass er sie so lieblos und rücksichtslos links liegen ließ? Er musste doch wissen, wie sehr er ihr fehlte. Noch nie hatte sie ihr Enkelkind gesehen. Was dachte sich Jochen eigentlich? Oder dachte er gar nicht mehr an seine Mutter, an seine Familie?

So sehr sich Andreas auch anstrengte, seine Mutter auf andere Gedanken zu bringen, er schaffte es nicht, sie aus ihrer Traurigkeit zu reißen. Wie sollte er auch? Manchmal saßen sie gemeinsam am Küchentisch und Elisabeth erzählte immer wieder von der Kindheit der beiden Jungen, von der großen Freude, zwei so hübsche und intelligente Kinder zu haben, von Weihnachten, den Geburtstagen, von den Sorgen und vom Krieg. Was hatte sie nur falsch gemacht, dass einer ihrer Söhne nichts mehr von ihr wissen wollte? War vielleicht etwas ganz Schlimmes passiert und sie tat ihm großes Unrecht? Andreas wusste die Antwort nicht. Keiner wusste sie. So gut es ging versuchte er immer wieder, seine Mutter zu trösten und ihr auszureden, dass sie irgendeine Schuld am Verhalten Jochens hatte. Jochen würde es gut gehen. Ihm war nichts passiert, davon war er überzeugt. Manchmal kamen ihm jedoch Zweifel. Was war, wenn wirklich ein Unglück geschehen war, von denen sie alle nichts wussten? Wenn Jochen gar nicht mehr schreiben konnte?

Andreas, der immer sensibel und nachsichtig gewesen war, traute sich immer seltener, von Helene und seinem Glück zu erzählen. Er war so glücklich und seine Mutter so unglücklich. Er konnte ihr sein Glück einfach nicht zumuten und dem Vater schon gar nicht. Bei seiner Arbeit fühlte er sich wohl. Junge und ältere Kollegen waren froh, gemeinsam am Neuaufbau der Werft zu helfen und die Kriegsjahre hinter sich zu lassen. Nur sehr selten sprachen sie über die vergangenen Jahre. Sie blickten nach vorne. Wenn erst dies und wenn erst das und wenn erst der Tommy... Wie schon kurz nach Ende des Krieges betrachtete Andreas das Verhalten der Menschen mit Sorge. Sollte man nicht wenigstens das eine oder andere Wort über den Krieg verlieren? Konnten so viele einen so harten Lebensschnitt machen und so tun, als gehörten diese Jahre nicht zu ihrem Leben? Als wären sie alle nur Betrachter eines Wahnsinns gewesen? Nachts in seinen Träumen war sein ganz persönlicher Wahnsinn allgegenwärtig. Er wachte wie benommen auf und sah in seinem Zimmer erschossene junge Männer, die hingerichtet wurden weil sie einen Kompass demontiert hatten. Und er hörte Schüsse. Die Gnadenschüsse. Und er sah in die Gesichter der Ankläger. Er sah in die kalten Augen der Brut.

Wovon träumten diese Männer in der Nacht? Oder träumten sie gar nicht?

Kurz vor Weihnachten 1946 wurde Jochen urplötzlich sentimental. Fast jeden Tag dachte er an seine Mutter und seine Familie. Er setzte sich an seinen Schreibtisch und schrieb Weihnachtsgrüße auf eine Postkarte. Und er teilte seine Adresse mit. Abends erzählte er Mathilde von der Karte. Endlich, endlich fand sie den Mut, auch ihren Eltern zu schreiben. Ausführlich schrieb sie in einem langen Brief von ihrem neuen Leben und dem Sohn. Von der Vergangenheit und dem Streit schrieb sie kein Wort. Zum Schluss legte sie ein paar Fotos von Ludwig bei. Sie gab den Umschlag Jochen, damit er ihn mit zur Post nehmen konnte. Vorsichtig öffnete Jochen nachts den schlecht zugeklebten Briefumschlag. Er las den Brief und nickte selbstgefällig. Sie hatte nichts Außergewöhnliches geschrieben. Mathilde hatte sich nicht über ihn beklagt oder ihn gar schlecht gemacht. Der Brief konnte also auf die Reise gehen.
In der Klinik war sein Aufstieg doch steiniger, als er gehofft und erwartet hatte. Sein Chef wollte die Zügel nicht aus der Hand legen und prüfte Jochens Wissen immer wieder. Und Jochen war nun mal Gynäkologe und kein Psychotherapeut, also blieb ihm nichts weiter übrig, als Geduld zu haben und seine Fachkenntnisse zu erweitern. Aber immerhin war er jetzt regelmäßig bei den Einzelgesprächen und Gruppensitzungen der Sufftabbies dabei. Die Patienten der Abteilung blieben in der Regel bis zu einem Jahr, erst dann konnten sie in eine hoffentlich suchtfreie Zukunft entlassen werden. Allerdings war die Quote der Rückfälligen sehr hoch, besonders bei den Alkoholkranken. Dr. Karrer verfolgte mit Sorge, wie viele seiner ehemaligen Patienten wieder an seine Tür klopften. Heruntergekommen und am Ende. Vor ein paar Tagen waren fünf neue Kranke aufgenommen worden. Unter ihnen ein früherer Pianist, der in einem Orchester gespielt hatte und eine bekannte Operndiva. Die beiden Neuzugänge kannten sich gut und hatten manches Glas zusammen geleert. Nun waren sie hier gelandet, um von den Gläsern wieder wegzukommen. Jochen las gerade die Krankenberichte durch, als nach kurzem Klopfen sein Chef eintrat. Sofort erhob er sich.
„Bleiben Sie sitzen, Bartelsen." Jochen setzte sich wieder.
„Dr. Bartelsen ich will, dass Sie die Neuzugänge betreuen.

Organisieren Sie die Gespräche und protokollieren Sie alles. Alle paar Tage erwarte ich Ihren Bericht. Ich denke, Sie haben das Zeug, um jetzt selbstständig zu arbeiten und nicht nur als Zuhörer dazusitzen oder unter Beobachtung zu stehen. Was Sie bis jetzt gemacht haben war in jeder Hinsicht sehr gut. Ich vertraue Ihnen, Bartelsen. Nutzen Sie Ihre Chance und enttäuschen Sie mich nicht!" Er zwinkerte Jochen zu.
Ich fühle mich…", weiter kam Jochen nicht. Dr. Karrer erhob sich, noch ehe Jochen weiter sprechen konnte.
„Schon gut", sagte er im Gehen, „Sie brauchen sich nicht zu bedanken. Sie haben es verdient. Übrigens, was macht eigentlich Ihre Familie? Ich meine Ihre Familie in Deutschland?"
„Es geht Ihnen gut, Herr Dr. Karrer. Ich habe meinen Eltern gerade gestern einen Brief geschrieben."
„Das ist vernünftig, Bartelsen. Man sollte niemals den Kontakt zu seinem Elternhaus verlieren." Er grüßte freundlich und zufrieden und ging.
Jochen sank in seinen Stuhl zurück. Was für ein Glückstag. Und was für ein Glück, dass er gestern seinen Eltern geschrieben hatte. Er schloss die unterste Schublade seines Schreibtisches auf und holte seine Akten-Schätze hervor. Jeden Tag nahm er seine Aufzeichnungen abends mit nach Hause und verschloss sie am Morgen wieder. Aufmerksam las er seine Aufzeichnungen durch. Die Gesichter der sterbenden Soldaten hatte er nicht mehr vor sich. Sie waren aus seinem Gedächtnis gelöscht. Als er die Bemerkungen über Helene und ihr Baby durchlas, hätte er sich am liebsten selbst anerkennend auf die Schulter geklopft. Das war richtig gut gewesen, was er damals gemacht hatte. Richtig gut. Die Aufzeichnungen waren pures Gold wert. Plötzlich sah er für einen kurzen Moment das schöne Gesicht Helenes vor sich. Hastig verschloss er seinen Ordner wieder in der Schublade.

Die fünf neuen Patienten wurden von dem Verwaltungsleiter empfangen und in ihre Zimmer begleitet. Die Räume sahen nicht aus wie sterile Krankenzimmer, sondern waren sehr wohnlich eingerichtet. Neben dem Bett und einem Kleiderschrank befanden sich in den Zimmern kleine Sitzgruppen, in Regalen standen Bücher und jedes Zimmer hatte einen eigenen Balkon. Die Zugangstür war allerdings verschlossen. Ein angrenzendes kleines Bad vervollständigte die Privatsphäre der Patienten. Auf dem Tisch lagen Informationen über die Klinik, Essens- und Ruhezeiten und ein erster Therapieplan.

Eine Stunde hatten die neuen Patienten Zeit, um ihr Gepäck zu verstauen und sich frisch zu machen. Danach trafen sich alle im Aufenthaltsraum. Dr. Karrer begrüßte die kleine Gruppe und stellte ihnen Jochen als ihren verantwortlichen Arzt vor, der sie von nun an betreute.

„Also, meine Damen und Herren, ich wünsche Ihnen viel Glück und betone nochmals, ein Glas und Sie verlassen unverzüglich die Klinik!" Dr. Karrer nickte Jochen kurz zu und verließ den Raum. Für den Rest des Tages konnten sich die Patienten mit der Klinik und dem Park vertraut machen, bevor man sich um 18.00 Uhr zum gemeinsamen Abendessen traf.

Jochen schaute zufrieden aus seinem Bürofenster und sah einige der Neuen einträchtig nebeneinander hergehen. Es fehlten die Diva und der Pianist. Jochen blickte auf die Uhr. Etwas Zeit hatte er noch. Er griff zum Hörer des Haustelefons und verabredete sich mit Schwester Heike zu einem Schäferstündchen.

Mathilde litt immer mehr unter Heimweh. Gerade jetzt um die Weihnachtszeit dachte sie den ganzen Tag über an ihr Zuhause. Ob es an der Förde auch so kalt war und Schnee lag? Die unbeschreibliche Sehnsucht ließ sie immer mehr verkümmern. Jochen kam jeden Tag später nach Hause. Oft war sie auch am Abend allein. Kam er dann, spulte er ein paar Gewohnheitssätze und Floskeln herunter und ließ sie jeden Tag mehr spüren, dass sie ihm gleichgültig geworden war. Sie hatte nicht die Kraft, sich gegen ihn aufzulehnen, mit ihm zu reden, richtig zu reden. Es gab andere Frauen, sie wusste das. Anfangs hatte sie vor Eifersucht gerast, ihn immer wieder zur Rede gestellt. Was sie denn eigentlich wolle, hatte er sie eines Nachts spöttisch gefragt. Sie sei schließlich seine Frau, also viel mehr als andere Frauen seien. Er würde doch nur sie

lieben und immer wieder zu ihr zurückkommen. Mehr war nicht drin. Thema beendet. Basta.
Seine Liebesbeteuerungen waren nur noch kalt und weniger als halbherzig. Ihre Liebe zu ihm verabschiedete sich schleichend. Hätte sie vor einem Jahr noch jeder anderen Frau die Augen ausgekratzt und seinen Schwüren bedingungslos geglaubt, verfiel sie zusehends in Gleichmut und Selbstmitleid. Es war ihre Schwäche, die ihn noch stärker machte.
Oft schlief er in seinem Arbeitszimmer. Nur sehr selten liebten sie sich noch. Und wenn, lag Mathilde steif in seinen Armen und fühlte sich benutzt und gedemütigt. Für sie war Liebe alles. Nicht nur eine flüchtige halbe Stunde im Bett, die wie eine Pflichtveranstaltung war. Wo war die Kür zwischen ihnen beiden geblieben? Wo die Liebe?
An diesem Abend betrat Jochen gut gelaunt die Wohnung. Er gab seiner Frau einen flüchtigen Kuss auf die Wange und sah nach seinem Sohn. Ludwig schlief friedlich in seinem Kinderbettchen.
„Wie war dein Tag, Mathilde, alles in Ordnung?" Er ließ sich in einen Sessel fallen und schlug die Zeitung auf. Sie stand auf und riss ihm die Zeitung aus der Hand. Erstaunt blickte er auf.
„Ich will wieder nach Deutschland, Jochen. Ich will nach Hause!"
„Tildchen, was redest du denn da? Dein zu Hause ist jetzt hier, bei mir und unserem Sohn. Wir können ja im nächsten Jahr mal nach Kiel fahren und unsere Familien besuchen."
„Hast du mich nicht verstanden? Ich will hier nicht mehr leben. Ich will nach Hause!"
„Mathilde, kurz vor Weihnachten werden wir alle ein bisschen wehmütig. Das ist doch kein Grund, alles hinzuschmeißen. Nun warte doch erstmal ab, was deine Eltern antworten." Er biss sich auf die Zunge. Mathilde hatte ihren Brief mit vielen Fragen beendet. Gott sei Dank überhörte sie seine Bemerkung.
„Jochen, ich will für immer nach Hause. Und ich will das nicht erst, seitdem Weihnachten vor der Tür steht." Die Gedanken flogen durch seinen Kopf. Endlich hatte er beruflich sein Ziel erreicht und jetzt wollte seine Frau weg? Er wusste nur zu gut, wie wichtig Karrer ein intaktes Familienleben seiner Mitarbeiter war. Was

machte das für einen Eindruck, wenn Mathilde allein nach Deutschland fuhr! Natürlich konnte er sagen, es sei nur ein Besuch. Aber nach weit über einem Jahr ohne ihn? Nein, das ging gar nicht. Jochen stand auf und legte seine Arme um sie.

„Tildchen, bitte. Ich versteh doch, dass du Sehnsucht nach deiner Familie hast. Mir geht es doch nicht anders", log er. Er schaute in ihre rotgeweinten Augen. Ihre Haut war blass, ihr Haar strähnig und ungepflegt. Sie war dünn geworden.

„Was ist eigentlich mit dir los, Mathilde? Fühlst du dich nicht gut? Du hast abgenommen, oder?" Sie befreite sich von ihm.

„Lenk nicht ab, Jochen. Ich will wieder nach Hause. Du kannst ja hierbleiben. Aber Ludwig und ich gehen zurück nach Deutschland!" Sie stampfte hilflos mit dem Fuß auf. Jochen erkannte, dass es ihr ernst war und er heute mehr investieren musste, als ein paar nette Worte und Küsschen auf die Wangen seiner Frau. Theatralisch warf er sich vor ihr auf die Knie.

„Mathilde, ich kann ohne dich nicht leben! Ich liebe dich, Mathilde. Ich weiß, ich habe vieles falsch gemacht und viel zu wenig Zeit für dich. Aber ich werde mich ändern. Ich schwöre es dir!" Seine Augen füllten sich tatsächlich mit Tränen. Es waren Tränen der Wut, aber das konnte Mathilde natürlich nicht ahnen. Er umschlang mit seinen Armen ihre Beine und schluchzte in ihren Rock hinein. Sie war so gerührt von seinem Ausbruch, dass sie sich nun auch hinkniete und ihn umschlang. Er war ihr doch nicht gleichgültig. Sie hatte sich das nur eingeredet. Das war der Jochen, den sie über alles liebte. Vielleicht musste sie einfach nachsichtiger mit ihm sein und nicht jedes seiner Worte auf die Waagschale legen. Und sie dürfte ihn nicht mehr zurückweisen. Trotzdem bäumte sie sich ein letztes Mal auf.

„Und was ist mit deinen Affären?"

„Ich liebe nur dich, Mathilde. Es hat nie eine andere Frau neben dir gegeben. Die anderen bedeuten mir nichts. Aber ich werde keine andere mehr ansehen." Hinter seiner Stirn arbeitete es unaufhörlich. Er musste mit ihr ins Bett. Vielleicht würde sie wieder schwanger. Das wäre die einfachste Lösung all seiner Probleme. Irritiert bemerkte er, dass Mathilde anfing sein Hemd aufzuknöp-

fen. Gleich hier?
Mathilde lag noch lange wach und betrachtete ihren schlafenden Mann. Was sie noch vor ein paar Stunden gedacht und felsenfest beschlossen hatte, war wie weggewischt. Sie liebte Jochen doch noch. Außerdem trug sie auch Schuld an der Kälte der letzten Monate. Wahrscheinlich lag die ganze Schuld sogar bei ihr. Sie musste lernen, Jochen besser zu verstehen und ihn zu unterstützen, anstatt ihn ständig mit Vorwürfen zu überhäufen.
Zu ihren Familien würden sie im nächsten Frühjahr oder Sommer gemeinsam fahren. Das hatten sie heute Nacht beschlossen. Sie freute sich schon jetzt darauf. Es würde alles wieder gut werden. Jochen war die Liebe ihres Lebens. Basta.

„Ich bin Dr. Bartelsen und begrüße Sie herzlich zu unserer ersten Gruppensitzung. In den kommenden Monaten werde ich Sie durch die hoffentlich für jeden einzelnen erfolgreiche Therapie begleiten." Zehn Augenpaare sahen ihn erwartungsvoll an. Die körperliche Entgiftung hatten alle hinter sich. Jetzt ging es um die seelische Entgiftung.
„Bitte stellen Sie sich nacheinander vor, erzählen Sie, was Sie beruflich machen, wie alt sie sind und sagen Sie mir, warum Sie in der Klinik sind." Nach einigem Hin und Her begann ein stark schwitzender junger Mann:
„Ich bin Albert Borchert, 29 Jahre alt und eigentlich nur Sohn eines reichen Unternehmers. Ich trinke." So ging es weiter bis die Opernsängerin an der Reihe war. Sie setzte sich kerzengerade auf und sagte:
„Und ich bin Agatha Hausmann. Mein Alter spielt keine Rolle. Ich bin Opernsängerin."
„Wie alt sind Sie, Frau Hausmann und warum sind Sie hier?"
„Mein Alter können Sie in meiner Krankenakte nachlesen und warum ich hier bin, wissen Sie doch!"
„Frau Hausmann, es ist wichtig, dass auch Sie sich an unsere Regeln halten und von Anfang an mitmachen. Also nochmal. Wie alt sind Sie und warum sind Sie hier?" Agatha sah ihn hochnäsig an und erwiderte:

„Wie alt sind Sie, Doktor, und warum sind Sie hier?" Die andere Frau der Gruppe kicherte, die Männer grinsten. Jochen kochte vor Wut. Das fing ja gut an! Plötzlich lenkte Agatha ein: „Ick saufe und ick bin 45 Jahre. Zufrieden?"
Jochen war absolut nicht zufrieden. Er durfte auf keinen Fall zulassen, dass irgendwer seine Autorität in Frage stellte. Die erste Gruppenstunde verlief ruhig und entspannt. Sie diente ohnehin mehr dem gegenseitigen Kennenlernen, als größerer psychologischer Erkenntnisse.
„Gut, ich bedanke mich für Ihre Mitarbeit und entlasse Sie nun in die Seidenmalerei." Jochen stand auf und verließ den Raum. Er spürte geradezu körperlich, dass diese Agatha ihm gefährlich werden konnte. Er wusste aber nicht warum, es war nur ein Gefühl. Jochen hatte sich genau überlegt, wie er die Gruppe durch die Therapie führen wollte. Erst wenn sie quasi seelisch nackt und wimmernd vor ihm stehen würden, konnte er ihnen helfen. Davon war er überzeugt und das wollte er beweisen. Koste es für den Einzelnen auch, was es wolle. Er eilte in einen anderen Raum, um die Gespräche der psychosomatischen Patienten zu verfolgen, aber die Stunde mit dem Chef war bereits zu Ende.
„Ach, Bartelsen, gut dass Sie kommen. Ich bin mit meinem Latein am Ende. Die junge Frau Danner - sie hat unerträgliche Schmerzen in der Schulter, ohne Befund, ich kann ihr nicht helfen. Ich kann den Grund ihrer Schmerzen nicht herausfinden. Kommen Sie, Bartelsen. Wir gehen zu ihr.
Frau Danner öffnete die Tür und beide Ärzte traten ein.
„Frau Danner, ich weiß wie enttäuscht Sie sind. Nach mehr als vier Monaten ist es uns nicht gelungen, den Grund Ihrer Schmerzen zu finden." Fast väterlich legte er seinen Arm um ihre zarten Schultern. Auf einmal erklang ein gellender Schrei, den man durch das ganze Haus hörte. Sie schrie und schrie, warf sich aufs Bett und hielt ihre Hände schützend über ihre Schultern. Jochen wollte zu ihr, aber der erfahrene Dr. Karrer hielt ihn zurück. Er ließ sie schreien und rief Minuten später:
„Was ist mit Ihrer Schulter passiert, Frau Danner? Was ist geschehen?" Sie schrie ihm entgegen:

„Mein Vater hat mir immer mit einem Kleiderbügel auf die Schultern geschlagen! Immer wieder!" Allmählich beruhigte sie sich etwas. Weinend sagte sie:
„Ich hatte es vergessen, Dr. Karrer. Als Sie mir auf die Schultern klopften, war plötzlich alles wieder da. Mein Vater hat mich als kleines Mädchen mit dem Bügel halb totgeschlagen. Ich hasse ihn!" Erst jetzt ging Karrer zum Bett und setzte sich vorsichtig auf die Kante.
„Es muss alles raus. Weinen Sie ruhig, es muss raus. Und jetzt kann ich Ihnen auch helfen. Sie werden wieder gesund, ich verspreche es Ihnen Frau Danner. Wenn wir Sie entlassen, werden Sie ein Leben ohne Schmerzen und Tabletten führen können. Ich verspreche es Ihnen!" Jochen fühlte sich bestätigt. Genau das war sein Weg. Es gab keine Grenzen. Und es durfte keinen Zufall geben. Nur er kannte den richtigen Weg. Seelisch nackt. Seelisch nackt.

Zwischen Weihnachten und Neujahr gab es keinen nennenswerten Betrieb auf den Stationen. Die Kurse und Sportangebote fanden weiter statt, ansonsten lief alles auf Sparflamme. Am ersten Feiertag war Jochen mit der Familie bei Dr. Karrer eingeladen. Am nächsten Tag hatte er Dienst. Neben den Routinearbeiten gab es keine weitere Beschäftigung. Jochen langweilte sich und aus lauter Langeweile schlief er mal wieder mit der hübschen Heike.
Mathilde war fürs Erste beruhigt. Er hatte ihr einen teuren Ring geschenkt, den Heike bei einem Baseler Juwelier gekauft hatte.

In der dritten Januar-Woche des Jahres 1947 kam der erste Brief von Mathildes Eltern. Da auch die private Post über die Klinik lief, fing Jochen den Brief ab und öffnete ihn. Die Sätze waren mehr oder weniger belanglos und unverbindlich. Keine Vorwürfe, keine Angriffe gegen ihn. Notdürftig verschloss er den Brief wieder und lief mit ihm zu seiner Frau. Schon von weitem rief er: „Mathilde, Mathilde. Es ist ein Brief für dich da. Ich hätte ihn fast aus Versehen geöffnet." Er strahlte sie an und glücklich riss sie ihm den Brief aus der Hand und verschwand im Schlafzimmer. Genau eine Woche später kam der erste Brief für Jochen. Seine Mutter schrieb ihm in einfachen, aber bewegenden Sätzen, wie sehr sie sich über seine Postkarte gefreut hatte. Jochen musste ein paar Mal schlucken, aber schon einen Tag später dachte er nicht mehr an sein Zuhause; nicht an die Eltern, die Großeltern und nicht an seinen Bruder Andreas, der sich verlobt hatte, wie seine Mutter geschrieben hatte.

„So geht das nicht, Frau Hausmann! Sie müssen schon mitarbeiten, sonst wird Ihr Aufenthalt bei uns nicht erfolgreich sein!" Scharf klang seine Stimme. Agatha grinste.
„Sie haben hübsche, lange Wimpern, Doktor. Beneidenswert. Ick wünschte, ick hätte nur halb so lange."
„Hören Sie auf mit Ihrem Ick. Sprechen Sie hochdeutsch. Und hören Sie auf mich zu veralbern!"
„Hochdeutsch? Wir sind doch in der Schweiz, mein Bester." Die andere Frau der Gruppe kicherte, die Männer grinsten. Es war wie immer. Er kam mit den Patienten keinen Millimeter weiter und mit Agatha sowieso nicht.
„Nun seien Sie man nicht gleich beleidigt Doktor. Heute erzähle ick Ihnen etwas über meine Trinker-Karriere. Als ick noch in Berlin an der Oper war, hab ick oft mit der Zarah nachts ein oder auch zwei Fläschchen Wodka getrunken. Manchmal auch drei. Mein Gott, war die Schwedin trinkfest. Die hat selbst mich unter den Tisch gesoffen. Und wenn wir beide voll wie die Haubitzen waren, haben wir immer zusammen gesungen:
Der Wind hat mir ein Lied erzählt…"

„Warum singen Sie nicht mehr, Frau Hausmann?"
„Warum wohl? Weil ick saufe, Doktor." Rudolf Kusche, der Pianist, mischte sich in das Gespräch ein.
„Mein Gott, es stimmt. Die Leander konnte vielleicht einen Stiefel vertragen. Einfach vorbildlich sage ich euch. Sensationell!" Die Gruppe lachte laut. Kusche passierte ein kleines Missgeschick. Er trug im Unterkiefer eine schlecht sitzende Zahnprothese, die er ständig mit der Zunge hin und her schob. Irgendwie war seine Zunge wohl unter die Prothese geraten und nun flog sie im hohen Bogen direkt auf Jochen zu und landete sicher auf seinem linken Auge. Agatha machte sich vor Lachen fast in die Hose und der Trinker aus der Unternehmerfamilie warf sich auf den Boden.
Jochen war wütend und stupste die Prothese von sich. Da der junge Mann nun sowieso schon lag, sammelte er sie auf. Jochen hatte gar nicht bemerkt, dass Dr. Karrer in der Tür stand. Er winkte Jochen zu sich heran.
„Sehr gut, Bartelsen, sehr gut. Lachen ist immer noch die beste Medizin. Weiter so, mein Lieber."
Jochen setzte sich wieder und versuchte den Überblick zu behalten. Allmählich wurde das Lachen weniger. Dann waren alle still. Die Stunde war schon fast zu Ende, als der Pianist leise sagte:
„Ich würde gern wieder spielen, Herr Dr. Bartelsen. Aber sehen Sie sich meine Hände an. Sie zittern so stark, dass ich noch nicht einmal mehr die große Trommel spielen könnte."
Mit halben Zähnen im Mund konnte man ihn nicht gut verstehen. Aber alle hatten verstanden. Er hielt sich die Hände vors Gesicht und weinte.
„Sie werden wieder Klavier spielen, Herr Kusche. Aber Sie müssen bereit sein sich helfen zu lassen. Das gilt für alle. Und besonders für Sie, gnädige Frau!" Ironisch und abfällig sah Jochen Agatha an. Sie hielt seinem Blick stand und erwiderte:
„Na, dann Sieg Heil, Doktor."
Kusche beruhigte sich, plötzlich drehte Albert Borchert, der eben noch laut lachend auf dem Boden gekrochen war, durch.
„Ich will hier raus! Ich will hier raus! Ich brauche was zu trinken. Ich halte es nicht mehr aus!" Zwei Pfleger brachten ihn auf sein

Zimmer.

Morgens mussten die Patienten eine Urinprobe abgeben. Jeden dritten Tag nahm Jochen ihnen Blut ab. Bisher waren alle Proben negativ. Keiner hatte Alkohol getrunken. Wenigstens das war ein kleiner Erfolg. Er saß in seinem Büro und las seine Aufzeichnungen durch. Sein Gesicht wirkte hart und zum Äußersten entschlossen. Er würde es den Sufftabbies schon zeigen und sich nicht länger von den Trinkern auf der Nase herumtanzen lassen.

„Wann haben Sie angefangen zu trinken, Herr Borchert? Erzählen Sie uns von Ihrer Kindheit, von Ihrem Elternhaus." Albert rutschte auf dem Stuhl hin und her.

„Bei uns zu Hause wurde immer viel getrunken. Ich glaube ich war elf oder zwölf, als ich das erste Mal am Glas meiner Mutter geschnuppert habe. Es war ein Likör, ich rieche es noch heute. Damit fing es an. Später habe ich schon am Morgen Schnaps getrunken. Wenn ich nicht mehr konnte, habe ich gepennt und dann wieder gesoffen. So war das, Doktor. Ganz einfach."

„Aber warum haben Sie angefangen zu trinken?"

„Warum? Weil es mir schmeckte und es mir gut tat und ich alles vergessen konnte."

„Was wollten Sie vergessen?"

„Lassen Sie mich doch in Ruhe Doktor. Ich habe Ihnen doch schon alles gesagt."

„Nein, das haben Sie nicht, Herr Borchert." Es war mucksmäuschenstill.

„Warum also?" Jochen ließ nicht locker. Wie schon vor einigen Tagen begann Albert zu toben und schrie:

„Ich weiß es nicht! Ich weiß es nicht!" Er rannte wie ein Tier von einer Ecke in die andere. Jochen stand auf, ging ihm hinterher und rief immer wieder:

„Warum taten Sie das? Warum?" Albert stolperte und fiel hin. Jochen kniete sich zu ihm und packte ihn am Arm. Er schrie ihn weiter an:

„Warum taten Sie das? Warum?" Der Kranke versuchte, Jochens Arm abzuschütteln und schlug auf Jochen ein. Der wehrte sich und drehte ihm den Arm zur Seite. Borchert schrie und begann zu

weinen. Agatha sprang auf und lief zu Albert hin. Sie schubste Jochen weg und nahm den weinenden Mann in die Arme.
„Ist schon gut, mein Junge. Ist schon gut. Du musst nichts sagen, wenn du nicht willst. Es ist schon gut." Sie wiegte ihn wie ein Kind in ihren Armen. Jochen wurde fuchsteufelswild.
„Gehen Sie weg von ihm. Sofort! Mischen Sie sich nicht in meine Behandlungsmethoden ein!"
„Sie haben ja nicht alle Bücher im Regal, Sie Quacksalber. Von welchen Methoden sprechen Sie? Wollen Sie den Jungen zerstören? Ihn mit Gewalt zum Reden zwingen? Sind wir hier bei der Gestapo?" Mit langen Schritten eilte plötzlich Dr. Karrer durch den Raum.
„Was ist hier los?"
„Fragen Sie das mal Ihren sauberen Herrn Doktor, Herr Doktor!" Die anderen hatten sich längst von ihren Stühlen erhoben.
„Komm, mein Junge. Wir bringen dich auf dein Zimmer." Agatha nahm den weinenden Albert an die Hand und führte ihn hinaus. Wortlos folgten die anderen.
„Was ist hier los?", wiederholte Dr. Karrer mit schneidender Stimme.
„Herr Borchert hat mich angegriffen und Frau Hausmann mischt sich ständig in meine Gespräche ein und wiegelt die ganze Gruppe gegen mich auf."
„Hören Sie zu, Bartelsen. Die Seele eines Menschen ist viel komplizierter als die Steißlage bei einer Geburt. Damit die Patienten uns einen Blick in ihre Seelen werfen lassen, braucht es Geduld und Vertrauen und äußerst sensibles Vorgehen. Erst wenn ein Patient uns vertraut, können wir helfen. Aber wir dürfen uns nie außerhalb einer Grenze bewegen und wir dürfen seine Würde nicht verletzen. Jeder dieser Patienten, Bartelsen, liegt schon am Boden. Körperlich und seelisch. Sie haben das Recht zu toben. Aber nicht wir. Um suchtkranken Menschen zu helfen, muss man Menschen lieben." Jochen war beunruhigt. Was hatte Karrer mitbekommen?
„Wenn Sie noch Unterstützung brauchen, Bartelsen, lassen Sie es mich wissen. Ich erwarte Ihren Bericht bis morgen früh!"

Im Mai 1947 kehrte Helene endgültig nach Kiel zurück. Mit Berlin blieb sie für immer verwurzelt, es war schließlich ihre Heimatstadt. Aber was ist eigentlich Heimat? Wieder stellte sie sich diese Frage: Erinnerungen, Straßen und Plätze, die man im Schlaf kannte, Schule, Universität und Menschen, die man liebte und von denen man geliebt wurde? Doch wo waren die schönen Plätze geblieben, die Freunde, die alten Nachbarn, die Studienkollegen? Es gab fast niemanden mehr. Carla war verschwunden und wegen ihrer zwei netten Trümmer-Kolleginnen Käthe und Hilde und dem Ehepaar Lehmann konnte sie nicht bleiben. Ihre große Liebe wohnte in Kiel. Dort lebte seine Familie, hatte er Arbeit gefunden. In Kiel lebte der klägliche Rest ihrer eigenen Familie. Und die Stadt konnte nichts dafür, dass in einem Krankenhaus ein irrer Arzt gearbeitet hatte. Und in Kiel ruhte die geliebte Paula.

Kiel hatte alles andere als beschaulich den Krieg überstanden. Weit über die Hälfte der Stadt war nach dem Krieg zerstört. Hunger, Flüchtlinge, Hamsterfahrten und Schwarzmarktgeschäfte rund um den Bahnhof prägten die Nachkriegsjahre. Jeder tauschte, was er nur tauschen konnte. Trotz der regelmäßigen Razzien blühte der Handel. Sogar in den Kieler Nachrichten konnte man zuweilen Anzeigen lesen wie: *Tausche junge Kaninchen gegen stabilen Blockwagen.* Andreas war ständig mit seinem Fahrrad über Land unterwegs, um ein paar Lebensmittel zu ergattern oder zu tauschen. Manchmal klaute er nachts auf einem Feld ein paar Rüben oder Kartoffeln. Oder er trieb sich am Bahnhof herum, um ein paar Kohlen abzustauben. Er hatte zwar Arbeit, aber der Lohn wurde fast ausschließlich in Naturalien ausbezahlt. Es fehlte an allem und es war alles knapp. Von den Briten wurde die Schulspeisung eingeführt. Wenigstens die Kleinsten sollten etwas Anständiges zu essen bekommen.

Andreas hatte eine kleine Wohnung gefunden. Bis zum Einzug wohnte Helene wieder bei Annerose und Gustav. Annerose und Elisabeth ließen es sich nicht nehmen, für Gardinen in der ersten Wohnung der beiden zu sorgen. Der Vorhang, der rund um

Helenes Bett hing, wurde zerschnitten und umgenäht. Andreas hatte in ihrem Bett kurz vor der Hochzeit sowieso nichts verloren. Das wär ja wohl noch schöner. Und wozu brauchte Helene zum Schlafen einen Vorhang? Den Store für die Fenster tauschte Andreas zusammen. Er konnte die Aufregung um die Gardinenfrage nicht verstehen. Gardinen gehörten vor jedes Fenster, ließ er sich von den beiden Frauen belehren. Da gab es keine Diskussionen. Und Gardinen mussten auch bei einem Einzug als erstes hängen. Was sollten sonst die Nachbarn denken?
Gustav erstand auf dem Schwarzmarkt einen Tisch und zwei Stühle. Die ersten Möbel waren da! Von dem Geld, das die Brautleute gespart hatten, kauften sie sich ihr erstes Schlafzimmer. Es war natürlich gebraucht und kam aus der Nachbarschaft. Einzig Anzug und Brautkleid bereiteten ihnen noch Kopfzerbrechen. Sie hatten kein Geld, um sich teure Kleidung zu kaufen. Elisabeth hatte die rettende Idee. Helene könne doch einfach ihr Hochzeitskleid tragen. Sie würde es ein wenig ändern und es würde wie neu aussehen. Außerdem hing noch ein Anzug von Jochen im Schrank. Den könne doch Andreas anziehen. Es war eine glückliche Zeit.
Helene und Andreas gingen von nun an gemeinsam auf den Friedhof. Erleichtert bemerkte er, dass sich der Knoten in ihrer Brust langsam löste. Aber noch immer hatte sie ihm nichts über die furchtbaren Tage von der Geburt bis zum Tode Paulas erzählt. Und er hatte ihr noch nichts von den schrecklichen Ereignissen im Mai 1945 berichtet. An einem Sonntagnachmittag schlenderten sie durch die Stadt und kamen am Klinikum vorbei. Auf einmal sagte Helene:
„Hier ist unsere Tochter zur Welt gekommen. Eine Schwester, sie hieß Mathilde, hat mir geholfen. Ihr Mann war Arzt. Aber was er getan hat, werde ich nie vergessen. Er ist ein Monster. Eines Tages bekommt er seine Strafe, ich schwöre es dir. Ich werde alles versuchen, um ihn zu finden und dann, Andreas, Gnade ihm Gott!" Ihre Stimme war so fremd, so hasserfüllt, dass es ihm kalt den Rücken hinunterlief. Und ihm kam ein ungeheuerlicher Verdacht. Helene streichelte kurz seine Wange und sie gingen weiter.
„Willst du mir nicht endlich erzählen, was damals passiert ist?

Weißt du, wie der Arzt heißt? Ich kann doch die große Last mit dir zusammen tragen." Sie reagierte nicht auf das, was er sagte, sondern erwiderte:
„Du erzählst mir ja auch nicht alles, Andreas, sondern sagst immer, ich solle noch Geduld haben. So ist es eben auch bei mir. Wir brauchen wohl beide noch Zeit, um über die dunklen Stunden unseres Lebens zu erzählen, nicht, weil wir kein Vertrauen zueinander haben, sondern weil wir uns schützen wollen."
Die Stadt an der Förde war Helene nie fremd gewesen, aber erst durch Andreas lernte sie viele Ecken und verborgene Winkel kennen.

Jochen hatte nichts mehr von sich hören lassen. Obwohl seine Mutter jede Woche einen Brief schrieb, kam keine Antwort. Nur Mathilde schrieb ihren Eltern jetzt regelmäßig.
Eva-Maria und Egbert waren unendlich erleichtert, wieder Kontakt zu ihrer Tochter zu haben. Sie hätten Mathilde und natürlich auch den Enkelsohn gern in der Schweiz besucht, aber sie wollten sich nicht aufdrängen und eingeladen wurden sie nicht. Ihre einzige Tochter war alles, was von der Familie übrig geblieben war. Eva-Marias Brüder hatten sich nie wieder gemeldet.
An einem Sonntag hatten Helene und Andreas sich in der Laube verabredet. Onkel und Tante waren an diesem Tag nicht da, das wusste Helene. Aber sie wusste wo der Schlüssel war. Sie liebten sich zärtlich und voller Leidenschaft. Beide konnten es kaum noch bis zu ihrer Hochzeit erwarten. Endlich eine eigene Wohnung! Helene erhob sich und ging zu dem mitgebrachten Korb. Als sie zurückkam schlief Andreas. Unruhig wälzte er sich hin und her und sprach im Schlaf. Helene konnte nur Wortfetzen verstehen: „Nein, nein. Sie dürfen das nicht, nein." Seine Stirn glühte. Behutsam streichelte sie sein Gesicht.
„Andreas, du träumst wieder. Liebster, wach auf." Erschrocken fuhr Andreas hoch und schaute Helene im ersten Augenblick ungläubig an. Er wischte sich den Angstschweiß von der Stirn und kam allmählich zu sich.
„Andreas", begann Helene vorsichtig, „was träumst du immer?

Was sind deine dunklen Stunden?" Sie legte ihren Kopf auf seine Brust und stockend begann er von der Erschießung der drei jungen Kameraden in Flensburg-Mürwik zu erzählen. Sie sagte kein Wort, sondern ließ ihm die Zeit, nach Worten zu ringen, zu weinen und große Pausen einzulegen.
Helene spürte, dass er eine Weile allein sein musste und ging erschüttert hinaus. Nach einer kleinen Ewigkeit zog er sich an, setzte sich zu ihr auf die Gartenbank und nahm ihre Hand.
„Das schlimmste ist, dass ich nichts tun konnte. Keiner konnte gegen dieses Verbrechen an den Soldaten etwas tun. Ich stand daneben und es war ein Gefühl, als würde ich als Zuschauer das furchtbare Geschehen beobachten. Nachts höre ich immer die knallenden Gnadenschüsse. Immer zwei Mal, bum-bum und dann wieder, bum-bum. Ich kriege die Schüsse nicht aus meinem Kopf."
„Oh, mein Gott, Andreas. Was für eine grausame Geschichte." Sie wandte sich ihm aufgewühlt zu und streichelte sein Haar aus dem Gesicht.
„Ich weiß gar nicht, was ich sagen soll, mein Liebster. Es finden sich für soviel Unrecht keine Worte. Wir können nur hoffen, dass die Ankläger, die Richter und die vielen, vielen anderen Verbrecher dieser Zeit nicht gleich wieder die wichtigen Positionen besetzen und weiter anklagen, richten, befehlen und Untergebene verachten, als sei nichts geschehen. Aber ich befürchte, in ein paar Jahren will niemand mehr etwas davon wissen."
„Ich befürchte das auch, Helene. Die meisten Verbrecher werden ungeschoren davonkommen und so tun, als wäre nichts gewesen."
Nachdenklich tranken sie den mitgebrachten Tee. Aus der Ferne sah Helene die Stricknadel in Begleitung eines dicken Mannes. Es musste sich um Budesoffski handeln, dachte Helene. Die Beschreibung ihrer Tante passte perfekt zu ihm. Die beiden blieben vor jeder Parzelle stehen und sahen sich die Gärten ganz genau an. Horst Dieter Relda hielt einen Schreibblock in der Hand. Jetzt waren sie bei der Nachbar-Laube angelangt.
„Die Hecke muss dringend geschnitten werden. Das verstößt eindeutig gegen Paragraph 28 unserer Satzung." Die Stricknadel nickte zustimmend. Sie war noch dünner geworden und ähnelte im

Großen und Ganzen inzwischen eher einer Stecknadel. Gelber Kopf, auf einem Drahtgestell. Die Zigarette hing in ihrem Mundwinkel herunter. Budesoffski war so rot und aufgedunsen, dass man glauben konnte, ein wandelnder Feuerlöscher sei unterwegs. „Ja, und guck dir mal das viele Unkraut an. Außerdem ist die Laube viel zu dicht am Nachbargrundstück gebaut."
„Ganz genau", stimmte Budesoffski zu. „Das verstößt gegen Paragraph 62 der Ordnung. Die Laube muss abgerissen werden. Na, die können was erleben. Die bekommen einen saftigen Brief von mir. Hier kann doch nicht jeder machen, was er will!" Gemeinsam marschierten sie auf die Hecke von Tante Annerose und Onkel Gustav zu und blieben stehen. Helene kochte innerlich und ging den beiden entgegen. Andreas schlenderte hinterher. Statt einer Begrüßung sagte Helene angewidert:
„Na, Herr Blockwart. Schon wieder in Sachen Recht und Ordnung unterwegs? Versteckt sich vielleicht der Feind zwischen den Lauben oder ein Judenhund? Müssen Kinder zur Räson gebracht werden?" Budesoffski stand schwitzend vor der Hecke, sein Kopf schien jeden Moment zu platzen. Bevor er etwas erwidern konnte, sagte Helene:
„Scheren Sie sich zum Teufel, Sie Widerling." Der Stricknadel fiel die Kippe aus dem Mund.
„Also, Fräulein, was ist denn mit Ihnen los? Es war Krieg und Herr Relda hat doch nur seine Pflicht getan. Er kann doch für den Krieg nichts. Wir kennen uns doch, Fräulein. Ich habe doch für Sie genäht, als Sie schwanger waren. Wie geht es denn dem Baby, Fräulein. Alles gesund und munter? Sie sind doch bestimmt der Vater?" Sie nickte Andreas zu.
„Immer noch nicht verheiratet? Zeiten sind das! Mein lieber Mann!" Nur mühsam konnte Helene die Tränen der Wut und Trauer zurückhalten.
„Scheren Sie sich beide zum Teufel. Und nehmen Sie Ihre verdammte Kippe mit!" Sie drehte sich um und lief zur Laube zurück. Andreas stand ziemlich ratlos an der Hecke und ging auch. Unter lautem Gezeter zogen die Stricknadel und Budesoffski ab.
„Das lassen wir uns nicht bieten. Das wird noch empfindliche

Folgen haben. Das werden wir melden!"
Helene saß auf der Bank und hielt ihr Gesicht in den Händen vergraben. Andreas ging vor ihr in die Hocke und streichelte zärtlich ihre Hände. Weinend schlang sie ihre Arme um seinen Hals. Langsam und stockend begann sie zu erzählen. Als sie von ihren abgebundenen Brüsten erzählte und der Todesangst um Paula, wurde sie von einem Weinkrampf geschüttelt. In dieser Stunde erlebte sie die Todesangst, die Abscheu, den Hass auf einen Arzt, der nichts weiter als ein Stück Dreck war und die Trauer um ihr Baby zum zweiten Mal.
Andreas wurde unter seiner braunen Gesichtsfarbe kreidebleich. Es konnte doch nicht sein, dass sein eigener Bruder…? Andererseits. Immerhin hieß die Frau des Arztes Mathilde. Nein, es musste sich um einen verzwickten Zufall handeln. Vor einigen Tagen, als er mit Helene vor dem Krankenhaus stand, hatte er noch befürchtet, es könnte sich bei dem Arzt um Jochen handeln. Aber erst heute hatte Mathilde ausführlich das entsetzliche Treiben in der Klinik geschildert. Nein, es konnte sich nicht um Jochen handeln. Sein Bruder holte Leben auf die Welt, rettete Leben. Er wäre niemals im Stande, Menschen absichtlich weh zu tun und sie so würdelos und verachtend zu behandeln. Als Arzt nicht und als sein Bruder schon zwei Mal nicht. Trotzdem. Ein letzter Zweifel blieb.
Viele Taschentücher waren nass geweint, bis Helene sich wieder gefangen hatte. Andreas nahm sie immer wieder in die Arme und streichelte sie. Er versuchte sie zu trösten, so wie man ein kleines, verängstigtes Mädchen nach einem Albtraum zu trösten versucht. Er räusperte sich ein paar Mal.
„Ich bin froh, dass du mir alles erzählt hast, mein Herz. Es tut mir so unendlich leid, was du ertragen musstest. Was für eine Tragödie! Aber wir werden dieses Schwein finden. Ich verspreche es dir. Wir werden ihn zur Rede stellen. Er wird sich vor einem Gericht zu verantworten haben. Es ist gut, dass du alles genau aufgeschrieben hast. Er wird sich nicht herausreden können!" Sie sah ihm dankbar in die dunklen Augen.
„Wir müssen uns in Zukunft immer alles erzählen, Helene. Auch wenn es uns nicht wichtig erscheint. Nur wenn wir uns vertrauen,

können wir uns gegenseitig helfen und verstehen. Und das für den Rest unseres Lebens."
„Ich bin auch froh, dass du mir von der Erschießung erzählt hast, mein lieber Andreas. Jetzt weiß ich, warum du schlecht träumst. Und du hast Recht. Gemeinsam kann man wohl doch die dunklen Stunden besser verkraften."
So saßen sie noch über zwei Stunden nebeneinander und schwiegen und erzählten. Sie waren sich so nahe, wie es nur Liebende sein können.

Elisabeth Bartelsen war trotz der bevorstehenden Hochzeit unendlich traurig, dass der Kontakt zu ihrem ältesten Sohn so gut wie abgerissen war. Artur hüllte sich in Schweigen, aber wenn er etwas dazu sagte, dann waren es Vorwürfe.
Seinen hochbetagten und inzwischen sehr gebrechlichen Eltern standen die Enttäuschung und der Schmerz über das lieblose Verhalten ihres Enkels ins Gesicht geschrieben. Besonders die Oma, die doch sogar für den Klavierunterricht des Jungen von dem wenigen Geld noch etwas abgegeben hatte, war sehr gekränkt. Aber schon bei den Michels hatte sie sich Sorgen um den Jungen gemacht und gespürt, dass ihr Enkel sich verändert hatte. War nun das eingetreten, was sie schon damals befürchtet hatte? Vergaß er seine alte Welt?
Andreas wollte unbedingt seinen Bruder zur Hochzeit einladen. Seine Mutter würde überglücklich sein. Aber er wollte auch Gewissheit haben, dass es sich bei dem widerlichen Arzt nicht um seinen eigenen Bruder handelte. Heimlich schrieb er die Einladung auf eine Postkarte. Das Hochzeitsdatum unterstrich er mehrmals. Der Termin war am Freitag, den 27.Juni 1947. Würde Jochen kommen?

Albert Borchert, der trinkende Unternehmerssohn, wollte die Klinik nach der handfesten Auseinandersetzung mit Jochen verlassen. Dr. Karrer überredete ihn, dazubleiben und bot ihm an, sich einer anderen Gruppe anzuschließen. Albert blieb, auch in der Gruppe. So trafen sie sich neben Seidenmalerei, Töpferkurs, Gymnastik und Freizeitangeboten auch zu den Gesprächen bei Jochen. Der einzige, der in den vergangenen Monaten sichtbare Fortschritte machte, war Rudolf Kusche, der Pianist. Das Zittern hörte auf und sein Allgemeinzustand wurde täglich besser. Die stattliche Agatha, stets in wallende Gewänder gehüllt, hielt sich zwar, wie die anderen, an das strikte Alkoholverbot, ansonsten war sie wie am Anfang der Therapie. Sie lehnte Jochen ab und gab nichts von sich preis. Warum sie ihn nicht mochte? Wie alle großen Künstler war sie sehr sensibel und spürte körperlich, wer es ehrlich und gut mit ihr meinte, und wer nicht. Täglich machte sie Stimmübungen. Überall. Auf ihrem Zimmer, wenn sie durch den Park ging oder während der Morgentoilette.
Während einer weiteren Runde sagte Rudolf Kusche freudestrahlend:
„Agatha und ich können doch ein Konzert für alle geben. Das wäre doch mal 'ne schöne Abwechslung."
„Bist du verrückt geworden, Rudi? Ich geb doch hier kein Konzert. Die wissen doch hier noch nicht einmal, was eine Oper ist und wie ein Klavier aussieht."
„Ich finde die Idee zauberhaft, Frau Hausmann. Sie würden uns eine große Freude bereiten und es wäre uns eine große Ehre."
Jochens Charme-Offensive prallte wie immer an Agatha ab. Sie schüttelte mehrere Male wild ihren dunklen Lockenkopf.
„Tun Sie es mir zuliebe, Agatha." Die Diva hatte den jungen Albert in ihr großes Herz geschlossen.
„Also gut, von mir aus. Aber nur eine Arie. Und keine Zugaben!"
Alle klatschten begeistert in die Hände. Konnte Agatha tatsächlich singen?

„Das ist eine ganz famose Idee von Ihnen, Bartelsen. Wirklich famos. Wir richten ein alkoholfreies Sommerfest aus und während

der Feier trägt Frau Hausmann etwas vor und Herr Kusche begleitet sie. Ganz famos. Ich kümmere mich um den Termin und gebe die Vorbereitungen in die erfahrenen Hände der Verwaltung. Am besten noch vor meinem Urlaub, also Anfang Juni. Wenn die beiden Künstler üben wollen, steht ihnen ab heute der Flügel in meinem zweiten Arbeitszimmer zur Verfügung. Mensch Bartelsen, ganz großartige Idee." Nachdem der Chef sich beruhigt hatte, besprachen die beiden die Dienstpläne der kommenden Wochen und die Ergebnisse der täglichen Routineuntersuchungen. Mit den Worten:
„Es geht doch voran, Bartelsen", verabschiedete Dr. Karrer Jochen aus dem Chefzimmer. Ein kleines Lob vom Chef. Wurde auch mal wieder Zeit, nach der Schmach mit Borchert.
Trotzdem war Jochen unzufrieden. Auch die Einzelsitzungen verliefen nicht, wie er sich das vorgestellt hatte. Hätte sein Chef nicht ständig Angst um den guten Ruf seiner Klinik und wäre er offener für neue, effizientere Methoden, Jochen würde ganz andere Saiten aufziehen. Aber solange der Alte die Hand über alles hielt, konnte er sich nicht frei entfalten. Jochen war davon überzeugt, dass sein Konzept der Härte und der Konfrontation erfolgreicher war, als die Patienten mit Samthandschuhen anzufassen.
Am Abend überreichte Jochen seiner Frau einen Brief ihrer Eltern. Achtlos ließ er seine Aktentasche im Flur stehen. Das Haustelefon klingelte. Ein Notfall. Jochen musste zurück in die Klinik. In der Eile vergaß er seine Tasche. Schon zum dritten Mal fiel Mathilde auf, dass der Briefumschlag nur notdürftig nachgeklebt war. Sie hörte ihren Sohn weinen und ging durch den Flur ins Kinderzimmer. Kurze Zeit später kam sie zurück. Die Tasche. In aller Eile wühlte sie in den Fächern herum und fischte eine Hotelrechnung heraus, die auf den Namen Herr Dr. Bartelsen und Frau ausgestellt war. Zwei Übernachtungen, inklusive Frühstück. Sie schaute auf das Datum. Letzte Woche also, als Jochen angeblich allein auf einem Seminar war. Danach blätterte sie in seinem heiligen Ordner herum und fand die Aufzeichnungen über Helene. Ein Zettel fiel zu Boden. Sie las:
Liebe Schwester Mathilde! Sie fragen sich bestimmt oft, ob es überhaupt

Sinn hat, sich mit schwerkranken Menschen und Sterbenden zu befassen. Ja, es hat Sinn. Ich weiß, dass ich sterben werde. Der einzige Mensch in diesem Haus, der mir manchmal ein Lächeln geschenkt hat, das waren Sie, liebe Schwester. Ich habe mir vorgestellt, Sie wären meine Frau und würden mich auf meinem schweren Weg begleiten. Vielleicht haben wir noch die Gelegenheit miteinander zu sprechen. Das wäre schön. Wenn nicht, leben Sie wohl und glauben Sie mir, Ihr Dienst ist nicht sinnlos. Ihr dankbarer Gabriel Dornhörter

Sorgfältig verstaute sie wieder die Papiere und ging zurück ins Schlafzimmer. Erst jetzt las sie die Zeilen ihrer Mutter, aber ihre Gedanken waren bei Helene, bei Gabriel Dornhörter und der Hotelrechnung. Sie saß auf dem zierlichen Frisiersessel und betrachtete sich im Spiegel. Mathilde weinte nicht, schrie nicht hysterisch und tobte nicht vor Eifersucht. In diesen stillen Minuten trennte sie sich endgültig innerlich von Jochen. Immer wieder hatte sie seinen Schwüren und Beteuerungen geglaubt, hatte ihm alles verziehen und hatte ihn bis zur Selbstaufgabe geliebt. Zu oft hatte sie beide Augen zugekniffen, war hin und her geschwankt und hatte nur noch das gesehen, was sie sehen wollte. Es war nicht die Hotelrechnung, es waren ein paar Zeilen eines Sterbenden, die ihr klar machten, dass sie noch ein eigenes Leben hatte. Mathilde war fast erleichtert. Die Schnur zwischen ihr und Jochen war schon lange angerissen gewesen, nun lag sie in zwei Teilen vor ihr. Die eine Hälfte gehörte wieder ihr ganz allein. Die andere Hälfte, die nur von Macht, Abhängigkeit, Lug und Betrug zusammengehalten wurde, konnte er behalten. In den Minuten des Abschieds plante sie bereits ihre Zukunft. Sie wollte mit ihrem Sohn zurück nach Deutschland. Gleich morgen würde sie sich ein Postfach einrichten lassen und ihre eigenen Briefe in Zukunft selbst zur Post bringen.

Jochen Bartelsen hatte sie das letzte Mal belogen und betrogen. Auch wenn es noch ein paar Wochen oder Monate dauern würde, Mathilde hatte eine Zukunft.

„Heike, mein Schatz, den kleinen Gefallen kannst du mir doch wirklich tun." Während er sich anzog, tätschelte er ihre Beine.

„Wenn der Professor das merkt, schmeißt er mich raus."
„Ach, Unsinn. Woher soll er denn wissen, dass du das warst. Bitte, Heike. Ich brauche den Wodka für meine Experimente. Ich muss wissen, wo ich bei den Alkoholikern stehe." Als sie das Zimmer verließen wären sie beinahe mit Agatha und Kusche zusammengestoßen, die gerade in einem der Chefbüros geprobt hatten.
„Guten Abend, Herr Doktor. Auch zusammen geübt?" Agatha tippelte an ihm vorbei, dicht gefolgt vom Pianisten. Heike wäre am liebsten im Erdboden versunken. Jochen murmelte:
„Mach dir bloß keine Gedanken wegen dieser verkommenen Säuferin. Bin mal auf Sonntag gespannt. Ich wette, die kriegt keinen vernünftigen Ton raus. Von wegen Operndiva!"

Die Patienten der Klinik saßen in kleinen Gruppen zwischen Ärzten, Schwestern und Pflegern bei Kaffee und Kuchen und genossen den schönen Sommertag. Über das ganze Klinikgelände hörte man Gelächter und Stimmengewirr. In diesem halbwegs privaten Rahmen vergaß so mancher, dass er Patient und sein Gesprächspartner sein Arzt war. Jochen saß am Tisch der Karrers. Was für eine Ehre. Insgeheim hoffte er, dass Dr. Karrer ihn schon bald zu seinem Stellvertreter ernennen würde. Warum nicht schon heute? Um 17.00 Uhr gingen alle in die komfortable Eingangshalle, in der Reihen von Stühlen standen und auf einem Podest der Flügel. Rudolf Kusche betrat den Raum und setzte sich an das Instrument. Erst zehn Minuten später kam Agatha, die in einer dunkelroten Robe durch die Halle rauschte. Kunstvoll hatte sie ein buntes Tuch um Ihr wildes, lockiges Haar gebunden. Sie war nicht die Patientin, sie war der gefeierte Opernstar, die Primadonna. Kusche stand auf. Nach einer leichten Verbeugung sagte Agatha:
„Ich singe die Arie Caro Nome aus der Oper Rigoletto von Verdi. Begleitet werde ich am Klavier von Rudolf Kusche." Bevor sie begann sprach sie energisch in Richtung der jungen Schwestern:
„Ich bitte um absolute Ruhe. Ich möchte kein Kichern und Husten hören!" Und dann begann Agatha. Das Podest verwandelte sich in eine Bühne und der Flügel in ein Orchester. Mit ihrer wundervollen Stimme zog Agatha alle in ihren Bann und füllte

den Raum mit Liebe und unglaublichem Seelenschmerz. Auch der letzte grinsende Gesichtsausdruck verwandelte sich in atemloses Staunen. Sie sang zum Niederknien schön. Nach dem letzten Ton applaudierten alle bis ihnen die Hände weh taten. Agatha verharrte regungslos und verneigte sich mehrere Male vor ihrem Publikum.
„Zugabe, Zugabe!", ertönte es aus allen Ecken.
„Bitte Agatha, singen Sie für mich das Wolgalied!" Es wurde stiller.
„Albert, das ist doch wohl nicht dein Ernst. Ich soll diese Zarewitsch-Schmonzette singen? Außerdem bin ich Sopranistin und kein Tenor!" Entrüstet wollte sie von der Bühne gehen.
„Bitte, Agatha, bitte!" Sie konnte dem Jungen einfach nichts abschlagen und sagte nun gönnerhaft, aber auch augenzwinkernd: „Also gut. Herr Kapellmeister, B und G-Dur." Erst jetzt bekamen die Zuhörer auch einen Eindruck von der großen musikalischen Kunst Rudolfs. Ganz ohne Probe und Noten spielte er wunderschön. Agatha begann zu singen. Der Raum füllte sich wieder, diesmal mit Wehmut und Tränen. *Hast du dort droben vergessen auch mich, mein Herz sehnt so sehr nach Liebe sich, du hast im Himmel viel Englein bei dir, schick doch einen davon auch zu mir...*
Nach dem Vortrag war es sekundenlang totenstill. Verstohlen wischten sich auch Ärzte und Schwestern ergriffen die Tränen aus den Augen. Nur Jochen saß versteinert und teilnahmslos auf seinem Stuhl. Plötzlich erhoben sich alle von den Stühlen und klatschten erst leise und dann immer lauter. Der Applaus wollte nicht enden. Immer wieder hörte man:
„Zugabe, Zugabe!" Rudolf Kusche verbeugte sich. Nur ganz allmählich wurde es ruhiger und Patienten und Personal gingen wieder hinaus. Agatha war durch die Seitentür verschwunden. Der wohl Einzige, der verstand und begriff, warum sie fluchtartig die Halle verlassen hatte, war der Professor. Wenig später klopfte er kurz an ihre Zimmertür und trat ein. Agatha hielt sich gerade eine Flasche Wodka an den Mund.
„Tun Sie das nicht, Frau Hausmann." Er nahm ihr vorsichtig die Flasche aus der Hand und sah sie fragend an.

„Sie stand auf dem Tisch, als ich kam. Ich schwöre es Ihnen!"
Karrer setzte sich.
„Es ist das leere Gefühl nach dem großen Erfolg, das Sie zur Trinkerin werden ließ, nicht wahr?"
„Ja, es stimmt. Ich konnte die Stille nicht ertragen. Sie stehen auf der Bühne und singen sich die Seele aus dem Leib. Dann setzt der Jubel des Publikums ein und irgendwann fällt der Vorhang. Sie gehen mit den Kollegen noch ein Glas trinken, aber dann ist es still. Kein Applaus, keine Sprechchöre, kein Getrampel. Ich konnte die Stille nicht ertragen und so fing ich an zu trinken und jubelte mir selber zu. Ich habe die Stille weggesoffen. Anfangs hatte ich es im Griff, aber später trank ich pausenlos, verlor deswegen ein Engagement und wurde bei meinem letzten Auftritt ausgebuht. Sturzbetrunken stand ich auf der Bühne. Wissen Sie, Professor, was das schlimmste für uns Trinker hier in der Klinik ist?" Sie erwartete keine Antwort. „Man wird gezwungen, nüchtern darüber nachzudenken, was man im Suff so alles gemacht hat."
„Es hat keiner gesagt, Frau Hausmann, dass der Weg einfach ist. Sie haben eine einzigartige, wunderschöne Stimme. Der liebe Gott muss schon besonders gut aufgelegt gewesen sein, als er Ihnen diese Gabe in die Wiege gelegt hat. Und Sie dürfen dieses Geschenk nicht ersaufen." Er nahm die Flasche und stand auf.
„Heute war ein neuer Anfang, Frau Hausmann, Sie standen ohne Alkohol auf einer Bühne. Wir werden Ihnen helfen, die Stille zu ertragen. Wir werden das tiefe Loch, das der Schnaps bisher ausgefüllt hat, gemeinsam für immer versiegeln. Dr. Bartelsens Idee, dieses Fest zu veranstalten, war in vielerlei Hinsicht hilfreich. Kommen Sie, Frau Hausmann. Leisten Sie mir und meiner Frau ein wenig Gesellschaft." Agatha wischte sich die Tränen ab und sagte im Hinausgehen:
„Es war nicht Bartelsens Idee, Professor. Die Idee hatte mein Pianist, Herr Kusche."

Am nächsten Morgen rief Dr. Karrer das gesamte Klinikpersonal zusammen. Ohne Umschweife begann er mit schneidender Stimme:

„Ich habe bei Frau Hausmann gestern Abend eine Flasche Wodka gefunden. Wo kommt die Flasche her?" Allgemeine Entrüstung machte sich breit. Jochen ergriff das Wort.
„Herr Professor. Für unsere Mitarbeiter lege ich meine Hand ins Feuer. Frau Hausmann muss die Flasche selbst besorgt haben." Die Schwestern nickten zustimmend. Richtig feiner Mensch, der Herr Doktor. Stellt sich gleich auf unsere Seite.
„Nein, Herr Kollege, ich glaube das nicht. Frau Hausmann hat das Klinikgelände seit Wochen nicht verlassen. Ich habe die Ausgangsprotokolle eingesehen. Sollte ich herausfinden, dass einer von Ihnen, meine Herrschaften, etwas mit dieser unangenehmen Geschichte zu tun hat, wird er auf der Stelle meine Klinik verlassen. Sie können zurück an Ihre Arbeit gehen!"
Jochen wurde zum Chef zitiert.
„Setzen Sie sich, Bartelsen. Frau Hausmann hat mir gestern gestattet, einen Blick in Ihre Seele zu werfen. Ich habe einen kurzen Bericht geschrieben. Er wird für die weitere Therapie sehr hilfreich sein. Wenn Sie nicht weiterkommen, helfe ich Ihnen. Und, Bartelsen, halten Sie die Augen offen. Ich will wissen, wer die Flasche auf den Tisch gestellt hat und warum."
Jochen war enttäuscht und verärgert. Er hatte mehr erwartet, als ein Blatt Papier, ein gönnerhaftes Angebot und eine Frage. Wann begriff Karrer endlich, dass es Patienten gab, denen man nicht durch altbackene Gesprächsrunden helfen konnte. Die Primadonna hatte Karrer also einen Blick in ihre Seele gestattet. Was für ein Unsinn! Er wusste schon längst, was mit ihr los war. Verbissen las er immer und immer wieder seine Aufzeichnungen durch, zum Schluss seinen Kurzaufsatz mit dem Titel: *Die Seele muss zerbrochen werden.* Mehrmals nickte er sich selbst zustimmend zu und las die letzten Zeilen: *Es ist deshalb zwingend erforderlich, sie in eine Grenzsituation zu bringen. Sie müssen leiden, die Sinnlosigkeit des Aufbäumens einsehen, Schmerzen und Scham empfinden. Das gilt für Sterbende, genauso wie für Suchtkranke und andere Patienten in Ausnahmesituationen. Siehe auch Kieler Experiment. In diesem Experiment habe ich bewiesen, wie sinnlos es ist, sich gegen den Stärkeren mit aller Kraft aufzulehnen, anstatt sein Schicksal anzunehmen. Alle Patienten mit*

psychischen Erkrankungen, dazu gehören auch die Suchtpatienten, sind Schwächlinge. Erst kurz bevor sie vollends abstürzen, muss der Arzt die Gelegenheit nutzen, um ihre Psyche endgültig zu brechen. Jetzt wird er als Retter und Führer anerkannt und kann das Muster der Psyche neu aufbauen. Alles andere ist Nonsens!
Wenn Karrer in den Urlaub abgereist war, würde er endlich mit der einzig sinnvollen Arbeit beginnen. Bisher hatte er den Chef nicht von seinen Ansichten überzeugen können. Aber der würde sich noch wundern. Alle würden sich wundern.

Mathilde kam mit ihrem Sohn gerade von der Post. Sie hatte das Postfach einrichten lassen und den ersten Brief an Jochen vorbei an ihre Eltern verschickt. Heiter und fast beschwingt ging sie durch den Klinikpark. Jochen saß mit Schwester Heike auf einer Bank und sprach wild gestikulierend auf sie ein. Sie stand auf und rannte quer durch den Park auf den Haupteingang zu. Er folgte ihr. Mathilde machte sich nicht bemerkbar, sondern ging mit dem Jungen auf den Spielplatz, den Karrer extra für die Kinder seines Personals hatte bauen lassen. Das erste Mal seit Monaten unterhielt sie sich mit den anderen Arzt-Frauen. Sie lachte und sah den Kindern beim Spielen zu. Aus sicherer Entfernung beobachtete Jochen, der auf der Suche nach Heike war, seine Frau. Es passte ihm nicht, dass sie sich mit dem Fußvolk abgab. Ihr Platz war ausschließlich an seiner Seite und neben dem Ehepaar Karrer. Abends kam er missgelaunt in die Wohnung.
„Ich habe dich heute gesehen, Mathilde. Du warst ja geradezu aufgeräumt. Du weißt aber, dass ich diese Zusammenkünfte nicht schätze. Bitte halte dich daran!" Sie antwortete nicht. Er hatte keine Macht mehr über sie und was er sagte, prallte an ihr ab. Jochen war viel zu viel mit sich selbst beschäftigt, um die Veränderung seiner Frau zu bemerken.
Zur gleichen Zeit reichte Schwester Heike den Patienten die letzten Medikamente und die gewünschten Getränke. Agatha erhielt wie immer einen Mix aus Saft und Mineralwasser. Sie wollte gerade einen kräftigen Schluck nehmen, als ihr die Flasche aus den Händen glitt und der Inhalt fast vollständig auslief. Sie rief der

Schwester hinterher:
„Schwester Heike, mir ist ein Malheur passiert." Ehe Heike etwas erwidern konnte, hatte sich Agatha bereits eine neue Flasche von dem Medizinwagen genommen. Nachdem Heike die Flüssigkeit aufgewischt hatte, ging sie zum Haustelefon. Aus der Leitung brüllte Jochen:
„Das darf ja wohl nicht wahr sein! Morgen Abend versuchst du es wieder. Verstanden?!" Beleidigt hielt Heike den Hörer in der Hand. Er hatte einfach aufgelegt. Und wie redete er eigentlich mit ihr?
Am nächsten Abend klappte es. Agatha trank neben ihrem Mixgetränk auch Wodka, den Heike heimlich in die Flasche gefüllt hatte. Wodka hat in geringen Mengen keinen Eigengeschmack. Kein Wunder also, dass Agatha nicht merkte, was sie da trank. Täglich erhöhte Jochen die Menge. Am fünften Tag stand wieder eine Flasche Wodka auf dem Tisch. Agatha kämpfte einige Minuten gegen sich selbst und verlor. Gierig trank sie fast ein Drittel der Flasche in einem Zug aus. Erschrocken und gleichzeitig unsagbar enttäuscht von sich, kippte sie den Rest im Waschbecken aus. Sie lag auf dem Bett und winselte. Wie von einer Tarantel gestochen sprang sie auf und stürmte wieder zur Flasche. Sie war tatsächlich bis auf den letzten Tropfen leer. Warum lief sie nicht zu Dr. Karrer? Warum versteckte sie die Flasche in ihrem Kleiderschrank? Agatha lief in ihrem Zimmer hin und her und ging dann noch einmal in den Park. Als sie sich einigermaßen beruhigt hatte, betrat sie wieder ihr Zimmer. Es standen zwei volle Flaschen auf dem Tisch. Als die eine bereits leer war, trank sie weiter. Sie führte Selbstgespräche und schwankte zwischen Selbstmitleid und Selbsthass hin und her. Agatha kroch zur Balkontür. Sie war nicht verschlossen. Mit letzter Kraft zog sie sich am Geländer hoch und verbeugte sich immer wieder. Sie breitete weit ihre Arme aus und lallte:
„Wollt ihr eine Zugabe? Warum klatscht denn keiner?"

Das Ehepaar Karrer wartete mit dem Reisegepäck auf ihr Taxi, als Frau Karrer nach oben blickte und Frau Hausmann sah. So schnell sie konnten liefen sie in das Zimmer.

„Wir dürfen sie nicht erschrecken", flüsterte er seiner Frau zu. Vorsichtig betrat er den Balkon. Ein Bein von Agatha hing bereits über der Brüstung. Beherzt sprang er zu Frau Hausmann und hielt sie mit aller Kraft fest. Sie schrie und schrie. Gemeinsam mit seiner Frau zog er sie ins Leben zurück. In diesem Moment betrat Heike das Zimmer. Als sie sah, was gerade geschah, wollte sie gleich wieder gehen. Karrer befahl ihr, den diensthabenden Arzt zu holen. Gemeinsam brachten sie Agatha in ein separates Zimmer.

Weinend kam Heike aus dem Chefzimmer. Dr. Karrer öffnete mit dem Generalschlüssel Jochens Büro. Die Tür ließ er weit auf. Der Ordner lag aufgeschlagen auf dem Schreibtisch. Aufmerksam las Karrer die Aufzeichnungen von der ersten bis zur letzten Seite durch. Es war Schichtwechsel, als Jochen eintrat. Kreidebleich blickte er auf den Chef und seinen Ordner.

Dr. Karrer sah kaum hoch.

„Sie werden innerhalb von 24 Stunden mein Haus verlassen. In der Klinik haben Sie ab sofort nichts mehr verloren", begann Karrer mit bebender Stimme. Jochen wollte etwas erwidern, doch Dr. Karrer schnitt ihm das Wort ab.

„Ich habe mich noch nie in einem Menschen so getäuscht, wie in Ihnen. Meine Frau war es, die mir ihre Zweifel mitteilte. Ich habe Sie genau beobachtet, Bartelsen! Aber ich muss gestehen, ich hätte Ihnen nicht zugetraut, mit dem Leben eines Menschen zu spielen. Wir haben Frau Hausmann vom Balkon gezogen. Sie haben die Tür aufgeschlossen und Sie haben Schwester Heike angestiftet, der Patientin Wodka hinzustellen. Ich werde meinen Anwalt einschalten. Und diese Sache in Kiel, pfui Teufel. Sie sind ein Krimineller, Bartelsen!" Er schlug mit der Faust auf den Tisch.

„Was wollten Sie erreichen? Sollte ich Frau Hausmann aus der Klinik werfen? War sie Ihnen auf die Schliche gekommen? Ihr Ehrgeiz hat Sie überheblich gemacht. Und Hochmut kommt immer vor dem Fall. Sie mögen keine Menschen! Als Chirurg wäre das auch nicht nötig, aber als Arzt an meiner Klinik ist es eine Grundvoraussetzung. Ich hatte gehofft, dass Sie den nötigen

Respekt vor dem Schicksal Einzelner haben, dass Sie die Herzen der Kranken erreichen. Und, Bartelsen, ein krankes Herz wiegt weitaus mehr als 300 Gramm. Nehmen Sie Ihren Ordner und gehen Sie! Ich will Sie nicht mehr sehen!"
Jochen hatte eine Hand in seiner Kitteltasche zur Faust geballt. In seinem kranken Hirn arbeitete es. Mathilde durfte unter keinen Umständen erfahren, was sich zugetragen hatte. Er zog im Gehen die Einladung seines Bruders heraus, die er schon weit über eine Woche bei sich hatte. Beinahe wäre er mit Heike zusammengestoßen, die einen Koffer trug. Mit tränenerstickter Stimme stieß sie hervor:
„Du Schwein! Du hast mich nur benutzt!"
Mathilde bereitete gerade das Frühstück zu, als Jochen die Wohnung betrat.
„Andreas heiratet, wir sind zur Hochzeit eingeladen. Komm, lass uns schnell packen. Dr. Karrer hat mir Urlaub gegeben." Er legte die Karte auf den Tisch und eilte ins Schlafzimmer. Eilig begann er zu packen. Jochen ahnte nicht, dass Frau Karrer schon längst Mathilde angerufen und sie über alles informiert hatte. Wie immer war er nur mit sich selbst beschäftigt und wunderte sich noch nicht einmal, dass seine Frau überhaupt nichts erwiderte, sich nicht freute oder wenigstens etwas gefragt hätte.

Bei Kaffee und Kuchen saß das Hochzeitspaar vor der geschmückten Laube und strahlte mit der Sonne um die Wette. Helene sah in ihrem Brautkleid bezaubernd aus. Weder Andreas, noch Vater und Großvater konnten den Blick von ihr wenden. Immer wieder flüsterte Andreas seiner Helene bewundernde Worte der Liebe ins Ohr. Jochen und seine Familie waren nicht gekommen. Andreas war erleichtert, dass er nichts von der Einladung erzählt hatte, so waren sie wenigstens nicht enttäuscht. Trotzdem sah er die Wehmut in den Augen seiner Mutter, die gerade nachdenklich in den Garten schaute. Gustav holte aus einem Korb gerade zwei Flaschen Wein hervor um die Gläser zu füllen, als Elisabeth plötzlich aufsprang. Durch die Pforte kamen eine Frau und ein Mann, der einen kleinen Jungen auf dem Arm hielt.

„Jochen!", schrie sie und rannte los. Die Gespräche verstummten. Andreas folgte ihr. Elisabeth weinte und lachte, als sie ihren Sohn in den Armen hielt.

„Jochen, mein Jochen." Mathilde und Andreas sahen sich für einen Moment in die Augen und reichten sich die Hand.

„Und du kleiner Kerl, bist mein Enkel!" Elisabeth tätschelte die Wangen des Kleinen. Erst jetzt begrüßten sich zurückhaltend die Brüder.

„Herzlichen Glückwunsch, Andreas, und danke für die Einladung."

Elisabeth tänzelte zwischen ihren Söhnen geradezu hin und her. Sie nahm Ludwig auf den Arm und schritt stolz zu der Familie. Artur beobachtete mit zusammen gekniffenem Mund die Szene. Doch nun stand er umständlich auf und humpelte auf seine Söhne zu. Er schrie Jochen entgegen:

„Wie konntest du uns das antun? Wie konntest du es vor allem deiner Mutter antun? Weißt du, wie oft sie deswegen geweint hat und nicht schlafen konnte? Schämen solltest du dich, Jochen! Was haben wir dir getan, dass du uns so niederträchtig behandelst? Ich will eine Antwort von dir!" Andreas stellte sich zwischen die beiden.

„Hör zu, Vater. Heute ist meine Hochzeit. Ich wollte dich und Mama überraschen, euch eine Freude machen. Aber du wirst mir

den Tag nicht kaputtmachen, Vater. Streiten kannst du dich immer noch." Artur holte ein Taschentuch aus der Hosentasche und schnäuzte sich umständlich. Erst dann reichte er seiner Schwiegertochter die Hand und murmelte einen Gruß. Jochen wäre am liebsten wieder gegangen. Wie behandelte ihn sein Vater eigentlich, anstatt stolz auf ihn zu sein.
„Ich werde dir alles in Ruhe erklären, Vater. Aber nicht jetzt und nicht heute. Andreas hat Recht. Du kannst ihm doch nicht seinen eigenen Hochzeitstag verderben."
„Ich verderbe ihm den Hochzeitstag? Ich glaube, du hast sie nicht mehr alle. Tauchst hier auf, als wäre nichts geschehen!"
„Ich habe doch gerade gesagt, Vater, ich werde dir später alles erklären!" Die kleine Gruppe stand immer noch an der Pforte, der übrigen Familie den Rücken zugewandt.
„Ich bitte euch", versuchte Andreas zu vermitteln. Jochen unterbrach ihn barsch:
„Wenn wir nicht willkommen sind, können wir ja gleich wieder gehen."
„Ihr seid willkommen, ich habe euch schließlich eingeladen. Also vertragt euch, wenigstens für den Rest des Tages." Er ließ Bruder und Vater stehen und ging zu seiner Frau. Bis zum Tisch konnte man noch Wortfetzen hören und sah Hände, die nach oben und wieder nach unten gingen. Jochen hielt die Hand an der Pforte, sein Vater trat immer wieder mit seiner Prothese gegen die Hecke. Mathilde stand verloren daneben. Auf einmal wurde es still. Artur kam schwer atmend und hinkend zum Tisch zurück und setzte sich auf seinen Stuhl. Annerose und Gustav sahen sich verlegen an. Jetzt kamen auch Jochen und Mathilde. Es erklang ein ohrenbetäubender, gellender Schrei. Helene hatte beide sofort wiedererkannt.

Erschrocken sah Andreas seine Frau an.
„Was ist los, Helene?"
„Er ist es, er ist es", stieß sie immer wieder hervor. Mathilde war kreidebleich geworden, Jochen stand versteinert vor dem Tisch. Fragend sahen sich alle gegenseitig an. Was war hier los? Nur drei

Menschen, eigentlich vier, wussten, dass sie auf einem Vulkan saßen.
„Bist du dir ganz sicher, Helene?", raunte Andreas ihr zu.
Ja, ja, ja!" Andreas lief um den Tisch herum, packte seinen Bruder am Kragen, schüttelte ihn und schrie:
„Was hast du mit meiner Frau gemacht, was mit unserem Kind?"
Gustav wollte aufstehen, Annerose drückte ihn hinunter. Elisabeth und Artur zuckten bei dem Wort Kind zusammen. Die Großeltern saßen mit weit aufgerissenen Mündern daneben. Helene erhob sich schwankend. Ludwig begann zu weinen. Mathilde nahm ihn auf den Arm und versuchte ihn zu beruhigen.
„Du bist Abschaum, Jochen!" Mit wutverzerrtem Gesicht und voller Hass blickte Andreas seinen Bruder an.
„Also, was hast du im Namen von Abschaum und Verbrechen getan? Erzähl es uns! Hast du unser Kind umgebracht?"
Mit erstickter Stimme sagte Helene:
„Er hat mir nach der Geburt die Brüste abgebunden und mich ans Bett gefesselt. Mein Baby lag so weit von mir entfernt, dass ich es nicht erreichen konnte. Meine kleine Paula sollte neben mir verhungern und er schrieb auf, wie ich mich dabei benehme. Ich lag da und habe um das Leben meiner Tochter geschrien und gebettelt und er saß regungslos daneben und schrieb alles auf. Ich sollte glauben, dass sie verhungert, denn in Wirklichkeit bekam sie zu Trinken. Das hat mir seine Frau später erzählt. Sie hat mir zur Flucht verholfen, aber mein kleines Mädchen starb wenig später."
Sie drehte sich zu Elisabeth und Artur hin:
„Es war euer Enkelkind."
Die beiden konnten nicht begreifen, was sie soeben gehört hatten. Ihr eigener Sohn? Ihr eigenes Enkelkind?
„Es stimmt, was Helene sagt. Wir haben Helene damals verzweifelt gesucht. Gustav ist von morgens bis abends durch die Stadt gelaufen. Wir sind ganz krank vor Sorge gewesen. Als Helene endlich mit dem Baby kam, starb es." Annerose blickte verstört von einem zum anderen. Gustav nahm seine Brille ab und hielt sie gegen das Licht. Dann setzte er sie wieder auf.
Mit voller Wucht stieß Andreas seinen Bruder gegen die Bretter

der Laube.
„Rede endlich! Rede endlich!"
„Ist das wahr, Jochen?", fragte leise seine Mutter in den Krach hinein.
„Das ist nur die halbe Wahrheit", schrie Jochen auf. „Das Kind war nicht lebensfähig. Es hatte einen schweren Herzfehler. Ich habe es nicht umgebracht. Ich habe ein Experiment durchgeführt. Nichts weiter. Es diente einzig der Wissenschaft!"
„Du hast waas?" Andreas konnte sich kaum noch beherrschen. Elisabeth fing an zu weinen. Artur drehte sich erst angewidert weg und sagte dann:
„Du hast Helene die Brüste abgebunden, sie sollte glauben, ihr Kind stürbe und du nennst das Experiment? Ich schäme mich zu Tode für dich, Jochen. Es war das Kind deines Bruders. Es war unser Enkelkind! Was hast du noch für merkwürdige Experimente gemacht? Hast du noch einen Menschen gefangen gehalten, um aufzuschreiben, wie er leidet? Du bist verrückt, Jochen. Du hast jeden Anstand verloren. Einen Menschen zu quälen, ihn absichtlich leiden zu lassen, nur um an seinen Gefühlen herumzuexperimentieren, ist nichts als ein Verbrechen.
Mathilde ging auf Helene zu.
„Es tut mir unendlich leid, was damals geschehen ist. Ich wünschte, ich könnte es ungeschehen machen. Ich hätte Ihnen viel früher helfen müssen."
„Sie haben mir damals geholfen, Mathilde. Sie haben mein Baby auf die Welt gebracht. Was wäre mit uns wohl noch passiert, wenn Sie nicht dagewesen wären? In seiner stinkenden Bude, in der ich zwischen Urin und Blut lag. Er hätte uns doch nie gehen lassen. Ich kann Ihnen nicht genug danken, Schwester Mathilde. Aber dass Sie immer noch bei diesem Monster sind..."
„Ich werde mit meinem Sohn zurück zu meinen Eltern gehen. Noch auf dem Bahnhof in Basel habe ich mit ihnen telefoniert. Sie holen mich nachher ab."
„Das wirst du nicht tun!" Jochen schlug mit dem Fuß gegen die Bretter.
„Doch, das werde ich tun, Jochen. Zurück kannst du sowieso nicht

mehr. Hast du wirklich geglaubt, ich weiß nicht, was in der Klinik passiert ist? Ich weiß, dass Dr. Karrer dich rausgeschmissen hat. Ich weiß, wie oft du mich belogen und betrogen hast. Du kannst von mir aus in einer Gosse verrecken, ich gehe zu meinen Eltern zurück. Und ich nehme meinen Sohn mit!"
Der Vulkan brach endgültig aus. Helene stürzte sich mit einem Kuchenmesser auf Jochen und stach auf seinen Arm und die Schulter ein. Im Reflex stellte sich Andreas schützend vor ihn und wurde leicht an der linken Hand getroffen. Mathilde ließ den Jungen zu Boden und versuchte, Helene zurückzuhalten. Alle anderen waren längst aufgesprungen.
„Tun Sie das nicht, Helene. Machen Sie sich nicht unglücklich. Gehen Sie nicht für solch einen Menschen auch noch ins Gefängnis." Es gelang Mathilde sie von Jochen wegzuziehen. Sie nahm ihr behutsam das Messer aus der Hand und hielt sie fest. Selbst durch den Anzugstoff konnte jeder sehen, dass Jochen aus verschiedenen Stichwunden stark blutete.
„Ich brauche einen Arzt. Ich brauche einen Arzt!" Andreas ließ von ihm ab, Jochen sackte zusammen.
Helene blickte auf ihn hinunter und spuckte ihm ins Gesicht:
„Dafür werden Sie bezahlen. Ich werde Sie anzeigen! Sie haben unsere kleine Tochter auf dem Gewissen!"
„Artur hinkte mit seinem Stock zur Pforte und Elisabeth kniete sich zu ihrem Sohn. Weinend sagte sie:
„Was hast du nur getan, mein Junge? Vater holt Hilfe." Gustav erwachte aus dem Albtraum und holte zwei Geschirrhandtücher. Obwohl Jochen ihn erst wegstieß, ließ er sich dann doch helfen. Gemeinsam zogen sie die Jacke aus. Gustav umwickelte die stärksten Wunden mit den Handtüchern, dabei sah er Elisabeth direkt in die Augen. Jochen war ihr Sohn. Was konnten eine Mutter, ein Vater, anderes tun, als dem eigenen Kind zu helfen?
Die Großeltern standen erschüttert daneben. Ihre Phantasie reichte nicht aus, um auch nur annähernd zu begreifen, was ihr Enkel Jochen getan hatte.
Helenes Hochzeitskleid war voller Blut. Auch sie sank in die Knie und weinte bitterlich. Andreas streichelte immer wieder ihre

Schultern. Er konnte sie nicht trösten, er konnte ihr nur so nahe wie möglich sein.

Mathilde nahm ihren Sohn wieder auf den Arm und ging wortlos. Am Ausgang der Kolonie warteten ihre Eltern bereits sehnsüchtig auf die verlorene Tochter und den Enkel. Andreas verband seine Hand mit einem Taschentuch und nahm behutsam die Hände seiner Frau und half ihr hoch. Benommen und unendlich traurig verließen sie ihr Hochzeitsfest. Zurück blieben die entsetzten Herzen der Menschen, die zwischen Scham und tiefer Abneigung hin- und herschwankten.

Drei Wochen später saßen Andreas und Helene am Ufer der Förde. Gustav hatte den beiden sein schönstes Modellboot geschenkt. An einer Schnur war ein winziges Beiboot befestigt, auf dem Paula geschrieben stand. Die beiden hatten ihre zwei Fotos aus den Kriegstagen und einen Brief an ihre Tochter an der Schnur befestigt.

Heute verabschiedeten sie sich gemeinsam von der kleinen, geliebten Paula und ließen sie gehen. Sie sahen weinend den beiden Booten nach, solange, bis sie direkt im Himmel verschwanden.

Quellennachweis:

Zweiter-Weltkrieg-Lexikon.de
Kieler Stadtgeschichte.de
Kieler Nachrichten.de
Kiel-Magazin.de
Flensburger Nachrichten, Jahrgang 1996
Stern.de
Marinemuseum Flensburg-Mürwik
Marinekameradschaft Oberursel
Kirchspielarchiv Steinberg